supplie
séduis
obéis

CD REISS

supplie
séduis
obéis

« Songs of submission »
Volume 1

traduit de l'anglais par Emmanuel.le Plisson

Red Velvet

supplie

I

Les poumons encore pleins, j'étais en train de chanter ma dernière note, la plus haute, passant de la puissance physique à l'état pur à une émotion écrasante, quand mon rêve de la nuit précédente m'assaillit par surprise. Comme la plupart des rêves, il n'avait pas de fil conducteur. J'étais sur un piano à queue dans le bar situé sur le toit de l'Hôtel K. Bien que dans la réalité cet hôtel ne dispose pas de piano, je me trouvais néanmoins allongée dessus, nue au-dessous de la taille, appuyée sur mes coudes. Mes genoux étaient écartés bien plus largement qu'il n'était physiquement possible. Les clients buvaient leurs boissons à trente dollars pièce et me regardaient chanter. C'était une chanson sans paroles, mais je les connaissais pourtant et, tandis que l'inconnu qui avait mis sa tête entre mes jambes me léchait, je chantais de plus en plus fort – jusqu'à ce que je me réveille, cambrée sur les draps trempés, soutenant un *do* aigu comme si ma vie en dépendait.

La même note que celle qui concluait notre dernier morceau, et que je chantais avec la même ferveur que si un inconnu était en train de me donner du plaisir sur un piano inexistant. Je prolongeai cette note de tout mon cœur, puisant au plus profond de mon diaphragme ; je sentais les vibrations ébranler ma cage thoracique, la sueur couler sur mon visage. C'était ma note. Le rêve me l'avait révélé. Même quand Harry cessa de gratter sa guitare et que le clavier de Gabby se tut lentement, je poussai ma voix jusqu'à ce qu'elle émette un son déchirant, comme si j'étais agrippée au bord d'un précipice.

Quand j'ouvris les yeux dans la pénombre du club, je sus que j'avais réussi : tous dans le public me regardaient comme si je venais de leur arracher l'âme, de la mettre sous pli et de la renvoyer à leur mère en recommandé. Même au cours des quelques secondes de silence qui suivirent, alors que la plupart des chanteurs auraient craint d'avoir perdu leur public, je sus que ce n'était pas le cas ; ils attendaient juste la permission d'applaudir. Je la leur accordai d'un sourire, et un tonnerre d'applaudissements enthousiastes éclata.

Notre groupe, Spoken Not Stirred, avait conquis le Thelonious Room. Une année de labeur, passée à écrire les morceaux et à répéter, plus un mois à s'occuper des invitations – ce travail acharné venait de porter ses fruits, juste sous nos yeux.

Le public, voilà tout ce qui comptait. C'était pour lui que je me mettais en quatre. C'était pour lui que j'avais renoncé à tout dans ma vie, à part garder un toit sur ma tête et manger deux fois par jour. Tout ce que j'attendais de lui, c'était cette ovation.

Je saluai et sortis de scène, suivie par le reste du groupe. Comme d'habitude, Harry se précipita dans les toilettes pour vomir. J'entendais toujours les acclamations et les pieds qui frappaient le sol. La salle contenait une centaine de places, et à entendre les clameurs qui s'en échappaient on aurait dit qu'elle en comptait mille. J'aurais aimé savourer ce moment pour baigner dans autre chose que la déception et l'échec inhérents à toute carrière musicale, mais j'entendis Gabrielle qui tapotait son pouce contre son majeur, juste à côté de moi. Ses yeux écarquillés comme des soucoupes étaient rivés sur un coin de la pièce. Je suivis son regard. Rien. Le coin en question était vide, et pourtant elle le fixait comme si un miroir posé là lui renvoyait son reflet et qu'elle n'appréciait pas ce qu'elle voyait.

Je décochai un coup d'œil à Darren, notre batteur. Il me le retourna avant de considérer sa sœur, qui avait cette manie de tapoter des doigts depuis sa puberté.

— Gabby, lançai-je.

Elle ne répondit pas.

Darren lui mit un petit coup sur le bras.

— Gabby? T'es avec nous?

— Va te faire foutre, Darren, répondit Gabby sur un ton égal sans quitter des yeux le coin vide.

Darren et moi échangeâmes un regard. J'avais été son premier amour et il avait été le mien, à l'époque où nous fréquentions le conservatoire des arts du spectacle à Los Angeles. Nous avions rompu en douceur et, même après cela, notre amitié s'était accrue au point que nous n'avions plus besoin de parler pour nous comprendre.

Notre échange muet signifiait que Gabby avait de nouveau des ennuis.

— On assure!

Harry leva un poing victorieux en sortant des toilettes, tout en reboutonnant son pantalon.

— Tu as été géniale, ajouta-t-il en me tapant dans le dos, inconscient de l'état de Gabby. Quand tu as chanté *Split me*, j'ai senti mon cœur vibrer.

— Merci, dis-je platement.

Je lui étais reconnaissante, certes, mais pour le moment, nous avions d'autres préoccupations.

— Où est Vinny? m'enquis-je.

Notre manager, Vinny Mardigian, apparut comme par magie, tout sourire. Quel con! Je ne pouvais pas le souffrir, mais lors de notre rencontre il m'avait semblé compétent et plein d'assurance.

— Vous êtes content? demandai-je. On a vendu tous nos billets à plein tarif. Comme ça, la prochaine fois, on n'aura peut-être pas à payer pour jouer, non?

— Salut, Monica Sexybitch.

C'était ainsi qu'il me surnommait. Ce type avait la personnalité d'une décharge publique et l'entregent d'un requin attiré par le sang frais.

— Content de te voir aussi, ajouta-t-il. J'ai l'agence Performer au téléphone. Leur type est juste devant le club.

Génial. J'avais besoin d'être représentée par cette agence de mes deux comme de me tirer une balle dans le pied. Mais j'étais une artiste et, en tant que telle, censée accepter ce que me proposait l'industrie du spectacle le sourire aux lèvres et les jambes écartées.

Bien entendu, Vinny n'était pas de mon avis. Il ne tarissait pas d'éloges sur l'agence Performer et la notoriété internationale qu'elle pouvait nous apporter. Ce qu'il ne pigeait pas, c'est qu'un demi-pas en avant ne valait pas mieux qu'un grand pas en arrière.

— Votre public veut un rappel, dit-il. Si vous faites tous votre boulot, ici, tout le monde sera content.

Je tendis l'oreille et, bien entendu, la foule applaudissait toujours. Quant à Gabby, elle fixait toujours le coin de la pièce.

Pendant le rappel, Gabby joua comme le prodige fou qu'elle était, puis elle eut de nouveau une absence, et Darren la ramena à la maison. Sa dépression, soulagée par la musique, se déclenchait à tout bout de champ, même quand elle prenait ses médicaments.

Deux ans plus tôt, elle avait fait une tentative de suicide après deux semaines passées à fixer des coins vides et à se plaindre de n'avoir plus aucune émotion. C'était moi qui l'avais trouvée dans la cuisine, les poignets saignant dans l'évier. Un moment formidable pour tout le monde. Elle avait investi ma seconde chambre d'amis, et Darren avait déménagé de sa pension infestée de colocataires à West Hollywood pour venir s'installer dans un studio à quelques rues de chez nous. Nous jouions de la musique ensemble parce que la musique était notre truc, et qu'elle permettait à Gabby de ne pas perdre les pédales, à Darren de ne pas s'éloigner, et à moi de ne pas foutre ma vie en l'air. Pour autant, elle ne remplissait pas le garde-manger. Nous travaillions tous et, jusqu'à ce que je décroche mon job actuel au bar de l'Hôtel K, j'avais dû renoncer à mes cafés au Starbucks tellement j'étais fauchée.

Comme Spoken Not Stirred avait attiré plus de public que le coût de nos billets garantis, nous avions récolté trois cents dollars ce soir-là. Quinze pour cent revenaient à Vinny la Décharge. Soixante-huit servirent à payer la contravention de Harry qui s'était dit que, comme il avait une basse et un ampli à décharger, il avait le droit de se garer sur une zone de livraison de Sunset Strip avant six heures du soir. Nous partageâmes le reste en quatre.

L'Hôtel K était un joyau moderniste flambant neuf de trente étages dressé au-dessus de maisons en stuc de plain-pied dans un quartier pourri. La mode des bars sur les toits à L.A. était devenue incontrôlable. Impossible de faire un pas sans tomber sur une construction neuve dotée d'une piscine et d'un bar sur le toit et vomissant de la musique jour et nuit. L'avantage de cette épidémie, c'était qu'elle exigeait un paquet de serveuses – il fallait absolument employer de grandes filles minces capables de slalomer entre des poivrots qui n'avaient à la bouche que des noms de célébrités, tout en portant au-dessus de leur tête de lourds plateaux sans assommer qui que ce soit. L'inconvénient, pour quelqu'un de grand et mince comme moi, c'est que j'étais remplaçable. Impossible de faire un pas dans L.A. sans tomber sur une grande fille mince.

Darren et moi avions passé pas mal de temps à discuter de qui surveillerait Gabby. Il la convainquit de passer la nuit chez lui – même si « convaincre » n'est sans doute pas le mot juste pour parler de quelqu'un qui se fiche complètement de l'endroit où elle dort. Ou qui se fiche de tout, de manière générale.

Je courus de l'ascenseur au vestiaire du personnel de l'hôtel. Dans ma poche, les cinquante dollars gagnés en ravissant cent personnes ne pesaient pas lourd. Je retirai vivement ma veste et la fourrai dans mon casier avant d'ôter mon T-shirt. Dans une seconde, Yvonne, dont je prenais la suite au service, allait me sonner les cloches pour l'avoir fait poireauter sur le toit. Je sortis de mon sac une courte robe décolletée qui évoquait tout sauf le mot « pudeur » et m'y faufilai avec peine.

— Tu es en retard, lança Freddie, mon responsable.

Il puait la cigarette, c'était dégoûtant.

— Désolée, j'avais un concert.

Je me débarrassai de mes chaussures et retirai mon pantalon sous ma robe. Je n'avais pas le temps de me soucier de ce que Freddie pensait de moi.

— Félicitations.

Freddie croisa les bras, froissant son costume marron à rayures. Il avait une verrue sur la joue. En détaillant mon buste, comme il le faisait presque chaque fois qu'il me voyait, il afficha une expression pincée.

Je n'essayai pas de discuter. Renfilant mes chaussures, je claquai la porte de mon casier et courus vers le toit.

— Yvonne !

Je la rattrapai dans le couloir derrière la salle alors qu'elle rangeait ses pourboires dans sa poche.

— Monica ! Où tu étais ?

— Désolée, et merci d'avoir pris mes tables. Comment je peux me faire pardonner ?

— Si je ne rentre pas chez moi à temps, tu paieras une heure supplémentaire à la baby-sitter.

— Pas de problème, dis-je.

Sauf que c'en était un, et de taille.

— Tu as Jonathan Drazen à ta table, annonça-t-elle en portant une main à son cœur. Il est canon, et si tu lui plais, tu auras un gros pourboire. Alors sois gentille.

Elle me tendit mes tickets de service.

Drazen était le patron de mon patron. C'était le propriétaire de l'hôtel, mais nos chemins ne se croisaient jamais. Apparemment, il voyageait beaucoup, et il passait très peu de temps sur le toit quand il était en ville. Je ne l'avais donc jamais rencontré. Ce rebondissement dans la soirée m'ennuyait plus qu'autre chose. Je venais de recevoir l'ovation de ma vie dans un club très sympa, et je savourais encore la chaleur de ce succès. Je n'avais pas besoin de faire mes preuves une fois de plus – des preuves de quoi, d'ailleurs? En dehors de ma musique, je me fichais de tout.

Le bar était comble: bobos overbookés, gros bonnets de Hollywood et autres parasites du même acabit. La piscine formait un grand rectangle au centre de la terrasse, cernée de fauteuils rouges. Sur le côté se trouvait un espace cocktail doté de tables et de chaises. De petites tentes équipées de canapés étaient disposées sur le pourtour du toit et, quand les rideaux étaient fermés, il fallait qu'ils le restent – sauf si on repérait quelqu'un qui semblait avoir investi les lieux sans payer.

Debout près du bar, je feuilletai mes tickets de service. Cinq tables. Deux des tickets étaient perforés d'une petite étoile en haut à droite. Attribuées par Freddie, elles signifiaient que ces tables étaient occupées par quelqu'un d'important, et qu'il fallait s'en occuper tout spécialement.

Mon premier plateau était pour une table étoilée. Affichant mon plus beau sourire, je naviguai dans la foule pour l'emporter vers le coin de la terrasse. À cette table étaient assis quatre hommes, et je sus aussitôt lequel était Drazen. Ses cheveux roux étaient coupés juste sous les oreilles et décoiffés avec une savante application. Il portait un jean et une chemise grise qui mettait en valeur ses épaules larges et ses biceps imposants. En voyant ses consommations arriver, ses lèvres pleines s'étirèrent, découvrant une rangée de dents aussi parfaites que naturelles. J'étais moi-même surprise d'être ainsi fascinée par ce visage.

— B-bonjour, bégayai-je. Je suis votre serveuse pour la soirée.

Puis je souris. Ça marchait toujours. Ensuite, je pensai à des choses agréables pour rendre mon sourire plus authentique. Je vis alors le regard de Drazen quitter mon visage radieux pour glisser sur mes seins, mes hanches, puis mes jambes. J'eus l'impression qu'on m'acclamait de nouveau.

Ses yeux remontèrent vers mon visage. Je soutins son regard et il fit la grimace. Je l'avais surpris en train de me reluquer de la tête aux pieds et il semblait embarrassé – à juste titre.

— Bonjour, dit-il. Vous êtes nouvelle.

Malgré la musique qui coulait à flots des enceintes, sa voix résonnait comme un violoncelle.

Avec un coup d'œil sur les tickets laissés par Yvonne, je saisis sur le plateau un verre bas rempli de glace et d'un liquide ambré.

— Le Jameson's, c'est pour vous?

— Oui, merci.

Il hocha la tête, les yeux rivés sur mon visage et non plus sur mon corps. Mais j'éprouvais quand même le sentiment d'être dévorée vivante, de me transformer en flaque qu'il aspirait gorgée après gorgée. Pendant une demi-seconde, je mis mon travail en pause pour me laisser envahir par cette sensation chaude. Un bref instant durant lequel, bien entendu, quelqu'un – un homme, à en juger par la violence de l'impact – me bouscula ou se fit bousculer, faisant voler mon plateau.

Pendant une seconde, les verres flottèrent dans l'air comme une poignée de paillettes, et je crus que j'allais pouvoir les rattraper. J'entendis le fracas de leur chute bien après que trois gin tonics se soient répandus sur chacun de mes clients. Je restai bouche bée, sous le choc. À la table, les quatre hommes s'étaient levés, trempés, des taches sombres sur la braguette et le torse. Un murmure collectif s'éleva des tables voisines.

Freddie apparut comme un zombie attiré par l'odeur de la cervelle fraîche.

— Tu es virée.

Se tournant vers Drazen, il ajouta :

— Monsieur, puis-je faire quelque chose pour vous? Nous avons des chemises…

Drazen agita une main trempée d'alcool.

— Ça ira.

— Je suis vraiment désolée, dis-je.

Freddie s'interposa entre moi et mon ancien patron, comme si j'allais le supplier à genoux de me rendre mon boulot – chose que je n'aurais faite pour rien au monde.

— Va chercher tes affaires, lança-t-il. C'est fini pour toi.

2

Et merde. Merde à ce boulot et au reste. J'en trouverais un autre. Je m'étais promis de réussir et, quand j'y serais parvenue, je reviendrais ici avec toute ma clique ; Freddie me servirait tout ce que je lui demanderais, sans le moindre pourboire. Pas un centime. Et Jonathan Drazen serait assis à côté de moi et me regarderait comme il le faisait juste avant que je l'arrose de gin tonic. Mais il me considérerait en égale, pas comme une petite sucrerie qui bossait au pourboire.

Je claquai la porte de mon casier.

J'allais devoir trouver un autre boulot, et vite. Je payais toujours mon loyer en premier, mais nous devions de l'argent au studio, et il n'était pas question que j'emprunte un sou de plus à Harry.

Freddie apparut dans le couloir mal éclairé. Il marchait à grands pas, les pieds vers l'extérieur, comme un canard en mission.

— Va te faire foutre, Freddie. Je m'en vais et, au fait, tu es un…

— Monsieur Drazen veut te voir.

— Qu'il aille se faire voir, lui aussi. Il n'a pas d'ordres à me donner. Je ne travaille plus pour lui.

Freddie eut un sourire félin.

— Parfois, il donne des indemnités de départ, quand il a des remords. Un bon petit paquet de cash. Après, si tu ne veux pas coucher avec lui, tu pourras décamper d'ici. Ça me plairait bien qu'il se prenne un râteau, pour une fois.

Il avança d'un pas. Comme je ne pensais pas qu'il s'approcherait suffisamment pour me toucher, je ne reculai pas. Quand il me donna une claque sur les fesses, j'étais tellement sidérée que je demeurai sans réaction, et il enchaîna en me pinçant le cul.

— Qu'est-ce que tu... ?

Mais il s'éloignait déjà, coudes au corps, avec l'air du type bien décidé à pourrir la vie des autres. Je restai là un moment, bouche bée et furieuse. J'étais en colère à soixante-dix pour cent contre lui, pour m'avoir agressée, et à trente pour cent contre moi pour n'avoir pas eu le réflexe de lui flanquer ma main dans la figure.

J'ai ma fierté. J'en ai tellement que je n'imaginais rien de plus humiliant que d'aller me jeter aux pieds de Jonathan Drazen pour réclamer « un bon petit paquet de cash ». Et pourtant je me retrouvai là, à frapper à sa porte entrouverte au trentième étage. Pas parce que j'avais besoin d'argent (ce qui était pourtant le cas), ni pour qu'il me dévore à nouveau des yeux (ce dont j'avais également envie), mais parce que je n'étais certainement pas la première serveuse à qui Freddie avait mis la main aux fesses, ou pire. Si Drazen ne savait pas que Freddie était un salaud de première, il fallait que quelqu'un lui ouvre les yeux.

Le bureau surplombait les collines de Hollywood, qui devaient être fabuleuses à la lumière du jour. La nuit, le paysage se résumait à un semis de lumières clignotantes sur fond noir. Drazen m'attendait debout derrière son bureau, dos à la fenêtre, et les lumières tamisées de la pièce lançaient des ombres flatteuses sur la peau parfaite de ses avant-bras. Il portait un jean propre et une chemise blanche. Le bois sombre et le verre givré accentuaient l'ambiance cosy de la pièce et, même si j'étais consciente qu'il me manipulait, je me détendis.

— Entrez, dit-il.

J'avançai sur la moquette épaisse – une bénédiction pour mes pieds torturés par les talons hauts.

— Je suis désolée d'avoir renversé ces verres sur vous. Je paierai le pressing, si vous voulez.

— Je ne veux pas. Asseyez-vous.

Ses yeux verts scintillaient dans la lumière. Il faut reconnaître qu'il était à tomber. Ses cheveux couleur cuivre bouclaient un peu, et son sourire aurait suffi à illuminer un millier de villes la nuit. Il ne devait pas avoir beaucoup plus de trente ans.

— Je vais rester debout, répondis-je.

Je portais une robe courte, et vu la façon dont il m'avait reluquée sur le toit, m'asseoir allait m'exposer à un autre de ses regards qui me donnaient envie de lui sauter dessus.

— Je voudrais m'excuser pour Freddie, dit-il. Il se montre un peu plus agressif qu'il ne le devrait.

— Justement, parlons-en, rétorquai-je.

Sourcils froncés, il contourna le bureau pour se rapprocher de moi. Il portait un parfum qui évoquait des feuilles de sauge par une journée de brouillard – une odeur à la fois sèche, terreuse et propre. Il s'appuya sur son bureau, mains derrière lui, et je pus admirer la totalité de son corps : les épaules larges, la taille étroite, les hanches minces.

De nouveau, il me regarda avant de baisser les yeux sur le sol. J'eus l'impression qu'il venait d'enlever ses mains de moi, et j'en fus à la fois excitée et honteuse. Pas question que je me laisse intimider. Pas question qu'il regarde ailleurs. Il voulait me reluquer? Qu'à cela ne tienne. Les mains posées sur les hanches, je laissai parler mon corps, le mettant au défi de poser ses yeux où il le voulait, mais pas sur la moquette.

Parce que merde, quoi !

— Freddie est un crétin.

Vu son expression, j'aurais peut-être dû entamer la discussion autrement. Mieux valait que je garde pour moi mes opinions et mes expressions fleuries et que je me cantonne aux faits.

— Pour commencer, il a dit que vous alliez essayer de coucher avec moi.

Il sourit, comme si c'était vraiment son intention et qu'il venait de se faire pincer la main dans le sac.

— Ensuite, poursuivis-je pour chasser ce sourire de son sublime visage, il m'a mis la main aux fesses.

Ledit sourire fondit comme un cube de glace dans une poêle chauffée à blanc. Le regard avide se détourna de moi. D'un côté, c'était un soulagement ; de l'autre, une déception.

— Je comptais vous proposer une indemnité de départ…

— Je ne veux pas de votre argent !

— Laissez-moi finir.

J'obéis, le rouge aux joues.

— Cette indemnité, c'était seulement au cas où vous n'auriez pas souhaité rester ici. Parce que, même si je ne supporte pas l'odeur du gin que vous m'avez renversé dessus, je ne pense pas que cela justifie un renvoi. Seulement voilà : après ce que vous venez de me dire, que dois-je faire ? Si je vous propose cette indemnité, j'aurai l'impression d'acheter votre silence. Et si je reviens sur votre licenciement, on risque de dire que je vous garde par crainte d'un procès.

— Je comprends, dis-je. Si Freddie affirme que vous alliez essayer de coucher avec moi, c'est que vous avez des choses à cacher. Des choses qu'un procès risquerait d'étaler au grand jour.

Je marquai un temps d'arrêt, guettant un indice dans ses yeux, mais il affichait le visage impassible d'un homme d'affaires en pleine négociation. Pour donner le change, j'arborai donc ma mine la plus sarcastique.

— Vous êtes vraiment dans une situation difficile.

Il approuva d'un signe de tête. En réalité, il était dans une position privilégiée. Il pouvait décider de mon sort à sa guise.

— Que faites-vous dans la vie, Monica?

— Je suis serveuse.

Il eut un sourire ironique, me détailla de haut en bas, et j'eus envie de me jeter à ses pieds sur-le-champ.

— Il s'agit d'une circonstance. Cela ne vous définit pas. Étudiante en droit, peut-être?

— Dans vos rêves.

— Professeur, ébéniste, joueuse de volley?

Il égrenait les mots à toute vitesse, et je devinai qu'il était capable d'énumérer encore une bonne centaine de professions potentielles pour trouver la bonne.

— Je suis musicienne.

— J'aimerais vous voir jouer, un jour.

— Je ne coucherai pas avec vous.

— C'est noté, dit-il en retournant derrière son bureau. J'imagine que personne n'a été témoin de cette malheureuse main aux fesses?

— Exact.

Il ouvrit un tiroir et fouilla dans des dossiers.

— C'est moi qui ai embauché Freddie, et il est sous ma responsabilité. La vôtre est de rapporter les faits à quelqu'un d'autre que moi.

Il me tendit une feuille de papier. Une fiche d'information standard de la Commission nationale sur le harcèlement au travail.

— Les numéros sont là. Faites une déposition, et envoyez-moi une copie, s'il vous plaît. Cela nous protégera tous les deux.

Je considérai le document. Drazen risquait pas mal d'ennuis si plusieurs personnes se plaignaient. Parce que je ne pouvais pas supporter Freddie, j'avais la ferme intention de signaler cet incident aux autorités, mais je me sentais un peu piteuse à l'idée que Drazen soit convoqué ou fasse l'objet d'une enquête.

— Vous n'êtes pas un connard, dis-je.

Il inclina la tête et, sans voir son visage, je devinai qu'il souriait. Sortant une carte de sa poche, il contourna de nouveau le bureau.

— Mon ami Sam est propriétaire du Stock, en ville. Je pense que c'est un endroit qui vous conviendra mieux. Je lui dirai que vous allez appeler.

En prenant la carte, je fus prise d'une impulsion irrésistible. Je tendis la main un peu plus loin que nécessaire et effleurai ses doigts. Un frisson de plaisir me traversa, et sa main frémit, prolongeant le contact.

Il fallait que je m'éloigne de ce type aussi vite que possible.

3

Le temps à Los Angeles, fin septembre, est celui qui règne partout ailleurs en plein mois de juillet – aussi chaud que l'haleine du diable ou que l'intérieur d'un tuyau d'échappement, l'échec assuré de tous les déodorants de la création. Gabby semblait aller mieux que la veille, mais Darren et moi marchions sur des œufs.

Gabby annonça qu'elle allait faire un tour. Pour éviter qu'elle sorte seule, je lui proposai d'aller manger toutes les deux une glace artisanale sur Sunset Boulevard.

Nous nous installâmes dans la cour intérieure pour que notre conversation se perde dans le brouhaha ambiant. Du bout de ma cuillère je jouais avec ma crème glacée à la fraise et au basilic tandis qu'elle considérait sa glace wasabi/miel plus longuement qu'elle ne l'aurait fait la semaine précédente.

— C'est de l'argent bien gagné, dit-elle pour me convaincre d'accepter un boulot le jeudi soir dans un bar. Et on n'a pas à payer pour chanter. On encaisse le fric et ensuite, on rentre.

— Je n'aime pas ce genre de trucs.

— Attends, Monica, ils allongent deux cents dollars ! Tu n'as même pas à apprendre de morceaux. Une seule répétition, peut-être deux, et pour nous, c'est dans la poche.

Gabby avait passé son enfance à se faire taper sur les doigts avec une règle chaque fois qu'elle faisait une fausse note au piano. Elle était devenue l'incarnation même de la perfectionniste compulsive : son jeu était tellement parfait qu'elle n'avait pratiquement plus à travailler. Pourtant, elle était d'une maniaquerie telle que, à part le moment du repas, elle passait le plus clair de son temps à jouer, ou à penser à jouer. Le mot « répétition », qui supposait qu'un artiste prenne du temps dans la journée pour maîtriser un morceau, ne la concernait donc pas vraiment. Pour tout dire, Gabby était un génie, et c'est sans doute ce génie qui, ajouté à sa nature perfectionniste, l'entraînait dans la dépression.

— Je veux juste chanter mes propres morceaux, repris-je.

— Tu pourras en glisser un ou deux. Allez, Monica… Il me faut une chanteuse, sinon je ne décrocherai pas ce job. Et j'en ai besoin.

À la tension dans sa voix, je devinai qu'elle oscillait entre le désespoir et le renoncement le plus total. Cela me terrifia.

— Monica, je ne peux pas attendre le prochain concert de Spoken. J'ai vingt-cinq ans, et je n'ai pas toute la vie devant moi. Et toi non plus. Les mois passent, et je ne suis personne. Bon sang, je n'ai même pas d'agent! Qu'est-ce qui va m'arriver? Je ne peux plus supporter ça. Si je dois finir comme Frieda Dupree, je vais crever. Elle s'est démené toute sa vie, elle a plus de soixante ans et elle continue quand même d'auditionner pour des groupes.

— Tu ne finiras pas comme Frieda Dupree.

— Il faut que je continue de travailler. Chaque soir qui passe sans qu'on me voie jouer est une occasion ratée.

Apprendre par cœur, répéter, encore et encore. Ces histoires de performance façon vieille école me débectaient. Sors, et joue. Continue de travailler. Mets toutes les cartes de ton côté. Les profs racontent à ces malheureux gamins qu'ils se feront peut-être repérer en jouant du violon sur le trottoir. Des pourvoyeurs de rêves, voilà ce qu'ils sont. Qu'ils aillent au diable. Certains de ces gosses auraient mieux fait de devenir comptables, et ce genre de discours merdiques les maintenait dans leurs illusions.

Je contemplai Gabby, avec ses grands yeux bleus suppliants. Elle était au bord de la crise de panique. Si les choses suivaient leur cours dans les semaines à venir, les véritables crises allaient se rapprocher, et elle allait fixer des coins vides de plus en plus souvent, à moins qu'elle ne prenne régulièrement ses médicaments. Alors les ennuis commenceraient : elle tenterait de nouveau de se suicider ou, pire, elle réussirait. J'aimais Gabby, elle était comme une sœur pour moi. N'empêche que parfois, j'aurais aimé avoir autre chose qu'un boulet comme amie.

— D'accord, dis-je enfin. Mais une seule fois, vu? La prochaine fois, tu te trouveras quelqu'un d'autre. Ça ne doit pas être difficile à Los Angeles.

Gabby hocha la tête, tapota des doigts – le pouce contre le majeur.

— Super, dit-elle. Ça va être bien, Monica. Tu vas les épater. J'en suis sûre.

Ça sonnait comme une phrase toute faite, des mots qu'elle adressait dans le vide.

— Je crois que j'ai besoin de ce job, de toute façon, dis-je. J'ai été virée hier soir.

— Qu'est-ce que tu as fait?

— J'ai renversé des verres sur les genoux de mon patron.

— Ce type, là, Freddie?

— Jonathan Drazen.

— Oh…, lâcha-t-elle en portant les mains à sa bouche. C'est aussi le propriétaire du R.O.Q. Club à Santa Monica. N'essaie pas de te faire embaucher là-bas non plus.

— Tu savais qu'il était canon?

Une voix s'éleva alors derrière moi.

— Vous parlez encore de moi?

Darren venait d'arriver, Dieu soit loué!

— Jonathan Drazen l'a virée hier soir, expliqua Gabby.

— C'est qui?

Il s'assit et posa son ordinateur sur la table.

— Ce n'est pas lui qui m'a licenciée. C'est Freddie. Drazen m'a juste offert des indemnités et donné une recommandation pour le Stock.

— Et apparemment, il est canon.

Darren me considérait d'un air inquisiteur. Il y avait longtemps que notre histoire était finie, mais au moindre signe de faiblesse, il n'hésitait pas à me charrier à mort.

— Il y a bien un an et demi que je ne t'ai pas entendue parler d'un type de cette façon. Je pensais que tu étais encore amoureuse de moi.

J'ai dû rougir, ou mes yeux ont trahi une certaine émotion, car Darren a ouvert son portable d'un coup sec.

— Voyons si je peux capter un peu de wifi…

— Si je ne parle pas des hommes de cette façon, c'est que je préfère le célibat aux emmerdements.

Darren pianotait sur le clavier.

— Jonathan Drazen. Trente-deux ans. Il est vieux.

Il me considéra par-dessus l'écran.

— Ne sous-estime pas son sex-appeal. J'étais à peine capable d'articuler deux mots.

— Il a fait fortune à l'ancienne.

— Son père est riche?

— Tous ses ancêtres. Rien qu'en intérêts, il gagne l'équivalent du PIB de la Birmanie.

Darren faisait défiler des pages sur différents sites. Il avait pour Internet la même passion que certains éprouvent envers les chiots ou les bébés.

— Ponte de l'immobilier, poursuivait Darren tout en continuant son manège. Son père était alcoolo et a perdu un paquet de fric. Notre Jonathan, troisième du nom... Il a eu son bac à Penn. Un MBA à Stanford. Il a remis l'affaire familiale à flot. Riche à milliards. Super-bon parti si tu arrives à l'arracher aux quatre cents femmes avec qui il se fait photographier.

— Cause toujours. Je m'en fiche.

— Pourquoi? Ce n'est pas comme si tu avais eu l'occasion de coucher avec un mec depuis... combien de temps, déjà?

Darren continuait de cliquer, feignant de se désintéresser de ma réponse. Mais je n'étais pas dupe.

— Les hommes n'apportent que des ennuis, dis-je. Ils te distraient de tes objectifs. Ils sont exigeants.

— Tous les hommes ne sont pas comme Kevin.

Kevin était mon dernier petit ami en date, celui dont les velléités de domination m'avaient détournée des hommes pendant dix-huit mois.

— C'est ça, oui... Je ne parlais pas non plus de Kevin, rétorquai-je en raclant le fond de mon pot de glace.

Darren retourna son portable pour que je puisse voir l'écran.

— C'est lui?

Jonathan Drazen se tenait entre une femme et un homme que je ne reconnus pas. Je fis défiler la page, pleine de ragots divers. Son physique irlandais faisait pâlir n'importe qui en comparaison, même les stars de cinéma.

— Il a vraiment été photographié avec des tas de femmes, remarquai-je.

— Ouais, et si tu veux tout savoir, depuis son divorce, il tire tout ce qui bouge. Si tu voulais, il serait sûrement partant. Enfin, ce que j'en dis...

Il croisa les jambes et se détourna vers Sunset Boulevard.

Gabby regardait passer les voitures d'un air lointain.

— Sa femme s'appelait Jessica Carnes, récita-t-elle alors, comme si elle lisait un article de journal dans sa tête. L'artiste. Drazen l'a épousée chez son père à Venice Beach. C'est la demi-sœur de Thomas Deacon, un agent sportif de l'APR qui a eu un bébé avec Susan Kincaid, l'hôtesse du Key Club dont le frère joue au baseball avec Eugene Testarossa. Notre agent de rêve chez WDE.

— Un jour, ma Gabby, ton obsession pour les réseaux hollywoodiens finiront par payer, lança Darren en refermant son portable. Mais pas aujourd'hui.

Je pense que si l'on entrait à l'Hôtel K, puis qu'on se faisait emmener les yeux bandés au Stock, on pourrait aisément croire qu'on a été promené un moment avant d'être ramené au point de départ : même piscine, mêmes fauteuils, même musique, mêmes crétins accrochés aux mêmes cocktails et distribuant les mêmes pourboires. La seule différence c'est qu'ici, il n'y avait pas de Freddie. Au Stock, c'était Debbie, une grande asiatique en chemise brodée à col Mao et pantalon noir. Elle connaissait de vue toutes les superstars, et elles l'aimaient autant qu'elle les aimait. Elle était capable de distinguer un magnat du cinéma d'un acteur et de les placer de telle sorte qu'ils puissent parler boutique à leur aise. Elle coordonnait les tables des serveuses en fonction des goûts des clients et dorlotait les filles jusqu'à ce qu'elles soient aussi bien rodées qu'une machine.

Je n'avais jamais travaillé avec quelqu'un d'aussi gentil.

— Souris, ma jolie, dit Debbie.

J'avais commencé depuis une semaine, et je savais exactement combien de tables j'étais capable de servir, et à quelle vitesse je travaillais par rapport aux autres. Mon point fort, apparemment, était ma personnalité magnétique.

— Les gens te regardent, dit-elle. Ils ne peuvent pas s'en empêcher. Alors souris.

Ce n'était pas si simple. Nous venions d'enchaîner trois bons concerts d'affilée, et puis Vinny avait disparu dans la nature. Nous étions allés tambouriner à sa porte dans Thai Town, puis à sa maison d'East Hollywood, et nous avions essayé de l'appeler quatre cents fois. Pas de Vinny. Toutes les dates qu'il nous avait trouvées étaient tombées à l'eau. Mon succès naissant partait en vrille, et je n'appréciais pas du tout.

— C'est quoi ton problème, bon sang? me lança un type en jetant un billet d'un dollar et trois pièces de dix centimes sur mon plateau. Tu as besoin d'une ligne de coke ou quoi?

Il ressemblait à n'importe quel autre demeuré en Hugo Boss, aux cheveux hérissés teints en blond, capable de balancer soixante noms de stars à la minute après trois bières. Mais Debbie avait noté son nom sur le ticket, sans doute par égard pour moi. Il s'agissait d'Eugene Testarossa, le fameux type de la WDE que je rêvais de rencontrer depuis des mois. J'étais tellement occupée à me morfondre à cause de ce boulet de Vinny que je ne l'avais pas reconnu.

L'heure de ma pause venue, alors que je me dirigeais à grands pas en direction des toilettes, je heurtai de plein fouet un torse musclé qui sentait la sauge et le brouillard.

— Monica, dit Jonathan. Salut. Sam m'a dit qu'il vous avait engagée.

Son regard vert se posa sur moi, et sous son poids j'eus envie de m'effondrer. Tandis qu'il me dévisageait, son expression amusée céda la place à l'inquiétude.

— Ça va? demanda-t-il.

— Oui. Juste une mauvaise journée. Peu importe.

J'avançai vers les toilettes, mais il ne semblait pas disposé à me laisser partir si facilement.

— J'ai eu votre rapport, reprit-il. Merci. C'était très professionnel.

— Ça vous étonne qu'une serveuse soit capable d'aligner deux mots ?

Au regard qu'il me lança, je compris que j'avais un peu exagéré. Il ne méritait pas que je me montre aussi désagréable. Je réfléchis aussi vite que possible ; je n'avais aucune envie qu'on me bombarde de questions sur ma vie en ce moment.

— Les Dodgers ont perdu, ça m'a flanqué un coup au moral.

— Les Dodgers ont gagné, ce soir.

À ses lèvres pincées et son regard amusé, je compris qu'il savait que je plaisantais à moitié.

Je me balançai d'un pied sur l'autre, avec l'impression d'être une gamine surprise en train d'embrasser un garçon derrière le gymnase.

— Ouais, lançai-je enfin. Sauf que ce salaud de Jesus Ronaldo en a raté une belle dans la neuvième manche.

— Il a à peu près cinq bons lancers par match.

— Il a tendance à les mettre dans l'enclos de relève.

— Ou à essayer de dégommer les autres joueurs, dit Drazen en secouant la tête.

À ce moment, il avait l'air normal, ce n'était plus du tout le type qui me déshabillait des yeux derrière son bureau.

— Désolée d'avoir été agressive.

— Je suis habitué.

— Ça m'étonnerait, franchement. Les gens sont gentils avec vous toute la journée.

Il haussa les épaules.

— Vous m'avez menti en me disant que vous alliez bien. Il m'arrive de mentir sur la façon dont les gens me traitent.

— Je garderai ça en tête.

— Oui, dit-il avant de s'éclaircir la gorge. J'ai des billets pour la saison. Des places juste devant la première base.

J'étais incapable de dissimuler mon intérêt. Je savais que mes yeux brillaient, même si j'étais gênée d'être tellement excitée par quelque chose que possédait quelqu'un d'autre.

— Je pourrais vous emmener, de temps en temps, dit-il.

— Un vrai match des Dodgers, ça se regarde depuis les gradins. Les sièges à six dollars, mec.

Il éclata de rire et je l'imitai. C'est alors que Debbie apparut dans le couloir.

— Monica ! appela-t-elle en se tapotant le poignet.

— Merde ! m'exclamai-je en fonçant vers mon poste – non sans me retourner pour saluer Jonathan de la main avant de bifurquer.

Plaquant un sourire sur mon visage, je m'efforçai de prendre mon air le plus avenant et repris le chemin de la salle. J'aperçus Jonathan qui, entre-temps, était revenu au bar ; il discutait avec Sam et Debbie, riant à une plaisanterie que je n'entendais pas. Quand j'arrivai à mon poste pour prendre mon plateau, il se tourna vers moi et je sentis son regard. Il était magnifique, sans le moindre doute. J'aurais pu écrire des chansons sur ce visage, ces pommettes, ces yeux, cette odeur sèche et troublante.

Si seulement il pouvait décamper d'ici ! Je faisais de mon mieux pour ne pas le regarder, mais à une heure du matin il parlait toujours avec Sam. À l'extrémité du bar, Debbie était occupée à compter la recette quand j'arrivai avec un ticket. Alors je n'y tins plus.

— Je suis désolée d'avoir discuté avec monsieur Drazen dans le couloir, dis-je. Je travaillais pour lui, avant.

— Je sais.

— Il vient souvent ici ?

— Lui et Sam sont amis depuis leurs années d'études à Stanford, alors… Une fois par semaine ? Tu veux que je m'arrange pour qu'il vienne plus souvent ?

Je sentis mes joues s'enflammer. Debbie, qui déchiffrait les gens aussi facilement que des enseignes lumineuses, devina mon embarras malgré la pénombre. Je regardai Jonathan à la dérobée. Il nous fixait, Debbie et moi. Il leva son verre, qui ne contenait plus que des glaçons fondus, dans notre direction. Sam était parti s'occuper d'un problème quelconque d'hôtel, et Jonathan était seul.

— Parfait, me dit Debbie. Tu vas lui apporter un autre verre.

Elle héla le barman, un mannequin musclé qui devait travailler son corps plus que son cerveau.

— Robert, donne le scotch de monsieur Drazen à Monica.

— Debbie, vraiment…, commençai-je.

— Pourquoi? demanda Robert en attrapant une bouteille de single malt sur une étagère tellement haute que j'aurais eu besoin d'une nacelle pour l'atteindre. Je ne suis pas assez mignon?

— Tu es très mignon, répliqua Debbie. Mais fais ce que je te dis.

Puis, posant une main sur mon bras, elle ajouta à mi-voix:

— Il faut que tu pratiques un peu plus les gens de ce niveau social. Pour toi, en tant que personne. T'habituer à les fréquenter ne pourra te faire que du bien. Maintenant, vas-y.

C'était plutôt sympa d'être un peu maternée. Ma mère était plus ou moins absente depuis mes années de lycée, à l'époque où elle et mon père avaient déménagé à Castaic. Je ne m'étais jamais sentie abandonnée, mais j'aurais apprécié d'être épaulée au quotidien.

Drazen me regarda faire le tour du bar, son scotch à la main. Savait-il que cela me mettait mal à l'aise, ou s'en fichait-il royalement? Je me demandai si notre différence de statut le gênait ou l'excitait. C'était un client, et il était riche à milliards. Moi, Monica, j'étais serveuse et je n'avais pas un rond. Oui, cela devait l'exciter.

— Merci, dit-il quand je posai la serviette et son verre sur le bar (chose que Robert aurait pu faire deux fois plus vite).

— Je vous en prie.

Nous nous dévisageâmes pendant une ou deux secondes. Je n'avais rien à ajouter à la conversation, mais son charme magnétique rendait toute parole inutile. J'allais m'écarter pour partir quand il lança :

— J'étais sérieux au sujet de ces matchs.

— Et moi, j'étais sérieuse au sujet des gradins.

— Si loin du marbre, l'ambiance doit être particulièrement intéressante, observa-t-il en faisant tinter sa glace dans son verre. Mais vous croyez que j'aurais le temps de faire connaissance avec les gens avant d'être piétiné ?

J'aurais voulu lui parler de la couleur renversante de ses yeux. Toucher sa main qui reposait au bord du bar. À la place, je répondis :

— Les supporters de l'équipe feront attention à vous, surtout si vous portez du rouge.

— Je peux vous voir après le travail ?

J'eus l'impression qu'une cymbale retentissait dans ma poitrine – tout le monde avait dû l'entendre. Certes, au cours des dix-huit derniers mois, ce n'était pas la première fois qu'on me proposait un rancard ou qu'on me faisait du gringue, mais jusque-là, je n'avais eu aucun mal à éconduire poliment les hommes qui avaient des vues sur moi. Et si j'avais un cerveau en état de fonctionnement, la première chose à faire était d'éconduire tout de suite Jonathan Drazen. Poliment, bien sûr.

— Peut-être, répondis-je. À deux heures et demie du matin, l'ambiance doit être particulièrement intéressante.

À cet instant, Sam apparut, et comme je ne voulais pas être vue en train de discuter avec mon ancien patron, je m'éloignai sans lui confirmer que, même à une heure pareille, je le trouvais, lui, particulièrement intéressant.

4

Je passai l'heure et demie suivante à tenter de me dissuader de voir Jonathan après mon service – pour autant qu'il soit au rendez-vous. Il allait me distraire, c'était évident, me détourner de mes priorités. Impossible de me retrouver dans la même pièce que lui sans avoir envie de le toucher.

Je repensai à Kevin. Un bel homme lui aussi, qui avait eu sur moi à peu près le même effet que Jonathan Drazen – papillons dans l'estomac et rougissements intempestifs compris.

J'étais en couple avec Darren depuis six ans quand celui-ci m'avoua avoir embrassé Dana Fasano. Nous étions à ce moment-là à un point de bascule, hésitant entre rompre ou nous marier. Sur ces entrefaites, je me rendis à une fête en ville avec une amie dont le nom m'échappe, et je le vis. Kevin. Il parlait avec une fille dans un coin, et quand il leva la tête, son regard croisa le mien, comme s'il le cherchait. J'en restai pétrifiée. Il avait des yeux marron, de longs cils noirs, et quand nous nous vîmes la distance entre nous se transforma en une corde de violoncelle vibrante, qui émettait un son magnifique.

Pendant une demi-heure, je ne le vis plus, et pourtant je le sentais qui m'encerclait et me tenait en laisse, même lorsqu'il parlait à d'autres personnes. Enfin, dans la cuisine bondée, il apparut derrière moi – je le sus aussitôt, parce que je l'avais senti avant même qu'il allonge le bras devant moi pour prendre une bière dans l'évier.

— Salut, dit-il.

— Salut.

Il me tendait la bière, les mains glissant sur le verre glacé, l'eau froide s'accumulant dans le creux entre sa peau et la bouteille.

— Le décapsuleur est par-là?

Je lui pris la bouteille des mains, exagérant mon geste, comme avec Drazen, pour pouvoir toucher ses doigts froids et mouillés. Je plaquai la capsule contre le bord du comptoir et effectuai un rapide mouvement de levier. La capsule se tordit avant de tomber par terre dans un cliquètement métallique. Je lui rendis la bouteille.

— Voilà.

— Merci.

Il considéra la bouteille, puis mon visage.

— Tu vois cette fille, là-bas? demanda-t-il en désignant une fille de mon âge aux cheveux courts et en collants rayés.

— Oui.

— Dans vingt secondes, elle va venir ici et me demander sur quoi je travaille pour mon exposition. Je ne veux pas lui dire.

— Alors ne le fais pas.

Comme si elle nous avait entendus, la fille aperçut Kevin et se dirigea vers lui. C'était la première fois que je le voyais se comporter en charmeur harcelé, et ce ne serait pas la dernière.

— Mieux vaudrait qu'elle ne pose pas la question. Mes peintures doivent rester secrètes avant le vernissage. Si je lui dis, elle les possédera. Son âme les possédera. Je ne peux pas l'expliquer.

Il y avait foule dans la cuisine, ce qui ralentissait la progression de la fille au collant rayé et nous rapprochait l'un de l'autre, nous obligeant à chuchoter.

— Pigé, dis-je.

À ce stade, il aurait pu dire n'importe quoi, j'aurais compris. S'il m'avait expliqué la mécanique quantique, j'aurais affirmé que c'était clair comme de l'eau de roche.

— Tes toiles ne sont pas encore nées, repris-je. Si elle les voit avant qu'elles soient achevées, elle les connaîtra comme des enfants. Jusqu'aux entrailles.

— Nom d'un chien, tu me comprends vraiment !

Je n'avais aucune bonne repartie en tête. Je voulais juste le comprendre. Comprendre tout ce qu'il me dirait à partir de maintenant. Il m'effleura le menton.

— Si je t'embrasse, elle va faire demi-tour et partir.

Avec le recul, c'était la technique de drague la plus maladroite que j'aurais pu imaginer de sa part. L'année qui suivit, il fit beaucoup mieux. Mais lors de cette fête, il m'avait suffi d'entendre le mot « embrasser » franchir sa bouche parfaite. Je posai une main sur son épaule, et il en glissa une autour de ma taille. Nos lèvres se rencontrèrent, et j'étouffai un gémissement de plaisir. Darren était le seul garçon avec qui j'étais sortie, et je l'aimais. Je n'avais pas renoncé à l'aimer, mais embrasser cet homme, comme ça, avec son goût de malt et de chocolat, fit naître en moi des sensations dont je n'aurais jamais soupçonné qu'un simple baiser puisse les déclencher. Je sentais chaque pore de sa langue, chaque courbe de ses lèvres. Le monde disparut et je me transformai en une tempête de désir.

En rentrant chez moi, j'avais du mal à marcher tant j'avais envie de Kevin. Le lendemain, je rompis pour de bon avec Darren. Si c'était ça, le désir, j'en voulais davantage. Je me sentais éveillée, vivante, pas seulement sexy, mais sexuelle. Il obséda toutes mes pensées jusqu'à ce que je le revoie et que nous nous effondrions sur un lit pour baiser comme des bêtes sauvages.

Quand je finis par le quitter, pleurant toutes les larmes de mon corps, je pris conscience qu'à travers lui j'avais laissé ma sexualité me contrôler et me manipuler. Il m'avait pris ma musique et l'avait écrasée sous le poids de son propre talent. Il ignorait ce que je créais, il le rejetait, le pourrissait. Aussi, au bout de trois mois, je n'étais plus capable de chanter une seule note, et chaque instrument que je prenais se transformait en matraque. Je ne m'étais jamais sentie aussi morte d'un point de vue créatif et aussi sexuellement vivante.

Lorsque je trouvai la force de partir, je me promis une chose : plus jamais ça !

Je refermai mon casier en pensant à ces places pour les Dodgers devant la première base. Les entreprises assistaient aux matchs dans des loges, et les vrais fans depuis les gradins, juste devant le terrain – au diable le luxe ! Je n'avais jamais vu un match autrement que sous cet angle.

Debbie entra dans les vestiaires qui résonnaient de conversations et du claquement des portes de casier. Elle nous tendit nos enveloppes de pourboires.

— C'était une bonne soirée pour tout le monde, annonça-t-elle avant de s'approcher de moi. Quelqu'un t'attend à la sortie de devant. Si tu veux l'éviter, passe par le parking, mais sois gentille. C'est un ami de l'hôtel.

— Je peux vous demander quelque chose ?

— Oui, mais vite, j'ai des comptes à faire.

— Il a beaucoup bu ? demandai-je aussi bas que possible.

Debbie sourit, comme si j'avais posé exactement la question qu'elle attendait.

— Deux verres. Il sirote comme un bébé.

— Je sais que vous ne me connaissez pas très bien, mais… Ce serait une erreur de sortir par-devant ?

— Seulement si tu prends cette histoire trop au sérieux.

— Merci.

Debbie s'éloigna pour distribuer le reste des enveloppes. À vrai dire, cette conversation me soulageait. Ainsi, les limites étaient beaucoup plus claires. Je pouvais sortir avec lui, être juste assez proche pour sentir l'appel du sexe entre nous, mais quant à coucher avec lui, c'était une autre affaire. J'étais avertie.

Jonathan Drazen était bien à la réception, mais en pleine discussion avec Sam. Ils riaient comme deux vieux potes. Or il n'était pas question que je l'aborde en présence de mon patron. Je n'avais pas dû passer plus d'un quart d'heure avec lui, mais Sam semblait être quelqu'un de bien. Avec ses cheveux blancs et sa carrure élancée, il avait une allure de présentateur de journal et son attitude était celle d'un homme d'affaires. Je poussai donc les portes battantes en me disant que le sort avait décidé pour moi : je ne verrais pas Drazen ailleurs que dans un bar sur le toit d'un building.

Mais je n'avais fait que trois pas dans la chaleur de la nuit en direction du parking quand je l'entendis crier mon nom.

— Vous me suivez ? demandai-je en ralentissant.

— Je voulais juste de la compagnie jusqu'à ma voiture.

Nous descendîmes le long de Flower Street, le trajet le plus long pour rejoindre le parking. N'importe qui de normal aurait traversé l'hôtel pour s'y rendre.

— Comment connaissez-vous Sam ? voulus-je savoir.

— Il m'a présenté à mon ex-femme, ce pourquoi j'essaie de ne pas lui en vouloir.

— Vous êtes beau joueur, remarquai-je. Le bleu a toujours été votre couleur ?

Il inclina légèrement la tête, l'air perplexe.

— Fan des Dodgers, expliquai-je. Je vous aurais plutôt vu en supporter des Angels.

— Parce que j'ai de l'argent ?

— Plus ou moins.

— J'aime bien m'encanailler un peu, dit-il avec un sourire qui illumina la nuit.

— C'est pour ça que vous avez voulu me voir après le travail? demandai-je en tournant vers l'entrée du parking.

— Plus ou moins.

Il me laissa entrer la première dans le passage souterrain, et je sentis ses yeux sur moi tandis que j'avançais. Ce n'était pas une sensation désagréable. Arrivés en bas de la rampe, nous nous arrêtâmes. J'étais garée au niveau des employés, et sa voiture se trouvait à celui du service de voituriers. Je levai la main pour lui faire un signe d'adieu.

— J'ai bien aimé discuter avec vous, dis-je.

— Moi aussi.

En face l'un de l'autre, nous nous écartâmes en reculant.

— À bientôt, dis-je.

— D'accord.

Il agita la main, élancé et superbe dans la lumière falote et grise du parking souterrain.

— Prenez soin de vous, lançai-je

— Que faut-il que je dise pour que vous restiez? demanda-t-il.

— Il faut dire s'il vous plaît.

— S'il vous plaît.

— Et vous pensez m'emmener où?

— Où vous voulez, Monica. Envoyez un texto à une copine et dites-lui avec qui vous êtes au cas où je serais un tueur psychopathe.

Vu l'heure, il n'y avait pas de circulation sur le trajet vers l'ouest de la ville. Je montai dans sa Mercedes décapotable en me disant que les tueurs ne roulaient sans doute pas la capote baissée, visibles aux yeux de tous. Je laissai donc le vent emmêler mes cheveux jusqu'à en faire un sac de nœuds. Jonathan conduisait d'une main et, en regardant ses doigts bouger et glisser en bas du volant, son poignet solide, j'imaginai cette main sur moi. J'enfonçai mes ongles dans le siège en cuir, m'efforçant de penser à autre chose, n'importe quoi, mais le cuir lui-même semblait caresser l'arrière de mes cuisses de façon suggestive.

— Alors comme ça, vous draguez souvent les serveuses?

Il eut un sourire en coin et m'adressa un rapide coup d'œil. Le vent le décoiffait, lui aussi, mais ça le rendait sexy. Pour ma part, je devais ressembler à Méduse.

— Seulement les plus jolies.

— Je suppose que je dois le prendre comme un compliment.

— Absolument.

— Je ne coucherai pas avec vous.

— Vous l'avez déjà dit.

Peut-être les rumeurs disaient-elles vrai, après tout: c'était un coureur de jupons patenté. Mais comme je lui avais clairement annoncé qu'il ne serait pas question de sexe entre nous, il pouvait bien draguer tout son soûl. Je m'en fichais royalement. Quant à moi, j'étais juste curieuse: qui était ce type? C'était comment, d'être lui? Mais tout cela, au final, importait peu, me dis-je. Je n'avais pas le temps de vivre un nouveau chagrin d'amour.

— De quel instrument jouez-vous, Monica? Vous avez dit que vous étiez musicienne.

— De ma voix, essentiellement. Mais je joue d'un peu de tout. Piano, guitare, alto. L'année dernière, j'ai même appris à jouer du thérémine.

— Qu'est-ce que c'est?

— Oh, c'est magnifique. En fait, pour en jouer, on n'a même pas besoin de le toucher. Un signal électrique est diffusé entre deux antennes, et il suffit de bouger les mains pour produire un son. Je n'avais jamais rien entendu d'aussi envoûtant.

— Vous en jouez sans le toucher?

— Oui, il suffit de bouger les mains dans l'onde. Comme une danse.

— Il faut vraiment que je voie ça, fit-il en inclinant la tête vers moi.

Oh non. Il veut que j'en joue pour lui. Pas question. Pour une raison que j'ignorais, l'idée que cet homme me voie chanter ou jouer me rendait vulnérable, et je n'étais pas prête à ça.

— Vous pouvez voir des gens en jouer sur YouTube.

— Certainement. Sauf que c'est *vous* que je veux voir jouer.

Comme je ne savais pas où nous allions, j'ignorais également combien de temps nous allions rouler. Je voulais changer de conversation, arrêter de parler de ma personne avant que cela lui donne une emprise sur moi. Il me fallait garder en tête qu'il s'agissait de l'ami de mon nouveau patron, et j'aimais beaucoup travailler au Stock.

— Et vous, que faites-vous dans la vie à part posséder des hôtels et draguer de très jolies serveuses?

— Je suis propriétaire d'un tas de choses qui requièrent toutes beaucoup d'attention.

Il arrêta la voiture au bord de la route. Nous étions sur la partie la plus escarpée de Mulholland, celle qui, au lieu de ressembler au secteur immobilier le plus cher du comté de Los Angeles, évoquait un parc à l'abandon. Une rambarde basse séparait la voiture d'une falaise presque à pic surplombant la vallée et le scintillement des néons du samedi soir.

— Allons jeter un coup d'œil, dit-il en serrant le frein à main.

Je descendis de voiture, heureuse de pouvoir me détendre les jambes, et claquai la portière derrière moi. Mes escarpins à talons – confortables, mais loin d'être des chaussures de randonnée – s'enfonçaient dans le sol rocailleux, mais je m'en sortais. Je m'approchai de la rambarde, y appuyai mes genoux. Je le sentais derrière moi, qui fermait sa portière en faisant tinter ses clés. Ce n'était pas la première fois que je venais dans un endroit pareil. La ville en regorgeait parce qu'elle était cernée de collines et de montagnes. Il y a longtemps, avant même que j'embrasse Darren, c'était dans un lieu similaire que je m'étais laissé peloter par Peter Dunbar à l'arrière de sa Nissan. Et après mon bal de promo, j'étais revenue pour me saouler et faire l'amour avec Darren sous un arbre.

— Vous habitez par ici? demandai-je.

— J'habite à Griffith Park, répondit-il en s'arrêtant derrière moi. Ces lumières vives, là-bas, c'est Universal City. La tache sombre à côté, c'est le lac artificiel de Hollywood. Le lac Toluca est à gauche.

Je sentais son souffle sur ma nuque. Il y posa les mains. J'avais l'impression que toutes mes terminaisons nerveuses s'étaient donné rendez-vous à ce point précis de mon corps, qu'elles vibraient et suivaient ses mouvements tandis qu'il me caressait le cou, comme les copeaux de métal sous plastique avec lesquels je jouais enfant. Quand le stylo bougeait, les copeaux aimantés bougeaient en même temps. J'inclinai la nuque pour mieux sentir sa main.

— Tout le reste, c'est l'enfer sur terre, conclut-il. Guère recommandable.

Il m'embrassa le cou. Ses lèvres étaient pleines et douces. Du bout de la langue, il parcourut mon épaule. Je retins mon souffle. Je ne trouvai rien à dire, pas un seul mot, même quand je sentis son érection contre mes reins, puis ses mains qui se posaient sur mon ventre, me caressant à travers mes vêtements. Seigneur, personne ne m'avait touchée comme ça depuis des lustres! À quel moment avais-je décidé que les hommes étaient des nids à problèmes? Un an et demi – depuis que je m'étais débarrassée de Kevin comme d'un manteau trop lourd à porter? Impossible de me rappeler. Les lèvres de Drazen étaient plus que des lèvres;

elles étaient le souvenir physique de ce que j'étais avant de renoncer au sexe pour me consacrer à la musique.

Je rejetai la tête sur le côté, cherchant ses lèvres, bouche ouverte pour accueillir la sienne. Nos langues se rencontrèrent, s'emmêlèrent. Son torse était plaqué dans mon dos, ses mains remontaient sur mon chemisier, jouaient avec la pointe de mes seins.

Avec un gémissement, je me retournai pour lui faire face. Il me souleva pour m'appuyer sur la voiture. Contre mon ventre, la barre dure entre ses jambes me semblait énorme. Des deux mains, il m'écarta les cuisses, les serrant assez fort pour tendre mon jean sur ma peau. Puis il me regarda dans les yeux ; l'intensité du désir dans ses prunelles était presque intimidante, mais toute capacité de réflexion m'avait désertée. Je ne songeai même pas à dire : « Non, arrête, il faut que je rentre me coucher, j'ai besoin d'être en forme pour mes répétitions de demain. » Il plaqua son bassin contre le mien et m'embrassa de nouveau. Je le désirais. Une chaleur brûlante m'avait envahi le bas-ventre. Nous continuâmes de nous embrasser, de nous frotter l'un à l'autre. Nos mains étaient partout. Je lui pinçai un téton à travers sa chemise et il étouffa un grognement avant de me mordre le cou. Je détestais mes vêtements. Je détestais chaque couche de tissu qui me séparait de son érection. Je voulais sentir sa peau moite contre la mienne, sa queue tendue et chaude, ses mains sur mes seins. Je voulais son sexe en moi, dur et brutal.

Un hurlement de sirène me déchira les tympans. Je faillis m'étrangler avec ma propre salive. Jonathan se tourna vers la voiture de police qui approchait. Sa nuque tendue fut la dernière chose que je vis avant que la lumière des phares m'aveugle. Je resserrai les jambes et il s'écarta de moi pour m'aider à descendre du capot.

— Bonjour, lança une voix d'homme derrière le volant de la voiture.

La portière côté passager s'ouvrit, et une femme policier en sortit.

— Bonjour.

Jonathan et moi avions répondu d'une seule voix, comme des gosses de primaire saluant leur professeur. Il me prit la main et nos doigts s'entrelacèrent.

La policière me braqua sa lampe torche sur le visage. Je clignai des yeux, éblouie.

— Ça va, mademoiselle?

— Oui.

— Pouvez-vous vous écarter de ce monsieur, s'il vous plaît? Avancez vers moi.

Je m'exécutai, les mains écartées pour qu'elle voie que je ne cachais rien. La femme m'entraîna un peu plus loin, hors de portée d'oreille.

— Vous connaissez cet homme? demanda-t-elle en examinant mes pupilles sous le faisceau de sa lampe pour vérifier que je n'étais pas sous l'emprise d'une substance plus forte que les phéromones.

— Oui.

— Vous êtes ici de votre plein gré?

— Oui.

— C'était chaud, comme scène, dit-elle en éteignant sa lampe torche. La prochaine fois, trouvez-vous un hôtel, d'accord?

5

Sur le trajet du retour, nous étions un peu refroidis. Je gardai les jambes croisées, et il garda la main sur le levier de vitesse. Quand je dis à Jonathan que la policière avait recommandé que nous allions à l'hôtel, il éclata de rire.

— Elle ne sait vraiment pas à qui elle a affaire ! lança-t-il.

Quelques secondes plus tard, nous nous arrêtâmes à un feu, et il se tourna vers moi :

— Pourquoi as-tu dit que tu ne coucherais pas avec moi si c'était pour venir te frotter contre ma queue sur le capot d'une voiture ?

Cette question m'irrita un peu car, après tout, c'était lui qui m'avait emmenée là-bas et qui avait commencé à m'embrasser dans le cou. Cela dit, j'avais aussi ma part de responsabilité dans cette scène torride.

— C'est juste que…

Je m'interrompis pour réfléchir. Le feu passa au vert, et quand il reporta son attention sur la route, je repris la parole :

— J'ai des choses importantes à faire. Je ne peux pas passer la nuit à baiser parce que, après, j'ai la voix fatiguée. Je ne peux pas perdre mon temps à penser à un homme – n'importe quel homme, pas seulement toi – alors que j'ai des chansons à écrire. Entre les concerts et le boulot, j'ai déjà assez de mal à trouver quelques heures dans la nuit pour écrire, alors je n'ai pas de place pour un amant. Tout ça pour dire que j'ai dû faire une croix sur certaines choses dans ma vie. Et en particulier les hommes.

Il hocha la tête, pesant mes mots. Puis il se caressa le menton, couvert d'une barbe naissante dont ma nuque se souvenait avec plaisir.

— Je comprends.

— Désolée de t'avoir allumé comme ça. C'était un peu inconsidéré de ma part.

Il éclata d'un rire sonore et inattendu vu ce que je venais de lui sortir, mais il ne semblait pas gêné.

— Qu'y a-t-il de si drôle? demandai-je.

— Tu m'ôtes mes meilleures répliques de la bouche.

— Je ne voulais pas te voler la vedette.

— Pas de problème. C'était sympa à entendre.

Je me rencognai sur mon siège pour regarder le paysage défiler. Nous avions quitté les pentes boisées de Mulholland pour rejoindre la route 101. Comment avais-je atterri dans cette voiture, à quatre heures du matin, en compagnie d'un homme réputé pour être un Don Juan de première? Combien de femmes avaient-elles succombé à son petit numéro de charme avant moi?

Le vent était trop fort pour que nous puissions parler, et j'attendis que nous soyons arrivés au centre-ville pour lui demander:

— Et toi, pourquoi tu couches à droite à gauche?

— Comment ça?

— Toutes ces femmes. On dit que tu leur cours toutes après.

— Vraiment? demanda-t-il avec un sourire en coin, les yeux toujours sur la route. Et ça ne t'a pas rebutée?

— Je me fais confiance. Je fais confiance à mon instinct et à ma volonté. Tu attises ma curiosité, c'est tout.

Il haussa les épaules.

— Et toi, quelle réputation as-tu, à ton avis?

— Je n'en ai pas.

— Bien sûr que si. Tout le monde en a une. Quand les gens parlent de Monica, que disent-ils, en dehors du fait qu'elle est belle?

Je ne relevai pas le compliment. De la part d'un homme qui avait failli me baiser, il ne signifiait pas grand-chose.

— Je suppose qu'ils disent que je suis ambitieuse. J'espère qu'ils me disent talentueuse. Mon ami Darren affirmerait sans doute que je suis froide.

— Il a essayé de coucher avec toi, lui aussi?

— Arrête!

Il se tourna vers moi, et nous nous sourîmes.

— On est restés ensemble pendant six ans et demi, alors il n'a pas eu à essayer bien longtemps.

— La rupture a été difficile?

De nouveau, il s'arrêta à un feu et me regarda en face, prêt à m'offrir sa compassion ou des paroles de sagesse.

— Non. Ce fut la chose la plus simple du monde.

J'étais incapable de déchiffrer son expression, mais quand il parla, ce fut d'un ton sérieux, dénué de toute légèreté.

— Simple pour toi?

— Pour tous les deux. Ça faisait longtemps que c'était mort entre nous.

Il tourna la tête vers sa vitre en se frottant les lèvres du bout des doigts.

— J'ai l'impression que tu veux me dire un truc, mais que tu n'y arrives pas, dis-je. Je ne veux pas être ta petite amie, alors tu peux être honnête, tu peux y aller, il n'y aura pas de retour de manivelle.

Le Stock et ma voiture n'étaient plus qu'à quelques bâtiments de là. Il s'arrêta le long du trottoir et passa au point mort, sans couper le contact.

— Tu veux vraiment savoir?

— Oui.

— Pourquoi?

— Parce que tu attises ma curiosité, je te l'ai dit.

Il étouffa un rire.

— Ma femme et moi avons été mariés longtemps. Ce n'était pas facile.

Il caressa le volant, et je m'aperçus qu'il regrettait d'avoir répondu à la première partie de la question. Il était trop tard pour que je la retire, alors j'attendis jusqu'à ce qu'il reprenne:

— Elle est partie en emportant tout avec elle.

— Je ne comprends pas. Tu es fauché?

Il passa la première avant de se tourner vers moi.

— Elle ne m'a pas pris un sou. Elle a emporté tout ce qui me tenait à cœur.

Je me sentis désolée pour lui et, en même temps, stupide d'éprouver cette compassion. J'aurais aimé lui prendre la main et lui dire qu'un jour, il s'en remettrait, mais cela aurait été complètement déplacé.

— J'ai un peu faim, dis-je. Il y a un camion à kimchi au croisement de la First et d'Olive. Sur le parking, tu sais? Tu peux venir, si tu veux.

— Il est quatre heures du matin.

— Alors ne viens pas. C'est toi qui décides.

— Tu n'es pas une cliente facile, on te l'a déjà dit?

Je haussai les épaules. J'avais vraiment faim, et rien ne me faisait plus envie qu'un bon petit kimchi.

Jonathan avait eu raison de souligner l'heure. Quatre heures du matin, assez tard pour qu'il trouve à garer la voiture à cinquante mètres de là. Nous entrâmes à pied dans le parking, croisant des fêtards plus ou moins trentenaires qui avaient commencé à dessoûler. Ils portaient de la nourriture emballée dans du papier sulfurisé ou des boîtes recyclables. Comme nous étions en centre-ville et pas devant un hypermarché, le parking était de taille modeste. Les seuls véhicules qui s'y trouvaient étaient garés le long du grillage – des camions peints de couleurs vives dont se dégageaient des arômes succulents venus du monde entier. Mon camion à kimchi était là, ainsi que d'autres qui vendaient du pop-corn, du fromage grillé artisanal, des soufflés au homard, de la glace, des sushis et des plats mongols. Les déchets de la soirée jonchaient l'asphalte, d'un blanc éclatant sous la lumière des éclairages mis en place par les propriétaires des camions. Chacun apportait ses tables et chaises, ses poubelles et ses lampes. Les clients arrivaient vers minuit et défilaient jusqu'à l'aube.

Je balayai le parking du regard, en quête d'un visage connu, espérant d'un côté que je trouverais quelqu'un à saluer, et de l'autre que Jonathan et moi pourrions rester seuls.

— Mon camion à kimchi est là-bas.

— Je vais en Corée la semaine prochaine, je ne vais pas commencer à me gaver de kimchi maintenant. Tu as goûté aux tacos de Tipo?

— Des tacos? Sérieusement?

— Allez, viens, dit-il en me prenant la main pour m'entraîner vers le camion en question. Tu n'es pas végétarienne, si?

— Non.

— *Hola*, lança-t-il à l'homme derrière la vitre.

Il semblait avoir mon âge, ou peut-être moins, et souriait largement, le visage barré d'une petite moustache.

— *Qué tal*? continua Jonathan.

Mes compétences en espagnol s'arrêtaient là, mais pas les siennes. Il se mit à parler à toute allure, enchaînant les questions. À en juger par la façon dont l'homme à la moustache et lui riaient, Jonathan maîtrisait la plaisanterie à la perfection.

Si j'avais fermé les yeux, j'aurais cru être avec une tout autre personne.

— Tu parles espagnol? demandai-je.

— Je vis à Los Angeles, répondit-il sur le ton de l'évidence.

— Vous, vous ne parlez pas cette langue? me demanda Moustache.

— Non.

Il dit quelque chose à Jonathan, et ils se remirent à converser un instant. Je me sentais mise à l'écart. De toute évidence, ils parlaient de moi.

— Il voulait savoir si tu étais aussi intelligente que belle, traduisit enfin Jonathan.

— Que lui as-tu répondu?

— Qu'il y avait de fortes chances, mais que j'avais besoin de te connaître un peu mieux.

— Et au cours de cette passionnante conversation, tu m'as commandé un pastor?

— Un seul?

— Oui, un seul.

— Ils sont petits.

Il forma un cercle avec ses mains, souriant comme une grand-mère expliquant à sa petite-fille qu'elle est trop maigre.

Je lui pinçai les côtes, sans avoir grand-chose à me mettre sous les doigts. Ses flancs étaient durs et musclés.

— Un seul, répétai-je en m'efforçant d'oublier que je venais de le toucher.

Nous nous assîmes à une longue table. Quelques camions commençaient à fermer. L'atmosphère était paisible, et j'éprouvais une étrange satisfaction à l'idée que nous étions encore debout alors que les derniers fêtards désertaient les lieux. J'achevai mon taco en trois bouchées puis me tournai dos à la table pour m'y appuyer et tendre les jambes.

Il avala une gorgée d'eau et posa le pouce sur mon biceps.

— Pas de tatouages?

— Non, pourquoi?

— Je ne sais pas. Tu es jeune, musicienne, tu vis à Echo Park. Il faut des tatouages pour entrer dans ce milieu.

Je secouai la tête.

— J'y ai pensé plusieurs fois, mais je n'ai jamais réussi à me résoudre à franchir le pas. Ma meilleure amie, Gabby, en a quelques-uns. Une fois, je suis allée chez le tatoueur avec elle, et je n'ai pas pu me décider sur le modèle. De toute façon, ce n'était pas le moment.

— Pourquoi?

Il attaquait son dernier taco, et je sentis que je devais en profiter pour alimenter la conversation jusqu'à ce qu'il ait fini de manger.

— C'était une étape importante, pour elle. Elle s'est fait inscrire « Plus jamais » à l'intérieur du poignet, par-dessus les cicatrices qu'elle s'était faites en se tailladant les veines. Je ne pouvais pas amoindrir son geste en me faisant tatouer un motif idiot.

Il avala sa dernière bouchée et roula sa serviette en boule.

— Pour quelle raison a-t-elle essayé de se suicider?

— On n'en sait rien. Elle ne le sait pas elle-même. La vie, c'est tout.

J'aurais voulu lui confier que c'était moi qui l'avais trouvée et conduite à l'hôpital, et que je la surveillais, mais j'en avais déjà assez dit pour une soirée.

— En revanche, j'ai un piercing, repris-je. Tu veux voir?

— Je vois très bien tes oreilles d'où je suis.

Je soulevai mon chemisier pour lui montrer l'anneau de mon nombril et son minuscule faux diamant.

— Et si tu veux tout savoir, oui, ça a fait mal.

— Ah, dit-il. Très joli.

Il toucha l'anneau puis posa sa main ouverte sur mon ventre. Du petit doigt, il effleura la ceinture de mon jean, et je retins mon souffle. Puis, glissant la main sur ma taille, il m'attira légèrement vers lui et je me laissai aller et l'embrassai. Sa barbe me griffait les lèvres et sa langue avait le goût de l'eau qu'il venait de boire. Je posai les mains sur ses joues puis j'enfouis mes doigts dans ses cheveux.

C'était aussi agréable que voué à l'échec, mais il était tard, et Jonathan était beau et drôle. Je ne voulais pas m'encombrer d'un petit ami, mais j'étais une femme…

Quand Moustache vint démonter la table, nous dûmes admettre qu'il était temps de partir. Le bleu sombre du ciel avait viré au turquoise, et les premiers rayons du soleil réchauffaient déjà l'air.

Nous arrivâmes à sa voiture avant l'heure où le stationnement devenait payant. Nous restâmes silencieux tandis qu'il pénétrait dans le parking du Stock et descendait jusqu'au niveau des employés où était garée ma Honda solitaire. J'ouvris la portière dans un claquement qui résonna dans ce lieu désert.

— Merci, dit-il. Je te croiserai sans doute à l'hôtel un de ces soirs.

— Tu peux faire comme si rien ne s'était passé.

— À toi de voir.

Il effleura ma joue du bout des doigts, et je sentis un courant électrique me traverser le corps.

— Je ne verrais pas d'inconvénient à finir le boulot.

— Pas de promesses entre nous.

— D'accord. Pas de promesses.

— Et pas de mensonges, ajoutai-je.

— À bientôt.

Nous nous séparâmes sans nous embrasser.

Gabby et moi habitons dans la maison de mon enfance, qui se trouve sur l'une des collines les plus abruptes de Los Angeles. Quand mes parents ont déménagé, ils m'ont proposé d'y vivre pour un loyer équivalent à la taxe foncière et aux charges. J'étais certaine que je n'aurais jamais à en bouger. Elle dispose de deux chambres et d'un petit jardin. Quand mes parents l'ont achetée dans les années 1980, cette maison était une ruine située dans un quartier mal famé. Aujourd'hui, la rue héberge un cardiologue d'un côté, et de l'autre une école Montessori à 1800 dollars le mois.

En rentrant de mon escapade sur Mulholland Drive avec Jonathan Drazen, je trouvai Darren endormi sur mon canapé. Nous étions convenus de ne pas laisser Gabby seule jusqu'à ce qu'elle aille mieux, et bien qu'elle ait suivi son traitement pendant une semaine, ce n'était pas le cas. Les premières lueurs du matin filtraient à travers les rideaux. Il faisait donc assez clair pour que, en me dirigeant vers la salle de bain, je ne me prenne pas les pieds dans la boîte de pizza qu'il avait laissée traîner par terre.

Je me regardai dans le miroir. Cette virée en décapotable m'avait ébouriffé les cheveux, et tout mon rouge à lèvres était parti – sans doute sur la bouche de Jonathan Drazen.

J'avais encore la sensation de ses lèvres dans mon cou, de ses mains sur mes seins, par-dessus mon chemisier. Je posai les doigts là où il m'avait touchée, et j'eus soudain la sensation que ma chatte allait éclater comme un fruit trop mûr. Je plongeai la main dans mon jean, un genou sur la cuvette des toilettes, et je jouis si vite et si fort sous l'affreuse lumière des néons que mon dos se cambra. Je gémis sous mes propres caresses. N'empêche, ça ne servit à rien : j'avais autant envie de lui après avoir joui.

Seigneur! comment en suis-je arrivée là? Que suis-je devenue?

Jonathan Drazen était tellement furieux contre son ex-femme qu'il en voulait certainement à toutes les autres. Je savais comment ça se passerait : il me laisserait tomber amoureuse de lui, puis il s'excuserait de m'avoir menée en bateau. Je n'avais pas besoin de ça. Rien ne bloquait autant ma créativité qu'un chagrin d'amour. Non, songeai-je en retournant dans la cuisine, n'importe qui, mais pas Jonathan Drazen. Je ne devais plus jamais le revoir. Je pouvais me passer de ses lèvres et de ses mains fermes. Si je voulais satisfaire les désirs de mon corps, je n'aurais aucun mal à trouver un homme consentant.

Darren était déjà en train de préparer le café.

— Où étais-tu ? demanda-t-il. Il est déjà six heures et demie.

— En virée avec quelqu'un dont je ne citerai pas le nom.

— Monsieur Sexy ? demanda-t-il sans jalousie ni sarcasme.

— Ouais.

— Il est gentil avec toi ?

— Il veut coucher avec moi, alors difficile de savoir s'il est gentil ou manipulateur. Et Gabby, comment va-t-elle ?

— Toujours pareil.

Il sortit deux tasses et un carton de lait demi-écrémé entamé.

— Elle est euphorique un moment et apathique le suivant, expliqua-t-il. Elle a commencé à trembler parce qu'elle ne jouait pas hier soir. Encore une occasion manquée, a-t-elle dit, et tout le tralala. Ensuite, elle s'est balancée pendant une demi-heure.

— Tu l'as fait asseoir au piano ?

— Oui, et ça a marché. N'empêche, il faut qu'on trouve un moyen de la sortir de cette dépression.

— Gabby sera toujours Gabby, rétorquai-je. Même si elle jouait au Staples Center, ça ne changerait rien à son état.

— Sauf que, dans ce cas, elle aurait les moyens de se faire soigner, de trouver un bon traitement, peut-être même une psychothérapie. Ce serait un début.

J'approuvai de la tête. Il avait raison. Le manque de fric posait problème.

— Et Vinny? continua Darren. Pas la moindre nouvelle de ce type. J'ai essayé de l'appeler, et sa messagerie est pleine.

Une tasse à la main, il semblait sur le point de craquer.

— Dans six mois, notre contrat avec lui expire, nous serons débarrassés de lui, dis-je.

— Gabby n'a pas six mois, Monica.

— D'accord, j'ai compris.

Je le pris par le bras et le regardai dans les yeux.

— Elle est comme la dernière fois, quand tu l'as trouvée. Je ne veux pas que…

— Darren, arrête!

Mais c'était trop tard. La tension de la soirée avait pris le dessus. Il battit des paupières et des larmes roulèrent sur ses joues. Je le serrai dans mes bras et nous nous étreignîmes au milieu de la cuisine jusqu'à ce que la cafetière bipe. Alors il s'essuya les yeux du revers de la manche, sa tasse vide toujours à la main.

— Je bosse au magasin de musique ce matin. Tu veux bien rester avec elle jusqu'à la répétition?

— Oui.

— Je peux me doucher ici? Ma chaudière est en panne.

— Fais comme chez toi. Mais étends ta serviette après.

Il sortit de la cuisine, et je me retrouvai seule. Le sol était sale, le robinet fuyait – tout comme le toit. Les fondations étaient fissurées depuis le dernier tremblement de terre. J'avais trouvé agréable de m'asseoir dans cette Mercedes et de rouler avec quelqu'un qui n'avait jamais à se préoccuper d'argent. Agréable de ne penser pendant deux heures qu'au désir physique et à ce que j'allais en faire. Très agréable.

Le portable de Darren était sur la table de la cuisine, ouvert sur un quelconque fichier Pro Tools qu'il n'avait sans doute pas eu l'occasion de toucher pendant qu'il s'occupait de Gabby. Je me servis un café et m'assis sur la chaise pour me connecter à Internet. Pendant les heures de cours, nous piquons de la bande passante à l'école Montessori ; j'en profitai donc pour consulter mes mails. Puis, me rappelant ma conversation avec Jonathan au sujet de son ex-femme, j'entrai son nom dans le moteur de recherche : Jessica Carnes.

Je tombai sur d'autres photos que celles trouvées par Darren l'autre jour. Jessica était une artiste abstraite et conceptuelle. Google me fournit une flopée d'images de l'artiste et de ses œuvres auxquelles je ne compris rien, malgré le vocabulaire que m'avait inculqué Kevin en matière d'arts visuels.

Jessica avait de longs cheveux blonds et un teint ivoirin. Elle semblait à peine maquillée et avait les cheveux naturellement ondulés. Chaussures de marque, mais plates. Ses jupes étaient longues et elle paraissait réservée. En bref, mon antithèse : j'avais de longs cheveux bruns et les yeux noirs, je me maquillais, portais des jeans serrés, des jupes courtes et des talons aussi hauts que possible. Le tout en noir. Car – je m'en rendis compte soudain – je m'habillais presque toujours en noir. Je n'y avais jamais prêté attention jusqu'à ce que je découvre Jessica vêtue de toutes les déclinaisons imaginables de tons crème, écru et pastel.

Sur la troisième page, je tombai sur une photo de mariage. Je cliquai.

Cette page, construite par son agent, montrait le genre de bar luxueux en bord de mer dans lequel je n'aurais jamais pu jouer les serveuses, même dans mes rêves. Je fis défiler la page, en quête du visage de Jonathan. Je le dénichai sur quelques photos, en compagnie de gens que je ne connaissais pas ou au côté de son épouse. Une image tout en bas retint mon attention. J'eus l'impression qu'on venait d'aspirer d'un coup tout l'air de mes poumons. Jessica et Jonathan étaient là, loin de la foule. Elle était presque dos à l'objectif, et il lui faisait face, les doigts posés dans un geste délicat et tendre sur la naissance de son cou, tout près de son épaule ; on aurait dit un autre homme. Je connaissais les sensations exactes que procurait cette caresse, et je me sentis tellement jalouse de cette épaule que je refermai le portable dans un claquement sec.

6

Je tambourinai du pied sur le sol, impatiente. Nous louions le studio à l'heure, et cher, mais Gabby et moi étions les seules à être arrivées. Bien entendu, elle était au piano, faisant courir ses doigts sur le clavier avec son brio habituel ; mais elle ne répétait pas vraiment, c'était plutôt une thérapie. Darren avait besoin de vingt bonnes minutes pour monter sa batterie. Ensuite, les bavardages et excuses diverses en prendraient quinze de plus, et je devais en outre répéter quelques standards idiots pour mon tour de chant au Frontage ce soir-là.

J'étais assise sur le banc de bois en face de la vitre qui séparait le studio de la régie. Le local empestait la cigarette et la sueur. Les murs étaient isolés par de la mousse, forcément poreuse – un véritable nid à germes et à mauvaises odeurs. J'avais cru qu'en me caressant je chasserais la boule de désir que Jonathan avait fait naître dans mon ventre, mais je m'étais réveillée avec, et je m'étais de nouveau fait jouir, cette fois sous la douche. Rien à faire, j'avais une folle envie de lui. Il fallait que je me mette au travail. Penser à ce type était contre-productif au possible.

Je murmurai :

— *I've got you, under my skin* [1].

Puis je chantai :

---

1. NdT : titre d'une chanson écrite par Cole Porter en 1936 et chantée par Frank Sinatra, qu'on peut traduire par « Je t'ai dans la peau ». (Toutes les notes sont de la traductrice.)

— *I've got you deep in the heart of me. So deep in my heart that you're really a part of me*[1].

Non. Mais oui. C'était une belle chanson. Mais elle ne disait pas tout ce que je ressentais : de la frustration et de la colère. Alors, de toutes mes forces, je chantai la dernière ligne du refrain, *I've got you, under my skin*, sans le petit trémolo de Sinatra, mais dans un long hurlement accusateur.

— Une seconde, dit Gabby.

Elle prit un instant pour trouver la mélodie, et je chantai le refrain comme je voulais qu'elle le joue.

— Dis donc, ce n'est pas du tout dans le style de Sinatra, commenta-t-elle.

— Joue-la tout en profondeur, comme si on voulait séduire quelqu'un, ordonnai-je en lui tapant un rythme plus lent sur lequel elle cala son jeu. Oui, Gabby, c'est ça.

Je me levai et entonnai la chanson, me l'appropriant, chantant comme si cette intrusion dans ma peau était inacceptable, comme si des insectes grouillaient sur mon corps, parce que je ne voulais avoir personne dans la peau. Je voulais qu'on me laisse tranquille pour travailler.

J'aurais aimé que les garçons soient là pour enregistrer cette version et pouvoir l'écouter ensuite, mais je savais que je tenais quelque chose. La salle au fond du Frontage était petite, il fallait donc que j'aille moins sur la colère et davantage sur le malaise. Et la tristesse. Sur ma déception d'avoir laissé cette chose arriver. Il fallait que je supplie pour que la douleur parte. Si je parvenais à faire entrer tout cela dans ce morceau, je finirais peut-être par

---

1. Littéralement : « Je t'ai tout au fond de moi. Si loin dans mon cœur que tu fais partie de moi. »

aimer chanter quelques standards dans des restaurants. À moins qu'on ne me vire pour avoir osé les transformer.

Impossible de savoir.

Je repris depuis le début. La première fois que je prononçai le mot *skin*, je sentis les mains de Jonathan sur moi et me laissai aller au plaisir et à la chaleur. Je chantai la chanson tout entière, et Gabby mit sa propre tristesse dans son accompagnement de piano. Voilà, c'était fait. À présent, cette chanson était à moi.

Mon téléphone sonna : Darren.

— Merde, mais où es-tu ?

— Harry vient de m'appeler. Sa mère est malade, en Arizona. Il laisse tomber. Pas seulement la répétition, mais tout le projet.

J'allais répondre quelque chose comme « Pas de bassiste, pas de groupe », mais Gabby m'aurait entendue, et elle n'était pas prête à supporter ce nouveau revers.

— Et toi, pourquoi tu n'es pas là ?

Il soupira.

— J'ai été retenu au boulot. Je serai là dans vingt minutes. Et j'ai un service à te demander pour demain soir.

— Quoi ?

— J'ai un rancard. Tu pourras ramener Gabby à la maison après le concert et t'assurer qu'elle prend ses médicaments ?

— Oui.

— Merci, Monica.

— Ça te fera du bien de coucher avec quelqu'un.

J'éteignis mon portable et passai le temps qui nous restait à travailler pour notre concert du soir.

Le jeudi après-midi au Stock était calme par rapport aux samedis soir. Je gagnais moins d'argent, mais l'ambiance était plus détendue. J'avais toujours une minute pour bavarder au bar avec Debbie, que j'appréciais de plus en plus. Je fis de mon mieux pour garder la tête froide et mon énergie gonflée à bloc. Certes, je ne chanterai pas mes propres compositions ce soir, mais je tenais malgré tout à faire du boulot propre. Pourtant, après l'appel de Darren et l'annonce de la dissolution imminente du groupe, j'avais perdu le peu de pêche qui me restait et, pendant la fin de la répétition, ce que je chantais ressemblait à du Sinatra sous barbituriques.

Debbie raccrocha son portable au moment où je posai la note de commande de la table dix sur le bar. Robert s'en empara et la prépara aussitôt.

— Je crois qu'il t'aime bien, dit Debbie en désignant Robert.

Avec son T-shirt noir moulant et ses tatouages celtiques, il était plutôt canon.

— Pas mon genre, répondis-je.

— C'est quoi, ton genre ?

— L'homme invisible, fis-je en haussant les épaules.

— Je vois. Bon, finis cette table et va prendre ta pause. Tu peux passer au bureau de Sam et faire une copie du planning de la semaine prochaine ?

Elle me tendit un bout de papier. L'équipe de serveuses l'attendait chaque semaine avec impatience, car nos heures et les tables attribuées déterminaient non seulement le montant de notre paie pour la semaine, mais aussi notre emploi du temps familial et social. Et voilà qu'elle me le confiait avec deux heures d'avance. Elle sourit et me tapota le bras avant de s'éloigner pour saluer trois hommes en costume.

J'allai me rafraîchir aux toilettes puis me dirigeai vers le bureau de Sam.

Il n'était pas chaleureux et superbement décoré comme celui de Jonathan au K, mais purement fonctionnel avec son sol de linoléum et ses classeurs métalliques. La photocopieuse s'y trouvait, et je posai le planning sur la vitre sans allumer dans la pièce : les rayons du soleil déclinant éclairaient suffisamment.

La machine était en veille, et donc complètement froide. J'appuyai sur « copie » et attendis qu'elle chauffe. Qui sait combien de temps ça allait prendre? Je m'étirai la nuque, commençai à fredonner, puis à chantonner tout bas, *I've got you, under my skin. I've got you deep in the heart of me. So deep in my heart...*

Je m'arrêtai net en sentant son odeur. Quand je me retournai, Jonathan se tenait dans l'embrasure de la porte, bras croisés. C'était la première fois que je le voyais à la lumière du jour, et le soleil le rendait plus humain, plus palpable, plus présent et – si possible – encore plus beau.

— Jonathan...

— Salut.

Seulement alors, je compris que j'avais été manœuvrée.

— C'est Debbie qui m'a envoyée ici.

— Tu ne savais pas que c'était une entremetteuse?

— Tu es très persévérant.

— Je n'ai pas arrêté de me dire que je n'avais pas envie de te revoir, mais on s'est dit « pas de mensonges ». Y compris à soi-même. Et toi?

Je ne savais pas quoi répondre. Pendant presque une semaine, j'avais lutté pour ne pas penser à lui. Chaque fois qu'il surgissait dans mon esprit, je pensais baseball, suites d'accords et nouveau manager. Aussi, me retrouver face à face avec lui revenait à ouvrir une porte de placard pour prendre son contenu sur la tête.

J'avançai d'un pas dans sa direction, et il m'imita. Une seconde plus tard, nous nous étreignions et nous embrassions à pleine bouche, langues mêlées. Tendant le bras derrière lui, il ferma la porte.

D'accord, j'allais en finir avec ça tout de suite. Lui et moi, ici même. On allait le faire, et ensuite, je pourrais passer à autre chose. Il me poussa sur le bureau et j'ouvris les jambes pour les enrouler autour de sa taille. Il se plaquait contre moi, comme il l'avait fait sur le capot de la Mercedes, des millions d'années plus tôt.

Sa main se posa sur mon ventre, remonta vers mes seins.

— Oui ? souffla-t-il.

— Oui, murmurai-je. Oui à tout.

— Oui, me répéta-t-il à l'oreille.

Puis, repoussant mon soutien-gorge, il prit mes seins à pleines mains, trouva mes tétons et se mit à les caresser du pouce. Comme animées d'une vie propre, mes hanches se soulevèrent aussitôt du bureau, et un gémissement étranglé s'échappa de ma gorge. Seigneur ! il était doué. Surentraîné. Il savait exactement quoi faire.

Il s'interrompit, regarda ma poitrine. La pointe de mes seins était tendue par ses caresses et l'air frais.

— Mon Dieu, Monica, tu es magnifique.

J'eus un petit rire – cette manifestation d'admiration me rendait nerveuse. Il me fit taire en posant la bouche sur un téton et ses doigts sur l'autre, qu'il caressa et tordit. Mes jambes se resserrèrent autour de lui, et dans le mouvement, ma jupe remonta jusqu'à la taille. Il n'y avait plus entre nous que ma culotte et son jean, et il me paraissait encore plus dur et puissant. Il se colla à moi et je me laissai emporter, calquant le rythme de mes hanches sur le sien, mes doigts enfouis dans ses cheveux. Des siècles plus tôt, j'avais failli jouir de cette façon, avec un lycéen dont je ne me rappelai plus le nom, et j'eus le sentiment que ça pouvait m'arriver de nouveau.

Comme s'il avait lu dans mes pensées, Jonathan s'écarta. Son souffle était court et il me regardait, non pour me déshabiller des yeux, mais pour me signifier qu'il avait des plans très précis en ce qui concernait mon corps. Ses mains descendirent sur mes flancs jusqu'à ma jupe et la relevèrent au-dessus de ma taille.

Ma culotte, à laquelle je n'avais prêté aucune attention ce matin en m'habillant, était désormais l'ultime barrière entre moi et le monde.

— Écoute, commençai-je, je ne sais pas si Sam serait tellement d'accord avec ça.

Il posa un doigt sur ma bouche pour me faire taire. D'accord. Il expliquerait tout à Sam. Et il me ferait virer. Entrouvrant les lèvres, je pris son doigt dans ma bouche puis le léchai de haut en bas.

— Oh, Monica..., souffla-t-il.

Il le retira lentement, puis l'enfonça de nouveau dans ma bouche. Enroulant ma langue autour, j'aspirai. Pas trop fort, juste ce qu'il fallait. Je sus que je lui faisais de l'effet en voyant ses paupières se fermer un instant et ses lèvres s'ouvrir pour laisser échapper un son oscillant entre soupir et gémissement. Il caressa ma lèvre inférieure de son doigt puis le remit dans ma bouche. Je l'accueillis avec avidité, goûtant sa peau, son haleine chaude sur mon visage.

Retirant son doigt, il s'écarta de nouveau, éloignant son bassin du mien. Parce que je me sentais soudain trop exposée, je fis mine de resserrer les jambes, mais il les écarta de nouveau. Quand je tendis la main vers la boucle de sa ceinture, il la repoussa.

— J'ai envie de te toucher, dis-je.

— Pas encore.

— Je suis en train de devenir folle.

— Pas du tout. Pas assez.

Sur ces mots, il écarta l'élastique de ma culotte et posa le doigt qu'il venait de retirer de ma bouche sur mon sexe humide. J'étouffai un cri. Puis il glissa deux doigts en moi. Lentement.

— Oh, mon Dieu, murmurai-je.

Sans un mot, il les retira et posa son pouce sur la mince bande de coton qui couvrait mon clitoris. Sans appuyer. Le touchant à peine. Juste assez pour que je sache qu'il était là. Alors il se pencha pour m'embrasser, fouettant ma langue de la sienne en même temps qu'il caressait doucement le tissu de ma culotte.

Je tendis le bassin vers lui, brutalement. Ses doigts entrèrent profondément en moi, mais son pouce n'accentua pas sa pression. Il continuait de frôler le coton tandis que ses deux doigts allaient et venaient en moi.

— Que veux-tu? demanda-t-il.

— Je veux que tu me baises.

— Et le mot magique?

— Tout de suite?

Sans cesser de me doigter, il se pencha pour me murmurer à l'oreille:

— Ta pause s'arrête dans trois minutes.

— Je m'en fiche.

— Je veux te baiser pendant des heures.

Mon bassin se plaqua contre sa main, mais c'est lui qui avait le contrôle: effleurements du pouce, rotations lentes des doigts dans ma chatte. J'étais en feu. Je croyais connaître le sens de cette expression, mais en fait je ne le découvrais véritablement que maintenant.

— Après ton service.

— J'ai un concert, après. Il faut qu'on le fasse maintenant.

Trois allées et venues de plus. Il semblait réfléchir. Pourtant, il bougeait à peine son doigt sur mon clito. Je n'arrivais pas à savoir si c'était du plaisir ou de la torture.

— Après ton concert, dit-il. De toute façon, j'ai un dîner d'affaires. Retrouve-moi ce soir à l'hôtel. Chambre 3423.

— Il faut que je m'occupe de ma coloc.

— Débrouille-toi.

Il retira ses doigts de ma chatte. Le pouce suivit. J'éprouvai une telle sensation de vide que je poussai un cri. Ainsi assise, jambes écartées et presque nue, sur le bureau de Sam, je me sentis soudain stupide et vulnérable – et surtout, atrocement excitée.

— Non.

Je n'avais rien d'autre à lui dire. Non, n'arrête pas maintenant, ne me laisse pas comme ça, dans cet état. Il avait dû lire dans mon regard une supplication, car ses yeux aux paupières lourdes de désir se mirent à briller d'une satisfaction avide. Je voulais qu'il me baise pendant des heures, il le savait. Sur ce bureau, pour commencer.

— Tu es ignoble, dis-je.

Il rabattit ma jupe et, lorsqu'il s'inclina pour m'embrasser, je lui rendis son baiser avec colère.

— C'est vrai, répondit-il. Et cette nuit, tu es à moi.

— Et si je ne viens pas?

— Tu viendras.

Il sortit en ouvrant la porte aussi peu que possible, comme pour protéger ma pudeur détruite. Puis il disparut.

J'avais encore trois heures de travail devant moi, et je n'arrivais pas à me concentrer sur ma tâche, qui consistait simplement à verser du liquide dans des verres. Le premier imbécile venu en était pourtant capable. Robert en était l'exemple parfait. Canon, certes, mais bête à manger du foin.

Il fit glisser le plateau sur le zinc. Chaque verre contenait l'alcool adéquat, suivant la commande, dans le sens des aiguilles d'une montre à partir de midi, emplacement où il avait posé le ticket. Je n'avais plus qu'à remplir les verres de soda ou de jus de fruit selon le vœu des clients.

Comme je l'ai dit, c'était à la portée de n'importe qui. Pourtant, tandis que Debbie, à côté de moi, vérifiait la liste des inventaires, je fis déborder du soda d'un whisky. Atterrée, je contemplai les dégâts. Tout ça pourquoi? Parce que la douleur entre mes jambes était à la fois atroce et exquise, et que je comptais les heures qui me séparaient de mon retour chez moi pour la soulager.

— Eh! cria Robert, me tirant de mon apathie. Tu as mis du soda partout sur le plateau.

— Je suis désolée!

— Monica, intervint Debbie en rangeant son crayon sur son porte-bloc, viens t'asseoir un peu avec moi.

Elle m'entraîna vers une table près de l'entrée des cuisines. Nous essayions toujours de la garder libre tant que le bar n'était pas trop plein. En m'asseyant, je serrai les jambes, bien que ma jupe soit assez longue. J'avais l'impression que mon excitation se voyait.

Debbie posa son porte-bloc sur la table et se pencha vers moi.

— Que se passe-t-il? Tu t'es trompée dans la commande de Frazier Upton; tu as marché sur le pied de Jennifer Roberg. Ce n'est pas le genre de service que nous offrons, ici.

— Pourquoi tu as fait ça, Debbie? Pourquoi tu m'as envoyée rejoindre Jonathan là-haut?

— Je t'ai vue le regarder l'autre soir. Je pensais que ce serait une belle surprise.

— Si tu pouvais éviter de recommencer ce genre de plans, ce serait chouette.

— Bien sûr. Désolée, je pensais te rendre service.

— C'est le cas. Mais..., commençai-je en baissant les yeux, il est... Je ne sais pas.

Soudain, j'étais gênée de parler avec ma responsable de l'emprise qu'exerçait un homme sur moi. J'aurais dû être furieuse contre elle, mais en réalité elle m'avait fait une fleur. Et puis il ne m'avait pas violée, après tout. J'avais adoré ça. Et détesté que ça s'arrête.

— C'est juste que je ne veux pas me mettre en couple, en ce moment. Ni jamais. J'avais un petit ami, Kevin, il y a un an et quelque de cela. Il ne voulait pas me laisser chanter. C'était horrible, mais ce que j'essaie de te dire, c'est que je ne veux plus être cette personne.

— D'accord.

Debbie se redressa. D'un doigt parfaitement manucuré, Elle repoussa ses longs cheveux lisses avant de reprendre une expression sérieuse sur le visage :

— Je vais te dire des choses que tu ne veux pas entendre, mais c'est indispensable. Ça te va ?

— Bien sûr.

— Jonathan Drazen ne restera pas avec toi assez longtemps pour se demander ce que tu fais de ton temps libre. Il est très attiré par toi, ça saute aux yeux. Mais il est amoureux d'une femme, et d'une seule.

— Son ex.

Debbie acquiesça.

— Quand Jessica est partie, il l'a suppliée de rester. Elle a refusé. Pendant une réunion d'actionnaires, il a craqué. C'était terrible. Humiliant. Et cette humiliation, il l'éprouve encore. Je t'assure qu'il ne se remettra plus dans cette situation, plus jamais. Alors s'il te plaît, je suggère que tu t'amuses avec lui. Il te traitera bien, et ensuite vos chemins se sépareront. Et il deviendra peut-être un ami précieux.

Je hochai la tête – j'avais compris. Dans un sens, je me sentais réconfortée à l'idée que je pourrais le retrouver plus tard, baiser avec lui comme une sauvage, puis rentrer chez moi l'esprit libre. Je savais que je ne comptais pas m'engager et, s'il était sur la même longueur d'onde, j'étais en sécurité.

Debbie rassembla ses affaires et fit mine de se lever, mais je n'en avais pas fini.

— Pourquoi est-elle partie? demandai-je.

— À cause d'un autre homme, et tout le monde était au courant.

— Aïe.

Debbie hocha la tête.

— C'est exactement ça. Le genre de choses qui ne devrait jamais nous arriver.

7

Je détestais ce genre de prestations. Ce soir, au Frontage, il fallait que je chante des morceaux composés par d'autres devant des gens qui n'étaient pas venus pour me voir. Je devais chanter pendant que des serveurs prenaient des commandes et que les clients restaient assis à boire. Si je chantais trop fort, j'allais déranger tout le monde. Il m'était interdit d'improviser. Pas une seule note. Je faisais partie du décor.

Mais c'était payé – pas beaucoup, certes – et c'était un bon entraînement. De toute façon, Vinny n'avait pas refait surface en nous proposant des dates fabuleuses. Il ne s'était pas montré depuis deux semaines. Je n'avais tout simplement aucune autre opportunité.

Nous disposions d'un vestiaire poussiéreux pourvu d'un miroir sale. À un moment donné – sans doute dans les années 1980 –, quelqu'un avait laissé tomber un tube de rouge à lèvres ouvert qui s'était coincé entre les deux planches de contreplaqué mal jointes qui formaient le comptoir, et la pâte molle et rouge, hors de portée de toute tentative de nettoyage, avait viré au brun et séché. Le tapis puait le vomi et la bière, et les toilettes avaient dû être vaguement récurées dans un passé lointain. J'avais vraiment l'impression d'être une superstar.

Gabby était déjà dans la salle, à taquiner le piano. Elle avait une façon jazzy de laisser courir ses doigts sur les touches, créant une mélodie à partir de rien, la bâtissant note après note, puis enchaînant sur un autre morceau sans transition audible. Son sac ouvert était posé sur le comptoir, et je fis ce que Darren et moi faisions toujours : je sortis ses médicaments et vérifiai qu'elle avait un Marplan de moins que la veille. Dix milligrammes, deux fois par jour. Onze pilules dans la bouteille. Darren m'avait envoyé un texto le matin, comportant le nombre douze. Parfait.

Je l'appelai. Il était en route pour un nouveau rancard avec cette fille dont il ne voulait pas me dire le nom.

— Salut, Monica.

— Onze, dis-je.

— Merci.

— Tu fais quoi, ce soir ?

— J'ai rendez-vous.

— Tu vas finir par me dire son nom ?

Je m'assis sur la chaise tapissée de cuir déchiré. Ma jupe remonta, mais j'étais seule et ne m'en préoccupai pas. J'avais les cheveux relevés en chignon, et un rouge à lèvres cerise plâtré sur mes lèvres. J'avais l'allure d'une pin-up des années 1950.

— Pas encore, dit Darren.

— C'est un rendez-vous qui va finir tôt, ou tard ? demandai-je d'une voix étranglée.

Je savais que j'allais lui en demander beaucoup.

— Les deux, peut-être. Pourquoi ?

— Je voulais…

Je ne finis pas ma phrase. J'avais envie de voir Jonathan pour soulager enfin la brûlure dans mon ventre, mais je ne voulais pas trop entrer dans les détails avec Darren.

— Vas-y, balance. Je suis en train de me raser, et ça salit le téléphone.

— Je voulais voir Jonathan Drazen, ce soir. Juste après le concert. Je peux être rentrée vers onze heures pour surveiller Gabby.

— Pas possible. Son patron lui a donné des billets pour *Madame Bovary*.

Génial. Un rancard avec comédie musicale commencerait à dix-neuf heures, au dîner, pour s'achever vers vingt-trois heures trente, après le baisser de rideau. Il devait beaucoup aimer cette fille.

— Désolé, dit-il.

J'entendis l'eau couler.

— Pas de problème.

Je raccrochai.

Huit mois avant que je commence à travailler au K, j'avais retrouvé Gabby assise devant le bord de l'évier, sur le tabouret haut sur lequel je montais pour attraper mes céréales quand j'étais gamine. Sa tête reposait sur le comptoir, et l'un de ses poignets avait glissé, répandant du sang partout sur le lino.

« Je suis désolée d'avoir sali par terre, Monica », avait-elle dit le lendemain depuis son lit d'hôpital. C'était ça qui la préoccupait : elle avait peur que je sois en colère parce que je devais nettoyer le sol. En fait, je m'étais contentée d'arracher tout le revêtement et de le remplacer par des dalles autocollantes en vinyle. C'était le seul moyen de penser à autre chose qu'à ce corps inerte et froid qui m'avait paru mort quand je l'avais descendu du tabouret. Au sang qui coagulait dans le siphon. À la façon dont je lui avais crié dessus la veille parce qu'elle mangeait des chips dans le salon. À ses larmes quand Darren et moi avions rompu. Penchée au-dessus du lino usé, j'avais pleuré parce que l'ambulance n'était arrivée que neuf minutes et demie après mon appel aux urgences, une éternité que j'avais passée à la gifler parce que cela la faisait gémir et que je ne savais pas quoi faire d'autre pour m'assurer qu'elle était vivante.

Oui, je brûlais d'envie que Jonathan fasse de moi son jouet personnel pendant quelques heures, mais il fallait que je ramène Gabby à la maison et que je reste avec elle jusqu'au lendemain matin, quand Darren prendrait la relève.

Les spots m'empêchaient de voir les clients dans la salle. Je souris à un tas de silhouettes – même si je ne les voyais pas, elles me voyaient.

Gabby entonna le premier morceau, *Someone to watch over me*, et enchaîna avec *Stormy weather.*

Au deuxième morceau, j'étais dans l'ambiance. Je chantai avec les modulations que nous avions répétées ensemble, mais arrivée au milieu de *Cheek to cheek*, je sentis une odeur désormais familière : celle de Jonathan. Quelqu'un portait le même parfum que lui, et la brûlure entre mes jambes ressurgit en même temps que les images de l'après-midi. Je chantai sa joue contre la mienne, son odeur et sa peau. *Under my skin* devint une chanson de charme. Je chantais les paroles, mais tout ce que je sentais, c'était ce besoin de sexe. Je proclamai mon désir phrase après phrase. La petite mélodie entraînante de Sinatra avait disparu, supplantée par une plainte honteusement sensuelle.

Quand ma voix retomba après la dernière note, j'étais prête à entrer dans n'importe quelle chambre d'hôtel.

Le public applaudit, sans grand vacarme, mais avec sincérité. On n'applaudissait généralement pas pendant ce genre de prestations, aussi le remerciai-je avec un petit sourire gêné. J'étais persuadée que mon excitation s'étalait sous leurs yeux comme une tache sombre et humide sur ma robe. Je décochai un regard à Gabby, et elle leva le pouce. Je devais sûrement être rouge comme une pivoine. Les convives reprirent leurs conversations, et je me dirigeai dans le vestiaire crasseux.

Jonathan était assis à une table, et il me regardait.

Bien sûr, c'était de là que provenait ce parfum. Sa source. Pas le genre d'eau de toilette qu'on achète au supermarché. J'aurais mis ma main à couper que c'était un parfum sur mesure. Mais je n'avais jamais pensé à ce détail jusqu'à ce que je le voie au

Frontage, assis en compagnie d'une superbe rousse sirotant un cosmopolitan. Il leva son verre dans ma direction.

Puis, se penchant sur la rousse, il lui murmura quelque chose. Tout près de l'oreille. Comme si lever son verre à ma santé et lui souffler dans le cou l'instant d'après était tout ce qu'il y avait de normal.

Il fallait que je prenne mes jambes à mon cou pour mettre autant de distance que possible entre lui et moi. Dire que j'avais failli coucher avec lui… Je n'étais pas naïve au point d'imaginer une relation exclusive, mais j'aurais cru qu'il laisserait passer au moins une journée avant de courir un autre jupon, ou qu'il aurait la décence de faire ça ailleurs que sous mon nez.

Sauf qu'au lieu de tourner les talons comme l'aurait fait n'importe qui de sensé, j'approchai de sa table.

— Bonsoir, Jonathan.

— Monica, dit-il. Je te présente Teresa.

Je la saluai d'un signe de tête et souris. À son tour, elle leva son verre.

— C'était magnifique.

— Merci.

— Tu étais incroyable, dit Jonathan. Je n'avais jamais rien entendu de tel.

Je le dévisageai. Quelque chose avait changé dans son visage. Je n'arrivais pas à mettre le doigt dessus. Ses traits étaient plus détendus. Était-il fatigué? À moins que Teresa ait un effet relaxant sur lui? Son bonheur apparent me faisait bouillonner de colère et de méchanceté.

— C'est la première fois que je vois un homme essayer de prendre une femme en sandwich entre le moment où il me doigte et celui où il compte me baiser, tout ça dans la même journée.

Teresa, malgré ses allures de demoiselle bien élevée, faillit recracher son Cosmopolitan. Jonathan éclata de rire en même temps qu'elle. Personnellement, je ne voyais pas ce qu'il y avait de drôle. Je reculai, et Teresa se leva. Peut-être était-elle en colère. Peut-être son rire était-il nerveux, à moins que je ne l'aie simplement choquée. Mais quand elle se tourna vers Jonathan, elle semblait parfaitement maîtresse d'elle-même.

— Je vais aux toilettes.

Il acquiesça. Puis, se penchant vers moi :

— Tu veux t'asseoir?

— Non.

— Pour quelqu'un qui ne veut pas s'engager, tu y mets beaucoup de cœur.

— Même moi, j'ai mes limites.

— C'est une vraie rousse.

Son visage demeurait impassible et, en dépit des dizaines de sous-entendus cochons qu'évoquait sa phrase, le seul qui n'était pas pornographique me frappa devant son regard clair.

— C'est ta sœur, dis-je.

— On a deux ans de différence. Elle apprécierait que tu partes du principe que c'est moi l'aîné.

— Je suis affreusement désolée. Il faut que je lui présente mes excuses.

— Tu vas t'asseoir, oui ou non? Ou tu vas m'obliger à regarder ton corps sans le toucher?

Je me glissai à côté de lui sur la banquette, et il m'enlaça, m'effleurant la nuque au passage.

— Qu'est-ce que tu fais ici? demandai-je.

— Je dîne avec ma sœur. Et non, je ne te poursuis pas. Même si, je le répète, je pense que tu as un don. Je crois que j'ai senti une larme perler, ici.

Il posa le doigt au coin de son œil.

— Tu te moques de moi?

— Non. Je te promets. Tu étais… je n'ai pas de mots pour le décrire.

Il me regarda droit dans les yeux. Je remarquai que ses cils étaient de la même nuance cuivrée que ses cheveux. Sa présence me submergeait.

— Maintenant, je sais ce que tu protèges en ne laissant pas entrer les hommes dans ta vie, dit-il.

— Merci. J'apprécie, vraiment.

Il fit courir son doigt à la naissance de mon cou, juste assez pour que ma respiration s'accélère.

— Je te vois, ce soir? demanda-t-il.

Malgré tous mes efforts, j'avais de nouveau envie de lui. Très fort.

— Je ne crois pas. Ce n'est pas que je t'évite, mais j'ai autre chose de prévu. Demain soir?

Il haussa les épaules. Il devait penser que je jouais avec lui, chose qui le hérissait probablement après l'expérience d'adultère subie avec sa femme. Sauf que je ne jouais pas. Pas du tout.

— Mon avion décolle demain matin à cinq heures, dit-il. D'ici deux semaines, tu m'auras oublié.

— Je devrais te faire ce que tu m'as fait cet après-midi.

Il étouffa un rire dans son verre de whisky.

— Tu ne saurais pas te maîtriser.

— Quoi?

— Tu as bien entendu.

— Tu te trompes.

— On parie?

— D'accord, on parie.

Il m'attira à lui et me parla si bas à l'oreille que je l'entendais à peine.

— Si tu réussis à me faire supplier, demain je t'emmène chez Tiffany sur Rodeo Drive, et tu pourras choisir ce que tu veux.

— Tout ce que je veux?

— Tout ce que tu veux.

— Et si je perds? Ce ne sera pas le cas, mais de façon purement hypothétique?

— Dans ce cas, tu annules tout ce que tu as prévu, et je te ramène chez moi. Et là, tu exécuteras mes moindres ordres jusqu'au lever du soleil.

— Pas question que je brique le sol de ta cuisine.

Il eut un sourire en coin.

— Ce n'est pas ce que j'avais en tête.

Je m'aperçus soudain que le piano s'était arrêté.

— Je reviens tout de suite, dis-je en me levant vivement.

Pas le temps de lui expliquer que je ne le plantais pas, ou que je ne cherchais pas à le manipuler. J'avais laissé Gabby toute seule, et si elle m'avait vue avec lui, elle était peut-être rentrée à la maison en taxi.

Dans le couloir qui menait au vestiaire, je tombai sur Teresa.

— Je suis vraiment navrée, dis-je. J'ai été malpolie et grossière.

— Mon frère est un salaud, alors je vous comprends, dit-elle avec un sourire avant de me prendre la main pour l'étreindre. Nous avons tous les deux adoré votre voix.

— Merci. Je dois y aller. J'essaierai de venir vous voir en sortant.

J'entrai dans le vestiaire au moment où Gabby ajustait la bandoulière de son sac.

— Je te cherchais, dit-elle.

— Je discutais avec Jonathan. Tu es prête à partir? Je veux repasser le voir en sortant.

— Il est là? Bon sang, Monica, il peut nous aider à trouver un agent, ou même un autre manager. Il peut nous aider pour des tas de choses!

— Il n'est pas dans le milieu de la musique, Gabby, arrête.

Elle m'attrapa par la manche.

— Attends. Premièrement, ici, tout le monde est dans le milieu de la musique. D'accord? Et ensuite, qu'est-ce que tu me caches? Quoi?

Comme elle est plus petite que moi, elle levait la tête pour me dévisager; j'avais l'impression qu'elle essayait de me transpercer du regard.

— Rien.

— Monica!

— Je veux rentrer, dis-je en me tournant vers la porte.

Gabby vint s'adosser vivement contre le battant, et je lâchai mon sac, résignée.

— Bon, d'accord. Il veut qu'on fasse un pari, c'est en rapport avec le sexe, et ce soir, je ne sors pas avec lui parce que je suis avec toi.

— Alors ne reste pas avec moi.

— Si.

— Pourquoi?

— Parce que Darren me tuerait.

— Putain, j'en ai marre de vous deux! s'écria-t-elle.

— Gabby, s'il te plaît. Calme-toi.

— Certainement pas! Je ne peux même pas aller pisser sans que vous soyez sur mon dos, vous croyez que je n'ai pas remarqué? Et maintenant, tu as l'occasion d'être en contact avec un acteur majeur du…

— Ce n'est pas un…

— Tais-toi! Tu ne connais rien à rien. Il enseigne la gestion à l'UCLA dans la section où Janet Terova dirige le conseil des relations industrielles. Tu sais qui c'est, non?

Je poussai un soupir. J'avais l'impression de répondre à un quizz.

— L'ex-femme d'Arnie Anderson?

— Le patron d'Eugene Testarossa, exactement. Lui-même.

— Gabby, s'il t'arrivait quelque chose parce que j'ai décidé de coucher avec un type que je connais à peine…

Les mains sur mes bras, elle me regarda avec solennité de ses grands yeux bleus, ces yeux que j'avais vu se révulser ce jour-là dans la cuisine, et que je n'avais vu réapparaître qu'à force de gifles.

— Je te promets que je n'essaierai pas de me suicider cette nuit, dit-elle.

— Je ne suis pas sûre de croire en tes promesses.

— J'ai essayé de me tuer parce que j'étais désespérée. Mais si tu fais ça, j'ai de l'espoir. D'accord?

— C'est du chantage.

— Alors, je rentre en taxi, oui ou non?

Je devais reconnaître que c'était tentant – douloureusement tentant, y compris physiquement. Non seulement elle me donnait la permission de la laisser seule et me promettait de ne pas se mettre en danger, mais elle m'ouvrait grand la porte.

La délicieuse brûlure dans mon ventre atteignait des sommets étourdissants quand je me vis allant retrouver Jonathan. La frustration de l'après-midi s'était transformée en un désir furieux qui commençait à me dépasser.

Au même instant, le visage de Darren apparut dans mon esprit. Il avait l'air déçu et en colère.

Repoussant Gabby, j'allai rejoindre Jonathan et Teresa qui se trouvaient maintenant au bar. Dès que je fus assez proche, il posa sa main sur ma nuque, et je lui murmurai à l'oreille:

— Si je gagne, tu annules ton vol et on se voit demain soir.

— Et Tiffany? demanda-t-il avec un petit sourire.

— On ira aussi chez Tiffany. Si tu gagnes, je suis à tes ordres jusqu'au lever du soleil. Et ensuite, je briquerai tes planchers.

Il éclata de rire. Pourquoi, je l'ignorais – peut-être parce que j'avais sous-entendu qu'il n'avait pas déjà toute une équipe de domestiques pour stériliser sa maison. Quoi qu'il en soit, je lui souris. Mon offre était idiote, et je le savais.

Gabby se planta à l'extrémité du bar et passa une commande. Du soda, espérai-je. L'alcool favorisait la dépression, et elle avait beau me seriner qu'elle avait de l'espoir, je ne la croyais pas aussi maîtresse d'elle-même qu'elle l'affirmait.

— Tu es rude en affaires, commenta Jonathan en posant son verre. Et tu es drôle. Je ne sais jamais ce qui va sortir de ta bouche.

J'aurais pu faire mille blagues sur ce qui pouvait y entrer, mais je les gardai pour moi. Avant de l'entraîner au fond de la salle.

Le vestiaire était fermé à clé. Un instant, je fus prise de court, avant de me rappeler qu'il y en avait un autre pour les hommes. Je lui pris la main et l'entraînai plus loin, passant devant les cuisines en direction du couloir le plus éloigné de la salle – le plus désert, aussi.

— L'idée de te voir briquer ma maison me plaît de plus en plus, dit-il alors que je le tirais dans le deuxième vestiaire – aussi affreux que le premier – avant de claquer la porte derrière moi.

S'il avait d'autres plaisanteries en réserve, il n'eut pas le temps de les sortir – je les étouffai d'un baiser. J'enfouis mes doigts dans ses cheveux, plaquant son visage contre le mien, puis fis courir mes mains sur tout son corps. Enfin, je le poussai sur le fauteuil qui grinça quand il tomba assis dessus.

Je m'agenouillai devant lui sans prendre garde à la moquette usée qui me râpait les genoux, et j'ouvris sa braguette. Alors, je caressai l'érection sous son boxer jusqu'à ce que sa bite en émerge. Elle était superbe et dure comme l'acier.

— Tu es prêt? demandai-je.

— Tu es vraiment mignonne.

Il écarta les bras comme pour dire « Vas-y, attaque si tu l'oses ».

Je relevai sa chemise et posai la bouche sur son ventre, plat et dur, descendant le long d'une mince ligne de poils jusqu'à atteindre l'extrémité de son sexe. Là, je le pris entre mes lèvres, l'embrassai, le suçant d'un côté, puis de l'autre, faisant courir ma langue le long de la peau tendue et en goûtant la saveur douce. Il inspira un grand coup. La langue bien à plat sous sa queue, je le léchai de bas en haut avant de prendre son gland dans ma bouche et d'aspirer une goutte de sève salée.

Tout en descendant de nouveau sur sa queue, je levai les yeux vers lui. Ses lèvres s'entrouvrirent et il planta son regard dans le mien en écartant une mèche de cheveux de mon visage. Parfait. Je continuai de descendre, faisant glisser son énorme érection jusqu'au fond de ma gorge.

— Oh…, murmura-t-il d'une voix rauque quand j'arrivai à la base de son sexe.

En mouvements réguliers et profonds, je le suçai sans relâche tout en aspirant son gland et caressant sa hampe de la langue. Je le regardai de nouveau et ralentis mes gestes ; je voulais qu'il voie chaque centimètre de sa queue s'enfonçant dans ma bouche. Puis j'accélérai légèrement avant de faire trois allées et venues très rapides. Il grogna et poussa le bassin en avant, s'enfonçant jusqu'au fond de ma gorge. Il était à moi. Tout ce qui me restait à faire, maintenant, c'était de ralentir et de l'amener au bord de l'orgasme pour qu'il me supplie de le finir.

Mais il rejeta la tête en arrière, les yeux au plafond, en émettant un grognement sourd. Dans une posture d'abandon telle que je ne pus me résoudre à appliquer mon plan. J'étais incapable d'arrêter. J'allais le faire jouir avant qu'il puisse me supplier.

supplie

Il allait m'avoir à sa botte jusqu'au lever du jour.
De toute façon, je n'aimais pas tellement les bijoux.

8

Il avait eu un petit sourire ironique en me donnant son adresse et en tentant de m'indiquer le trajet, mais je savais où il habitait. Plus ou moins. Il vivait dans la cour des grands, celle où jouent avocats et millionnaires. Je gardai à l'esprit que Debbie m'avait conseillé de simplement m'amuser, mais le fait que j'aie perdu mon pari me restait en travers de la gorge. Il ne m'emmènerait pas chez Tiffany. Certes, je n'aurais pas eu la moindre tenue à assortir aux parures que je lui aurais fait acheter, mais je ne digérais pas facilement l'échec, surtout quand il était provoqué par ma propre faiblesse.

Le voiturier apparut au volant de sa Jaguar verte.

— Je peux te conduire à ta voiture? me demanda Jonathan.

— Non, merci. Je suis au parking.

Il approcha son visage du mien, jusqu'à ce que je sente son souffle sur mon oreille.

— Si tu ne veux pas venir chez moi, je ne t'en voudrais pas. On peut attendre, ou même annuler.

— Un pari est un pari.

Du nez, il m'effleura la joue.

— Tu es sûre? Je peux me montrer très exigeant.

— Moi aussi.

Il s'écarta et sourit.

— Pas ce soir, en tout cas.

Puis, descendant du trottoir, il ajouta:

— Je laisserai le portail ouvert.

Il monta dans sa voiture et s'éloigna. Je regardai la Jaguar descendre La Brea, l'air aussi arrogant que son conducteur.

Quand je rentrai à l'intérieur du Frontage, Gabby avait déjà appelé un taxi. Son haleine sentait la vodka tonic, mais elle paraissait relativement en forme.

— Tu es sûre que ça va aller? demandai-je.

— Monica, tu as envie d'y aller, alors vas-y. j'en ai marre qu'on me traite comme un bébé.

La discussion était close. Je la mis dans un taxi et rejoignis ma voiture.

Mon téléphone sonna au moment où j'allais monter dans ma petite Honda. C'était Vinny. Ce connard de Vinny.

— Où es-tu?

— À Vegas, chérie.

Le bruit autour de lui était tellement fort qu'il criait dans l'appareil.

— On te cherchait partout. Le groupe se sépare.

— Je ne t'entends pas. Écoute, Sexybitch, tu as fait un concert ce soir dans ce trou à rats de Santa Monica?

— Le Fron…

— Le partenaire d'Eugene Testarossa y était. Et Testarossa veut te voir en personne. Alors envoie-moi un message la prochaine fois que tu chantes quelque part, je le rappellerai et il viendra t'écouter. Bingo, Monica, c'est parti pour toi!

— Vinny, je ne peux pas…

— Envoie-moi un texto, chérie. Je t'aime.

Il raccrocha.

Quel pauvre crétin! Il se barre à Vegas pendant des semaines et maintenant, il veut ses quinze pour cent parce que je fais mes propres concerts? Certainement pas. Ça ne marcherait pas comme ça. Je composai un texto:

Tu es viré.

J'étais installée au volant quand mon portable bipa.

Dans tes rêves. Tu as signé un contrat.

Le groupe a signé un contrat. Le groupe n'a pas joué ce soir. J'étais en solo.

Il s'écoula quelques minutes, et je restai assise à attendre son retour. J'avais complètement oublié la nuit de soumission qui m'attendait.

Bonne chance pour arriver à joindre WDE.

J'éteignis mon téléphone. J'avais envie de le balancer par la fenêtre, mais je n'avais pas les moyens de m'en racheter un neuf s'il finissait en mille morceaux. Il avait raison. Personne chez WDE n'allait prendre un appel de ma part ou lire mes e-mails. C'est Vinny qu'ils avaient contacté. Je ne passerais pas la première barrière de secrétaires dont le boulot était de filtrer les artistes. Je pourrais bien chanter *Under my skin* cent fois de plus sans jamais retrouver une occasion pareille.

J'avais bien dû rester un quart d'heure à regarder par ma vitre, me résignant à l'idée que j'avais un manager que je détestais et dont je me méfiais, et qu'à partir de maintenant et jusqu'à ce que je reçoive mon Grammy, il allait m'extorquer une partie de ce que j'allais gagner.

Je mis le moteur en route, pour m'apercevoir que j'avais oublié où j'allais. C'est alors que la brûlure entre mes jambes se rappela à mon souvenir. Merde. J'avais prévu une soirée de sexe torride avec un riche Don Juan qui aimait les jolies nanas fauchées. Et j'étais là, à me morfondre au sujet de Vinny la Décharge. Qu'il aille se faire foutre. Je détestais Los Angeles.

Tout est question d'argent et de relations.

Il peut être un ami précieux.

Il fallait juste que je trouve un avocat pour dénoncer ce contrat, et j'étais sur le point d'aller baiser avec un type qui devait avoir le numéro d'une centaine de requins de la loi dans le répertoire de son portable. Tout ce que j'avais à faire, c'était de le laisser me mener à la baguette toute la nuit. Tout le plaisir serait pour moi.

Je mis le moteur en marche et me dirigeai vers l'est, en direction de Griffith Park.

Ce que je faisais était mal. Ma mère ne m'avait pas élevée comme ça. Elle avait élevé une gentille fille qui se souciait plus de son corps que de sa carrière. Mais je ne savais pas qui était cette fille ni ce qu'elle voulait faire de sa vie. Je savais qui j'étais, moi. Et la seule chose que je désirais plus que le corps de Jonathan Drazen était un agent chez WDE.

Les maisons au nord de Los Feliz Boulevard ne sont pas des demeures de rêve. Une baraque de rêve à Los Angeles a quatre murs, un toit et peut-être le chauffage, mais personne n'a les moyens de payer ça. Les maisons de Griffith Park relèvent du décor de cinéma. Leurs propriétaires sont des gens d'un autre monde. Pas des rock stars ni des acteurs fraîchement enrichis, non, mais des vieilles fortunes. Des montagnes de fric et d'actions amassées de génération en génération, avec des palaces de quatre cents mètres carrés derrière des haies de trois mètres. Je n'avais jamais prêté attention aux indications d'adresses dans le coin et je ne savais pas me repérer. On aurait dit qu'ici on était censé savoir où l'on se trouvait uniquement parce qu'on habitait le quartier.

Enfin, je tombai sur le bon numéro sous un gigantesque figuier. Juste à côté, une plaque de cuivre indiquait que cet arbre était classé au patrimoine historique. Le portail s'ouvrit devant moi, et je remontai l'allée pour venir me garer à côté de la Jaguar.

Assise dans ma voiture, je contemplai la maison, tâchant de me convaincre que j'avais le choix : rejoindre Jonathan ou rentrer chez moi. La maison était une construction rustique en bois sombre et aux éclairages chaleureux. La terrasse d'entrée était aussi vaste que mon salon et menait à une porte large et massive. Fermée.

Je pris une profonde inspiration.

Résumé de l'histoire : il était canon, charmant, et ne voulait de moi que ce que je voulais de lui. Sauf s'il me demandait de nettoyer sa salle de bain. Astiquer une salle de bain prenait des heures, et il n'était pas question que je récure la sienne.

Je sortis mon portable de ma poche et appelai Darren.

— Salut, dis-je, comment était le spectacle ?

— Fantastique. Il se passe un truc ?

— Je voulais te mettre au courant, dis-je d'une voix étranglée. J'ai renvoyé Gabby à la maison en taxi.

— Tu as fait quoi ?

— Elle en a marre qu'on la suive partout.

— Et où es-tu ?

Il était en colère. Au bruit, j'eus l'impression qu'il était dans la rue, entouré de gens.

— À Griffith Park. Je t'expliquerai tout plus tard.

— Non, explique-moi maintenant pourquoi tu laisses une femme suicidaire rentrer seule chez elle alors que, de toute évidence, son traitement ne fonctionne pas et qu'elle a le même comportement que lorsque tu l'as trouvée en train de se vider de son sang dans l'évier de ta cuisine.

— Elle va bien.

— C'est complètement irresponsable.

Il raccrocha, ce qui me rendit un immense service. Je n'avais vraiment pas envie de lui dire *pourquoi* j'avais laissé tomber Gabby.

Je sortis de la voiture et montai sur la terrasse. La porte était entourée de vitres teintées. À l'intérieur, la lumière était tamisée et engageante. Tout irait bien, me dis-je. Parfaitement bien.

Je frappai si discrètement que je doutais qu'il entende – à moins d'être derrière la porte à m'attendre. Je voulais voir s'il avait trouvé quelque chose d'autre pour s'occuper ou s'il était impatient de me revoir. Cela me donnerait une idée de ses sentiments à mon égard et, peut-être, de la marche à suivre pour qu'il appelle gentiment WDE de ma part.

La porte s'ouvrit aussitôt.

Il portait la même tenue qu'au Frontage, chemise et jean. Pieds nus, il avait dans la main droite un verre de whisky plein de glaçons.

Je me tenais maladroitement devant lui, mon sac sur le ventre, ce qui ne l'empêcha pas de me regarder avec l'air de vouloir me dévorer toute crue. Il s'appuya au chambranle et fit tourner son whisky dans le verre.

— Je pensais que tu ne viendrais plus. Je commençais aussi à me dire que je perdais la main.

— Jolie maison.

— Justement, avant que tu entres, je voulais te dire quelque chose à ce sujet.

Il s'interrompit, et j'attendis. Malgré les événements qui s'étaient produits au cours de la dernière demi-heure, j'étais de nouveau assaillie par l'envie de lécher chaque parcelle de son corps.

— Tous les coups sont permis? reprit-il enfin.

— Je suis à tes ordres.

Il me débarrassa de mon sac, le posa sur une console.

— Tourne-toi.

J'obéis. Ma voiture était dans l'allée, à côté de la sienne, et le portail donnant sur la rue était grand ouvert. Il appuya sur le bouton d'une petite télécommande et les battants se refermèrent.

Les glaçons dans son verre tintèrent, et je sentis sa main frôler la base de ma nuque, puis un petit tiraillement – il baissait la fermeture de ma robe.

— Jonathan…

— Personne ne peut nous voir.

La glissière descendit sur mes reins, et il ouvrit lentement ma robe. Les manches glissèrent légèrement sur mes épaules quand sa main, froide d'avoir tenu son verre, se posa entre mes omoplates. Il la fit remonter sur ma nuque, puis sur mon épaule droite, repoussant la robe. Puis il passa à l'épaule gauche, jusqu'à ce que la robe tombe et vienne s'enrouler autour de mes chevilles. Je sentis la brise du soir sur mon corps. Il introduisit un doigt sous la bretelle de mon soutien-gorge.

— Retire ça.

Je m'exécutai, et il rejoignit la robe à mes pieds. Puis, du doigt, il me signifia que je devais aussi enlever ma culotte. Là encore, j'obtempérai. Je n'avais plus que mes chaussures.

— Retourne-toi vers moi.

Je le fis. Sous son regard inquisiteur, je me sentis nue comme jamais dans ma vie.

— Mains dans le dos.

Si n'importe qui d'autre m'avait donné cet ordre, habituellement lancé sur les terrains de baseball, j'aurais éclaté de rire. Mais Jonathan n'était pas n'importe qui.

— Ça va? demanda-t-il en s'approchant.

Il porta son verre à mes lèvres, l'inclina. Une chaleur douce m'envahit la poitrine. C'était du bon whisky. Single malt, comme je le soupçonnais.

— Il fait doux, ce soir, dis-je.

Son visage contre le mien, il murmura:

— Règle de la balle à l'avant-champ. Qu'est-ce que c'est?

Il m'embrassa dans le cou pendant que je répondais:

— Quand il y a un jeu forcé au troisième but, pour toute frappe haute à l'intérieur du champ, qu'elle soit ou non attrapée en vol, le batteur est automatiquement retiré.

— Pourquoi? demanda-t-il en mordillant la naissance de mon cou, m'arrachant un petit cri.

— Pour empêcher une faute intentionnelle qui provoquerait un double jeu.

— Tu es une vraie pro, dit-il en détachant bien les syllabes.

Il avala le reste de son whisky et prit un glaçon entre ses dents. Puis, approchant son visage, il colla le cube froid sur mes lèvres. Je l'aspirai pour le lui prendre et le mis dans ma bouche.

Il s'écarta un peu. Je devais avoir l'air maligne : nue et en talons, les mains dans le dos, un glaçon dans la bouche.

— Et tu es renversante, dit-il en levant son verre.

Il en posa la base froide contre mon téton, et je gémis en le sentant durcir. Il répéta son manège avec l'autre, qui s'érigea aussitôt, dur comme la pierre.

S'inclinant, il réchauffa mon sein de sa bouche, aspirant sa pointe tendue, l'étirant de ses lèvres. J'étouffai un nouveau gémissement. Je ne pouvais guère ouvrir la bouche, sinon j'allais laisser tomber le glaçon. Ça n'aurait pas été une tragédie, mais je savais que le jeu consistait à garder ce glaçon dans ma bouche. Ses caresses sur mon sein m'arrachaient des plaintes et réveillaient la faim au fond de mon ventre. Le glaçon fondait entre mes lèvres, coulant le long de mon menton et de mon cou, laissant un sillage froid jusque sur mon ventre. Il lécha les gouttelettes qui avaient roulé sur mes seins, réchauffant ma peau de sa langue. Au moment où je crus que j'allais m'effondrer de plaisir, il se redressa et posa sa bouche sur la mienne, me reprenant le glaçon.

Il le croqua et dit :

— Entre, maintenant.

Je franchis le seuil, et il referma la porte derrière moi. Avec ses bois sombres et son tapis de Perse, le salon était superbe. Les étagères étaient chargées de livres. Cet endroit était l'antithèse des hôtels modernes et froids qu'il possédait.

Jonathan se tenait devant moi, me regardant observer chaque détail de sa maison. Les toiles aux murs. Les vitres de couleur. Les coussins rebondis. Il m'embrassa encore et, oubliant son ordre concernant la position de mes mains, je l'enlaçai. Ses mains réchauffaient mon dos, le parcouraient avec vigueur. Il m'embrassa la joue, le cou.

— Monte. Il y a une pièce éclairée, la porte est ouverte. Assieds-toi au bout du lit. Je vais fermer à clé en bas.

— D'accord, dis-je – juste parce que, après tous ces ordres, j'avais besoin d'entendre le son de ma propre voix.

Je reculai, et il me regarda tandis que je faisais volte-face pour monter l'escalier.

La chambre indiquée était juste en face de moi. Il y avait d'autres portes, toutes fermées. Je l'entendis qui tirait des verrous et éteignait les lumières au rez-de-chaussée. J'aurais pu aller jeter un coup d'œil dans l'une de ces pièces en prétextant que je cherchais les toilettes, mais cette idée s'évanouit à l'instant où je mis le pied dans la chambre qu'une unique lampe éclairait.

Je m'assis au bout du lit. Il s'agissait sans doute d'une chambre d'amis. Il n'y avait pas de photos, pas d'effets personnels – juste un lit de bois massif et des commodes anciennes.

J'eus l'impression qu'il s'écoulait des siècles. Au moment où j'allais me lever pour voir ce qu'il faisait, je l'entendis arriver d'un pas lent dans l'escalier. Il était toujours habillé et tenait une bouteille d'eau qu'il me tendit.

— C'est bon, merci, je n'ai pas soif.

— Tu n'as pas l'air à l'aise.

— Tu as mis du temps.

Il s'accroupit devant moi, me toucha le genou.

— Je suis désolé, Monica. Tu me pardonnes?

Il m'embrassa l'intérieur du genou et je frémis de plaisir.

— Je crois, oui, répondis-je. Surtout si tu continues à faire ça.

Il leva vers moi ses yeux verts. Ses cheveux roux étaient ébouriffés. Ses lèvres remontèrent sur ma cuisse, et il m'écarta les jambes. Un fourmillement délicieux naquit à l'intérieur de mes cuisses tandis qu'il y faisait courir ses mains, griffant légèrement ma peau sensible avec le bord de sa montre. Soulevant mes jambes, il me fit basculer en arrière pour venir embrasser le sommet de mon sexe.

— Oh, Jonathan, soupirai-je en lui caressant les cheveux.

Il écarta davantage mes jambes tout en continuant de m'embrasser. Quand il glissa un doigt dans ma moiteur, je gémis, me rappelant ce que nous avions fait dans le bureau de Sam cet après-midi même. Cette fois, c'était différent. Quand je le regardai, il avait les yeux fermés et le visage concentré. Sa langue fouettait mon clitoris. Je crois que je répétai son nom. Il fouettait mon sexe, encore et encore, mais avec une telle légèreté qu'on aurait dit qu'il ne voulait pas que je jouisse.

Comme s'il avait lu dans mes pensées, il se releva et se déshabilla si vite que je n'eus que quelques secondes pour admirer son corps aux poils clairs et aux proportions parfaites. Il sortit un préservatif de la poche de son jean et l'enfila d'un geste rapide et précis. Puis il se positionna au-dessus de moi. Sa bite contre mon ventre et mes cuisses – mais pas dans ma chatte, hélas – était dure comme le roc. Nous nous embrassâmes. Il avait un goût parfait de whisky et de désir. J'avais envie de lui. De chaque centimètre de sa queue. Il était juste à l'entrée de mon sexe, appuyant légèrement son gland contre mes lèvres moites. J'agitai les hanches pour le faire entrer, mais il recula et releva la tête pour me regarder.

— S'il te plaît, dis-je.

— Pas encore.

Il fit glisser sa queue sur ma vulve sans me pénétrer, frottant mon clito de toute sa longueur, déclenchant des vagues de plaisir dans mon ventre. J'étais tellement mouillée qu'il allait sans effort d'avant en arrière. J'écartai les jambes aussi loin que je pus et ajustai mes mouvements aux siens. J'aurais pu jouir de cette façon, mais je ne voulais pas. Je le voulais en moi. C'était sa place. Comparé à cela, ç'aurait été de la masturbation.

— S'il te plaît, répétai-je.

— Pas encore.

— Seigneur! Jonathan, qu'est-ce que tu veux?

Mon sexe me faisait mal tant j'avais envie de lui. Je ne me sentais pas vide, au contraire. J'avais l'impression que ma chatte était pleine à exploser d'un désir affamé qui se répandait dans tout mon corps.

— Je veux que tu le veuilles, dit-il.

— Je le veux. Mon Dieu, oui, je le veux.

Pour toute réponse, il appuya plus fort, accroissant la pression sans pour autant me pénétrer.

— Non. Tu ne veux pas assez fort.

Je savais ce qu'il attendait, et j'étais prête à le lui donner.

— S'il te plaît. Je t'en supplie. Par pitié. Je ferai tout ce que tu veux. Je serai tout ce que tu veux. Mais ne…

Il plongea sa queue en moi avec une telle férocité que je ne finis pas ma phrase. À la place, je poussai un grand cri. Il s'immobilisa un instant, comme s'il était lui-même secoué par la violence de cette pénétration.

— Ne t'arrête pas, dis-je, le souffle court. Ne m'oblige pas à te supplier de nouveau.

Alors il enfouit son visage dans mon cou et me baisa à grands coups de reins, plaquant son bassin contre mon clitoris, sa queue frottant les parois de mon sexe, jusqu'à ce que je n'en puisse plus. Soudain, il s'arrêta.

— Quoi? gémis-je.

— Tu veux jouir.

— Oui. Putain, oui.

— Supplie-moi.

— Va te faire foutre.

Je posai les mains sur son torse pour le repousser. J'étais en feu, tout proche de l'orgasme, presque incapable d'aligner deux pensées cohérentes. Il s'enfonça en moi, s'arrêta. Une vague de plaisir naquit entre mes jambes, puis plus rien. Je levai les yeux sur lui. Il s'amusait, et il était capable de continuer aussi longtemps qu'il le désirait.

— S'il te plaît, murmurai-je, hors d'haleine. Et va au diable !

— Si tu veux.

Il se remit à bouger sans hâte, comme pour me donner un avant-goût de ce que je pourrais avoir. Il me baisait lentement, trop lentement – suffisamment pour me rendre folle, mais pas assez pour que je jouisse. Je glissai une main entre mes jambes et il m'attrapa les poignets, me clouant de tout son poids sur le matelas tout en donnant de légers coups de reins.

Jamais je n'avais été dans cet état. Ce n'était pas un orgasme, parce que je n'avais pas éprouvé la moindre délivrance, mais toutes mes terminaisons nerveuses étaient en feu et j'avais l'impression que mon sexe allait entrer en fusion. Je transpirais de partout. Des mèches de cheveux étaient collées sur mon visage et me gênaient, mais ses mains sur les miennes m'empêchaient de les écarter.

— Je veux jouir, gémis-je.

— Je veux que tu jouisses.

— Alors laisse-moi jouir. S'il te plaît.

Je prononçai ce mot si bas qu'il ne pouvait pas l'avoir entendu.

— S'il te plaît. S'il te plaît. *S'il te plaît*, répétai-je, ma voix baissant à mesure que mon désespoir croissait.

Au dernier « s'il te plaît », il se retira puis s'enfonça de toute sa longueur dans mon ventre, puis encore, et encore, de plus en plus vite, jusqu'à me chauffer à blanc. Je répétai son nom en boucle, le corps inerte, et pourtant mon orgasme n'en finissait pas. Un grognement s'échappa de sa bouche collée à mon oreille quand je cessai enfin de jouir. Ses bras se resserrèrent autour de moi et il jouit à son tour, ponctuant chacun de ses coups de reins de plus en plus lents d'un grognement guttural.

— Seigneur…, murmura-t-il dans mon cou, à bout de souffle.

— Merci, dis-je. Merci.

Se redressant sur ses coudes, il m'embrassa le visage – le menton, la joue droite, le front, la joue gauche puis de nouveau le menton. Puis ses yeux se posèrent sur sa montre.

— Le soleil se lève à 5h38. Tu es encore à moi pendant quatre heures.

— Je ne crois pas que je pourrai tenir quatre heures de plus à ce régime.

— Ne te sous-estime pas.

Il roula sur le côté, et nous contemplâmes ensemble le plafond en essayant de reprendre notre souffle.

Je n'avais jamais rien vécu de pareil, pas avec Kevin, et certainement pas avec Darren. J'ignorais être capable de rester si longtemps à la limite de l'orgasme – et d'ailleurs, des limites, il y en avait peut-être plusieurs, pour ce que j'en savais désormais. J'ignorais aussi que je pouvais laisser quelqu'un maîtriser les sensations que j'éprouvais.

Après un orgasme pareil, j'aurais cru avoir envie de dormir pendant des heures, ou ne plus vouloir de sexe pendant au moins un mois, mais ce n'était pas le cas. J'étais pleine d'énergie, et j'en voulais encore.

— Tu pars où, demain? demandai-je.

— En Corée. Je monte un hôtel à Séoul.

— Je peux te poser une question?

— Si tu veux.

— Ta maison. Ici, tout est super authentique, et tes hôtels sont tous du style blanc et chrome.

— Cette maison a été construite pour une famille il y a un siècle. C'était un foyer. Et quand ils vont à l'hôtel, les gens veulent se sentir loin de leur foyer.

— D'accord. C'est logique.

— Tu sais, j'ai cru que tu allais me poser un lapin, tout à l'heure.

— J'ai été retenue par mon manager. Ex-manager. Quel con! Posant ma tête sur son épaule, je fis courir mes doigts sur son torse. Je ne pouvais pas m'empêcher de le toucher.

— C'est le type qui a disparu?

Je me redressai sur un coude pour embrasser son épaule et son torse. Derrière l'écran de sueur et de sexe, je sentais encore les traces de son parfum de terre et de sauge.

— Un agent de WDE était au Frontage et il l'a appelé. Il veut que son chef me voie. Mais j'ai viré Vinny, et maintenant, il refuse de me donner ses coordonnées.

— Pourquoi l'as-tu viré?

— Parce que c'est un connard. Je trouverai toute seule un moyen pour que Testarossa accepte de prendre mes appels.

Des lèvres et de la langue, je poursuivis mes caresses sur son ventre, puis ses hanches. J'étais de nouveau tout excitée.

— WDE? C'est l'agence d'Arnie Sanderson, n'est-ce pas?

Arnie Sanderson était le propriétaire de WDE et la personne la plus inaccessible du monde. Même ses propres clients devaient prendre rendez-vous pour le voir, et certains des plus gros clients de l'agence, qui comptaient probablement parmi les salaires les plus élevés de l'industrie du divertissement, ne l'avaient jamais vu.

— Arnie Sanderson. Ouais.

Jonathan bandait de nouveau, constatai-je avec satisfaction.

— Je l'appellerai pour toi.

— Je ne te suce pas pour que tu passes un appel pour moi.

— Et je ne passe pas cet appel pour que tu me suces. Bien, maintenant que nous avons réglé ça, tu peux y aller?

Je le dévisageai. Il sourit d'une oreille à l'autre et glissa une main sous sa tête. Je léchai sa hampe du plat de la langue. En arrivant à l'extrémité, je la pris tout entière dans ma bouche.

Il poussa un long soupir et demanda:

— Où as-tu appris à faire ça?

— À l'Institut des arts de la scène de Los Angeles, répondis-je. Ils m'ont appris à ouvrir ma gorge pour chanter. Ensuite, Kevin Wainwright m'a appris à y fourrer sa queue.

Il éclata de rire.

— J'aimerais remercier les services d'enseignement de L.A. et Kevin Machin pour ce moment.

Je ne pus m'empêcher de sourire, ce qui interrompit ma tâche.

— Je t'aime bien, Jonathan.

— J'en ai autant à ton service, Monica.

Vers cinq heures et demie, nous nous effondrâmes, épuisés. Deux heures plus tard, je me réveillai la gorge sèche et le sexe endolori. Jonathan m'enlaçait d'un bras. Son souffle était lent et régulier. Je le regardai dormir; c'était la première fois que je pouvais l'examiner de si près. Ses cils cuivrés frémissaient sous ses sourcils arqués. Son nez était semé de taches de rousseur pâles. Il était vraiment très beau et, en le voyant sous cet angle, je pris conscience que je pourrais facilement tomber amoureuse de cet homme. Je marchais au bord d'un précipice rien qu'en m'autorisant à le regarder aussi longuement.

Me dégageant de son étreinte, je partis récupérer mes vêtements.

Ma robe et mes dessous étaient pliés sur une chaise près de la porte et gardaient l'odeur de l'air frais et du whisky de la veille. Je les enfilai et me rendis à la cuisine pour chercher de l'eau.

Tout en buvant, je jetai un coup d'œil dans le jardin derrière la maison – une piscine en forme de haricot, des meubles d'extérieur vert sombre. Les images de la nuit me revenaient difficilement. Après un certain point, tout n'était plus que peaux mêlées et moites, orgasmes ravageurs. J'avais dû prononcer son nom cent fois, d'abord pour le supplier de me baiser, et pour finir lors d'un orgasme qu'il avait retardé sans fin. Quand il m'avait enfin permis de jouir, j'avais dû sombrer dans l'extase pendant au moins un quart d'heure.

La première fois qu'il m'avait pénétrée si violemment, on aurait dit qu'il voulait me faire taire. Comme s'il me disait : « Tiens, prends ça, mais arrête, s'il te plaît. »

« S'il te plaît. Je t'en supplie. Par pitié. Je ferai tout ce que tu veux. Je serai tout ce que tu veux. Mais ne… »

J'avais été sur le point de dire : « mais ne t'arrête pas ». Sauf que dans d'autres circonstances, quand l'amour de votre vie est en train de vous quitter, ces mots pourraient être « ne pars pas ».

La vibration d'un téléphone me tira de mes pensées. J'étais en train de me raconter n'importe quoi. Le téléphone vibra de nouveau. Je ne savais pas si c'était le mien, mais je trouvai l'appareil sur le comptoir de la cuisine, branché à une prise murale. C'était le portable de Jonathan, et le nom du correspondant s'affichait sur l'écran.

Jess.

Son ex-femme.

Merde.

J'avalai d'un trait le reste de mon verre et le posai dans l'évier. Il fallait que je m'en aille. Je ne voulais pas m'imposer dans une quelconque scène.

— Bonjour, dit Jonathan d'une voix ensommeillée.

Il avait enfilé un T-shirt qui moulait son torse parfait.

— J'ai pris le verre sur l'étagère et l'eau dans le petit machin de la porte du frigo. Je n'ai même pas eu besoin de l'ouvrir.

Il haussa les épaules, et je me détendis. Il ne semblait pas se sentir envahi.

— Je peux te faire du café? demanda-t-il. Et des œufs brouillés, si tu veux.

— Non, merci, ça va.

Tandis que je rinçais le verre, il approcha et m'embrassa dans le cou en tripotant la fermeture de ma robe.

— Et si on remettait ça?

— Le soleil est levé, dis-je d'un ton taquin.

J'avais envie de remettre ça. Sur le comptoir. Par terre. Ses lèvres effleurèrent le lobe de mon oreille, et je rejetai la tête en arrière.

Il baissa la fermeture de ma robe.

— Il faut que tu supplies encore. Tu es douée pour ça.

Il embrassa mon dos. J'en avais envie, oui. J'avais envie de pleurer pour qu'il me fasse encore l'amour, une dernière fois avant qu'il devienne un souvenir. Il baissa ma robe sur mes épaules dans un mouvement parfait, à la fois léger et ferme – une main posée sur la naissance d'un cou, peut-être, comme le geste immortalisé par l'objectif le jour de son mariage.

— Ton téléphone a sonné, dis-je.

C'était idiot. J'aurais bien aimé reprendre nos ébats, mais il était trop tard, maintenant. J'avais tout gâché.

Pourtant, il se contenta de répondre :

— Il n'arrête jamais de sonner.

Il enfouit sa main sous ma robe et caressa mes seins dont les pointes se durcirent aussitôt entre ses doigts.

Le portable vibra à nouveau. Ses lèvres me délaissèrent, et je compris qu'il était en train de regarder son téléphone. Ses mains me lâchèrent, et la température parut baisser d'un coup dans la pièce. Je toussai pour m'éclaircir la voix.

— Je crois qu'il faut que je décroche, dit-il en remontant ma fermeture.

— Bien sûr, murmurai-je. Je vais chercher mes chaussures, elles sont là-haut.

Je me dirigeai vers la porte et, quand je me retournai pour le regarder, il était en train de débrancher son téléphone. Ses mains tremblaient peut-être, je ne sais pas.

Je récupérai mes chaussures par terre dans la chambre et retournai à la cuisine. Il était accroupi sur le patio, les coudes sur les genoux, les yeux rivés sur les dalles, le portable à l'oreille. Je voyais sa main bouger, mais je n'entendais pas ce qu'il disait. Ce n'étaient pas mes affaires, de toute façon.

— Au revoir, Jonathan, dis-je avant de sortir de la maison.

séduis

I

Jonathan était le maître de ma nudité, de mes positions et de mes orgasmes. Après la première séance de sexe qu'il m'offrit dans la soirée, n'importe quelle femme normale aurait été satisfaite pour la nuit. Pourtant, dans les minutes qui suivirent, j'eus de nouveau envie de lui.

Sa queue était magnifique : bien proportionnée, avec un gland d'une taille parfaite et une hampe droite et dure. Je n'avais connu que deux autres bites avant celle-ci. D'accord, je les avais vues plus souvent qu'à mon tour, mais ça ne me donnait sans doute pas l'expérience nécessaire pour affirmer que celle de Jonathan était aussi hors norme qu'elle en avait l'air.

Quoi qu'il en soit, tandis que nous parlions et qu'il me caressait les cheveux, son pénis s'était de nouveau durci, et je ne pus résister à l'envie de le prendre dans ma bouche. Quelques minutes après, il m'attrapa par les hanches pour me faire pivoter sur moi-même, et nous nous transformâmes en une sublime créature de sueur et de feu dans un soixante-neuf de toute beauté. Juchée sur lui, je l'avalai tout entier tandis que sa langue s'enfonçait dans ma chatte. Ses deux mains puissantes immobilisaient mon cul et, les doigts plantés dans ma chair, il m'infligeait des coups de langue délicieusement impitoyables.

— Jonathan, protestai-je d'une voix rauque en léchant l'extrémité de sa bite, si tu continues comme ça, je vais jouir…

— Certainement pas, rétorqua-t-il fermement.

Sa langue fouetta mon clitoris une dernière fois, puis il me retourna, guidant mon corps jusqu'à ce que je me retrouve face à lui, toujours au-dessus. De nouveau, il m'attrapa les fesses et, les doigts toujours dans ma fente, me fit descendre. Son pénis effleura les lèvres de mon sexe. Il me tira vers lui, puis m'éloigna de nouveau, frottant ma vulve tout le long de sa queue.

Le visage contre le sien, je lui soufflai à l'oreille :

— Je te veux.

— Tu veux quoi ?

— Je veux que tu me baises.

Dans le tiroir de la table de chevet, il dénicha un préservatif pendant que je continuais de me frotter contre lui. Je le lui enfilai d'une main tremblant d'impatience. Quand j'entrepris de le guider en moi, il dit :

— Je veux te voir.

Je me déplaçai pour m'accroupir au-dessus de lui. Les yeux rivés sur ma chatte, il me regarda y insérer lentement sa queue. M'agenouillant sur le matelas, j'effectuai quelques allers-retours. De ses mains impérieuses, il fit basculer mon bassin ; dans cette position inédite, mon pubis contre le sien, mon clitoris frottait sur sa queue à chaque mouvement.

Ces caresses et la chaleur de son corps faisaient naître en moi des frissons de plaisir. Je n'allais pas tenir bien longtemps à ce rythme… et pourtant j'y parvins. Parce qu'il le fallait. Il le voulait. Ses mains vinrent se poser sur mes seins. Il ne me guidait plus, mais je savais ce que j'avais à faire. J'avais bien assimilé ma leçon : tout était dans l'angle de mon bassin. Ce contact direct sur mon clitoris, sa queue en moi, son odeur, sa voix et sa peau faisaient de ma chatte le centre de mes sensations, celui de l'univers tout entier.

Comme s'il avait senti combien j'étais incandescente, il roula sur le côté pour s'installer au-dessus de moi.

— Tu es à la limite…

Je ne pouvais pas répondre – j'avais trop peur qu'il arrête.

— Plus fort, dis-je dans un souffle.

Relevant et écartant mes jambes, il s'enfonça en moi d'un seul coup. Je poussai un cri et mes ongles se plantèrent dans son dos. Il me pilonna jusqu'à ce que je me retrouve au bord de l'orgasme. J'aurais voulu le prévenir, mais je ne trouvais pas la force de parler.

C'est alors qu'il ralentit.

— Oh, mon Dieu, non, gémis-je.

— Du calme, me murmura-t-il à l'oreille.

Il me baisait avec une lenteur qui me rendait folle.

— Tu vas me tuer…

J'étais prête à jouir. Dans mon corps, tension et plaisir menaient une lutte acharnée.

— Je ne sais pas si je vais pouvoir tenir beaucoup plus longtemps, avoua-t-il.

Et il conserva son rythme lent jusqu'à ce que je sois de nouveau sur le point de basculer. Je n'en pouvais plus. Pendant une seconde, je songeai même à jouir sans le lui dire.

— S'il te plaît, haletai-je, toute volonté disparue, il faut que je jouisse.

— Non.

— S'il te plaît…

Oui, je voulais jouir ; mais plus encore, je voulais le lui demander, le supplier de me laisser jouir. Je voulais qu'il m'oblige à me perdre en lui, encore et encore. Sans répondre, il donna un nouveau coup de reins, et je poussai un cri. À moi d'être celle qu'il voulait…

— Jonathan, je t'en prie ! Par pitié, laisse-moi jouir. Je ne peux pas…

Son visage tout proche du mien, il me fixa dans les yeux. Sous ce regard scrutateur, je me sentis comme enveloppée, en sécurité.

— Je vais partir… s'il te plaît. S'il te plaît, fais-le. Pour que je puisse jouir.

— Faire quoi ?

— Baise-moi fort. S'il te plaît. Je ferai ce que tu voudras. Je te sucerai partout où tu voudras. Je serai à toi. Tout ce que tu veux, mais s'il te plaît, baise-moi à fond pour me faire jouir.

— Alors jouis…

Il s'enfonça en moi, toujours lentement, mais avec une intensité incroyable, et je sentis l'univers basculer tandis qu'il explosait à son tour dans un grognement sourd. Comme d'eux-mêmes, mes bras se tendirent en arrière pour agripper la tête de lit. Mon dos se cambra, et je hurlai sans doute, car je sentis sa main se poser sur mon visage et son pouce crocheter ma bouche ouverte. Il continua de bouger en pivotant les hanches, haletant, et chacune de ses poussées déclenchait une nouvelle vague de plaisir entre mes lèvres, dans ma chatte, mon clitoris, partout.

Une chaleur inimaginable s'était accumulée dans mes reins, et la sensation s'intensifiait à chacune de mes respirations, s'emparant de tout mon corps. Je ne reconnaissais plus ma voix, elle était devenue une explosion qui résonnait en moi. Alors il me mordit brutalement à la naissance du cou, et j'atteignis des sommets encore inexplorés. La douleur formait un contrepoint parfait avec tout le reste, me ramenant à la fois à la conscience et ravivant mon orgasme. Je criai de nouveau, m'empalant plus fort sur sa bite ; je n'existais plus que dans la sensation de sa queue dure à l'intérieur de ma chatte trempée, dans les vagues de plaisir qui nous emportaient. J'avais investi une zone hors du temps. Quand je pris conscience qu'il se détendait en moi, je ralentis mes mouvements alors même que mon orgasme semblait animé d'une vie propre.

— Monica?

C'était la voix de Debbie, pas celle de Jonathan.

— Hein?

J'étais au travail. Nous étions jeudi, en tout début d'après-midi. J'avais cinq tables occupées et un plateau de verres vides à la main. Debbie, ma responsable, me regardait avec inquiétude et sans doute une légère irritation.

— Ça va? demanda-t-elle.

— Oui. Je pensais à quelque chose, c'est tout.

— À quoi? Tu t'es arrêtée d'un coup au milieu de la salle.

— À rien. Désolée.

— Tu as Ute Yanix à la sept. Si tu es malade et que tu as besoin d'un jour de congé, dis-le-moi. Sinon…

Elle agita le poignet pour m'indiquer qu'il était temps que je me secoue un peu. Avec un sourire d'excuses, je me précipitai à la table d'Ute Yanix pour prendre la commande de l'actrice, me jurant de ne plus me laisser emporter par mon imagination. Pourtant, à peine trois minutes plus tard, l'image des poils clairs sur le ventre de Jonathan revint me troubler l'esprit.

Deux semaines plus tôt, avant de le rencontrer, je me sentais normale : je travaillais. Je chantais. Je me plaignais de mon patron. Je prenais soin de Gabby et je buvais un peu trop. Je me masturbais une fois par semaine, du moins quand j'y pensais. J'allais d'un lieu à l'autre, rêvant tout éveillée de remporter un Grammy ou de saboter définitivement la vie de mon ex. J'ignore combien de temps je passais à ces activités sans suite. En tout cas, j'avais désormais arrêté. Mes vides étaient comblés – grâce à Jonathan.

Avec lui, j'avais l'impression que mon cerveau était directement connecté à mon sexe. Je me sentais dans un état d'excitation permanent. Les dix-huit mois passés venaient de me rattraper avec la violence d'un train percutant un mur à pleine vitesse. Après l'impact, le reste du train continuait à avancer, s'enfonçant dans la locomotive jusqu'à ce qu'un an et demi de désir cumulé explose en deux semaines.

Le lendemain de ma première nuit chez lui, Jonathan m'avait envoyé un texto depuis l'aéroport de Los Angeles. Il me remerciait pour cette nuit mémorable, avec des promesses auxquelles je n'avais pas cru. Et depuis… plus rien. Tant mieux : je n'attendais rien de sa part. Ce n'était pas mon petit ami. Ce n'était même pas mon amant. C'était un type pour lequel j'avais travaillé et qui avait réussi à me mettre dans son lit après un an et demi de célibat volontaire. Il avait ouvert en moi une boîte de Pandore sexuelle en poussant un bouton dont je ne me savais même pas équipée.

Certes, avant cela, il y avait eu une foule d'autres petites choses. J'avais aimé son assurance tranquille, son côté charmant et vulnérable à la fois. Sa façon de me toucher déclenchait des frissons en moi – comme de l'électricité statique, le désagrément du choc mis à part. Il me faisait jouir comme aucun homme avant lui. Non, mieux que ça. Même *moi*, je ne m'étais jamais fait jouir aussi fort.

Depuis, à cause de cette brûlure entre mes jambes, je rentrais presque toujours du travail en courant ; et arrivée chez moi, je m'enfermais dans la salle de bain pour me caresser comme une gamine de treize ans. J'avais aussi du mal à garder la tête froide en dehors du boulot. Par exemple, j'avais envoyé à Vinny, le manager de mon groupe, une lettre de licenciement truffée de coquilles ; j'avais pris un appel de l'assistant d'Eugene Testarossa en pleine séance de masturbation, et j'avais également plus ou moins cessé de manger normalement. Mon ami Darren s'était mis à cuisiner pour moi et à me surveiller comme le lait sur le feu.

La seule chose que je faisais mieux que jamais, c'était chanter. Merde, j'étais carrément au top. Les répétitions avec Gabby, ma pianiste et meilleure amie, étaient presque aussi gratifiantes que mes souvenirs torrides avec Jonathan. Elle et moi, on formait le duo parfait. Je pouvais modifier un morceau en plein vol, et elle suivait sans effort. Deux semaines plus tôt, l'idée de reprendre des vieux standards dans un dîner-spectacle m'avait parue absurde. Pourtant, nos concerts de ces deux dernières semaines avaient attiré sur nous l'attention des agents de la WDE. Et ce soir, ils venaient nous voir. Notre version d'*Under the sky* risquait de faire se retourner Frank Sinatra dans sa tombe, et celle de *Stormy Weather* de faire pleuvoir sur L.A. Bref: jamais, dans ma vie, je n'avais été aussi satisfaite de mon travail.

Il fallait juste que je me concentre sur le boulot qui me permettait de manger.

— Tu chantes, ce soir? me demanda Robert en versant de l'alcool dans des verres emplis de glaçons.

— Oui, répondis-je. En fin de soirée.

— Je suis content de t'avoir vue la semaine dernière. Tu étais canon.

— Merci.

Robert avait déployé à peu près toutes ses ressources d'orateur dans ce compliment, et j'étais touchée. Je souris.

— Sinon, ça va? reprit-il. Tout à l'heure, tu t'es figée sur place, et je me suis demandé si tu allais t'écrouler ou un truc comme ça.

— Non, ça va. J'avais juste la tête ailleurs.

— Dans la musique, je parie. Tu te donnes à fond.

Il accompagna son commentaire d'un clin d'œil et d'un claquement de langue. Il était gentil, mais un peu bête.

Je repartis m'occuper d'Ute Yanix et du reste de mes tables, veillant soigneusement à sourire et à ne penser qu'à mon travail.

Au milieu de mon service, je vis Debbie discuter avec une femme massive qui se tenait près de la porte. Elle portait un pantalon gris à pinces et une veste assortie ornée de revers en velours d'un gris plus sombre.

— C'est qui, avec Debbie? demandai-je à Robert en lui tendant une commande.

— Je ne sais pas, mais je n'aimerais pas la rencontrer – ou *le* rencontrer – dans une ruelle sombre.

La femme était bâtie comme une armoire à glace qu'on aurait affublée d'une nuque longue. Du lobe au pavillon, son oreille gauche s'ornait d'une série de petites boucles argentées.

— Je suis sûre que c'est une femme, murmurai-je. Mais elle n'a pas l'air d'une cliente.

— Elle a sûrement un scénario planqué sous sa veste, répondit-il sur le même ton pour ne pas être entendu par-dessus le morceau de trip-hop sans paroles que diffusaient discrètement les enceintes du bar.

— On a Rolf Wente, table six. Elle veut peut-être le lui glisser sur les genoux, suggérai-je.

— Je parie qu'il lira la première page si elle le suce.

— Parce qu'il sait lire?

Nous gloussâmes sous cape, nous efforçant de ne pas nous faire remarquer par les clients de midi. Je repris mon plateau pour aller servir les consommations, noter une nouvelle commande et vérifier que tout allait bien aux autres tables. J'avais presque oublié la femme en tailleur gris lorsque, retournant au bar, je la retrouvai au côté de Debbie. Elle me dévisageait comme si j'étais la raison de sa venue. Robert m'adressa une grimace éloquente. Je pinçai les lèvres et plissai les yeux pour lui intimer de me lâcher la grappe.

— Bonjour, dis-je en arrivant près de Debbie et de l'armoire à glace.

— Monica, dit Debbie, je te présente Lily.

— Vous pouvez m'appeler Lil.

L'armoire à glace avait un sourire et une voix authentiquement féminins.

— Bonjour, Lil.

Je posai mon plateau sur le bar et essuyai mes mains collantes de soda sur un torchon humide avant de lui en tendre une. Elle la serra très brièvement, comme si ce contact la mettait mal à l'aise, puis me tendit une petite enveloppe beige qui semblait ne rien pouvoir contenir de plus grand qu'un chèque. Mon nom y était inscrit au feutre bleu.

— Ce n'est pas un mandat d'arrêt, au moins? plaisantai-je.

— Non.

Je dévisageai tour à tour Debbie et Lil. Celle-ci eut un petit hochement de tête à mon attention, murmura un « Merci », puis s'éloigna.

— C'est quoi, cette histoire? demandai-je à Debbie, stupéfaite.

— Ouais, c'est quoi? intervint Robert – quel pot de colle! – en apparaissant derrière nous, les coudes sur le zinc et les yeux rivés à l'enveloppe que j'abattis sur ses mains pour le chasser.

— Prends ta pause, lança Debbie. Maddy va te remplacer.

J'emportai ma petite enveloppe dans l'arrière-salle où étaient disposées de longues tables, un distributeur de sucreries, des micro-ondes et nos casiers. J'étais seule. J'ouvris l'enveloppe.

Chère Monica,

Peux-tu me retrouver au Loft Club après le travail? J'aimerais te parler, assez longtemps et si possible jusqu'au matin.

Lil passera te prendre devant le Stock après ton service.

Si tu ne peux pas, fais-le-lui savoir.

Jonathan

L'écriture rapide et serrée était la même que sur l'enveloppe, comme s'il avait griffonné ces mots sans réfléchir ou qu'il était pressé. Pour la milliardième fois de l'après-midi, je calculai les jours écoulés depuis notre dernière rencontre. Il m'avait déclaré qu'il partait en Corée pendant deux semaines. Ça faisait à peu près le compte. Portant le papier à mes narines, je humai son parfum sec – une odeur reconnaissable entre mille, unique.

Comment allais-je parvenir à finir mon service dans ces conditions? En outre, j'avais un concert le soir, et un concert plutôt important. À en croire l'assistant de l'assistant que j'avais eu au téléphone chez WDE, la moitié de leurs chasseurs de têtes seraient au Frontage pour nous écouter, Gabby et moi – nous n'avions toujours pas de nom de scène pour notre duo. Je disposais de quatre heures entre la fin de mon service et ce concert. Je pouvais caser Jonathan dans l'intervalle. D'accord, le retrouver avant le concert était stupide et inconscient… mais j'avais autant envie de le voir que de jouer ce soir.

2

Lil m'attendait devant le Stock, appuyée sur une Bentley grise garée sur un emplacement de livraison. En me voyant, elle ouvrit la portière arrière.

— Salut. Euh…

C'était étrange de monter dans cette voiture sans savoir où j'allais et qui conduisait.

Comme si elle avait lu dans mes pensées, Lil dit :

— Je suis le chauffeur de monsieur Drazen. Je vais vous amener et vous ramener. Si jamais vous restez tard, vous pouvez me donner vos clés et je m'occuperai de votre voiture.

— Comment ?

— En la ramenant chez vous.

— Mais comment reviendrez-vous à votre voiture ?

Lil sourit, comme si j'étais une gosse de sept ans qui demandait pourquoi le ciel était bleu et pas rouge.

— Il y a d'autres personnes au service de monsieur Drazen. Ne vous inquiétez pas s'il vous plaît. Je fais ça pour gagner ma vie.

Malgré mon malaise, je lui souris et me glissai à l'arrière du véhicule.

Je n'étais jamais montée dans une voiture pareille. Pour aller au bal de promo, Darren et moi avions loué une limousine, mais elle sentait la bière et le vomi, et les tapis shampouinés à la hâte étaient encore humides. J'avais aussi fait un tour à deux heures du matin sur l'autoroute 405 dans la Ferrari de Bennet

Mattewich. Il pensait que cette petite virée allait lui valoir une pipe. Erreur – j'avais surtout failli lui crever les pneus. Nous étions restés amis, mais il ne m'avait plus jamais conduite dans la voiture de son père.

La Bentley était immense. Les sièges de cuir étaient disposés en vis-à-vis, et il y avait partout des boutons de chrome étincelants dont je ne saisissais pas la fonction. Tout l'intérieur était en bois sombre – du vrai bois aux tons chauds –, et pendant les dix petites minutes que dura le trajet j'eus le sentiment d'être transportée d'un monde à un autre dans une navette spatiale.

La voiture s'arrêta au bout d'une impasse située dans la partie la plus industrielle du centre-ville, quelque part entre le quartier des arts et le fleuve. Nous nous trouvions devant un vieil entrepôt dont le dernier étage était entièrement vitré. Sur le mur du bâtiment en face du parking, le nom de plusieurs sociétés était peint en un lettrage moderne noir mat, mais rien qui indiquait le Loft Club ou quoi que ce soit d'approchant.

J'avais vu assez de films pour savoir que je devais attendre. Et en effet, deux secondes plus tard, Lil m'ouvrait la portière comme si j'étais incapable de le faire moi-même.

— Entrez, allez à la réception, et le concierge s'occupera de vous.

Elle me tendit un rectangle de carton de la taille d'une carte de visite où étaient imprimés quelques chiffres. En haut était inscrit le mot LOFT, en gris.

— Merci, dis-je.

Je montai les marches du perron et entrai. Quand je montrai la carte à l'Asiatique derrière le comptoir de verre de l'entrée, j'étais toujours convaincue de me tromper de bâtiment – ou d'être victime d'une mauvaise plaisanterie.

Le type compara les chiffres de la carte à ceux inscrits dans un cahier relié de cuir, sans impolitesse, mais avec un certain zèle. Je me sentais mal à l'aise dans ma tenue de serveuse : un chemisier cache-cœur noir et une jupe courte que j'avais respectivement achetés chez Target et dans une boutique de fripes de Sunset. J'avais l'impression que ces vêtements me trahissaient : je n'étais pas de ce milieu. Pire, je pouvais être une menteuse ou une resquilleuse. Pourtant, l'homme releva la tête pour lancer en souriant :

— Prenez ce couloir, derrière moi. Passez devant la première rangée d'ascenseurs et tournez à gauche. Je vais vous ouvrir les portes. Il y a un autre ascenseur au bout du second couloir. Prenez-le jusqu'au dernier étage.

— Merci.

Mes talons claquaient sur le sol de béton. Je serrai mon sac à main contre moi. Une fois passés les premiers ascenseurs, je pris à gauche, comme il me l'avait indiqué. Deux grandes portes de verre givré me barraient le chemin, et je remarquai une caméra accrochée juste au-dessus. Une seconde plus tard, un bip sonore retentit, précédant un clic, et les portes s'ouvrirent en chuintant.

Derrière, le décor changeait du tout au tout. L'éclairage, plus tamisé, était diffusé par des appliques de chrome modernistes. Les murs étaient d'un blanc crème et, en m'en approchant, je constatai que leur texture était plus soyeuse, plus nuancée. L'ascenseur de chêne et de cuivre ne ressemblait pas à un frigo comme c'est généralement le cas et, avant de s'ouvrir, il produisit un petit sifflement en *ré* mineur avant de tinter sur la même note.

J'avançai sur la moquette à fleurs et appuyai sur le bouton qui indiquait « LOFT » en lettres majuscules. La porte se referma, et l'ascenseur démarra sans un bruit. Je fermai les yeux, concentrée sur la sensation du plancher sous mes pieds. Le mouvement de l'ascenseur accentuait la pression entre mes jambes – mais celle-ci était sans doute liée au fait que j'allais voir Jonathan plus qu'à la vitesse de la machine dans laquelle je me trouvais.

La porte s'ouvrit sur une pièce vitrée surplombant la ville. Je voyais la bibliothèque, le Marriot et toute la ligne d'horizon urbaine avec les nappes de pollution qui flottaient au-dessus. Les sols de marbre, luxueusement cirés, en imposaient. Les boiseries étaient d'une finesse remarquable.

Les lieux étaient occupés par quelques groupes de personnes qui parlaient à voix basse. J'entendis un éclat de rire discret et j'aperçus de jeunes hommes en costumes impeccables. Des canapés de cuir. Un lustre aussi grand que mon garage. Le décor était incroyable.

— Puis-je vous aider?

La femme joignit les mains devant elle en s'inclinant légèrement. Ses cheveux, d'une teinte neutre, étaient rassemblés en chignon sévère. Elle m'adressa un sourire agréable, mais sans éclat. Elle avait beau porter un tailleur Chanel, son travail semblait consister à se montrer aussi effacée que possible – et visiblement, elle était très douée pour ça.

— Bonjour, dis-je.

Et je souris. Parce que je ne savais pas quoi faire d'autre. C'est alors qu'elle remarqua la carte que je froissais dans ma main.

— Puis-je?

— Oh. Bien sûr.

J'étais tellement nerveuse que je me comportais comme une dinde. Après tout, j'avais le droit d'être ici – j'étais invitée! Aucune raison de me sentir inférieure, même si je découvrais les lieux pour la première fois. Je lui tendis donc la carte et me redressai, m'efforçant d'oublier ma jupe d'occasion et mes chaussures vieilles de deux ans.

Elle me remercia avant de lire la carte.

— C'est par ici. Je m'appelle Dorothy.

— Moi, c'est Monica. Enchantée.

Avec un sourire courtois, elle me fit signe de la suivre dans un dédale de couloirs. En remarquant le nombre de parois vitrées donnant sur l'extérieur, je me souvins de l'allure du bâtiment depuis la rue. Partout dans la ville, il y a des endroits qui, de l'extérieur, semblent mystérieux et inaccessibles. Cet entrepôt en faisait partie.

Enfin, Dorothy s'arrêta devant une porte.

— Si vous avez besoin de quoi que ce soit, je suis à votre service. Mon numéro est sur la carte.

Elle me la tendit avant d'ouvrir la porte.

— Merci.

Devais-je lui donner un pourboire ou dire quelque chose en particulier? Comme je l'ignorais, je me contentai d'entrer. Dorothy referma l'épais battant de bois derrière moi. La pièce comportait deux murs vitrés. Le troisième était garni d'étagères chargées de vin, de verres, d'un seau à glace, et équipé d'un petit bar avec évier. Le quatrième mur était orné d'une immense peinture à l'huile qui ressemblait à du Manet – ou à une excellente copie. Le tapis persan semblait authentique. Des canapés anciens flanquaient une table basse longue de deux mètres taillée d'un seul tenant.

Qu'étais-je censée faire?

Sur une petite table au bout de la pièce, contre une vitre, je repérai une bouteille de Perrier et deux verres, et je m'en approchai. En équilibre sur les verres était posée une enveloppe avec l'inscription « Monica ». Je l'ouvris et y trouvai une petite carte, où je lus, sous le nom du club inscrit en lettres argentées : « Cinq minutes de retard. Jonathan. »

Je consultai ma montre puis me versai un verre d'eau et attendis dans le fauteuil en fredonnant, admirant la vue sur la ville. J'étais impatiente de le voir et de le toucher, de caresser son corps, de sentir la chaleur de sa bouche sur la mienne.

Quand la porte s'ouvrit, je sursautai. Je me levai d'un bond, mon verre d'eau pétillante à la main.

Jonathan entra, une serviette de cuir à la main, refermant son téléphone. Je l'avais toujours vu de nuit, nu ou en tenue décontractée, tard le soir. C'était la première fois que je le découvrais rasé de près, vêtu d'une veste de tweed à chevrons, d'une chemise blanche à carreaux et d'une cravate couleur charbon. Un carré de soie noire dépassait de la poche gauche de sa veste. Il portait des boutons de manchette d'un noir mat. Cette tenue lui allait à la perfection, soulignant sa silhouette élancée, ses épaules larges, son ventre plat.

— Salut, dis-je.

— Tu es venue ! s'exclama-t-il, l'air sincèrement surpris.

Il posa sa serviette sur une petite table près des canapés.

— Lil ne t'a pas prévenu ?

Il avança vers moi.

— Elle ne répond pas au téléphone quand elle est au volant, c'est-à-dire la plupart du temps.

Il s'arrêta à trente centimètres de moi, et je sentis son regard se poser sur mon corps.

— Et puis, dans un sens, je n'avais pas envie de savoir, ajouta-t-il quand il eut achevé son examen.

Je me penchai vers lui, le souffle un peu court – juste pour mieux respirer son odeur.

— J'ai un concert, tout à l'heure.

— C'est quand, tout à l'heure ?

Lui aussi semblait s'incliner vers moi, mais je n'aurais su dire si c'était de l'attirance physique ou simplement une marque d'attention.

— Plus tard.

— Tu veux t'asseoir?

Non, je ne voulais pas m'asseoir. Ce que je voulais, c'était coller mon corps contre le sien. Pourtant, quand il prit place sur un fauteuil, je l'imitai.

Il se versa un verre de Perrier et se carra dans son siège.

— Tout s'est bien passé, pour toi?

— C'est pour me demander ça que tu as dépêché ton chauffeur pour me conduire ici? Tu aurais pu m'envoyer un texto, et tu aurais obtenu la même réponse.

— Et quelle est la réponse?

— Tout s'est bien passé. Merci.

— Seulement bien?

Il voulait quelque chose de plus. Une manière d'engager la conversation sur ce que lui et moi faisions *vraiment bien* ensemble. Du moins, c'est ce que je crus deviner.

— Oui, bien, répondis-je. Disons que j'étais un peu excitée la plupart du temps.

Il m'offrit un sourire large et sincère.

— Je crois que tu m'as manqué.

— Tu crois?

Il se pencha en avant, coudes sur les genoux.

— Je n'irai pas jusqu'à prétendre que tu m'as manqué comme si on se connaissait vraiment bien. Mais bon, je vais te donner un exemple. Je suis dans le bureau du ministre coréen du Tourisme – un type qui peut approuver l'implantation de l'hôtel ou m'envoyer balader si je prononce un mot de travers. Je parle couramment coréen, mais j'ai un peu de mal avec les nuances ; donc, il faut que je me surveille.

À mon tour, je me penchai vers lui.

— Tu parles coréen?

— Forcément – je vis à Los Angeles. Tu me laisses terminer mon histoire?

Je voulais surtout qu'il me renverse et me prenne ici, sur la moquette, mais je répondis néanmoins :

— Oui. Finis.

— Il est en train de débiter des chiffres et, dans toute la liste, il y a une erreur qui va me coûter une fortune si je me contente de n'écouter que la somme finale. Sauf qu'il faut que je traduise les chiffres et que je trouve où ça cloche. Comme s'il disait qu'il faut payer le permis d'une part, les taxes de l'autre, et puis un troisième et un quatrième truc. Or ce fameux quatrième truc, c'est ni plus ni moins un pot-de-vin. Sauf que je refuse de payer ça. Mais les chiffres sont énormes, évidemment, et il parle tellement vite que personne dans la pièce ne comprend. Et moi, je n'arrive pas à me concentrer sur ce qu'il dit parce que je ne pense qu'à une chose…

Il s'interrompit, comme s'il était arrivé à la partie importante de l'histoire.

— Je ne pense qu'à une chose : t'écarter les jambes.

Je feignis de m'éclaircir la gorge pour réprimer un petit rire, mais en vain. Pendant un instant, je me demandai s'il avait juste cherché à être drôle, mais en voyant son air radieux, je compris que je ne l'avais pas vexé.

— Je ne pensais même pas au sexe, reprit-il. Enfin, si, je veux dire, mais juste à ce moment où je pose mes mains sur tes genoux et que je les écarte, et toi, tu te renverses en arrière et tu t'abandonnes. Je n'arrêtais pas de me repasser cette scène. Le moment où tu m'as *laissé faire*. J'étais incapable de faire la moindre addition ou soustraction. Je suis sûr que j'ai beaucoup trop payé ce type.

Mes jambes fourmillaient, exigeant la pression de ses mains sur elles. Je resserrai les genoux, impatiente qu'il réalise son fantasme.

— Et moi, dis-je, je me suis mise à sucer des glaçons toute la journée.

— Ah… La terrasse.

— Et je souris béatement jusqu'à ce qu'ils aient fondu. Debbie croit que je suis devenue folle.

Il sortit un glaçon de son verre.

— C'est peut-être le cas.

Il tendit le bras et déposa le glaçon dans ma bouche, effleurant mes lèvres au passage. Je formai un O pour l'accueillir et tirai la langue pour lécher ses doigts, mais il les écarta. Une goutte d'eau froide coula sur mon menton. Délicatement, il me reprit le glaçon pour le fourrer dans sa bouche et le croquer.

— J'ai envie de toi, souffla-t-il.

J'eus soudain l'impression que ma colonne vertébrale était un piano dont on venait d'égrener toutes les notes une à une.

— J'ai tellement envie de toi que ça me surprend moi-même, reprit-il.

— Je vais prendre ça comme un compliment.

— Mais je pense que d'abord, il nous faut clarifier certaines choses.

Au lieu de s'expliquer, il baissa les yeux sur son verre. Bien calée dans mon fauteuil, je pris une gorgée d'eau.

— D'accord, vas-y, l'encourageai-je.

Les mains jointes, il tourna le regard vers la fenêtre, l'air pensif. Je restai silencieuse – mieux valait lui laisser le temps.

— J'ai imaginé mille façons de dire ça, dit-il enfin. Et chacune d'entre elles me paraissait blessante pour toi.

— Je ne vois pas ce qui pourrait être si terrible, rétorquai-je. Sauf si, à Séoul, ta queue est tombée…

Il éclata de rire, se frotta les yeux.

— Je vais aller droit au but. J'aime ma femme. Mon ex-femme. Et rien ne pourra jamais changer ça.

— D'accord.

— Je ne peux pas aimer quelqu'un d'autre. C'est impossible.

Très bien. Nous pouvions nous apprécier mutuellement – pour le restant de nos vies, pourquoi pas ; mais lui ne franchirait jamais la limite de l'amour. Même si ça m'arrivait à moi. Compris. L'avertissement était honnête. À présent, je devais lui signifier que ça me convenait, tout en lui montrant que je n'étais pas non plus son paillasson.

— Je ne veux pas de ton cœur, dis-je. Je veux ton attention quelques heures de temps en temps. Je sais que je ne suis qu'une des nombreuses femmes avec qui tu batifoles.

— Tu penses que je batifole beaucoup ? demanda-t-il en levant un sourcil inquisiteur.

— Beaucoup.

— Et qu'est-ce que qui te fait dire ça ?

— Les rumeurs. Et les photos sur Internet.

En prononçant ces mots, je piquai un fard.

— Je reconnais que les rumeurs sont en partie fondées, dit-il. Mais le batifolage reste du batifolage. Sur ces photos, j'étais habillé ?

— C'étaient des images de réceptions, des trucs dans le genre.

J'étais incapable de le regarder en face. Je me sentais stupide de l'avoir accusé d'être une sorte de putain sans en avoir de véritables preuves.

— J'ai sept sœurs. Pour la plupart, elles ont été très proches de moi depuis le divorce.

Combien de femmes avais-je vu sur ces photos ? Pas des centaines, en tout cas. Mais j'étais partie du principe que c'était comme les cafards : quand on en voit un sur la table de la cuisine, on peut être sûr qu'il y en a cinquante dans les placards.

— Ce truc de sœurs, ça va se retourner encore combien de fois contre moi ? demandai-je.

Il sourit.

— Mes sœurs sont partout. Toutes plus âgées, et très protectrices.

— Tu as de la chance. Je suis fille unique. Mais j'ai des amis.

Jonathan posa son verre et glissa ses doigts glacés entre mes genoux, mais sans les écarter. Un frisson remonta le long de mes cuisses et jusque dans mon ventre où se déchaînait l'incendie que je tentais de maîtriser depuis deux semaines. À cet instant, j'aurais pu me taire, ouvrir les jambes et le laisser faire ce qu'il voulait.

— J'ai autre chose à dire, murmurai-je.

— Vas-y.

— Je suis musicienne. C'est ça, ma vie, et ça passe avant tout le reste. Même pour la meilleure partie de jambes en l'air de ma vie, je ne louperai pas une seule répétition. Tu ne peux pas t'immiscer là-dedans.

— Je n'en ai jamais eu l'intention, dit-il.

— Ça veut aussi dire que, si je commence à sentir que mon cœur part en morceaux, et même si tu te conduis en parfait gentleman, c'en est fini de nous deux. Je m'en irai, quoi qu'il arrive. Je n'ai pas de temps pour les peines de cœur.

Il fit courir ses mains à l'intérieur de mes cuisses en les effleurant du pouce avant de les ramener sur mes genoux. Je gardai les jambes fermées. Je voulais que ce soit lui qui les ouvre. Je voulais sentir la pression de ses doigts sur ma chair, et j'avais envie de résister, juste un peu.

— Il y a autre chose dont je voulais te parler, dit-il.

— Je t'écoute.

Il glissa ses mains sous ma jupe, puis ses doigts dans ma culotte, comme si elle n'existait pas. Cette intrusion était délicieuse, et ma jupe en mailles bon marché se releva jusqu'à ce que le triangle de mes sous-vêtements soit visible. Quand il y posa les yeux, j'éprouvai la sensation d'une nouvelle caresse.

— Tes orgasmes m'appartiennent.

Avant que je puisse réagir, il m'avait tirée vers le bord du fauteuil, dans un mouvement brusque, impérieux, qui ne laissait aucune place à la discussion.

— Je ne sais pas ce que ça veut dire, lançai-je, le souffle court, tandis qu'il m'enlevait ma culotte.

Il souleva mon genou droit d'un doigt et le posa sur l'accoudoir. Je ne résistai pas. Moi aussi, j'avais envie de lui. Moins je résistais, plus j'étais excitée, et mon désir s'accrut encore quand il répéta son manège avec ma jambe gauche. J'étais écartelée sur le fauteuil. Ma jupe était complètement retroussée ; il n'y avait plus rien entre lui et ma chatte.

— Ça veut dire, expliqua-t-il en me caressant l'intérieur des cuisses, que tu jouis quand je te le dis. Pas avant. Si je te renvoie chez toi sans que tu aies joui, tu te fais une raison jusqu'à ce qu'on se revoie.

Il me dévisagea, jaugeant ma réaction. Dans la lumière déclinante de l'après-midi, ses yeux verts paraissaient plus sombres.

— J'ai des doigts, tu sais, dis-je alors.

— Je dois pouvoir te faire confiance pour que tu ne t'en serves pas.

Il passa son pouce sur mes lèvres humides, laissant dans son sillage une vibration qui se répandit dans tout mon corps, comme s'il avait effleuré la corde d'un violon.

Je poussai un gémissement. Et dire qu'il n'y avait que deux semaines à peine que j'attendais ce moment ! Maintenant que j'étais là, les fesses glissant en avant sur le fauteuil, les jambes ouvertes sur les accoudoirs et mon sexe moite sous ses doigts, j'avais l'impression que le manque s'était accumulé depuis bien plus longtemps que ça.

— OK, soufflai-je.

Dans ces conditions, j'étais prête à tout accepter.

— OK à quoi?

Il s'agenouilla devant moi et embrassa l'intérieur de mon genou avant de faire courir sa langue le long de ma cuisse. Je lui touchai l'épaule, et il m'attrapa les poignets pour venir les poser sur mes genoux.

— Dis-le, ordonna-t-il.

— Mes orgasmes t'appartiennent.

— Et?

Il me mordit, fort, à l'endroit où ma cuisse rejoignait mon sexe. La douleur fut vive et parfaite. Pendant un instant, j'en restai sans voix.

— Quand jouis-tu? demanda-t-il.

Ses mains agrippèrent mes cuisses, écartant encore plus mes jambes. Ça ne faisait pas mal. C'était une reddition. Je m'en remettais à lui. J'étais en sécurité.

— Je jouis quand tu me le dis, murmurai-je.

— Je n'ai pas arrêté de penser à ça, dit Jonathan.

Il posa la langue sur mon clitoris. Puis il le réchauffa de son souffle, sans bouger la langue. Je poussai un petit cri et pris sa tête entre mes mains. Il retira sa langue et, quand je tentai de le ramener contre moi, il m'attrapa fermement les poignets d'une main. Sans les lâcher, il se mit à me sucer le clitoris. J'étais impuissante sous les caresses que me prodiguait sa bouche. Du bout de la langue, il traça une ligne de ma fente à mon clitoris, l'agaçant un instant pour le sucer tout en douceur l'instant d'après. Une vague de chaleur m'assaillit et je rejetai la tête en arrière, pantelante.

— Le contrat exige donc, dit-il en ramenant sa langue sur ma cuisse, que tu me dises quand tu es sur le point de partir.

— D'accord.

— Tu es très conciliante, aujourd'hui.

Son regard vert croisa le mien. Son visage parfait était juste au-dessus de mon sexe. J'aurais dit oui à tout ce qu'il exigeait.

— La prochaine fois, demande-moi ça quand je serai en pantalon, haletai-je. Histoire que je garde la tête froide.

Il se redressa pour m'embrasser et je savourai ma sève sur sa langue. Mes cuisses étaient encore grandes ouvertes, et lui était toujours habillé de pied en cap. Il lâcha mes poignets pour venir effleurer mes seins. Je tentai d'attraper sa ceinture et posai l'autre main sur l'érection qui distendait son pantalon.

— Laisse-moi te déshabiller, dis-je.

— Plus tard.

— Maintenant.

— Mes orgasmes m'appartiennent aussi, rétorqua-t-il.

— Tu es vraiment un sale rapace !

Il m'embrassa de nouveau puis se redressa sans me quitter des yeux. Comme je faisais mine de reposer une jambe, il immobilisa ma cheville.

— Ne bouge pas tout de suite, dit-il.

Puis il recula.

Sous son pantalon à la coupe parfaite, je distinguais son érection – d'ailleurs, il ne semblait pas vouloir la cacher. Il était simplement planté là et souriait en me contemplant, offerte, la chatte à l'air. J'avais compris deux choses : il n'allait pas me baiser, et il ne me laisserait pas jouir. Malgré la frustration que suscitait cette certitude – car mon corps le réclamait, et peu lui importaient les contrats ou les accords –, je savais qu'il mettrait un terme à notre entrevue à l'instant où je serais au bord de l'extase. J'avais envie de lui, et j'attendrais aussi longtemps qu'il l'exigerait.

— Le vol a été long, dit-il. Je boirais bien quelque chose.

— Et ensuite ?

— Tu m'as dit que tu avais un concert.

Pendant une seconde, j'espérai qu'il allait remettre sa langue entre mes jambes et finir le boulot. À la place, il ôta mes genoux des accoudoirs, tout en douceur.

— Bon sang, grognai-je, cette histoire d'orgasme va me briser en mille morceaux.

— Et si ça valait la peine?

— J'y compte bien.

Jonathan attrapa ma culotte par terre et la tient ouverte pour que j'y glisse les pieds, puis il me fit lever pour la remonter sur mes jambes. Toujours agenouillé, les mains sur mes cuisses, il murmura :

— Ramasse ta jupe.

J'obéis. Il posa les mains sur mes fesses et m'embrassa à travers ma culotte. Des terminaisons nerveuses dont j'ignorais l'existence se mirent à exploser comme des feux d'artifice.

En mille morceaux. Au moins.

3

— Qu'est-ce que tu bois, Monica? demanda Jonathan, comme s'il prenait conscience pour la première fois qu'il n'avait aucune idée de mes goûts en la matière.

Ma mère n'aurait pas approuvé de nous savoir si proches aussi vite, mais Maman n'était jamais allée non plus dans ce bar décoré de bois brut à l'intérieur du Loft Club. Elle n'avait jamais contemplé cette vue sur l'ouest de Los Angeles, du centre jusqu'au fleuve; elle n'avait jamais connu d'autre homme que mon père, jamais servi des verres à soixante-quinze personnes chaque soir, ni chanté une seule note en dehors de l'église. J'avais cessé d'écouter les sermons de ma mère à l'époque où j'avais quitté mon premier amour pour coucher avec Kevin.

— La même chose que toi, en fait, répondis-je. Un single malt, s'ils en ont.

— Je suppose que tu veux un peu de glace à sucer avec ça?

— Tu supposes bien.

Le barman, un vieux type qui semblait être capable de préparer un bull shot ou un Harvey Wallbanger[1] sans consulter la recette, déposa des glaçons dans deux verres et y ajouta deux doigts de MacAllan.

---

1. Le bull shot est un cocktail à base de vodka et de bouillon de bœuf; le Harvey Wallbanger contient de la vodka, de la liqueur Galliano et du jus d'orange.

La salle était vaste et il n'y avait pas trop de monde. La plupart des membres du club avaient des dégaines de créatifs, de producteurs de cinéma, d'agents artistiques, d'avocats spécialisés dans le spectacle ou encore de publicitaires. Ils étaient tous installés dans des fauteuils carrés autour de tables basses. Les serveurs se faufilaient entre eux sans bruit, aussi discrets et invisibles que possible. Je m'assurai qu'il n'y avait personne à portée de voix avant de demander :

— Tu es membre de ce club depuis combien de temps ?

— Mon père m'a pris une carte au Gate Club pour mes dix-huit ans. J'ai rejoint celui-ci quelques années plus tard.

Iggy Winkin, le régisseur du studio d'enregistrement, avait une copine qui travaillait au club KatManDo – plus ou moins le même genre d'endroit que le Loft – et il affirmait que l'inscription coûtait autour de 35 000 dollars l'année. Une somme obscène, certes, mais qui étais-je pour juger ? De toute façon, j'avais l'intention d'aborder un tout autre sujet. Discuter d'argent m'en éloignerait beaucoup trop.

— Ils doivent te connaître, ici, repris-je.

— Pas mal, oui. Les anciens, surtout. Comme Kenny, là-bas, dit-il en indiquant le barman. Avant, il travaillait au Gate. Il connaissait mon père et me racontait des trucs que je n'avais aucune envie d'entendre.

— Comme quoi, par exemple ?

— Tu poses beaucoup de questions.

— J'essaie de penser à autre chose qu'à cette sensation entre mes jambes.

Il se pencha vers moi.

— Décris-la-moi.

J'étais à court de vocabulaire pour évoquer la brûlure qui me ravageait le ventre. Pourtant, je murmurai :

— Un peu comme si quelqu'un m'avait harnachée à une pompe à vélo et m'avait gonflée à bloc. J'ai l'impression que je vais exploser. Et ça brûle. C'est ta faute. Maintenant, raconte-moi. Kenny et ton père. Invente, si tu veux, je m'en fiche.

— Mon père est alcoolique. C'est un alcoolique passif et pathétique et, pendant plus de trente ans, Kenny a dû lui servir des centaines de litres de vodka. Dans ce club-ci, son tabouret était au bout du bar, juste là-bas.

Il désigna une place occupée par un trentenaire en costume crème et cravate bleue, puis il poursuivit :

— Je veux que tu m'en dises davantage sur ce qui se passe entre tes jambes.

— Ça me dévore le cerveau. Ton corps est une surface contre laquelle j'ai envie de me frotter. Je n'arrive pas à penser quand je suis dans cet état. Mon Q.I. est en chute libre. Je ne peux faire que des phrases courtes. Mais revenons à Kenny : combien de fois t'a-t-il vu ici en compagnie d'une femme qui rêve de se frotter contre toi ?

— Quelle importance ?

— Aucune, en réalité. Sauf que je veux savoir si je dois voler une pochette d'allumettes tout de suite ou si je peux espérer avoir une autre occasion de le faire.

Il éclata d'un rire discret, une main sur la bouche.

— J'ai envie de t'embrasser, mais il y a un acheteur de Carnival Records dans les parages, et je ne voudrais pas t'embarrasser.

— Qui ça ?

Je repoussai mes cheveux derrière mes oreilles et m'appliquai tellement à ne pas regarder autour de moi que je devais avoir l'air d'observer partout à la fois.

— Salut, Eddie ! lança Jonathan à quelqu'un qui se trouvait derrière moi.

Je me retournai à demi pour découvrir un homme de l'âge de Jonathan, trapu et séduisant, les cheveux coiffés en avant d'une façon qui suggérait que c'était uniquement pour le style, pas pour masquer une calvitie précoce.

— Jon, comment ça va? Tu as vu le match? On s'est fait massacrer.

— Je n'ai plus le temps de regarder les matchs, répondit Jonathan.

— Tu travailles trop, comme d'habitude, commenta Eddie avant de se tourner vers moi. Je m'appelle Ed. Nous avons joué ensemble pour Penn[1].

— Joué à quoi?

J'étais un peu gênée de mon ignorance, mais pas assez pour ne pas poser la question.

Eddie regarda Jonathan, puis reporta son attention sur moi.

— Vous n'êtes pas l'une de ses sœurs?

Comme Jonathan souriait, je compris qu'il n'y avait pas de sous-entendu malveillant dans la question de Eddie.

— Je te présente Monica. Aucun lien de parenté, dit-il.

— Ah, fit Eddie en tendant la main pour serrer la mienne. Désolé. Enchanté de vous connaître. Jonathan était lanceur et moi, j'étais généralement sur la touche.

— Ravie, Ed.

— Monica est chanteuse, dit Jonathan, mais elle trouve le temps de suivre les Dodgers.

— Toutes mes condoléances à vous deux, dit Eddie.

— Je viens d'Echo Park, expliquai-je. Mais Jonathan, lui, n'a aucune excuse.

L'air faussement vexé, Jonathan consulta sa montre.

1. Université de Pennsylvanie

— Tu n'as pas un concert, toi?

J'avalai le reste de mon scotch. Les glaçons étaient énormes, et je ne pouvais pas en mettre un dans ma bouche pour le plaisir de Jonathan. Pas comme je l'aurais voulu.

— Si, répondis-je. En deuxième partie de soirée, au Frontage. Mon public m'attend. Ed, c'était un plaisir de vous connaître.

— Oh, mais c'est *vous*, alors!

— Peut-être. Tout dépend de ce que vous avez entendu, je suppose.

— J'ai entendu dire qu'il y avait quelqu'un qui faisait un tabac, là-bas.

— Je doute que ce soit moi.

Jonathan posa son verre.

— C'est elle. Elle est moins réservée quand elle a un micro devant elle.

Puis, s'adressant à moi :

— Viens, je vais t'accompagner jusqu'à la voiture.

Nous prîmes congé de Eddie. En me raccompagnant dans le couloir vers l'ascenseur, Jonathan posa la main dans mon dos. Ce simple contact suffit à me faire frissonner.

— Merci de m'avoir soutenue, dis-je. Ce genre de personne est important, dans mon milieu. Tu lui as donné une bonne image de moi.

— Avec plaisir. Et pour ta gouverne, je ne lui aurais rien dit si tu ne chantais pas comme une déesse.

L'ascenseur était désert. En descendant, je l'embrassai, pas pour l'exciter sexuellement, mais parce que j'étais touchée de l'entendre parler de moi de cette façon. Il me passa les bras autour de la taille, posa les mains à plat dans mon dos, et sa bouche répondit à la mienne avec affection, comme s'il comprenait ce que j'essayais de lui dire. Le fait qu'il me désire physiquement aurait pu me suffire, mais qu'il soutienne mon travail était nouveau et tout à fait différent – cela exigeait des baisers d'un autre genre. Quel dommage qu'il n'y ait pas eu plus d'étages au bâtiment, car les portes s'ouvrirent avant que j'aie pu profiter pleinement de ses lèvres.

En nous voyant apparaître, Lil sortit de la limousine. J'avais suffisamment de temps devant moi pour retourner à ma voiture et arriver assez tôt au Frontage pour me maquiller.

— Après ton concert, dit Jonathan, tu m'envoies un texto?

— En général, après, je sors avec mes amis.

Il me regarda des pieds à la tête avec l'air de vouloir me dévorer toute crue – exactement comme il l'avait fait la première fois, mine de rien. Sauf que maintenant, il n'avait plus besoin de le cacher.

— Si ça ne t'embête pas de rester sur ta faim, ça me va, dit-il.

Je montai dans la Bentley, et il retourna au club.

4

Les coulisses du Frontage ne s'étaient pas améliorées le moins du monde depuis ma première soirée là-bas, deux semaines plus tôt. En revanche, mon attitude envers les lieux avait radicalement changé. Nous avions commencé un jeudi soir, et les propriétaires nous avaient demandé de revenir les dimanches et mardis suivants, jusqu'à ce que nous nous lassions ou trouvions quelque chose de mieux. J'avais beau récriminer, ils nous payaient rubis sur l'ongle et ne nous saignaient pas à blanc sur les faux frais. Après notre premier concert, nous avions attiré du public, et ils avaient donc commencé à nous offrir le dîner et quelques boissons à la fin du tour de chant. J'aimais bien qu'on ne me traite pas comme une jolie potiche à qui payer un verre, ou une putain désespérée qui chantait pour trois sous.

Gabby était déjà là, occupée à étaler de l'anticerne sous ses yeux. C'était ce soir ou jamais: des gens de WDE avait réservé une table. Rhee, l'hôtesse d'accueil, me le confirma à mon arrivée. À ma demande, elle les plaça près de l'enceinte à gauche, celle qui diffusait selon moi le son le plus chaud.

— Tu as vérifié qu'il n'y avait pas de chewing-gum collé sur ton siège? demanda Gabby.

— Pas de chewing-gum, répondis-je en fouillant dans les flacons et tubes de ma trousse de maquillage.

— Tes cordes vocales sont bien attachées?

— Je te souhaite un bon syndrome du canal carpien, rétorquai-je.

— Chieuse.

— Bêcheuse.

Nous échangeâmes un sourire dans le miroir.

J'avais rencontré Gabby le jour de mon arrivée à l'Institut des arts du spectacle de L.A. J'étais grande, mais dégingandée et maladroite, avec des lunettes et des bagues dentaires pour couronner le tout – en d'autres termes, l'attirail complet de la perdante. Les autres élèves avaient l'air de tous se connaître. La plupart venaient d'une école de musique à l'ouest de la ville et leur chemin était tout tracé depuis la maternelle. Pour ma part, j'avais rempli un dossier et passé les auditions à l'insu de mes parents. Je ne les avais informés de mon entrée à l'Institut qu'après avoir reçu ma lettre d'admission.

Ainsi, au cours de cette première semaine, alors que je prenais encore mes marques, Gabby et ses amis étaient déjà complètement dans le bain. Quant à moi, la notion de compétition m'était tout à fait étrangère et je faisais souvent l'objet de moqueries – peut-être dues au fait que j'étais régulièrement un demi-ton à côté, que mes cordes de guitare se cassaient ou que j'avais trouvé un bout de chewing-gum bleu collé sur la peau de mon tambourin. Le premier jeudi, pendant la dernière heure de cours, le tabouret sur lequel j'étais assise se cassa sous moi ; ma chute déclencha un fou rire général, et je sortis de la classe en pleurant.

Quelqu'un me rattrapa – la dernière personne que j'aurais imaginée : Gabrielle. C'est elle qui riait le plus fort et secouait sa crinière blonde avec le plus d'entrain. Avant de craquer à l'âge de vingt-deux ans, c'était la fille la plus sûre d'elle que j'aie jamais connue.

— Qu'est-ce que tu veux ? avais-je crié alors qu'elle me suivait dans les toilettes. Pourquoi êtes-vous tous aussi méchants avec moi ?

— Méchants? De quoi tu parles?

— Vous avez ri quand je suis tombée.

— C'était drôle. Je veux dire, ça fait une semaine que tu es là, et chaque fois qu'il y a une chaise branlante ou une guitare aux cordes cassées, ça tombe sur toi. Les mecs ont parié que tu vas bientôt casser tes lunettes en cours d'éducation physique.

J'aurais voulu hurler, lui mettre sur le dos cette semaine catastrophique, mais le fait était que j'avais choisi la guitare en question pour sa jolie couleur bleue, sans vérifier les cordes au préalable. Quant au chewing-gum, il avait l'air vieux, mais j'avais quand même rejeté la faute sur eux. Et j'avais pris ce tabouret parce qu'il était loin des autres.

— Tout le monde dit que tu es une bêcheuse, avait dit Gabby.

— Je ne suis pas une bêcheuse. Je suis une chieuse.

Aussitôt, je m'étais mordu la langue, parce que les laissées-pour-compte ne disent pas ce genre de choses aux filles cool de la classe. Mais très vite, elle avait éclaté de rire, et moi aussi.

— Viens t'asseoir avec nous au déjeuner, avait-elle proposé. Je pense que mon frère en pince pour toi, alors… beurk. D'accord?

Dès lors, elle m'avait intégrée parmi ses amis, comme une voix complémentaire dans une symphonie, m'y associant comme si j'étais naturellement au même rythme, sur la même tonalité, et que mon entrée ne se cantonnait pas seulement aux premières mesures.

— Tu es détendue? demandai-je à Gabby dans le vestiaire tandis qu'elle frottait un bouton inexistant sur son visage.

Elle devait forcément l'être. Depuis ma nuit avec Jonathan, celle où il m'avait promis d'appeler Arnie Sanderson, elle était dans un perpétuel état de béatitude. L'appel en question s'était révélé absolument inutile, mais concernant Gabby, n'importe quelle lueur à l'autre bout du tunnel était bonne à prendre.

— Non, pas du tout, dit-elle avec un gloussement. Regarde !

Elle me montra ses mains. Elles tremblaient. En général, c'était mauvais signe chez un pianiste, mais pas dans le cas de Gabby. Aussitôt qu'elle s'asseyait, ses doigts et son corps se relâchaient, et elle assurait d'un bout à l'autre.

— J'ai fait venir tous les gens de l'école, dit-elle. Tiré toutes les ficelles que je pouvais. Les gens du Thelonious sont tous là. Et Darren aussi.

— Il a amené sa nouvelle copine ?

— Aucune idée. Tu te sens comment, sur *Cheek to cheek* ?

Nous avions travaillé sur une nouvelle adaptation qui donnait le sentiment que Gershwin parlait de bien plus qu'un contact entre deux visages. Tous les morceaux étaient orientés dans ce sens, et ça attirait du monde.

— Aucun problème pour celle-là.

— Ça va être notre heure de gloire, Monica. On y est enfin arrivées !

— C'est un processus qui prend du temps, répliquai-je prudemment en retouchant mon rouge à lèvres mis à mal par les baisers de Jonathan. On ne va pas signer de contrat d'ici demain matin. On n'a même pas de disque ou de maquette.

— Tu as dit qu'on ne devait pas s'inquiéter pour ça…

— Ça ne m'inquiétait pas avant que Jonathan me présente à Eddie Walker comme si je ne savais pas qui il était. Si ce type m'avait réclamé un disque, j'aurais été bien embêtée.

Je la regardai dans le miroir. Elle avait les yeux vides, et je devinai qu'elle calculait quelque chose dans sa tête. Une seconde plus tard, la réponse sortit :

— Penn, dit-elle.

— Oui, ils sont allés ensemble à l'Université de Pennsylvanie, mais tu sais à quel sport ils jouaient ?

Quand Gabby ignorait quelque chose, elle ne faisait pas semblant de le savoir. Aussi répondit-elle sans attendre :

— Non.

— Au baseball.

Elle referma lentement son mascara, les yeux rivés sur le tube. Je la voyais presque classer l'information dans sa tête et la recouper avec tous les autres détails de la vie des grands de Hollywood.

— Merci de faire ça, dit-elle enfin. Je sais que tu ne voulais pas chanter dans des dîners-spectacles, mais moi, ça me plaît beaucoup, et ce ne serait pas possible sans toi.

— Eh bien, je m'étais trompée. J'aurais dû accepter tout de suite, quand tu me l'as proposé. Je veux dire, quand tu fais de la musique, il faut y aller à fond. Sinon, c'est du pipeau, pas vrai ?

— C'est exactement ce que je me dis. Si on réussit à avoir les gens de la WDE avec nous, on pourra peut-être commencer à jouer *tes* morceaux.

Je haussai les épaules. Mes morceaux étaient des diatribes punks pleines de rage et n'avaient rien à voir avec le genre de trucs branchés que je faisais avec Gabby. Si nous décrochions un agent sur la base de ce concert piano-voix, je ne saurais pas qu'en faire. Je ne pouvais pas passer du punk au blues d'un jour à l'autre, ou inversement. En tant que pianiste, Gabby pouvait jouer n'importe quoi à n'importe quel moment, mais au premier signe de succès au Frontage, je serais dans la merde. Je n'avais aucun morceau prêt, pas dans cette veine-là.

— Et j'ai oublié de te dire un truc au sujet d'Eddie, ajoutai-je sur un ton que je voulais guilleret.

— Il est mignon ?

— Oui. Et il a entendu parler de nous.

— Il essayait de coucher avec toi.

— Non, quand il en a parlé, il ne savait pas que c'était moi qui chantais ici. Enfin, si, je veux dire, mais il aurait simplement pu dire un truc poli du genre: « Oh, très sympa ». Mais non. C'était plutôt : « Mais comment ça, c'est vous? »

— Il t'a dit quoi, exactement?

— Qu'il a entendu dire que quelqu'un faisait un tabac au Frontage.

— Quelqu'*un*?

Je fus aussitôt sur la défensive. Elle m'avait prise sous son aile au lycée. Je ne l'abandonnerais jamais.

— Il n'a pas dit ça comme s'il parlait d'une seule personne. À l'entendre, il aurait pu s'agir de tout un orchestre.

Gabby rangea son maquillage dans sa trousse.

— Il vaudrait mieux que j'y aille, dit-elle. Il faut que je me chauffe.

Nous nous étreignîmes comme des sœurs, et je continuai à m'escrimer pour rendre mon visage présentable.

Quand j'avais dit à Jonathan qu'il avait de la chance d'avoir des sœurs, j'étais sincère. Je détestais être fille unique. Je détestais quand ma mère me regardait comme si je la décevais d'être son premier et dernier enfant, comme si c'était ma faute s'ils lui avaient découvert un cancer pendant sa césarienne. Je détestais être la seule enfant de la maison et porter sur mes épaules toute la responsabilité des échecs et des réussites de la progéniture de mes parents. Être l'unique objet de leur attention était merveilleux – sauf quand ça me donnait envie de mourir.

Si quelque chose arrive à une enfant unique, il n'y a plus rien à quoi se raccrocher. Si elle est droguée, tous les enfants sont drogués. Si elle meurt dans un accident de voiture, la famille se dissout avec sa disparition.

D'un côté, je ne m'étais jamais sentie à l'aise en société et, de l'autre, j'étais avide de compagnie. Trop, peut-être. J'avais donc beaucoup de connaissances, autour de quatre cents personnes, dans les milieux musicaux *underground* d'Echo Park à Silver Lake. Quand j'en avais besoin, je pouvais remplir un club, mais, en dehors des types qui voulaient me baiser, je ne donnais à personne envie de m'approcher vraiment – à part Darren et Gabby, qui étaient orphelins et avaient autant besoin de moi que moi d'eux.

5

Je sortis la tête des coulisses pour jeter un coup d'œil dans la salle. Darren était au bar, au milieu d'un groupe compact d'amis parmi lesquels je reconnus Theo, Mark, Ursula, Mollie et Raven. Darren était un vrai Monsieur Popularité, capable de discuter en vieille connaissance avec n'importe quelle personne croisée dans l'Eastside. Il avait un don pour la rhétorique et une manière d'écouter qui faisaient de lui l'ami potentiel de quiconque se trouvait à portée d'oreille.

Je connaissais toutes les filles qui l'entouraient ; par conséquent, soit il était venu sans sa mystérieuse petite amie, soit elle faisait partie du groupe. Je pris soin de ne pas regarder en direction de l'enceinte censée diffuser le meilleur son. Je ne voulais pas voir si les gens de WDE étaient déjà là ou si la table n'était occupée que par une poignée de seconds couteaux venus pour se soûler aux frais de l'agence. Et je ne voulais pas non plus voir une table vide surmontée d'un grand panneau « réservé ». Je ne voulais rien voir, seulement sentir.

Pendant deux semaines, j'avais tiré toute mon énergie de la nuit passée avec Jonathan. Après mon après-midi au Loft Club, j'éprouvais à la fois un regain de dynamisme et d'inquiétude. Je ne pouvais pas me permettre d'être dépendante, pour chanter, de l'état d'excitation dans lequel il me mettait – comme je l'avais fait jusque-là. J'ignorais combien de temps il allait me mener par le bout du nez, mais ça ne durerait certainement pas assez longtemps pour que je fasse carrière.

Rhee, l'hôtesse, se tenait près de la porte au fond de la salle, les cheveux relevés, son grand sourire professionnel sur les lèvres. C'était une Noire d'une quarantaine d'années qui en faisait facilement dix de moins. En m'apercevant, elle m'adressa un clin d'œil avant d'incliner la tête en direction de la fameuse table. En suivant son regard, je constatai que, de là où je me trouvais, je ne pouvais pas la voir.

C'était le moment du coup d'envoi, comme aurait dit mon père.

Les responsables de l'établissement demandaient toujours que l'interprète du concert consacre le premier quart d'heure de son programme à se promener dans la salle pour saluer les clients. Mon mépris pour cette pratique s'était évanoui quand j'avais compris combien la manœuvre était commercialement astucieuse : l'idée n'était pas que je me fonde au décor, comme je le craignais à l'origine, mais que, grâce à moi, les convives aient l'impression d'être entrés dans un lieu où on les connaissait et où on les appréciait. L'objectif était de les faire revenir et, bien que les nouveaux clients soient bienvenus, les responsables avaient constaté que les habitués donnaient plus de pourboires, consommaient davantage et se tenaient mieux qu'un flux constant de nouveaux venus.

Gabby, au milieu de la salle de restaurant, s'était mise à improviser quelque chose au piano, les yeux fermés. Elle ne sortirait de sa transe musicale qu'au moment où je lui poserais la main sur l'épaule pour lui signifier que nous allions commencer – dans douze minutes exactement. Darren était en grande conversation avec Theo et Mark. Ça paraissait sérieux, mais je les interrompis pour les saluer.

— Les mecs, dis-je en m'adressant aux trois garçons à la fois, débrouillez-vous pour avoir l'air de vous amuser quand je chanterai, d'accord ? Parce que là, vous avez des têtes d'enterrement.

Theo, un grand maigre dont le cou était chargé de tatouages maori en dépit de ses ascendances écossaises, pointa une cigarette éteinte sur moi.

— Dis à ce type de ramener son pauvre cul au studio Boing Boing. Un guitariste sans groupe, c'est un crime, tu sais?

Darren leva les yeux au ciel, mais je posai la main sur son bras pour répondre à sa place:

— Il t'a dit qu'il avait décidé de devenir un artiste mature plutôt que de vendre le cul en question au premier groupe venu? Et qu'il voulait peaufiner sa technique avant de commencer à jouer pour la gloire des autres?

— Tu parles, rétorqua Theo, j'en ai encore les oreilles qui saignent.

Mark intervint. Avec sa veste aux revers étroits et ses lunettes à épaisses montures noires, c'était l'antithèse parfaite de Theo.

— Il faut faire vos dix mille heures, les mecs. C'est la règle. On ne peut maîtriser aucun art si on n'a pas dix mille heures de pratique au compteur. C'est prouvé. On ne peut pas développer sa technique dans le vide, il n'y a pas de secret.

Darren me regarda avec ses grands yeux bleus. Pauvre garçon. Avec l'héritage, Gabby et lui avaient de quoi vivre, mais tout juste. L'argent dont ils disposaient semblait presque les empêcher de faire ce qui était nécessaire pour qu'ils puissent mûrir.

— Essaie, Darren, dis-je. Pendant quinze minutes, mets-toi dans la peau d'un musicien de studio. Pas besoin d'en faire une montagne.

Juste derrière Darren, j'aperçus un visage qui m'était familier. Il me fallut une seconde pour mettre un nom dessus, mais la femme me reconnut aussitôt et agita la main dans ma direction en souriant.

— Merci, dit Theo. Bien parlé, jeune fille.

Mais je n'avais plus d'yeux que pour la femme en robe verte.

— Il faut que j'y aille, dis-je en me frayant un chemin vers elle.

J'avais à peine fait un pas que Darren m'attrapa par le bras pour me chuchoter à l'oreille :

— Derrière toi, juste au bord de la scène. Kevin.

— Merde…

— Ça craint, hein ?

— Oui, acquiesçai-je. Tu peux te débarrasser de lui ?

— Non.

Il me sourit. Nos visages étaient tout proches, assez pour qu'on s'embrasse. J'avais quitté Darren pour Kevin près de deux ans plus tôt et, bien qu'il m'ait pardonné, il n'avait jamais oublié.

— Merde, répétai-je. Qu'est-ce que je vais faire ?

— Tu continues et tu fais comme si cette salle était à toi.

Exact. La salle m'appartenait. C'était Kevin, l'intrus. Me redressant, je continuai ma progression vers la femme en robe verte – la sœur de Jonathan.

— Bonsoir, Teresa, dis-je. Je suis vraiment contente que vous soyez venue.

Elle m'embrassa sur les joues.

— Je ne pouvais pas faire autrement, vu que c'est moi qui ai parlé de vous à Gene.

— Oh, c'était vous ! Alors encore merci. Je ne savais pas que vous travailliez à la WDE.

— Je dirige le service comptable. Pas très glamour, mais ça m'occupe. Voici ma sœur, Deirdre.

Deirdre mesurait près d'un mètre quatre-vingts. Elle portait un jean et une veste des surplus de l'armée. Ses épaisses boucles auburn partaient dans tous les sens, et ses grands yeux étaient aussi verts que des émeraudes. Ils étaient aussi un peu vitreux, et ses paupières semblaient lourdes. Oui, elle était soûle – et on n'avait même pas encore servi le dîner.

— Bonsoir, dis-je. Enchantée.

Elle me dévisagea avant de détourner ostensiblement le regard. Apparemment, elle mettait un point d'honneur à m'ignorer – mais pourquoi? Qu'importe. Je reportai mon attention sur Teresa, un large sourire aux lèvres.

— J'espère que vous apprécierez la soirée.

Deirdre émit un reniflement de mépris. Teresa et moi échangeâmes un regard. Elle semblait aussi gênée que moi.

— J'en suis certaine, dit-elle. Passez à notre table après le concert, d'accord?

Je la remerciai, pris congé, et cherchai Rhee du regard. Elle discutait avec un client, hochant la tête, l'air sérieux. En dépit de ses sourcils froncés, sa peau sombre était aussi lisse que du velours. Tant qu'elle ne me faisait pas signe, j'avais un peu de temps devant moi. Balayant la pièce des yeux, je repérai Kevin assis en compagnie de son copain Jack. Kevin m'adressa un signe de la main; de l'autre, il tapa sur l'épaule de Jack. Celui-ci agita brièvement la main à mon attention avant de libérer son siège. Apparemment, j'étais censée venir m'y asseoir. Je me tournai de nouveau vers Rhee. M'apercevant, elle leva cinq doigts. Il me restait cinq minutes. Parfait. Je me glissai sur la chaise de Jack. Kevin n'avait pas fait mine de se lever pour la tirer. La galanterie n'était pas dans ses habitudes.

— Ravie de te voir, dis-je.

— Tu as changé de numéro.

Il m'adressa son regard de chien battu. À l'époque, cette expression avait le don de me faire paniquer: l'avais-je blessé? Il avait d'immenses yeux bruns, grands comme des soucoupes, sous des sourcils en demi-cercle. Le visage triste d'un personnage de dessin animé. Il était coiffé comme un hipster, avec des cheveux en bataille faussement gras, et sa perpétuelle barbe de trois jours – destinée à montrer au monde entier que prendre soin de son apparence en société était trop trivial pour quelqu'un comme lui – complétait parfaitement le tableau. Par le passé, je trouvais que ça lui donnait un air plus intelligent, plus spirituel. Mais peu à peu, j'avais découvert la réalité : c'était juste un type qui avait tiré le gros lot côté physique et avait appris à en jouer pour son profit personnel.

— Désolée, répondis-je. Tu sais où j'habite, non?

J'affectai un sourire, préférant donner l'impression de faire connaissance avec un nouveau client que de jouer au chat et à la souris avec un ex retors.

— Ce serait du harcèlement, protesta-t-il. Quand j'ai vu que tu ne répondais plus, j'ai compris le message. Tu ne veux plus me parler.

— Ça n'a rien à voir. Nous sommes adultes, et c'était il y a un an et demi. Bon, je commence dans quatre minutes et demie. J'étais ravie de te voir.

En prononçant ces mots, je plaquai mon sourire le plus amical sur mon visage, et Kevin tomba dans le panneau. Il avala une gorgée de bière et sourit.

— J'ai entendu parler de tes concerts ici. Tout le monde parle de toi. « Cette fille, au Frontage, elle va te faire pleurer. » J'ai tout de suite su que c'était toi. Mon Titi-Canari.

Je rougis un peu, je crois. Non, j'en suis sûre. Sur la fin de notre histoire, Kevin dénigrait tellement ma musique que j'en avais oublié le surnom qu'il me donnait. Le souvenir de l'époque où il révérait mon talent me fit l'effet d'un coup de poing dans le ventre.

— Et une fois que je me suis mis à penser à toi…

Il s'interrompit et fouilla dans sa poche avant de reprendre :

— Je me suis dit, mec, j'aimerais bien qu'elle voie ce que je fais, moi aussi. Qu'on pourrait renouer un peu. Artistiquement, tu vois? Comme deux créateurs dans cette ville de fous.

Il me tendit une brochure. Chaque fois qu'il y avait une éclipse quelque part dans le monde, le musée d'Art moderne de Los Angeles, le Mod, organisait une « Éclipse solaire ». C'était une exposition collective des artistes visuels et conceptuels les plus en vogue du moment. Y participer permettait aux nouveaux venus de s'ouvrir pas mal de portes, aux artistes confirmés de trouver un nouveau souffle, et aux plus anciens de consolider leur statut de stars.

Et le nom de Kevin figurait au milieu de la liste.

— Félicitations, dis-je. C'est demain soir, non? Tu as fait l'accrochage?

— Aujourd'hui même. C'est superbe. Ma plus belle installation jusqu'à présent. Il me reste une invitation, et…

Il afficha son visage d'artiste inspiré, celle où il détournait le regard avec un air souffrant avant de vous regarder droit dans les yeux.

— Tu as contribué à mon œuvre, reprit-il. Je veux que tu sois là.

Je ne reconnus pas l'expression sur son visage. Soit il en avait ajouté une nouvelle à son répertoire, soit il était sincère. Ou alors, c'était bien imité.

— Je vais essayer. Je suis contente pour toi.

Il sourit, et je me rappelai alors pourquoi je l'avais aimé. Pas pour son côté sérieux, mais pour ces sourires qui illuminaient son visage en même temps que mon cœur.

Du coin de l'œil, j'aperçus Rhee qui me faisait signe, et je me levai.

— Je te mettrai sur la liste, lança-t-il tandis que je m'éloignais.

J'avançai vers le piano, posai la main sur l'épaule de Gabby. Elle ouvrit les yeux.

Je jetai un dernier coup d'œil sur la brochure avant de la poser sur mon pupitre. Un nom me sauta aux yeux, en tête de la liste. Jessica Carnes. L'ex-femme de Jonathan. Je pliai le papier.

Gabby égrena les premières notes de *Stormy weather*. La salle se tut, même si je percevais de temps à autre le tintement d'un verre ou d'une fourchette. Les spots m'éblouissaient, et je fermai les yeux. Bien entendu, je chantai le morceau comme nous l'avions répété. Mon désir sexuel était intact… mais il manquait quelque chose.

L'écho des caresses de Jonathan cet après-midi ne s'était toujours pas éteint dans mon corps, mais c'est à Kevin que je pensais. À tout ce qu'il m'avait dit quand nous étions encore ensemble. Les attentes que, selon lui, je n'avais pas comblées, ou les déceptions que je lui avais infligées à cause de mes ambitions… D'un seul coup, je fus submergée par la déception : comme il m'avait mal aimée !

Il ne me restait plus qu'à exploiter cette déception. Nous étions passées à *Someone to watch over me*. Je fis sortir ma voix de mon diaphragme, comme un feulement. Je me servis de cette rupture que j'avais moi-même provoquée et qui m'avait coupée de mes amis les plus chers – parce que, dans l'histoire, c'était moi la fautive.

Je n'avais pas le droit de souffrir, pas le droit de prendre le deuil. Sans Gabby et Darren, à cette époque, je me serais retrouvée sans personne pour m'aimer. Pas de garde-fou. Contrairement à Jonathan, je n'avais pas de sœurs pour me protéger des conséquences de mes mauvaises décisions ou des amants prédateurs. Pas de Deirdre pour me défendre. Personne ne se préoccupait de moi.

Une fois profondément plongée dans cet état émotionnel, je rugis les dernières notes du morceau, comme si je me débarrassais de toutes les souffrances, de toute la fureur accumulée en moi.

Alors je me sentis propre. Je chantai le reste des morceaux comme nous l'avions prévu, avec une dynamique et des inflexions qui n'étaient plus attisées par la colère, mais seulement par mon désir. Nous achevâmes sur *Moon river*, une chute en pente douce après les montagnes russes.

Je respirai. Et ils applaudirent. Je commençais à m'y habituer. À présent, ça ne me galvanisait plus, sans doute parce que ce n'étaient pas mes chansons. Ils applaudissaient mon talent de chanteuse, pas de compositrice, et cette distance artistique faisait toute la différence.

Je hochai la tête et jetai un coup d'œil sur le côté. La table de Kevin était déserte. C'était lui tout craché. Je remerciai le public et, comme chaque fois, m'éclipsai dans les coulisses, Gabby sur mes talons.

— Qu'est-ce qui t'est arrivé? demanda-t-elle.

— Quoi?

— J'ai cru que tu allais tout foirer dans *Stormy weather*.

Bien sûr. Gabby la perfectionniste.

— Je crois que j'ai tenté un truc.

— Chaque morceau compte, dit-elle en détachant bien les syllabes.

— Merci. Mais pas de pression, d'accord?

— Ce n'était pas le soir idéal pour jouer les savants fous, tu ne crois pas?

Elle pointait sur moi un doigt accusateur. Pour elle, j'avais gâché le concert.

— Eh, tu sais quoi? lançai-je, exaspérée. Laisse tomber. Et tu devrais peut-être envisager de mettre un peu la main à la pâte, côté relations publiques. La Gabby que j'ai connue au lycée ne se cachait pas derrière un piano.

Sans attendre sa réaction, je sortis, regrettant déjà mon éclat. Je m'étais montrée cruelle. La Gabby que j'avais connue au lycée ne reviendrait jamais, pas après une dépression et une tentative de suicide. Cette Gabby n'avait pas pointé son nez depuis des années, et la remettre sur le tapis était injuste. Je me battais contre un sentiment de solitude chronique qui me rendait agressive.

La salle était bondée, et les clients du bar débordaient dans la partie réservée au restaurant. Les serveurs avaient du mal à circuler entre les clients et les chaises mal rangées. M'approchant de la table près de l'enceinte au son chaud, je la trouvai occupée par des hommes en costumes bien coupés et cravates colorées, et des femmes en chemisiers et talons hauts. L'uniforme des agents. Teresa me tournait le dos ; aucune trace, en revanche, de Deirdre et son regard méprisant. Ils étaient onze et discutaient en groupes de deux ou trois avec une telle animation que je décidai de rebrousser chemin.

— Monica Faulkner !

En entendant mon nom, je faillis avoir une crise cardiaque. Eugene Testarossa, pour qui je n'existais pas quelques semaines plus tôt au bar du Stock, venait de prononcer mon nom !

— Bonsoir, dis-je, attendant qu'il me reconnaisse.

À voir son expression, pourtant, il ne se souvenait pas de moi en serveuse, ou alors il s'en fichait.

— Beau concert.

— Merci.

— Je suis Eugene, l'agent des interprètes musicaux chez WDE. Vous avez entendu parler de nous ?

— Oui, bien sûr.

Je souriais de toutes mes dents, luttant pour ne pas embrasser ce type qui, sans son statut et son réseau, n'aurait eu droit de ma part qu'à un rejet poli.

— J'aimerais prendre le temps de vous parler de quelque chose. Rien de méchant. Nous allons au Snag, vous pouvez venir ?

L'invitation de rêve. Mais non. Je ne parlais pas affaires en buvant des coups. Et si ce n'était pas pour parler affaires, pas question que je me retrouve coincée dans un bar de crétins en plein Westside.

— Je ne suis pas libre ce soir, désolée.

Il me tendit une carte rouge vif qui, je le savais, portait le logo de WDE.

— Alors appelez-moi, et nous trouverons une date.

— Merci. Nous espérions que vous seriez là ce soir.

— Nous ? Vous avez déjà un agent ?

— Non. « Nous » comme moi et Gabby.

Je la désignai de la main. Elle était au bar, près de Darren.

— Oh, la pianiste ? Je pensais qu'elle faisait partie du personnel du club. Bien, bien… Vous n'êtes pas obligée de venir avec elle, vous savez.

Je dus faire une tête longue comme ça, car il se redressa et tendit les bras, paumes ouvertes, en signe de reddition.

— Mais pas de problème. Oui, bien sûr. Toutes les deux. Un duo. On en parlera.

— Super.

— D'accord, appelez-moi demain.

Il pointa le doigt sur moi, puis porta un téléphone invisible à son oreille. Je souris, mais je savais que j'allais devoir avaler ma dose de ce genre de singeries à l'avenir.

— Sans faute, répondis-je avant de me diriger vers l'allée centrale.

Je faillis m'encastrer dans Iris, une serveuse qui travaillait au club depuis tellement longtemps qu'elle faisait partie des meubles. Avec un dernier geste de la main à l'intention de Testarossa, je rejoignis le bar aussi vite que possible – c'est-à-dire qu'entre les poignées de main et les sourires distribués en chemin, cela me prit sept bonnes minutes.

Gabby me sauta dessus.

— Alors ? Qu'est-ce qu'il a dit ?

Je lui montrai la carte. Elle m'étreignit comme si je venais de lui annoncer que le bébé se portait bien.

— Beau boulot, dit Darren en levant sa bière.

— Arrêtez de faire circuler cette carte, les gars, d'accord ? Allez-y mollo. Ce n'est pas grand-chose.

— Ah, jeune fille, dit Theo, il n'y a rien de « mollo » chez toi.

Il prit mon menton entre le pouce et l'index et me secoua la tête. Je lui donnai une petite tape sur la main pour qu'il me lâche.

— Sortons d'ici, proposa Darren. Tu pourras nous répéter votre conversation mot à mot, et on va tout décortiquer.

Oh non, mauvais plan. J'allais devoir dire à Gabby qu'elle n'était qu'une option dans le spectacle, ou inventer un mensonge qui finirait par m'exploser au nez. Si elle découvrait que j'avais été obligée de défendre son rôle dans notre duo avant même qu'elle rencontre Testarossa, elle risquait de sombrer à vitesse grand V. Darren et moi allions de nouveau être obligés de la suivre pas à pas, et je n'en avais aucune envie. Notre liberté récemment retrouvée était trop belle.

— Je ne suis pas libre, ce soir, répétai-je alors en les regardant les uns après les autres – Gabby en dernier.

— Oh oh ! dit Darren. Kevin est de retour.

— Ce n'est pas Kevin, protestai-je.

Gabby plissa les yeux, suspicieuse :

— Annule…

— Non, je ne veux pas. Demain, toutes les deux, on appellera l'assistante de Testarossa, à WDE. On prendra rendez-vous un midi pour qu'il nous invite au restaurant. D'ici là, sors avec la bande et amuse-toi. Allez, un câlin.

Elle m'étreignit. Tant mieux, parce que je n'avais plus beaucoup de paroles convaincantes en réserve.

6

Sitôt sortie, j'envoyai un texto à Jonathan.

Tu ne dors pas?

Je suis à l'heure coréenne. En pleine forme.

Moi aussi.

Alors pourquoi n'es-tu pas déjà là?

J'arrive!

Je plaisante.

J'avais longuement hésité à voir Jonathan alors que les règles auraient voulu que je sorte tard avec la bande. Testarossa m'avait fourni le prétexte parfait, mais j'aurais presque préféré qu'il s'abstienne. J'aimais mieux dire à mes amis que je les abandonnais pour prendre du bon temps plutôt que de leur expliquer que l'agent dont rêvait Gabby n'envisageait de la représenter qu'avec réticence – ou pas du tout.

Je ne l'abandonnerais pas.

Je ne pouvais pas. Et je ne savais pas comment j'aurais pu.

Ce n'était pas seulement la sœur de mon premier amour. Tous deux faisaient partie de ma famille. Ensemble nous avions traversé trop de mauvaises passes.

7

Je me rappelais où habitait Jonathan : près du figuier centenaire. J'ignorais combien de voitures il possédait, mais la petite Fiat garée dans l'allée n'était pas du tout dans son style. À dix heures du soir, il n'aurait pas dû recevoir de visites. Pourtant, il se trouvait sur sa terrasse à l'entrée de la maison, bras croisés, en train de discuter avec une blonde qui semblait un peu plus âgée que moi. Elle portait une robe à motifs qui lui arrivait aux chevilles et une veste large. En me voyant arriver, Jonathan me fit un signe de la main. La blonde continuait de parler. Je me demandai si je devais sortir ou me cacher jusqu'à ce qu'elle parte.

C'était ridicule. J'avais parfaitement le droit d'être là. Je rassemblai mes affaires et descendis de voiture. Comme par hasard, la femme fit volte-face et descendit les marches tout en pianotant sur son portable. Quand nous nous croisâmes, elle me jeta un coup d'œil, mais porta le téléphone à son oreille juste à temps pour éviter d'avoir à me saluer.

— C'était bizarre, lançai-je en montant sur la terrasse.

— Pas vraiment, répondit Jonathan. Ou du moins, pas encore.

Il était en sweat-shirt et jean, mais pas du genre vieilles frusques. C'étaient des vêtements de créateur bien coupés et parfaitement ajustés qui mettaient son beau corps en valeur sans dévoiler un centimètre carré de peau.

Il regarda derrière moi, en direction de la Fiat qui s'éloignait.

— Ton assistante ? demandai-je.

— L'une d'entre elles.

Quand la Fiat arriva dans la rue, il actionna sa télécommande, et le portail se ferma. Il s'appuya au chambranle.

— Comment s'est passé ton concert? demanda-t-il.

— Super. On est sur le point de décrocher un très bon agent.

Soudain, je me sentais presque nue, sur cette terrasse, dans ma robe chemise sans manches et mes talons hauts.

— Vraiment?

Il posa la télécommande sur la console près de la porte.

— Vraiment.

Ma robe était ceinturée par un lien enfilé dans des boucles cousues sur les côtés. Il le dénoua et tira dessus pour l'enlever.

— Tu peux me raconter le reste en déboutonnant ce truc?

— Tu as peur que ça te porte malheur si j'entre chez toi habillée, ou quoi?

— Je te préfère nue. Et j'aime bien l'air frais. Allez, j'ai envie que tu me parles de ta carrière.

Il enroula la ceinture autour de sa main – musclée, carrée, et couverte d'un pâle duvet.

Je défis le premier bouton de ma robe.

— J'ai failli faire foirer tout le concert. Je n'étais pas dans le bon état d'esprit pour le premier morceau.

— À cause de moi?

— Non. En fait…

Je n'avais pas envie de mentionner ses sœurs ou mon ex. Pas pendant que j'étais en train de me déshabiller et qu'il regardait les boutons sauter un à un.

— L'agent voulait que nous sortions ce soir pour discuter.

Je détachai le dernier bouton et me plantai devant lui.

— Tu aurais pu y aller.

Il s'écarta de la porte et glissa la main dans l'échancrure de ma robe. Quand il posa les doigts sur ma gorge, je levai le menton.

— Nous n'avions rien prévu de définitif, ajouta-t-il.

— Il ne veut pas de Gabby. Je le sens. Je ne suis pas prête à le lui dire, et si nous étions sortis avec l'agent, elle aurait compris qu'il comptait la lâcher.

Il fit courir sa main le long de mon corps, ne touchant que ce que la robe ouverte révélait.

— Tu crois que tu peux lui cacher ça?

Sa main se posa sur ma culotte. Il s'arrêta avant d'arriver au niveau de mon sexe humide, mais le contact électrique de ses doigts sur mes dessous me fit respirer plus vite.

— Sans doute pas bien longtemps.

J'avançai vers lui. Il m'enleva ma robe. Je dégrafai mon soutien-gorge et le laissai tomber par terre.

Une fois de plus, j'étais debout devant lui, presque nue. Il retira la ceinture de sa main, me la passa derrière la nuque et s'en servit pour m'attirer à lui. Nos lèvres, nos langues se rencontrèrent. Il lâcha la ceinture, la laissant pendre sur mes épaules, et introduisit ses mains dans ma culotte, sur mes fesses nues. Il les empoigna et me plaqua sur lui, contre son sexe en érection. Quand je posai les mains sur sa chemise, il les attrapa et les immobilisa dans mon dos.

— J'ai un rendez-vous téléphonique avec Séoul dans sept minutes, me murmura-t-il à l'oreille.

— Tu ne serais pas capable de *te* faire jouir en sept minutes.

— C'est un défi?

— À toi de me dire.

Nous nous embrassâmes encore, et il lâcha mes poignets pour ramener mes jambes autour de sa taille. Il me poussa contre le chambranle; nos bassins s'agitaient en rythme.

— En fait, dit-il, je ne pense pas pouvoir te faire monter dans la chambre en sept minutes.

— Ne te sous-estime pas.

Il sourit, son visage tout près du mien. Je voyais chaque petit pli de sa peau, chaque tache de rousseur, chaque poil de sa barbe de trois jours. Son odeur me submergeait. J'avais envie de sombrer en lui. Comme s'il avait lu dans mes pensées, il s'écarta du seuil, mes jambes toujours enroulées autour de sa taille. Il referma la porte derrière lui puis me porta dans l'escalier tout en m'embrassant. J'enfouis mes doigts dans ses cheveux. Il heurta la rambarde, puis une chaise. Nous nous affalâmes sur le doux tapis de laine de l'escalier, lui au-dessus de mon corps presque nu, les mains fiévreuses et le bassin ondulant sensuellement malgré les couches de vêtements qui séparaient nos sexes.

Son téléphone sonna.

— Oh, non! protestai-je.

— Il n'y a jamais de bon moment pour ça.

— Ne réponds pas.

Il me regarda droit dans les yeux et sortit le portable de sa poche, souriant; il savait qu'il me torturait, et cela semblait le ravir. Il décrocha, là, dans l'escalier, après m'avoir intimé le silence en posant un doigt sur ses lèvres.

Il prononça des mots en coréen, si vite que j'aurais été incapable de les articuler. Son visage était tout près du mien et, pendant qu'il parlait sans que je comprenne rien, je savourai son souffle. Les angles des marches me rentraient dans le dos, et la pression de ses hanches sur les miennes me faisait mal – et déclenchait de petites impulsions délicieuses dans tout mon corps.

Soudain, il colla l'appareil sur ton torse et se redressa, me libérant de son poids.

— Je suis en attente. On monte.

Nous courûmes dans l'escalier pour nous précipiter dans la chambre que nous avions occupée deux semaines plus tôt, riant comme des gamins. Je tombai sur le lit et il me sauta dessus, toujours tout habillé. Le portable collé à l'oreille, il m'embrassa, posant sa main libre sur mes seins. Quand je glissai les mains sous sa chemise, il grogna.

— Salut, Tom, dit-il dans l'appareil.

Il posa un doigt sur ma bouche et se releva, me laissant bras et jambes en croix – comme un tapis en peau d'ours. Je m'assis.

— Oui, dit-il sans me quitter des yeux. Je sais. Janice me l'a appris il y a une demi-heure.

Je me demandai si je n'allais pas descendre pour me faire un sandwich. Puis je refermai les jambes. Qui sait combien de temps cette conversation allait prendre? Son ton de voix m'indiquait qu'il s'agissait d'une affaire urgente, mais ça pouvait aussi bien se régler en une heure qu'en cinq minutes. Si je partais, je pourrais toujours retrouver la bande pour prendre un verre, et si Gabby était assez pompette, j'arriverais peut-être à enrober ce truc avec Testarossa.

D'une pression de sa main sur mon épaule, Jonathan me fit rallonger sur le lit. Il sourit, tout en continuant de parler.

— Ils sont fous. Le Hilton Séoul est à trois kilomètres. Si les Coréens du Nord cherchent une cible, ils en ont déjà une toute trouvée.

Il introduisit un genou entre les miens et m'écarta les jambes. Comme j'étouffais un cri, il posa un doigt sur ses lèvres. D'un côté, je me disais qu'il était malpoli, irrespectueux, et qu'il méritait que je me tire; mais d'un autre, je trouvais qu'avoir cette troisième personne invisible dans la pièce était excitant – et sans danger.

Je tendis la main vers sa ceinture, et il me laissa effleurer son érection à travers ses vêtements – mais rien de plus.

— Je n'enlèverai pas cinq étages à cet hôtel, dit-il. D'ailleurs, j'en enlèverai exactement zéro. Cette alerte de Pyongyang est un canular. Tandy Burton du Hilton leur a graissé la patte pour me mettre des bâtons dans les roues.

Il coinça le portable dans le creux de son épaule et, à deux mains, écarta davantage mes jambes, acquiesçant à quelque chose que disait Tom. Tom, que je ne connaissais pas et qui ne pouvait pas nous voir, mais qui était bel et bien présent dans la pièce. Jonathan s'allongea près de moi et glissa les doigts dans ma culotte pour venir effleurer ma fente trempée. Je me mordis les lèvres pour n'être pas entendue de l'homme en Corée.

— Non, ne fais pas ça, dit-il en caressant mon clitoris du pouce. Il faudrait que tu assures tes arrières, et je ne peux pas m'en charger.

J'avais le souffle court. En entrant dans cette pièce, j'étais déjà en feu, et ses caresses chargées d'électricité n'arrangeaient rien. Il appuya plus fort sur mon clitoris puis inséra deux doigts dans ma chatte. J'étais trempée, prête pour lui et, après ces deux semaines d'attente et un après-midi passé avec les jambes ouvertes sur les accoudoirs d'un fauteuil, je n'étais pas loin de jouir. Il allait me donner mon orgasme. Il le fallait. Nous avions toute la nuit. Du moins si Tom, le grain de sable dans l'engrenage, envisageait de raccrocher un jour.

— Ce que tu dois faire, dit-il en me regardant et en me caressant le clitoris à travers le tissu de ma culotte, c'est rassembler un conseil de Coréens. Des gens du cru. Fais-les bosser sur les chiffres, les risques, les projections. Et regarde ce qu'ils te sortiront en termes de probabilités d'une attaque nord-coréenne.

Son pouce traçait de petits cercles. J'aurais voulu gémir, mais je me retenais de crainte d'être entendue. Je me contentai donc d'écarter encore plus les jambes, arquant le bassin pour venir à la rencontre de ses doigts. Tom continuait de déblatérer. Ça sonnait comme du charabia à mes oreilles. De temps à autre, Jonathan approuvait d'un « oui, oui », mais il gardait les yeux rivés sur moi sans cesser de me doigter. Le téléphone toujours coincé contre l'oreille, il me pinça un téton de l'autre main et le tordit d'un air absent, comme s'il jouait avec un stylo sur son bureau, sauf que le crayon en question était connecté à mon sexe.

Mon dos se cambra. Ma respiration se fit plus courte. Sans un son, j'articulai les mots : « Laisse-moi jouir. »

Il inclina la tête, comme s'il ne comprenait pas.

Je répétai en silence : « Laisse-moi jouir. »

Il retira sa main de mon sein et la mit derrière son oreille. « Je ne t'entends pas », articula-t-il.

— Non, dit-il au téléphone. Nous les payons, Tom. Écoute, cet hôtel n'est pas une cible, compris ? Séoul est une grande ville et, dans ces conditions, tout est une cible potentielle.

Il leva les yeux au ciel d'un air exaspéré, comme si Tom n'était qu'un employé pénible et que nous étions tous les deux en train de regarder la télé sur le canapé. Ce type était tordant.

Ses doigts abandonnèrent ma chatte et remontèrent sur mon clito. Redescendirent. Une fois, puis deux. J'articulai : « S'il te plaît, laisse-moi jouir, s'il te plaît, laisse-moi jouir… »

Il me refit le signe qui disait « Je ne t'entends pas ». Je compris son petit jeu. Le problème, c'est que j'allais lui exploser entre les mains alors que je l'avais autorisé à avoir la maîtrise de mes orgasmes. Je ne pouvais pas dévoiler mes faiblesses aussi rapidement.

Je roulai hors du lit, laissant sa main glisser hors de mon sexe, et sortis de la chambre en courant.

Je m'arrêtai dans le couloir, dos au mur, m'efforçant de ne pas émettre un son. Mais je me mis à rire. Je ne pouvais pas m'en empêcher. Je m'accroupis, poings serrés devant la bouche, et je ris.

J'aperçus Jonathan sur le seuil de la chambre, le téléphone à l'oreille et le poing devant la bouche, lui aussi, comme s'il se retenait d'éclater de rire au milieu d'une conversation d'affaires.

— D'accord, dit-il avant de s'éclaircir la voix. Bon, Tom, il faut que j'y aille.

Sur les derniers mots, sa voix était montée dans les aigus. Pourtant, Tom ne semblait pas vouloir se taire.

— J'ai compris, dit Jonathan.

Entre-temps, je m'étais reprise, mais je savais que j'étais capable de repartir dans un fou rire d'une seconde à l'autre. Je revins devant la chambre et empoignai la ceinture de son jean avant de m'agenouiller devant lui.

— D'accord, c'est parfait, dit-il. Si tu entends parler de quoi que ce soit d'autre, fais-moi signe.

Je défis sa ceinture, ouvris son pantalon et sortis sa queue. Il s'appuya contre le mur.

— Oui, et reste sur le qui-vive pour cette autre affaire.

Je lui rendis la monnaie de sa pièce en léchant le dessous de sa bite avec le plat de la langue, de bas en haut, avant de l'engloutir jusqu'à la garde.

— C'est une expression, Tom. Ça veut juste dire que tu dois être vigilant, dit-il m'attrapant la tête pour la plaquer contre son bassin. Oui, d'accord. Tu sais, il est vraiment tard, ici. Tu me diras ça demain.

Il raccrocha et jeta son téléphone sur le fauteuil.

— Toi, lança-t-il avec un regard perçant, tu es très vilaine.

Je ne pouvais pas répondre, j'avais une bite dans la bouche. Lorsque je la retirai, luisante de salive, il se pencha et m'attrapa sous les bras. J'éclatai de rire quand il me jeta en travers du lit, luttant pour m'enfuir tandis qu'il se couchait sur moi.

— Pas de ça !

Il m'attrapa les bras. Nous éclatâmes de rire pendant que je me tortillais dans tous les sens pour essayer de me dégager, mais il me retourna sur le ventre et me cloua les poignets dans le dos.

— Tu aurais dû me laisser jouir quand je te l'ai demandé ! protestai-je.

— Oh, mais tu vas jouir !

Il abattit sa main sur mes fesses, et la brûlure me coupa le souffle

— Tu n'as pas fait ça, lançai-je, sachant pertinemment que si, et qu'il allait recommencer

Ce qu'il fit. D'une main, il maintenait mes poignets dans mon dos, et de l'autre il me fessait comme si j'étais une enfant capricieuse qu'il fallait punir. J'émis un petit cri aigu qui pouvait ressembler à un « oui ».

Je le sentis se pencher sur moi.

— On t'a déjà attachée, Monica ? murmura-t-il.

— Non.

— Et pourquoi ?

— L'occasion ne s'est jamais présentée.

J'attendais qu'il me pose la question, qu'il réclame officiellement ma permission, peut-être, mais il se contenta de tendre le bras en arrière sans lâcher mes poignets. Je sentis la pression de ses mouvements sur le matelas, et je compris qu'il n'allait pas me demander mon consentement, ni quoi que ce soit d'autre.

Il lâcha mes poignets pour se coucher sur mon corps et glisser ses avant-bras sous mon visage. Je vis qu'il avait pris la ceinture de ma robe. Elle avait dû tomber par terre un peu plus tôt, et il faisait en sorte que je la voie bien.

Jonathan m'embrassa dans la nuque et dit :

— Je comprends les mots comme « non » et « arrête ». À part ça, ton corps est mon terrain de jeu.

— Oui, monsieur.

— Monsieur ? Tu es une élève très douée.

Avant que j'aie pu répondre, il me fit mettre à genoux. Je le sentais derrière moi, toujours habillé, qui me caressait le cou, descendait jusqu'au ventre, remontait. Il caressa mes épaules et mes bras avant de placer mes mains sur la tête de lit aux barreaux de bois brut. Il enroula la ceinture autour de mes poignets pour les attacher ensemble, puis à la tête de lit. C'était un nœud solide, serré.

Je n'étais pas effrayée, seulement nerveuse et impatiente. Il descendit du lit et resta un instant à me contempler, toujours en jean et sweat-shirt. Ainsi, je me retrouvai à genoux, poignets liés aux barreaux, les cheveux dans les yeux, la croupe tendue. Lui, bras croisés, jugeait son œuvre.

— Alors? demandai-je

Il esquissa un sourire délicieusement menaçant, et je sentis ma sève couler entre mes cuisses.

Il retira lentement son sweat-shirt et, au moment où son visage disparut sous le vêtement et que je ne vis plus que son corps, un frisson me parcourut. Ce torse musclé, semé d'une toison pâle, était un régal pour les yeux. Lorsque son visage réapparut sous ses cheveux ébouriffés, il sourit comme s'il avait deviné que je l'admirais.

Il prit tout son temps pour retirer le reste de ses vêtements. Ensuite, il enfila un préservatif et se mit à genoux sur le lit, faisant osciller le matelas. Ses bras enlacèrent ma taille, puis une de ses mains atterrit sur mon sein et l'autre entre mes jambes. Plongeant ses doigts dans ma moiteur, il frotta doucement, puis plus fort. Je me mis à agiter les hanches en prenant appui sur mes mains liées. Sa bite attendait, collée contre mes fesses.

— Jonathan, dis-je d'un ton étranglé.

Je n'avais plus de voix, juste un souffle. Je ne savais même pas ce que je voulais lui dire. Son nom, c'est tout, comme s'il contenait en substance mes désirs les plus explicites. Comme s'il le reliait à mon plaisir. Comme si avoir les mains liées ne suffisait pas à me sentir possédée, dominée, protégée.

Il cessa de caresser mon clitoris, me releva les fesses et plaça l'extrémité de sa queue à l'entrée de ma chatte. J'eus l'impression que la seule force de mon désir allait l'aspirer à l'intérieur de moi. Mais non, elle resta là, à peine en contact avec ma peau. Je reculai les fesses, mais mes mains liées m'empêchaient de bouger comme je l'aurais voulu. Il restait hors de portée de mon corps.

— Vas-y! m'écriai-je avec un accent de désespoir.

J'étais prête à le supplier de me baiser, mais ce fut inutile. Il s'introduisit en moi d'un seul mouvement, en me tenant le cul bien haut. C'était bon. Sa longue queue glissait dans ma chatte mouillée, en caressait les parois, les écartelait. Il bougeait de telle sorte que je sentais presque plus mes mains liées que son ventre contre mes fesses. Je me sentais prisonnière. Les poignets me brûlaient pendant qu'il me pilonnait sans merci. Mais il manquait quelque chose. Il se retenait.

— Jonathan… dis-je.

— Monica?

— Fais-moi mal.

— Quoi?

— Arrange-toi pour que ça fasse mal. Démonte-moi. Fais-moi mal à crier. Je veux tout. Vraiment tout.

Il s'arrêta et me caressa le dos.

— Redis-le.

— Fais-moi mal, Jonathan. Fais-moi mal. S'il te plaît.

Après un long soupir qui ressemblait à celui qui suit une décision difficile, il commença à bouger plus vite, mais c'était encore loin de ce que mon corps réclamait. Alors, il m'attrapa une fesse dans chaque main et m'écarta au point que je crus qu'il allait m'ouvrir en deux. Quand il me pilonna de nouveau, il alla tellement loin dans ma chatte que je sentais son gland frapper le fond de mon ventre. Pour autant, il ne relâcha pas la pression. Ses doigts s'enfoncèrent dans ma chair. Entre ses mains, mon cul s'était transformé en pâte à modeler. Mes poignets m'empêchaient d'échapper à ce traitement. J'avais envie de crier, mais je ne pouvais pas, sinon il allait s'arrêter. Et je ne voulais pas parce que cette douleur était sublime ; elle me focalisait sur son plaisir pendant que le mien atteignait des sommets.

Il ôta une main de mes fesses pour m'empoigner par les cheveux. Je poussai un gémissement qui ressemblait à un aboiement.

De nouveau, il releva mon cul, doigts plantés dans ma chair, tout en me baisant avec violence. J'étais trempée de sueur et de ma sève.

— Dis mon nom, lança-t-il, haletant.

— Jonathan…

— Encore.

— Jonathan, Jonathan. Oh, mon Dieu, Jonathan !

Il jouit comme il se serait jeté d'une falaise, dans un long cri suivi d'un grognement sourd. Il continua à me baiser à grands coups de reins, grognant toujours, dans un épanchement sans fin. Jamais rien ne m'avait procuré autant de plaisir que de l'entendre jouir si fort.

Il s'immobilisa puis s'effondra sur moi, son torse contre mon dos. Nous restâmes ainsi une bonne minute, le souffle court, nos corps à l'unisson.

— Ça va ? demanda-t-il en écartant mes cheveux de mon visage.

— Ça n'a jamais été aussi bien.

— Attends un instant. Ça va aller encore mieux.

Il m'embrassa la nuque, les omoplates, le dos, puis les fesses – elles étaient douloureuses. Je me cambrai avec un gémissement.

— Ne bouge pas, dit-il.

Je m'aplatis sur le matelas.

— Ne bouge surtout pas, répéta-t-il.

— D'accord.

Ma fente était enflée et douloureuse de la caresse rude de ses doigts. De délicieux picotements me parcoururent les cuisses tandis qu'il en léchait l'intérieur. Puis il s'attaqua à ma chatte encore palpitante de douleur et de plaisir. Sa langue montait et descendait le long de ma fente, s'arrêtant sur mon clito dont elle taquinait l'extrémité en mouvements presque imperceptibles. Puis il referma ses lèvres autour, l'embrassa pour finir par l'aspirer légèrement.

— Oh, Jonathan…

— Ne bouge pas.

— S'il te plaît, laisse-moi jouir quand je serai prête. Ne me fais pas attendre encore, s'il te plaît.

— Seulement si tu te tiens tranquille. Si tu bouges, je t'emmène prendre un café.

— D'accord.

Il m'écarta les cuisses, et ce fut douloureux jusqu'à ce que je sente sa langue en moi. Il la retira, lécha ma fente à vif, revint sur mon clito, lentement. Puis sa langue retourna dans ma chatte, en ressortit, encore et encore, jusqu'à ce qu'il me suce une dernière fois le clitoris. Je me raidis et poussai un cri strident. Mon dos voulait se cambrer, mais je me contraignais à ne pas bouger, retenant de toutes mes forces mon bassin qui cherchait à se propulser en avant. J'étais devenue l'esclave de ma chatte, de mes fesses contractées et de mes poignets emprisonnés. L'immobilité de mon corps retardait mon orgasme, jusqu'à ce qu'enfin je me laisse aller au tourbillon de ses mains et de sa langue. Alors je hurlai son nom de toute la force de mes poumons. Il me suça lentement le clitoris, jusqu'à ce que je me transforme en une masse tremblante, agonisante d'un plaisir comme je n'en avais jamais connu.

8

Sexuellement, Kevin avait été le meilleur coup de ma vie. Ce qui ne voulait pas dire grand-chose dans la mesure où je n'avais connu que deux hommes. Darren faisait bien les choses, mais nous étions jeunes, inexpérimentés et, surtout, *amoureux*. Nous n'avions donc pas idée à quel point l'amour que nous faisions était barbant.

Kevin m'évoquait une boule de feu incandescente. Des mains et des lèvres ambulantes. Il se masturbait devant moi, et j'essayais de ne pas rire parce que je croyais qu'être sexy était une chose sérieuse. Il me disait que j'étais une salope refoulée qui avait envie d'être décoincée sans savoir comment. J'essayais de m'encanailler en portant des dessous aguichants et en gémissant fort. Je le suçais souvent. Je dansais pour lui. À l'époque, tout ça me semblait merveilleux, j'avais vraiment l'impression d'être adulte et sensuelle. Mais il ignorait que pour me décoincer, il suffisait de briser mes barrières et d'en jeter les morceaux par la fenêtre. Il ne savait pas me baiser à me rendre folle ni me dire calmement de me déshabiller dans l'air frais de la nuit pendant qu'il me regardait d'une façon qui ne me ferait pas rire. Je n'aurais pas donné mes orgasmes à Kevin parce qu'il n'en voulait pas. Et je ne lui aurais jamais demandé de me faire mal… parce qu'il l'aurait fait.

Je vis le soleil se lever à travers la fenêtre de la chambre, chez Jonathan. Je sentais son souffle dans mon cou, et je me répétais : *Ne tombe pas amoureuse, ne tombe pas amoureuse*. Je ne le regardai pas pendant qu'il dormait. Je ne caressai pas sa main posée sur mon ventre. Je ne pensai pas à lui. Pas du tout. Ni à son odeur, ni au son de sa voix. Ni à son humour, ni à son sourire contagieux. Ma mission, ici, était de profiter de lui, et de sentir que tôt ou tard – et probablement plus tôt que tard –, il serait temps de tourner la page. C'était le seul moyen de sortir indemne de cette histoire.

Tout à coup, j'entendis des pas dans le couloir, puis une conversation entre un homme et une femme, marmonnée dans une autre langue. J'eus un instant de panique avant de reconnaître le glissement d'un balai sur le plancher. Le personnel de ménage. Ils habitaient sans doute dans une loge à l'arrière. Pour Jonathan, ils devaient faire partie des meubles.

Mon sac était par terre. Quand nous avions recommencé à baiser une deuxième et dernière fois, Jonathan était à court de préservatifs et j'étais descendue en chercher. J'avais fouillé dans toutes les poches et fini par dénicher une capote proche de la date de péremption.

Il fallait que je prenne mon sac et que je récupère mes vêtements – qui se trouvaient sans doute encore sur la terrasse. Ça promettait d'être simple… Il faisait grand jour, et je ne pouvais pas sortir nue de la chambre alors que le personnel était dans les parages. Ou bien si? Après tout, peut-être que dans les milieux friqués, ça ne choquait personne…

Je fermai les yeux et tâchai de me rendormir, mais le téléphone de Jonathan vibra à ce moment-là. Quand je le regardai, il avait les yeux ouverts.

— Tu vas répondre? demandai-je.

— Non.

— Ton équipe de ménage est en plein boulot.

Le téléphone se tut. Jonathan s'étira. Après seulement deux heures de sommeil, il semblait frais et dispos.

— Il faut que j'aille chercher tes vêtements. Si Maria te voit dans cette tenue, elle va asperger la maison d'eau bénite, et ça fait des saletés partout.

Il m'embrassa et s'assit au bord du lit. Je l'imitai. J'avais mal partout, à tel point que je peinais à me redresser. Jonathan s'était figé. Il regardait quelque chose par terre.

— Quoi? demandai-je.

— Je ne veux pas que tu penses que je me mêle de tes affaires ou que je fouille dedans, mais…

— D'accord, je ne le penserai pas.

Il ramassa mon sac à main. Il était ouvert, et la brochure de l'« Eclipse Show » que m'avait donnée Kevin en dépassait. Je lui montrai la liste des artistes invités. Comme je savais qu'il ne verrait que le nom de Jessica, je pointai celui de Kevin du doigt.

— Kevin Wainwright, dit-il. L'homme à la queue.

— Il est venu au Frontage, hier.

— Et il t'a invitée à un vernissage pour ce soir? Il s'y prend un peu tard, non?

Je haussai les épaules.

— C'est Kevin. Il pense que la courtoisie est réservée aux non-créateurs.

— Comme moi.

— Tu es très créatif, dis-je en lui donnant une petite tape sur le bras avec la brochure. Avec ton corps.

— Tu y vas? demanda-t-il.

— Je ne sais pas. Et toi?

Il soupira et se passa la main dans les cheveux.

— Mon ex y sera, alors je suis obligé. Si je ne me montre pas à ce vernissage, ça fera jaser. De l'extérieur, notre divorce a l'air de se passer dans les meilleures conditions et les gens sont à l'affût du moindre faux pas.

— Quel genre de gens?

— Elle a « obtenu la garde » de la plupart de nos amis, mais je reste en affaires avec certains d'entre eux. Et pour les autres, ça fait trop longtemps qu'on fréquente les mêmes cercles.

— Tu y vas avec quelle sœur?

— Deirdre, je pense. Tu vas faire semblant de ne pas me connaître?

Son portable se remit à vibrer. Je sortis du lit.

— On verra. Je ne suis même pas sûre d'y aller.

Je me rendis dans la salle de bain, une immense pièce blanche équipée d'une douche *et* d'une baignoire. Tout étincelait de propreté, comme si des petits lutins qui habitaient sous le lavabo briquaient le carrelage pendant que Jonathan batifolait dans sa chambre.

J'ignorais encore si j'irais à ce vernissage. Le Mod était un endroit sélect, et je n'avais rien à me mettre. Sans compter qu'il y avait Kevin. Et puis, Jonathan y serait au côté de Deirdre, laquelle m'avait prise de haut la veille. Mais pour être honnête, je devais admettre que tout ça, ce n'étaient que des prétextes : en réalité, je ne tenais pas à avoir Jonathan et Kevin sous les yeux en même temps. Pas question qu'il se produise un drame alors que ma carrière était sans doute en train de décoller.

À travers la porte, j'entendis la voix étouffée de Jonathan au téléphone. À son ton de voix, je devinai qu'il ne s'agissait pas d'un appel professionnel. Quand il cessa de parler, j'entrouvris la porte de la chambre. Il était parti, mais ma robe était posée sur la chaise. Je l'enfilai et récupérai mes chaussures et ma culotte sous le lit.

Je descendis. J'étais déjà venue chez Jonathan, mais je n'avais pas prêté attention aux tableaux sur les murs.

On ne pouvait pas fréquenter une école de musique sans s'immerger dans toutes les formes artistiques, et Kevin avait approfondi mon éducation pour tout ce qui touchait aux arts visuels. À présent que j'étais habillée et attentive, je reconnus un Kandinsky dans le salon. Je vis le Holbein au-dessus de la cheminée et les compositions géométriques de Mondrian dans un coin. En entendant Jonathan dans la cuisine, pourtant, je ne m'attardai pas. Pas question qu'il croie que je fouinais.

En suivant le son de sa voix jusqu'à la cuisine, je m'aperçus qu'il ne parlait ni anglais, ni espagnol, ni coréen. Une petite femme entre deux âges à la peau sombre et aux traits asiatiques, vêtue d'une blouse de ménage, me sourit.

— Tu prends du café? demanda Jonathan quand j'entrai.

— Pas vraiment, dis-je en m'appuyant au comptoir. Je le préfère avec du lait, et les produits laitiers sont mauvais pour ma voix. Alors, laisse-moi deviner. Cette dame avec qui tu converses est philippine?

— Bien vu.

— Forcément, je vis à Los Angeles, dis-je avec un sourire sarcastique. Alors tu parles le… comment s'appelle cette langue, déjà?

— Ça s'appelle le tagalog, et oui…

— Tu vis à Los Angeles.

Il sourit.

— Ally Mira a lavé ta robe.

— C'est très gentil de sa part.

— Elle est très gentille. Bon, sérieusement, tu vas à ce truc, ce soir?

— Kevin m'a traînée à des milliers d'expos quand nous étions ensemble, et je n'ai pas spécialement envie d'en voir une autre.

— C'était Teresa, au téléphone, dit-il. Elle m'a dit que tu as fait la connaissance de Deirdre, hier?

— On s'est croisées. Très grande, très rousse, beaucoup de cheveux.

— Elle a fait un coma éthylique.

— C'est affreux!

— C'est Deirdre. Teresa la surveillait, mais elle n'avait pas vu que Deirdre cachait une flasque. Teresa comptait les verres qu'elle buvait au restaurant, sauf que pendant ce temps, Deirdre a dû aller aux toilettes une douzaine de fois. Fais le calcul.

Il s'interrompit, avança vers moi et reprit:

— Ils l'ont mise sous perfusion de vitamine B, et elle a déjà commencé à insulter les infirmières.

Il posa sa main sur ma joue, et je levai la tête pour l'embrasser.

— Tu es vraiment sûre que tu ne viens pas? demanda-t-il. Je peux t'emmener en voiture.

— Ce serait comme si on y allait ensemble.

— Et ça te mettrait mal à l'aise?

— Non, dis-je en posant mes mains sur son torse pour le caresser. Je pense que c'est toi que ça mettrait mal à l'aise.

Il m'enlaça.

— Que sais-tu d'autre sur moi?

— Tu sors avec tes sœurs, et tu vois tes amantes en privé. Tu as dit que toi et ton épouse, ta pauvre ex-épouse, continuez de fréquenter les mêmes cercles. Tu ne veux pas qu'elle te voie avec une autre femme. Et ne me réponds pas que tes sœurs sont des femmes.

Pendant un instant, il leva la tête, m'offrant une vue imprenable sur les muscles et les veines de son cou. J'avais raison ou, en tout cas, je n'étais pas loin de la vérité.

— Je peux y aller seul, dit-il en me regardant de nouveau. Je suis un grand garçon. Mais je ne le souhaite pas. Alors si tu y vas, le non-créateur que je suis aimerait t'accompagner, et au diable les convenances!

L'offre était tentante. Je n'avais pas prévu de me rendre au vernissage parce que je ne tenais pas à rester dans mon coin et regarder Kevin se pavaner. Je ne voulais pas faire la conversation à ses amis, ni affronter les regards noirs des petites groupies hipster qui avaient jeté leur dévolu sur lui. Avec Jonathan, je n'aurais pas à subir tout ça.

— D'accord, dis-je enfin. Je vais te laisser me traîner à une soirée branchée au Mod. Mais c'est à charge de revanche.

— Quel genre de revanche envisages-tu, exactement?

— À toi de voir.

Je m'écartai. L'appel que Gabby et moi devions passer commençait vaguement à me tracasser.

— Tout ce qui te plaira, poursuivis-je. Si c'est un truc qui me fait hurler ton nom, c'est encore mieux. Il faut que j'y aille.

Je l'embrassai brièvement avant de me diriger vers l'entrée. Juste avant d'arriver à la porte, je l'entendis me demander:

— Qu'est-ce que tu vas mettre?

Je me retournai.

— Pourquoi? demandai-je.

— Parce que tu es une belle femme, et que ta tenue est importante.

— Si tu as peur que je te fasse honte, je peux rester chez moi.

Il avança, m'attrapa par la taille.

— Jessica fait de l'art parce qu'elle a tellement d'argent qu'elle s'ennuie, et aussi parce qu'elle a l'œil le plus affûté que je connaisse. Si elle doit te voir avec moi, pas question que tu portes du Target.

— Vraiment, Jonathan? demandai-je en le regardant droit dans les yeux. Je ne te pensais pas si mesquin.

— C'est surtout que *moi*, je veux te voir porter quelque chose de mieux. Désolé. Allez, va chez Barney's et demande Lorraine. Elle te trouvera une tenue et mettra ça sur mon compte.

— Maintenant, c'est moi qui suis très mal à l'aise.

— S'il te plaît. Vas-y. Et si tu dépenses moins de trois mille dollars, je te donne une fessée et je te renvoie sur Wilshire Boulevard.

— Dans ce cas, j'y mettrai juste un peu moins de trois mille. Et pas du tout parce que j'ai envie de retourner à Wilshire.

9

J'étais sous la douche, mains contre le mur, la tête baissée et les cheveux dans les yeux ; le jet brûlant me fouettait le dos. Le moindre mouvement me faisait mal et, quand j'ouvris les yeux, je distinguai d'étranges taches à l'intérieur de mes cuisses à travers la vapeur d'eau.

Au début, je crus qu'elles étaient sales. Mais en les touchant, j'éprouvai une vive douleur, et je compris que ce n'était pas de la saleté, mais des bleus.

Je sortis de la douche et me regardai dans le miroir. Mes fesses et l'intérieur de mes jambes étaient couverts d'hématomes noir et bleu. Ma chatte était tellement douloureuse que j'avais eu mal en me lavant. J'entendis frapper à la porte. La voix de Gabby demanda :

— Monica ? C'est toi ?

— Oui. Tu veux faire pipi ?

— Oui.

Elle entrouvrit la porte. Gabby et moi avions l'habitude de nous voir nues, et nous faisions souvent pipi l'une en face de l'autre, mais je ne voulais pas qu'elle me voie comme ça. On aurait dit que j'avais échappé de justesse aux mâchoires d'un requin affamé. Aussi, j'attrapai la poignée et refermai la porte.

— Tout va bien ? demanda-t-elle.

— Oui, mais…

Je me creusai la tête, mais aucun mensonge valable ne me vint à l'esprit.

— Laisse-moi juste une minute, achevai-je simplement.

J'enfilai péniblement un jean et un T-shirt récupérés dans le panier à linge, tressaillant chaque fois que je tirais sur mes muscles courbatus ou que le tissu frottait contre mes bleus. Puis j'ouvris la porte. À en juger par sa coiffure et sa tenue, Gabby était debout depuis un moment.

— Tu étais où, cette nuit? demanda-t-elle.

— Chez Jonathan.

Je pris ma brosse à dents pendant qu'elle faisait pipi.

— Ah oui? Et alors, c'était comment?

— Une chose est sûre, il sait baiser.

— Mieux que Kevin?

— C'est toute la différence entre un homme et un jeunot. Mais passons aux choses sérieuses: je me suis dit qu'on appellerait WDE vers dix heures et demie. Ces gens-là ne sont pas au bureau avant dix heures. Je veux laisser à Testarossa le temps d'enlever sa veste et de se taper sa secrétaire, mais je tiens aussi à le joindre avant qu'il parte en réunion.

— Je suis stressée, pas toi?

— Oui. Moi aussi, en fait.

Tandis que je mettais du dentifrice sur ma brosse, Gabby se pencha vers le miroir pour retirer une croûte invisible au coin de son œil.

— Mais tu sais comment c'est, poursuivis-je. Tu te fais tout un monde, tu appelles, et tu n'arrives à joindre personne. Ensuite, on te recontacte au moment où tu es à 130 km/h sur la 101.

— Arrête, depuis quand tu fais du 130 km/h sur la 101? demanda-t-elle en prenant un tube de crème hydratante à l'aloe vera que j'avais acheté au marché bio. Je peux essayer ça?

— Vas-y, marmonnai-je en reprenant mon brossage de dents.

Après avoir recraché mon dentifrice, je repris:

— Je veux qu'une chose soit claire: on se vend comme un duo. Toi et moi. D'accord?

— Pourquoi?

Ma suggestion semblait la laisser de marbre.

— Imagine qu'il lui manque un clavier dans un groupe et que tu doives partir en tournée pour le remplacer. Je fais comment, moi?

Elle ne répondit rien. Je séparai mes cheveux en mèches et entrepris de les natter, mais Gabby me prit par les épaules et me fit asseoir sur les toilettes pour s'en occuper elle-même. Je tressaillis de douleur, mais elle ne s'en aperçut pas. Tant mieux, parce que la position assise allait être une torture, aujourd'hui – et sans doute demain aussi.

— On devrait se trouver un nom, dit-elle.

Gabby était la reine des nattes. Pendant notre première année à Colburn, c'étaient ses talents de tresseuse qui nous avaient valu quatre-vingt-dix pour cent de nos amis. Elle s'empara des mèches que j'avais formées, et je tournai la tête pour qu'elle ne me voie pas grimacer de douleur tant j'avais mal aux fesses.

— J'aimais vraiment *Spoken Not Stirred*, dis-je. Mais C'est Vinny qui représentait ce nom.

— Je suis sûr qu'on peut en trouver un autre aussi cool, observa Gabby.

— Je suppose que ça dépend de ce que Testarossa envisage pour nous. Est-ce que je vais enregistrer mes propres compos? Mais non, ce n'est pas possible, il ne sait même pas si je suis capable d'écrire une putain de chanson!

Tout en parlant, j'agitais les mains, et je découvris alors les bleus autour de mes poignets. Merde. Je les cachai entre mes jambes, regrettant de n'avoir pas mis de manches longues.

— Bien sûr que tu en es capable, Monica. Tes chansons sont géniales.

Ses doigts me chatouillaient agréablement le crâne.

— Ce que je veux dire, c'est que si on prend mes morceaux, on aurait besoin de reformer tout un groupe. Si c'est juste toi et moi, c'est un son totalement différent. Ce qui me va très bien, mais dans ce cas, est-ce qu'on écrit d'autres trucs, ou est-ce qu'on se contente de reprendre du Irving Berlin?

— Testarossa ne sait peut-être même pas ce qu'il attend de nous.

Elle se concentra sur les mèches. Elle les entremêlait, les tirait et les lissait, séparant les longueurs à l'aide d'un peigne noir.

— Si, il sait, rétorquai-je. Ce genre de type ne se lance pas à la légère. Il connaît sûrement un label qui cherche un son bien spécifique, et il pense que c'est pour nous. Sinon, il ne serait pas venu au Frontage. Crois-moi.

À ce moment, Gabby souleva une mèche sur mon cou et poussa un cri.

— Quoi? demandai-je.

— C'est le paradis des suçons, par ici!

Je me levai pour me regarder dans la glace. Gabby tint un miroir de poche derrière moi, et je découvris le semis de bleus sur ma nuque.

— Merde. Tu peux faire une tresse qui couvre ça?

Je me rassis sur l'abattant des toilettes, et Gabby défit sa première tresse. Mes fesses, mes poignets et maintenant mon cou. Si je n'y avais pas pris autant de plaisir, j'aurais porté plainte.

— Je veux bien te faire toutes les tresses que tu veux, reprit Gabby, mais pourquoi tout ce cirque? Ce n'est qu'un rendez-vous téléphonique, après tout.

— Je vais voir l'« Eclipse » au Mod, ce soir.

— Mazette. C'est Jonathan qui t'a invitée?

Elle continuait de me coiffer d'une main experte et apaisante, et j'avais envie de me mettre à ronronner comme un chaton.

— Non, Kevin. Mais c'est Jonathan qui m'accompagne.

— Kevin t'a invitée?

— C'est une longue histoire, trop longue pour que je te la raconte maintenant.

— Tu vas mettre quoi, ta minirobe noire avec le lien sur l'épaule?

Seigneur, non. Même pour moi, c'était une nippe importable. Je m'étais vexée, mais Jonathan avait raison : mes placards avaient beau être pleins à craquer de vêtements noirs, je n'avais rien à porter pour une soirée habillée.

— Il est presque neuf heures, dis-je. Et si tu allais prendre tes médicaments? Ensuite, tu reviens et tu me coiffes pendant que je te raconte ma soirée d'hier par le menu – à part les trucs cochons. Ensuite, à dix heures et demie, on prend le téléphone dans la cuisine, on le met sur haut-parleur et on passe ce coup de fil. Ça te va?

— Vendu.

10

Barney's New York se trouvait dans la partie la plus huppée de Beverly Hills, près de Rodeo Drive et de toutes les grandes agences. WDE était à une cinquantaine de mètres plus loin – un grand bâtiment noir en forme de phallus.

Jonathan avait donné mon nom à une conseillère shopping qu'apparemment tout le monde s'arrachait. Elle m'appela, et nous convînmes d'un rendez-vous.

Un voiturier gara ma Honda pourrie derrière une Bugatti et une Jaguar, me traitant comme une princesse lorsque, comme Lorraine me l'avait indiqué, je demandai où se trouvait l'ascenseur pour le cinquième étage. Il me confia à un type en veste bordeaux qui me conduisit au bout d'un couloir – à droite, puis encore à droite – avant d'appuyer à ma place sur le bouton d'appel, comme si j'étais trop bien pour lever le bras moi-même.

Les portes de l'ascenseur s'ouvrirent sur une pièce ornée de tapisseries florales. Les canapés de cuir blanc étaient déserts, mais une femme de mon âge à la peau lisse et au sourire prêt à l'emploi se tenait derrière un bureau de facture ancienne.

— Bonjour, mademoiselle Faulkner, dit-elle.

— Vous pouvez m'appeler Monica.

— Je suis Shonda. Lorraine arrive tout de suite. Voulez-vous un peu de café? À moins que vous ne préfériez une tisane?

— Vous n'auriez pas du thé vert ou blanc, tout simple et bien chaud? Ce serait merveilleux.

— Bien sûr.

Shonda semblait sincèrement ravie de m'apporter du thé. En tout cas, elle n'avait pas la même tête que moi quand j'essayais de paraître sincèrement ravie d'apporter à boire à quelqu'un alors que je ne l'étais pas. Ou peut-être que si, en fait.

Au lieu de m'asseoir, je restai debout devant la fenêtre, observant le bâtiment de WDE. Notre conversation avec Eugene Testarossa avait été aussi rapide qu'un coup tiré vite fait à l'arrière d'une voiture. Nous avions rendez-vous quatre jours plus tard à midi et demi, pour le déjeuner. Lieu à déterminer. Ce qui signifiait que nous étions importantes pour lui – il voulait être vu en notre compagnie. Un jour, j'entrerais dans cette grande bâtisse noire depuis le parking privé, et je prendrais l'ascenseur comme si j'étais chez moi. Je serais leur poule aux œufs d'or.

— Mademoiselle Faulkner?

Je me retournai. Lorraine était là – une femme d'une soixantaine d'années un peu plus petite que moi, aux cheveux blancs très courts et au maquillage discret.

— Bonjour, dis-je.

— Je suis enchantée de faire votre connaissance, dit-elle.

Je serrai la main qu'elle me tendait.

— Je suis désolée, dis-je, mais je tiens à être honnête avec vous. Je n'ai aucune idée de la façon dont on fonctionne ici. Je veux dire, d'habitude, je fais mon shopping toute seule, alors si vous vouliez bien m'expliquer comment on procède…

— Bien entendu, dit-elle en croisant les mains devant elle. Vous cherchez quelque chose pour l'exposition « Eclipse »?

— Oui.

— Alors suivez-moi.

Elle m'adressa un clin d'œil et un sourire complice avant d'ajouter:

— On va s'amuser, je vous le promets.

Nous entrâmes dans une pièce garnie d'un tapis blanc et équipée de miroirs. Mon thé m'attendait sur une petite table de marbre. Lorraine referma la porte derrière nous.

— Je vais vous faire quelques propositions, dit Lorraine en désignant une série de vêtements sur des portants.

Il y avait aussi quatre mannequins dans la pièce, tous revêtus de tenues de soirée.

— Il n'y aura sans doute pas besoin de retouches. Sur les indications de monsieur Drazen, j'ai choisi du 36.

— Il connaît ma taille ?

— Il a dit que vous étiez parfaite. J'ai dû en tirer mes propres conclusions.

Je ne voulais pas savoir combien de femmes il avait envoyées voir Lorraine. Ce n'était pas une piste de réflexion productive, et j'avais une tonne de vêtements à passer en revue. En général, j'adorais le shopping, mais là, j'étais sur les nerfs. Comme un fan des Dodgers à Wrigley Field[1].

— Asseyez-vous, me proposa Lorraine en désignant une chaise. Je vais vous montrer ce que j'ai.

J'attendis qu'elle ait le dos tourné pour m'asseoir avec précaution. Je ne voulais pas qu'elle me voie grimacer de douleur. Elle retira plusieurs tenues des portants et me les présenta. Je les écartai pour la plupart, arguant qu'ils faisaient trop vieux jeu ou trop pute, ce qui la fit rire. J'ignorais ce que je voulais exactement, et ça n'aidait pas. Quand elle s'empara de la dernière robe du portant et que je vis, à sa longueur, qu'elle ne me conviendrait pas non plus, je m'imaginai entrant au Mod. Qui

1. Stade de baseball situé à Chicago.

allais-je voir? Sous quel jour voulais-je me présenter? Je serais avec Jonathan, mais qui me regarderait, à part lui?

Quand je refusai la dernière tenue, Lorraine ne paraissait ni à court de patience ni découragée.

— Je crois que j'ai pris une décision, dis-je.

— Oh, très bien.

— Je veux avoir l'air d'une artiste.

Les mains de nouveau croisées sur le ventre, elle me considéra un instant, puis me lança d'un ton espiègle:

— J'ai exactement ce qu'il vous faut.

Elle sortit de la pièce pour y revenir presque aussitôt. La robe était noire, évidemment, et douce au toucher, souple sans être informe. La jupe arrivait aux genoux et le bord en était irrégulier et effiloché. Le corsage était tout simple, mais les bretelles se croisaient devant et dans le dos, formant un réseau de lignes asymétriques sur les épaules.

— Elle est magnifique.

— Essayez-la.

J'entrai dans la cabine d'essayage. Cette robe était magique. La différence entre une robe Target et une création de couturier présentée par une conseillère shopping ne résidait pas dans l'aspect que cette robe me donnait – même si j'avais l'impression d'être transfigurée. Non, tout était dans la sensation: avec cette robe, je me sentais comme une reine.

Jusqu'à ce que je sorte de la cabine, me retourne, et aperçoive dans le miroir les bleus sur ma nuque.

— Crotte! m'exclamai-je en piquant un fard.

Lorraine balaya mon embarras d'un élégant geste de la main.

— Nous avons un produit parfait pour cacher ça, en bas, au maquillage. Je vais aller vous le chercher dans une minute. Ne vous inquiétez pas, j'ai vu bien pire. Et j'ai connu des gosses de riches qui étaient fières de les montrer.

Elle secoua la tête et je lui souris. Elle me mettait à l'aise ; c'était son boulot, j'imagine, mais elle était douée. Si elle n'avait pas été là, j'aurais eu très, très honte.

— J'adore cette robe, dis-je.

— Vous êtes ravissante. Vous avez des chaussures ?

Je n'y avais pas pensé.

— Je ne crois pas.

— Et quelque chose de joli à porter sous la robe ?

— Oh, je n'en ai pas besoin.

Lorraine croisa mon regard dans le miroir.

— Ce n'est pas une question de besoin, ma chérie. Et ce n'est pas pour *vous*.

— Dans ce cas, je suppose que je vais le laisser m'offrir un petit quelque chose, non ?

— Exactement.

II

Après mon shopping chez Barney's, ma chambre me paraissait sale et lugubre. Mon miroir était légèrement déformant. Les murs étaient fissurés, et le plancher fendu jusqu'à la dalle. Malgré tout cela, cette robe m'allait comme un gant. Les bracelets que j'avais achetés pour couvrir mes bleus cliquetaient quand je tournais sur moi-même comme une gamine pour faire voler ma jupe. Lorsque Lorraine m'avait montré les chaussures, j'avais essayé de protester : les semelles rouges n'allaient pas avec la robe noire. Elle avait insisté et, comme j'étais désormais certaine qu'elle n'essayait pas de me berner, j'avais fini par me laisser convaincre.

La facture arriva. Ce n'était pas à moi de la payer, mais il fallait que je la signe pour pouvoir emporter mes achats. Lorraine l'avait déposée sur le bureau de Shonda, un petit sourire aux lèvres. Je vérifiai la liste des vêtements, puis le total. Il se montait à deux mille neuf cent quatre-vingt-dix-neuf dollars.

— Je suis sûre que j'ai dépensé plus que ça, observai-je. J'ai vu le prix sur les chaussures.

— Vous m'avez prise la main dans le sac, répondit-elle. Vous n'étiez pas censée voir les étiquettes de prix. Si vous pouviez éviter de dire que j'avais oublié de les enlever…

Elle s'interrompit et sourit, l'air de dire qu'il n'y avait pas de quoi en faire un plat, puis reprit :

— Je vais être honnête : monsieur Drazen a demandé que la facture mentionne exactement cette somme, quoi qu'il arrive. Il a dit que vous comprendriez.

— Oh oui, je comprends très bien.

J'avais signé, m'efforçant de ravaler mes sourires béats. Mais en me regardant dans le miroir de ma chambre, je laissai libre cours à mon enthousiasme.

Gabby m'avait coiffée de manière à couvrir les marques de morsure dans mon cou, avec de petits claquements de langue réprobateurs qui m'avaient fait pouffer de rire. Je lui avais raconté tout ce que je pouvais concernant ma nuit chez Jonathan – sauf les passages qui m'avaient laissé des marques sur les cuisses et les fesses. Elle m'avait sermonnée en adoptant une voix de dame patronnesse criante de vérité, et j'avais ri à m'en faire mal aux côtes. Nous étions dans la salle de bain, en train de passer en revue le contenu de ma trousse de maquillage, quand la sonnette de la porte retentit.

— Bon sang, c'est ridicule, dis-je. J'ai l'impression d'aller au bal de promo.

— Tu n'es pas allée au bal de promo, me rappela Gabby en se passant de la crème sur les mains. Avec Darren, vous avez passé la soirée à vous peloter dans la limousine.

— Et toi, avec Bennet Provist? à Elysian Park?

Je rangeai tubes et crayons dans ma petite trousse.

— Oh oui! C'était un super bal.

— Monica! cria Darren depuis le salon. Il y a un monsieur très chic qui te demande!

Merde, Darren avait décidé de me foutre la honte, ou quoi? Je me ruai dans le couloir pour limiter les dégâts.

Jonathan était dans le salon près de la porte. Sa grande taille faisait paraître la pièce minuscule. Il portait un smoking – fait sur mesure, c'était évident. Lui et Darren souriaient.

— Oui, monsieur, dit Jonathan. Toutes les jeunes filles auront des chaperons, à cette soirée.

— J'insiste pour qu'elle soit rentrée à onze heures.

Je me précipitai dans le salon avant que Darren se fende d'une nouvelle blague éculée et, quand Jonathan me vit dans ma nouvelle robe, je sus qu'elle lui plaisait. Il pinça les lèvres pour réprimer un sourire qui, devant Darren et Gabby, m'aurait mortifiée.

— Tu t'es mis sur ton 31, dis donc ! m'exclamai-je.

— Tu n'es pas mal non plus.

Je fermai mon sac à main d'un coup sec.

— J'ai eu de la chance, les surplus de l'Armée du Salut ferment tard.

Il me tendit la main, et nos doigts s'entrelacèrent.

— Tu as fait la connaissance de Darren, je crois ?

— Oui. Il m'a parlé du fusil qu'il cache sous son lit.

— Et voici Gabby.

— Enchanté, Gabby, dit Jonathan.

— Salut.

— Bon, lançai-je, maintenant que les présentations sont faites, allons-y.

Je le tirai par la main vers la porte d'entrée. Dehors, Lil se tenait devant la Bentley qui, sur la pente abrupte de la colline, semblait presque garée en position verticale.

Planté sur le seuil, Darren agitait le doigt :

— Et n'oubliez pas : onze heures, pas une minute de plus, jeune homme.

Jonathan recula d'un pas et lui fit un signe de la main.

— Onze heures demain matin, monsieur.

— Bonsoir, Lil, dis-je. Ma colline vous plaît ?

— C'est une belle route. Il faudra que j'essaie avec la Jaguar.

— Soyez prudente.

— Je suis née prudente, mademoiselle.

Elle nous ouvrit la portière. Je m'engouffrai dans la voiture, Jonathan me suivit et s'assit en face de moi. Derrière lui, la cloison mobile qui nous séparait de Lil était remontée. Pendant dix secondes, nous nous regardâmes sans rien dire. Je le dévorais des yeux et il me déshabillait du regard. La voiture avait à peine parcouru cent mètres que nous nous étions sautés dessus, nous cherchant des lèvres et de la langue. Nous nous caressions avec ardeur et prudence : jusqu'où pouvions-nous aller sans risquer les faux plis et les taches ?

Il glissa une main sous ma jupe et, quand il sentit le porte-jarretelles, il eut un murmure de surprise. Pour ma part, je frémis de douleur : il était remonté assez haut pour toucher mes bleus.

— Montre-moi ce que tu portes là-dessous, dit-il en retirant sa main.

D'un geste hésitant, je commençai à relever ma jupe au-dessus de mes bas.

— Tu es devenue timide, tout à coup ?

— Ne flippe pas, d'accord ?

— Je te garantis que si.

À son ton de voix, je devinai que nous n'avions pas la même conception du mot « flipper ».

Je dévoilai les porte-jarretelles de soie noire. Le dessus de mes jambes était intact, mais, à présent, il distinguait parfaitement les dégâts à l'intérieur de mes cuisses.

— C'est moi qui ai fait ça ?

— On l'a fait tous les deux. Avec ces bleus, je ne devrais pas porter de bas, mais ils étaient tellement jolis…

— Tourne-toi.

Je me mis face à la vitre arrière, à genoux sur le siège, les mains sur le dossier pour ne pas tomber. Quand il remonta ma jupe, ses doigts effleurèrent ma peau, me touchant à peine. Il ne me fit pas mal, mais la crainte de la douleur me fit tressaillir. Il embrassa mes bleus avec douceur.

— Je suis désolé, dit-il en faisant courir ses lèvres sous mes fesses.

— Il ne faut pas. Ça valait le coup.

Rabattant ma robe, il me fit rasseoir avec précaution. Je lui pris les mains.

— Je suis un peu contusionnée, mais je n'ai eu peur à aucun moment.

— Je me sens affreusement coupable.

Il avait posé les coudes sur ses genoux, dans une posture que je lui avais vue le matin où il avait eu son ex-femme au téléphone, dans son jardin. Il me dévisagea longuement, comme pour s'assurer que je n'étais pas en colère, après tout.

— Arrête, d'accord? Vraiment. Je n'ai jamais pris autant de plaisir de toute ma vie. Les bleus vont guérir. En revanche, mes neurones en ont pris un coup.

— Quel beau compliment! Je devrais commencer par te remercier.

— Je t'en prie.

Il tendit les mains, les laissa flotter au-dessus de mes cuisses.

— J'ai peur de te toucher.

— N'hésite pas.

— Je pars quelques jours à San Francisco. D'ici mon retour, ces hématomes devraient avoir guéri suffisamment pour que je ne craigne pas de te faire mal.

— C'est moi qui ai réclamé, ne l'oublie pas.

— Moi aussi, murmura-t-il. Moi aussi.

Il m'enlaça, et nous nous embrassâmes pendant tout le trajet qui menait au musée.

12

Nous traversâmes le parking du Mod main dans la main, contournant le bâtiment pour prolonger la promenade. Sa paume chaude contre la mienne, les caresses de son pouce qui dessinaient des cercles à la base de mon poignet et le son de sa voix semblaient directement reliés à la brûlure entre mes jambes. Après notre petite séance dans la voiture, celle-ci palpitait comme un cœur.

Le musée avait été bâti dans l'une des rues les plus animées de la ville, un peu en retrait pour laisser de l'espace à une vaste cour de granit flanquée de deux volées de marches menant à un patio où trônaient des statues. Il y avait du monde jusque dans cette cour. Jonathan me présenta à une trentaine de personnes que j'oubliai toutes sur-le-champ. Gabby aurait sauté sur l'occasion pour établir des connexions entre chacune, mais tout ce que je voyais, c'étaient ces robes et ces boutons de manchette hors de prix. Je compris pourquoi Jonathan avait insisté pour que j'aille chez Barney's. Dans ma robe de coton, j'aurais eu l'air d'un épouvantail, ici.

— Tu m'as vraiment sauvé la mise en m'envoyant chez Barney's, murmurai-je après de nouvelles présentations.

Je lui tenais la main, m'appuyant sur lui comme sur une contrebasse.

— Je voulais juste que tu te sentes à l'aise.

J'étreignis sa main puis balayai la foule du regard, passant d'un escalier à l'autre.

— Tu es nerveuse? Pourquoi? demanda-t-il. Je te présenterai qui tu veux.

— Je ne suis pas nerveuse.

— Si.

— Kevin.

En prononçant ce nom, j'avais les yeux rivés sur Jonathan. J'avais un peu honte de guetter la présence de mon ex alors que j'étais avec mon amant du moment, mais je ne me faisais aucune illusion sur mon avenir avec aucun des deux.

— Je cherche Kevin, expliquai-je. Désolée. Je ne voulais pas être impolie. C'est juste que, tout à coup, je n'ai pas envie de le voir.

— Monica, quand tu es avec moi, tu n'as pas à t'inquiéter au sujet de Kevin, ni de n'importe qui d'autre.

Il me guida en direction de l'escalier de pierre.

— Je ne suis pas inquiète, je te dis.

— Le mensonge ne va pas du tout avec ta jolie bouche.

Je secouai la tête et détournai le regard. C'est alors que je la vis en haut de l'escalier: Jessica Carnes. Elle n'était pas photogénique, parce qu'elle avait beau être magnifique sur les images que j'avais vues, elle était carrément sublime en chair et en os. Elle nous aperçut – ou plutôt, elle vit Jonathan – et s'excusa auprès du couple avec lequel elle discutait.

Jonathan m'étreignit la main. Je me tournai vers lui et me rapprochai pour lui murmurer, presque sans bouger les lèvres:

— Maintenant, à ton tour d'être nerveux.

— Je déteste ça, dit-il.

— On va se soutenir mutuellement. Ensuite, tu pourras me ramener et me massacrer le reste du corps.

— Tu dis de ces trucs…

— Ça ne te plaît pas?

— Si.

Il me regarda longuement, battit des paupières, puis se tourna vers son ex-femme.

— Jess, comment vas-tu ? Félicitations !

Il souriait si largement que j'avais l'impression que son visage allait se fendre en deux. Mais ce n'était pas un sourire gai. Ils s'embrassèrent sur les joues, la main de Jonathan sur l'épaule nue de Jessica.

— Merci, dit-elle. Je suis contente que tu aies pu venir.

Elle fit un quart de tour pour me faire face, ses yeux bleu ciel pétillant d'un plaisir froid. Elle me tendit la main :

— Nous ne nous connaissons pas, je crois, dit-elle.

Avant que j'aie pu dire un mot, Jonathan lança :

— Je te présente Monica.

Je serrai la main de Jessica. À ma surprise, elle était chaude.

— Je suis enchantée de vous rencontrer, dit-elle. Absolument enchantée de vous voir ici.

— Merci, dis-je.

Comme j'essayais de retirer mes doigts, elle posa un instant la main gauche sur nos deux mains, puis l'ôta.

— Où est Erik ? demanda Jonathan.

— Il n'est pas venu, répondit-elle sans que son expression change d'un iota.

— Ah, dommage. Bon, nous allons entrer. On se voit à l'intérieur ?

— Bien sûr.

Elle opéra un demi-tour plein de grâce et se mit à parler avec quelqu'un d'autre. Jonathan passa un bras autour de mes épaules et nous nous éloignâmes.

— Qui est Erik ? demandai-je.

— L'homme pour qui elle m'a quitté.

Je secouai la tête.

— Vous êtes carrément trop matures pour moi.

Il eut un petit rire, comme s'il avait beaucoup à dire sur le sujet, mais ne savait pas comment.

13

Les galeries étaient conçues pour changer en permanence. Le vaste espace était fractionné par des cloisons amovibles, laissant la place à d'énormes sculptures. L'éclairage était chaud, uniforme et flatteur. C'était tellement grand et bondé que je cessai de chercher Kevin pour me concentrer sur les œuvres.

Lynn Francis créait toujours d'immenses toiles photoréalistes dépeignant des animaux empaillés. Star Klein exposait une bassine pleine de viande dans un cube de Plexiglas. Borofsky continuait d'écrire les chiffres jusqu'à un million au stylo-feutre. Elaine Slomoff tricotait des pull-overs portant le nom de victimes de guerre. Quant à Jessica Carnes, elle exposait trois sculptures de dix mètres de haut qui n'avaient pu être installées qu'en retirant des morceaux du plafond modulable et au-dessus desquelles on distinguait le ciel. Leur base était en forme de bâtonnet de glace et le sommet, qui s'élançait vers la voûte nocturne, était constitué de vrais arbres. Elle les avait taillés pour qu'ils ressemblent à un Bomb Pop, à un Fudgesicle[1] et à l'une de ces glaces double parfum pourvues de deux bâtonnets et qu'on peut casser en deux et partager avec sa sœur quand on en a une.

— Tu m'expliques? demandai-je à Jonathan tandis que nous contemplions le Fudgesicle feuillu.

1. Marques de glaces.

— C'est une ode à la nature à travers la culture populaire. C'est son truc. Elle a coupé les arbres et donc ils sont voués à la mort, comme tout le reste.

Je me tournai vers lui, soudain grincheuse et dépassée.

— Pour moi, c'est de la connerie en bâton.

— La capacité de parler d'art moderne est le signe d'un esprit cultivé.

Il s'était exprimé d'un ton sérieux, mais calme, m'invitant à répondre.

Entrelaçant mes doigts aux siens, je lui dis calmement à l'oreille :

— La grandeur de Jeff Koons plus l'embellissement du banal de Damien Hirst divisé par l'extrême ordinaire de Coosje Van Bruggen égalent… des conneries. Et le bâton, c'est cadeau.

Pendant un instant, nous nous dévisageâmes.

— Érudition convenable, dit-il. Et tu as bien prononcé le prénom de Van Bruggen. Quelles autres cartes caches-tu dans ta manche ?

Il me caressa l'intérieur du bras, semant de petites étincelles délicieuses dans son sillage. J'avais envie de l'embrasser, mais j'étais une pièce rapportée, ici. Qui sait si je n'allais pas choquer les gens ?

— Je peux renverser un type avec une balle depuis le marbre, répondis-je. Un vrai boulet de canon – à condition que le batteur ne soit pas sur la trajectoire.

Nos nez se touchaient presque, et je sentais la chaleur de sa bouche près de mes lèvres.

— Monica ?

Je connaissais cette voix. Elle avait prononcé mon nom au plus noir de la nuit, alors que la lune filtrait par la fenêtre, et l'avait hurlé en plein jour quand l'asphalte fumait sous la chaleur du soleil. Mon nom avait franchi ces lèvres entre rires et larmes, rage et humiliation.

Je m'écartai de Jonathan.

— Kevin.

— Je suis désolé, euh… je ne voulais pas vous interrompre, mais je ne savais pas si j'allais réussir à te voir ce soir.

En dépit du *dress code*, il portait une veste marron, une cravate mauve et une chemise rayée bleue. L'ensemble aurait dû être affreux, mais il était beau comme un dieu – comme s'il était *dans* le monde de ce vernissage sans lui appartenir pour autant. Sa pochette était pliée en triangle, et son pantalon semblait taillé sur mesure. Manifestement, lui aussi avait fait des emplettes en vue de cette soirée. À moins qu'il se soit trouvé une riche petite amie, les affaires marchaient bien pour Kevin Wainwright.

— Salut, Kevin. Je te présente Jonathan Drazen.

— Drazen? répéta Kevin en tendant la main.

— Lui-même.

Bien entendu, Kevin connaissait Jonathan, au moins de nom et de vue. Il se débrouillait pour connaître quiconque avait les moyens de s'offrir des œuvres d'art originales.

Kevin se retourna vers moi.

— Tu as vu mon travail?

— Pas encore, où est-il?

C'était tout ce qui lui importait, bien sûr. Il se fichait bien de nous déranger dans notre intimité; tout ce qu'il voulait, c'était savoir si j'avais vu *son* travail.

— Il n'y a pas urgence, dit-il en nous regardant alternativement, Jonathan et moi. Il est là-bas, au coin. Je voulais juste te voir avant. Et te dire… j'espère que ça te plaira. Excusez-moi.

Sur ces mots, il retourna se mêler à la foule.

— Quel boulet! soupirai-je.

— Je crois qu'on devrait aller voir si c'est bien de la connerie en bâton.

Jonathan me tendit le bras, et nous nous dirigeâmes dans la direction indiquée par Kevin.

— Kevin Wainwright met plutôt ses conneries en boîte, commentai-je.

Il était connu pour ses installations. Deux dimensions ne suffisaient pas à contenir ses grandes idées foisonnantes. La première avait été présentée dans une petite boutique qu'il avait louée dans le quartier le plus minable du centre-ville. Quand ses parents avaient déménagé dans un studio de Seattle, ils avaient vidé leur cave et lui avaient envoyé des cartons remplis de tous les jouets, jeux et objets fétiches qu'ils avaient conservés depuis son plus jeune âge. Sauf que pour lui, ce n'étaient pas des vieilleries sans intérêt, mais des supports artistiques. Il avait passé un mois dans cette boutique à accrocher, clouer, coller et attacher ces machins aux murs ; à dresser des tables pour des *mises en scène*[1] entre petits soldats et figurines ; à séparer des pièces de jeux de société et des cartes à jouer avant de les mélanger pour en faire de nouveaux jeux. À l'époque, je ne le connaissais pas. Quand j'avais commencé à partager son lit, c'était déjà une comète repérée par un agent, prête à sillonner le ciel nocturne du monde des arts. J'avais entendu parler de cette installation intitulée *Arcade Idaho*, qui avait inspiré une centaine d'imitateurs dont aucun n'avait connu la gloire.

Kevin était aussi un homme d'affaires avisé. Dans les installations, rien ne pouvait s'acheter tel quel. Son œuvre n'était pas constituée de toiles ou de sculptures qu'un riche collectionneur

1. En français dans le texte.

pouvait accrocher dans son salon ou exposer dans son jardin. Il vendait donc ses dessins préparatoires et travaillait main dans la main avec un petit atelier de hipsters qui faisaient de la reliure artisanale sur Santa Monica Boulevard et créaient des éditions limitées de livrets contenant des tirages argentiques de ses installations accompagnés de textes pompeux rédigés par ses soins, expliquant ce qu'elles signifiaient.

Je n'aurais pas dû venir à cette exposition. Je savais que ce serait artificiel et exaspérant, et qu'elle ferait remonter trop de souvenirs de ma vie avec Kevin. Pourtant, en arrivant au coin de la pièce et en voyant la porte qui menait à l'installation, je me sentis un peu nerveuse. Il y avait des panneaux métalliques à l'extérieur. « ATTENTION. CASQUE DE CHANTIER OBLIGATOIRE. INTERDICTION D'ENTRER. » Ces mentions étaient typiques de l'exagération chronique de Kevin, mais le panneau du haut m'inquiéta davantage.

« MINE DE CHARBON FAULKNER »

— Faulkner… Ce n'est pas ton nom? demanda Jonathan.

— Si.

— Tu es sûre de vouloir entrer?

— Non.

Pourtant, je le poussai vers la porte.

Dès le seuil, j'entendis un canari chanter – un seul oiseau, qui piaillait tout ce qu'il savait. La porte d'entrée mesurait à peine un mètre cinquante de haut, et je dus me pencher pour entrer. Quant à Jonathan, il lui fallut se plier en deux.

La pièce était sombre, éclairée seulement par quelques spots qui indiquaient dans quelle direction regarder. Je ne compris pas tout de suite ce que je voyais. Kevin avait griffonné des centaines de mots, du sol au plafond, sur deux murs opposés; les deux autres murs étaient couverts de feuilles A4. Il y avait des piles d'objets par terre, et des pupitres chargés de pages que je ne pouvais pas lire à cause des gens plantés devant.

Sans crier gare, le chant du canari se transforma en un son nasillard et strident – celui des abonnés absents. Tout le monde sursauta, et quelques personnes semblèrent perturbées par ce bruit intrusif. Pas moi. Je savais ce que signifiaient ce son et le chant du canari. Et surtout, je savais foutrement bien de quoi parlait cette installation.

Le bruit du téléphone éloigna les gens qui se tenaient face à une dizaine de petits objets empilés. Ils étaient cernés d'un cercle inscrit à la craie noire. Devant se dressait un pupitre où l'on avait accroché une feuille de papier. Sur le papier figurait une liste :

1 (une) bouteille de shampooing Purell de 300 ml. 50 % vide. Valeur actuelle - $2,39

1 (une) bouteille d'après-shampooing Purell pour cheveux secs de 300 ml. Jamais ouverte. Valeur actuelle - $4,79

5 (cinq) tampons de la marque Tampax, normal. Valeur actuelle - $1,34

1 (une) brosse à dents recyclable, souple. Valeur actuelle - $0

1 (une) bouteille de crème hydratante pour le corps Kiehl de 500 ml. 75 % vide. Valeur actuelle - $1,20

Je me souvenais d'une conversation à propos de cette bouteille. Il m'avait posé des questions à ce sujet et bien d'autres, parce qu'il m'estimait trop incompétente pour m'occuper moi-même de ma peau.

— Combien tu as dépensé pour ce truc? m'avait demandé Kevin en déposant un peu de crème au creux de sa main.

— Si tu n'en mets pas une tonne, cette bouteille me fera un an.

Alors il m'en avait enduit les cuisses, et nous avions baisé sur le sol de la salle de bain. Et si cette bouteille était vide à 75 %, c'est parce que nous avions refait ça à plusieurs reprises.

Je sentis Jonathan derrière moi.

— Qu'est-ce que c'est? demanda-t-il tandis que le canari se remettait à chanter.

— Des trucs que j'avais laissés chez lui.

Quelqu'un bougea sur ma droite, me dévoilant une pile de vêtements. Un jean et le T-shirt dans lequel je dormais étaient soigneusement pliés sous une culotte de coton toute simple. Inutile de lire la petite liste – je savais combien valait ce jean. N'importe quelle personne sensée serait revenue les chercher – à moins d'être terrifiée à l'idée d'être aspirée de nouveau dans la vie de son ex.

Sur ma gauche, une pile d'accessoires de coiffure: une brosse et un élastique de tissu. Et une plaquette de pilules contraceptives.

— Tu es sûre que tu les prends comme il faut? m'avait-il demandé un matin alors que j'avais un jour de retard dans mes règles.

— Ce n'est pas très compliqué.

— Ça va l'être, quand tu seras en cloque.

Les lumières changèrent pour venir illuminer les deux autres murs, faisant disparaître les piles d'objets dans l'obscurité. Les inscriptions étaient devenues lisibles. Bien plus que mes affaires personnelles ou que la valeur exacte de ce que j'avais laissé derrière moi, ces mots, écrits en une seule phrase interminable et sans ponctuation, firent remonter d'un coup des mois d'émotions refoulées.

Je n'ai pas dit qu'elle était plus importante pourquoi tu ramènes toujours tout à toi elle a besoin de moi elle a essayé de se suicider Kevin merde qu'est-ce qu'il y a de plus important que ça dans sa vie en ce moment comment peux-tu me dire de quelle façon je dois répéter comment peux-tu essayer de me faire taire encore une fois j'ai tout arrêté pour toi je ne peux pas faire ça je ne peux pas être là pour tout le monde il faut que je parte il faut que je parte il faut que je parte.

— De la connerie en boîte? demanda Jonathan qui s'était éloigné de moi, comme s'il avait compris qu'il aurait été déplacé de s'approcher davantage.

Je me dirigeai vers l'autre mur. Encore des inscriptions.

Je ne te dis pas de ne pas travailler je te dis de rester avec moi quand je suis avec ces types avec eux j'ai l'impression d'être idiote pas à ma place et tu es le seul en qui j'aie confiance le seul que je connaisse qui ne me donne pas le sentiment d'être toute petite je ne suis pas un homme tu ne comprends pas j'ai besoin de toi j'ai besoin de toi j'ai besoin de toi j'ai besoin de toi j'ai besoin de toi.

Je sortis aussi vite que la porte basse me le permettait.

14

Étant partie prenante de la relation décrite dans la *Mine de charbon Faulkner*, je savais à quel point Kevin était courageux de la décrire et de l'exposer. Tous les deux, de l'extérieur, nous formions un couple impeccable. Nous avions de l'allure. Nous ne nous disputions jamais en public. Personne ne nous avait jamais entendus nous plaindre l'un de l'autre, ni suggérer que tout n'était pas parfait entre nous. Il affichait son assurance comme une seconde peau. Avec cette installation, il permettait hardiment à ses amis et admirateurs de constater que non seulement notre relation était imparfaite, mais que lui-même manquait de confiance.

Mais c'était Kevin. Monsieur cent pour cent. Quand il m'avait aimée, c'était de tout son cœur et de toute son âme. Je n'avais jamais eu d'inquiétude concernant son engagement et sa fidélité. Je n'avais jamais trouvé de faille à sa passion. J'étais son tout et, aussi suffocant que ce soit, je ne m'étais jamais sentie perdre pied avec lui. En soi, c'était libérateur.

Mais à présent, tous nos amis allaient être au courant de nos déboires.

Le mardi, c'était soirée poker. Tous les garçons s'installaient dans le loft de Jack pour fumer le cigare et discuter de la didactique dans le postmodernisme, ou de la définition de l'art populaire à travers la diaspora culturelle du XXe siècle. Nous, les filles, on s'asseyait dans la cuisine pour parler de sexe et boire du vin. Comme dans les années 1950.

Gabby et moi avions fini par monter un groupe – jouer de la musique lui faisait du bien. Kevin n'avait pas supporté. Depuis la tentative de suicide de Gabby, j'étais moins disponible. Harry nous avait trouvé des heures de studio gratuites le mardi soir, pour nos répétitions. Parfait. Kevin pouvait aller jouer au poker pendant que je répétais. Sauf qu'il avait fait toute une scène. Il avait besoin de mon soutien. Il avait besoin de moi *là-bas*. Et je l'abandonnais pour Gabby? Et vous savez quoi? Je me sentais *coupable*. Ma première réaction avait été de me dire qu'il avait raison. Parce que c'était ça, notre relation: tout tournait autour de ses besoins à lui, et Dieu sait s'il en avait!

À l'entrée du musée se trouvait un jardin où étaient exposées des sculptures, et derrière un petit kiosque il y avait un endroit que les éclairages n'atteignaient pas. Je le savais, parce que j'y avais sucé Kevin le soir où il était venu aider son mentor à accrocher sa rétrospective.

Je filais dans cette direction quand Jonathan m'attrapa le bras.

— Monica?

Je lui pris la main et allais l'entraîner dehors quand soudain j'aperçus Jessica. Elle nous sourit. Comme j'étais prête à éclater en sanglots, je me contentai de hocher la tête, laissant à Jonathan le soin de lui rendre son sourire.

Il me lâcha la main.

Je me retournai. Lui et Jessica discutaient. Il était de profil, un pied pointant encore dans ma direction, comme s'il hésitait entre nous deux. Je n'avais pas le temps pour ça. De toute façon, je n'avais pas besoin de lui. Je dévalai l'escalier en courant.

J'étais au milieu de la cour quand j'entendis le bruit de ses semelles derrière moi.

— Monica, attends!

Je ralentis et, sans un mot, il reprit ma main.

En arrivant en bas, je me dirigeai vers le jardin des sculptures. Comme il était presque désert, je ralentis. J'avais du mal à respirer. C'était ma façon de pleurer : d'abord, mon souffle se précipitait ; ensuite venaient les grandes eaux. L'ensemble restait relativement élégant, et je laissai donc Jonathan me prendre par les épaules et m'immobiliser.

Si j'avais été du genre à sangloter comme une perdue, des filets de morve au coin du nez, j'aurais pris mes jambes à mon cou pour rentrer chez moi en bus. Il me fit asseoir sur un banc, avec précaution – il se souvenait certainement des bleus que j'avais sur les fesses.

— Ça va aller? demanda-t-il.

Je posai un doigt sur ses lèvres avant de l'enlacer et de poser ma tête sur son épaule.

— Je suis vraiment désolée pour tout ça.

— Ne t'en fais pas.

— Normalement, c'est toi qui devais faire une scène, ce soir.

— Franchement, je préfère que ce soit toi.

Je relevai la tête.

— C'est pour ça qu'il m'a invitée au dernier moment. Il n'était pas sûr d'avoir envie que je vienne. Et c'est pour ça aussi que je n'étais pas censée venir accompagnée.

— Sur ce coup, tu l'as bien eu.

Il sortit un mouchoir de sa poche et me le tendit. Il était épais, probablement en soie, et portait ses initiales.

— Bon sang, je me sens mal de l'avoir quitté de cette façon. J'ai laissé toutes mes affaires, et je me suis barrée. Personne ne fait ça…

Je respirai un grand coup et, chaque fois que je clignais des yeux, les larmes roulaient sur mes joues comme de grosses perles. Je me tapotai les yeux à l'aide du mouchoir.

— Si, quelqu'un qui a peur, dit Jonathan. Dis-toi que cette installation ne reflète que son point de vue. Tu ne t'attendais pas à ce qu'elle soit objective, non?

Je haussai les épaules tout en continuant de m'essuyer les yeux, m'efforçant de me ressaisir et de ne pas saboter mon maquillage. Je reniflai.

— Je l'ai quitté sans explications, dis-je. La rupture a été brutale. Je sais que je n'avais pas le choix, parce que j'étais capable de rompre, mais lui toujours se débrouillait pour que je lui pardonne. Si j'avais essayé de discuter, il m'aurait convaincue de rester, on serait devenu le genre de couple en rupture perpétuelle et ça, c'était au-dessus de mes forces.

Je me tapotai l'intérieur des yeux avec le mouchoir, mais comme je me refusais à salir le tissu avec mon mascara, le coin de mes paupières resta humide. Jonathan me caressa la nuque sans rien dire, attendant patiemment que je poursuive.

— Qu'est-ce que tu vas penser de moi, maintenant? demandai-je.

— Que l'homme qui partage ta vie a intérêt à bien se tenir s'il veut te garder.

J'étouffai un petit rire sans joie, secouai la tête. Si j'avais envisagé de partager avec Jonathan plus que de bonnes parties de jambes en l'air, tous mes espoirs venaient de disparaître. Qui aurait voulu de pareille psychopathe?

— Tu vois, dis-je, je te gardais sous la main en cas de besoin, mais maintenant, tu en sais beaucoup trop sur mon compte. Je vais être obligée de te tuer, désolée.

Je levai les yeux au-dessus du mouchoir. Il contemplait ma bouche comme si c'était la chose la plus fascinante qu'il ait jamais vue. Il posa le pouce sur ma lèvre inférieure puis le fit descendre sur mon menton.

— Tu essaies de prendre cette situation à la légère, dit-il, mais tu es trop franche pour ça. Je ne pense pas que cette installation était de la connerie, en bâton ou pas. À mon avis, c'est le truc le plus méchant que j'aie jamais vu. Et montrer tout ça à des inconnus, c'est vraiment minable.

Il effleura mes lèvres, et j'embrassai ses doigts au passage avant de baisser les yeux sur mes mains dont les poignets étaient chargés des bracelets destinés à masquer mes bleus. Je me sentais exténuée.

— Merci de m'avoir écoutée, dis-je. Ce n'était sans doute pas très agréable.

— Qui n'a jamais vu la beauté souffrante n'a jamais vu la beauté tout court.

— C'est de qui?

— Un poète allemand. Mouche-toi, maintenant. Je vais devenir fou si tu continues à renifler comme ça.

Je lui tendis le mouchoir.

— Je ne peux pas. Il est trop beau.

Je ponctuai ma remarque d'un nouveau reniflement.

— Tu plaisantes?

Il m'arracha le mouchoir et le déplia. Puis il le posa sur mon nez. Il sentait son parfum de terre et de brouillard.

— Souffle, dit-il.

Je le dévisageai par-dessus le tissu de soie, et il soutint mon regard, tête inclinée, comme s'il était impatient que je me mouche dans sa main. Ses lèvres étaient légèrement plissées aux commissures. Il se retenait pour ne pas rire.

— Allez, vas-y, dit-il en me pinçant le nez.

C'en était trop. J'éclatai de rire.

Il m'imita.

— Allez, souffle!

— Je ne peux pas, je ris!

— Alors arrête de rire.

Il était mal placé pour me dire ça vu qu'il se tenait à moitié les côtes.

Je lui repris le mouchoir et me détournai. Cette fois, je me mouchai sans complexe dans le beau carré de tissu brodé, le pliai et soufflai de nouveau avant de me retourner vers Jonathan. Il était appuyé au dossier, le bras posé sur le sommet du banc. Les réverbères projetaient des ombres bleues sur ses joues et dans ses cheveux. Du bout des doigts, il effleura mon épaule nue.

— Tu le veux? demandai-je en lui tendant le mouchoir, me retenant de ne pas de nouveau exploser de rire.

— Garde-le, va.

15

J'attendis à l'arrière de la voiture pendant que Jonathan, dehors, parlait avec Lil. J'avais envie de le voir nu. Je voulais sa queue, sa bouche. Je voulais ses mains sur mes fesses meurtries. Et malgré ça, je ne pouvais m'empêcher de penser à Kevin. Après l'avoir quitté, j'avais cru qu'il m'avait oubliée. Parfois, je me disais qu'il avait peut-être souffert, mais cette idée me réjouissait. Dans notre couple c'était toujours lui l'élément fort, et je n'étais que le paillasson.

Jonathan monta dans la voiture, s'installa en face de moi, et Lil referma la portière derrière lui.

— Tu vas me demander d'écarter les jambes? demandai-je.

— C'est possible.

Pourtant, il n'en fit rien. Il se contenta de me regarder. Mes genoux étaient serrés. La climatisation poussée à fond faisait durcir la pointe de mes seins, et j'avais les mains croisées sur les genoux. Quand il eut fini de contempler mon corps, il passa à mon visage.

La voiture démarra, et nous quittâmes le parking pour nous engager dans la circulation nocturne.

— Je veux te faire des choses, dit Jonathan. Mais tu n'es pas en état de les subir en ce moment.

— Je ne suis pas en sucre, rétorquai-je en tentant vainement de n'avoir pas l'air déçu.

— C'est vrai.

Il posa le doigt à la naissance de mon épaule et le fit descendre sous ma robe, s'arrêtant à la base de mon sein. Les bretelles se tendirent quand il le ressortit.

— Avance un peu.

Avec un tressaillement de douleur, je glissai jusqu'au bord de la banquette. Il baissa l'autre côté de ma robe puis, descendant de son siège, embrassa mon téton, m'arrachant un gémissement. Je plaquai sa tête contre ma poitrine. Il suça la pointe de mon sein avant de la mordre. J'étouffai un cri.

— J'ai envie de t'attacher au lit dans toutes les positions imaginables, j'ai envie de te baiser partout, mais d'abord, je veux que tes bleus guérissent. Je veux que ton corps soit intact avant de t'en faire de nouveaux.

— Je ne devrais pas te poser cette question, mais…

— Alors ne le fais pas, dit-il en me caressant le sein.

— Je voudrais savoir si tu es comme ça avec tout le monde. Toutes les femmes.

Pendant un instant, il me regarda dans les yeux en silence, puis il détourna le regard. Je ne savais pas ce que je désirais entendre, mais la curiosité me ravageait.

Il posa ses doigts sur mes lèvres, et je les entrouvris.

— Mouille-les, dit-il. Tu vas en avoir besoin.

Il mit deux doigts dans ma bouche.

J'y posai la langue, et il les frotta contre elle, les enfonça plus loin, les retira puis les introduisit de nouveau dans ma bouche. Je les suçai avec vigueur pour les humecter de salive.

— Allons, Monica, tu peux faire mieux que ça.

Il faisait aller et venir ses doigts dans ma bouche, les retirant de temps à autre pour les enfoncer de nouveau. Ma chatte endolorie palpitait, avide. J'avais envie de lui, en dépit de la douleur – ou peut-être à cause d'elle.

Il avait enfoncé ses doigts dans ma bouche jusqu'à la garde. Mes lèvres les emprisonnaient, et je les suçais fort. Il me releva la tête jusqu'à ce que je regarde le plafond. Ses doigts baisaient ma bouche comme ils savaient me baiser plus bas.

— Remonte ta jupe. Doucement, dit-il avec une note d'impatience dans la voix.

Il retira ses doigts, les enfonça de nouveau. J'enroulai ma jupe autour de ma taille.

— Ah, c'est magnifique !

De sa main libre, il caressa les porte-jarretelles, à l'endroit où mes cuisses n'étaient pas trop meurtries.

— Maintenant, écarte-moi ces jolies jambes.

Dans ma chatte, une bataille faisait rage entre la douleur des traitements qu'il m'avait infligés la veille et l'incendie qu'il venait d'allumer dans mon ventre. Quand j'ouvris les jambes, je gémis – ainsi exposée, j'avais encore plus envie de lui.

— Encore, Monica. Ne sois pas timide.

J'obéis de mon mieux, mais mes muscles me faisaient mal. D'un geste brusque, il écarta largement mes cuisses. Je poussai un cri de douleur et de plaisir. Alors, il retira ses doigts trempés de ma bouche puis, le pouce posé sous mon menton, me força à regarder le plafond.

— Tu ne veux pas d'une relation amoureuse, dit-il. Mais tu n'arrêtes pas de poser des questions au sujet des autres femmes. Pourquoi ?

Il posa les doigts sur ma culotte et me caressa le clitoris.

— Je ne sais pas.

Comment parvenais-je encore à articuler ? La pression entre mes jambes me faisait perdre la tête.

— Si, tu sais.

— Oh, c'est trop bon, Jonathan.

Il enfonça deux doigts dans ma chatte. Ils me brûlaient, mais j'arquai le bassin pour les accueillir pendant que, du pouce, il continuait de me caresser le clitoris. J'essayai d'accompagner ses mouvements. De l'autre main, il me maintenait le menton en l'air, m'empêchant de bouger librement ; c'était presque douloureux.

— Hier, dit-il, tu as parlé de rumeurs et tu m'as demandé combien de femmes j'avais amenées au club. Et voilà que tu me poses encore des questions. Tu veux baiser, oui ou non ?

Seigneur, j'avais fait un truc aussi puéril, moi ?

— Je veux baiser.

— Alors qu'est-ce que tu cherches ? Pourquoi tu continues à m'interroger ?

— Par curiosité.

Il sortit ses doigts de ma chatte et remit ma culotte en place. *Maintenant, il va se servir de ma chatte toute la nuit et, pour être honnête, je vais adorer ça*, pensai-je.

Pourtant, ce qu'il fit alors me surprit. Je ne le voyais pas à cause de mon menton levé, mais j'avais l'impression qu'il fouettait mon clitoris comme il aurait chassé une miette d'une pichenette, avec le pouce et le majeur. Son ongle frappait mon clito engorgé comme un petit caillou sur un ballon de baudruche. Une douleur vive suivie d'un plaisir intense. Je gémis, les yeux rivés sur le plafond de la voiture.

— Dis-moi, Monica. Pourquoi ça t'intéresse tellement ?

Il me fouetta de nouveau.

— Oh, Jonathan…, soufflai-je en me tordant sur le siège.

— Dis-moi ce qui te tracasse.

C'était de la torture. J'ignorais quand ses doigts allaient me frapper. Ils étaient précis, impitoyables et sublimement efficaces. Même s'il répétait son geste vingt mille fois, jamais je ne pourrais jouir ainsi.

— Si je te le dis, répondis-je, il faut que tu me racontes tout.

Deux pichenettes rapides. Je poussai un cri.

— Pas de marchandages, dit-il.

— Ne me fais pas crier, Lil va nous entendre.

— Alors parle, dit-il en me fouettant de nouveau.

— Va te faire foutre.

— Parle, ma chérie, dit-il d'une voix enjôleuse.

Je haletai sous la pression légère de sa main. J'aurais pu me libérer. Mes poignets n'étaient pas liés, cette fois. J'aurai pu écarter sa main. Mais franchement, j'avais envie de lui dire.

— Je te veux.

— Et?

Il caressa ma chatte par-dessus le tissu trempé de ma culotte. Cela calmait la brûlure, mais pas l'excitation.

— Je te veux rien que pour moi. Je veux savoir ce qu'elles n'ont pas fait pour que je puisse te le faire, moi. Pour te garder plus longtemps.

— Ah.

Il me lâcha le menton. Mes jambes étaient toujours ouvertes, et il les avait bloquées de ses genoux pour m'empêcher de les resserrer. Je le regardai, un peu honteuse. J'étais certaine qu'il allait me laisser tomber comme un vieux gant de baseball, ici même, à l'arrière de sa Bentley, dans ma robe de marque et mes dessous tout neufs.

— Trois questions sur ma vie, c'est ma limite, dit-il. Nous sommes à une seule de la fin. Après, c'est fini pour toi.

— J'espère que ça va être bien, parce que ça me manquera.

Il me sourit puis recula sur son siège et me referma les jambes. Je baissai ma robe et la lissai sur mes cuisses, pensive.

— Je vais te dire une chose, reprit-il. Je ne peux rien te promettre sur le long terme, à cause de mon ex-femme. Mais je t'apprécie beaucoup plus que je ne le devrais, et en ce moment, personne d'autre ne m'intéresse.

Il prit mes mains entre les siennes, les regarda, puis releva la tête avant de poursuivre :

— Alors on continue. Tant que tu comprends mes limites. Jess m'a sorti de pas mal de mauvais pas, elle m'a sauvé la mise, tu n'imagines même pas.

Je ne pouvais pas lui demander de précisions, c'était trop intime. J'aurais eu l'impression de l'agresser et nos relations en auraient pris un coup. Nous avions une relation, oui – brève, monogame, amicalement sexuelle, exclusive et superficielle. Rien à voir avec ce qui le liait à Jessica. Nos liens n'étaient pas assez solides pour effacer les traumatismes anciens qui nous encombraient tous les deux et se répercutaient sur notre quotidien. Le passé de Jonathan appartenait à Jessica, même si elle avait rompu le lien. Et ce lien qu'elle avait brisé, elle s'en servait comme d'une laisse sur laquelle elle tirait, empêchant Jonathan de s'offrir librement à une autre.

— J'ai compris, finis-je par dire, et ça me va.

— Ça ne durera pas, je le crains.

Je le dévisageai quelques secondes avant de baisser la tête.

— Je ne suis pas montée dans cette voiture avec d'autres exigences que le sexe.

— Si. C'est juste que tu ne t'avoues pas toute la vérité à toi-même, répondit-il en posant un doigt sur mon menton. Tu es une déesse, Monica. N'hésite jamais à réclamer ce que tu veux.

Nos visages étaient tout proches l'un de l'autre. Je l'embrassai avec douceur, et les minutes s'écoulèrent tandis que dehors la ville défilait. J'entendis mon téléphone biper, et je l'ignorai. Son portable sonna, il l'ignora aussi. Ces petites machines retentissaient telles un chœur de cloches mal accordées dans une église. Soudain, je sentis la voiture basculer en avant, comme si nous chutions d'une falaise.

Nous nous arrêtâmes, et je regardai par la fenêtre.

— Tu m'as ramenée chez *moi*?

— Tu es couverte d'hématomes partout où j'ai envie de te baiser, et si tu rentres avec moi, je vais te baiser.

— Tu dis de ces choses…

— Ça te plaît?

— Non, pas vraiment.

— Allons, Monica. Je pars pendant quelques jours. Quand je reviendrai, on reprendra où on s'est arrêtés.

— Tu vas me laisser comme ça pendant des *jours*? J'ai l'impression d'avoir une balle de baseball entre les jambes!

— Et interdiction de te caresser. Cet orgasme m'appartient, et je te fais confiance pour que tu le gardes pour moi.

Je m'avançai pour embrasser sa joue, son nez, ses lèvres.

— Il pèse dix kilos. Soulage-moi, s'il te plaît.

— Je te soulagerai en rentrant, me dit-il à l'oreille. Plusieurs fois.

Se retournant, il frappa à la cloison qui nous séparait du chauffeur.

— Tu sais que tu es drôlement cruel?

Il me sourit comme s'il en était parfaitement conscient.

Lil ouvrit la portière et nous descendîmes. Alors qu'il m'embrassait devant l'entrée, mon portable bipa de nouveau. Depuis le perron, je regardai la Bentley descendre la colline comme une plume jetée du haut d'un building. Une fois entrée, j'entendis le piano. Il recevait toute l'attention que j'aurais aimé avoir de la part des doigts de Jonathan.

16

Gabby ne dormait pas. Il n'y avait qu'elle pour jouer de cette façon. Quand j'entrai, elle ne s'arrêta pas, se contentant de m'adresser un signe de tête.

— Il est onze heures du soir, criai-je par-dessus la musique.

— Et alors?

— Tu peux jouer quelque chose d'un peu moins énergique avant que les voisins appellent les flics?

Pour le coup, elle s'interrompit carrément.

— Pourquoi es-tu rentrée? Vous vous êtes disputés, ou quoi?

— Non. Où est Darren?

Je posai mon sac et retirai mes chaussures avant de m'affaler sur le canapé. Même allongée sans bouger, je pensais au sexe, et ma chatte palpitait de plus belle. Salaud de Jonathan.

— Il est encore sorti avec sa copine, ce con.

Elle pianota une petite mélodie légère sur le clavier. Jamais je ne l'avais vue comme ça, aussi laconique et pleine de colère contenue. J'aurais aimé retrouver ma vieille copine de lycée, celle qui était si drôle. La personne que j'observais depuis ces deux dernières années changeait de personnalité tous les quinze jours.

— Et alors? demandai-je. On n'est plus sur ton dos, tu devrais être contente.

— Je suis contente. Demain, je retrouve Theo au Sphere pour un concert.

— Theo, l'Écossais aux tatouages? Je le trouve super-sympa!

J'en faisais des tonnes pour lui montrer mon enthousiasme à l'idée qu'elle se soit dégotté un petit ami, mais elle ne releva pas. Elle avait toujours été comme ça et, au début, cette indifférence feinte m'avait plu. Sauf que depuis deux ans je trouvais ce trait de moins en moins agréable et de plus en plus flippant.

— Et donc, reprit-elle, Darren sort avec une femme mystère, et toi avec un milliardaire.

— Je ne sors pas avec lui. Notre relation est… informelle.

Elle fit mine de n'avoir pas entendu mon demi-mensonge. J'étais en train de tomber amoureuse de Jonathan, et elle le savait mieux que personne. De nouveau, elle se remit à jouer – un air lancinant et sensuel qui me donna envie de me ruer à la salle de bain et de me caresser jusqu'à l'orgasme pour pouvoir dormir.

Mon portable bipa encore. Cette fois, je le regardai. Ce numéro n'était pas dans mes contacts, mais je le reconnus.

Il faut qu'on se voie

Je fis défiler le texte. Cinq autres messages. Les mêmes mots.

Il faut qu'on se voie
Il faut qu'on se voie
Il faut qu'on se voie
Il faut qu'on se voie
Il faut qu'on se voie

— Comment Kevin a-t-il eu mon numéro? demandai-je.

— Par Darren, à tous les coups. Je lui avais pourtant dit de ne pas le lui donner.

— Merde, quel con! C'est un truc qu'ont les hommes, ou quoi? Reconnaître que certaines choses ne se font pas porterait atteinte à leur virilité?

Je tendis le téléphone à Gabby pour qu'elle lise les six textos.

— Tu devrais accepter, dit-elle. Il est venu nous voir après notre spectacle. Je pense qu'il a tourné la page, en ce qui te concerne.

— Comme le prouvent ces messages, dis-je en brandissant le téléphone.

Je lui envoyai ma réponse :

Laisse-moi tranquille

Puis je me tournai à nouveau vers Gabby.

— Je vais au lit, annonçai-je. Tu as pris tes médocs ?

— Ouais.

Pendant un instant, je restai plantée derrière elle. Je ne la croyais pas, et je me demandais si je devais lui en faire la réflexion.

J'allai à la salle de bain pour prendre son flacon de Marplan. Elle avait eu un renouvellement le lundi précédent. Ça faisait beaucoup de pilules et, un mois plus tôt, je les aurais comptées pour comparer le résultat avec le chiffre envoyé par Darren lors de son dernier décompte, et j'aurais calculé le nombre d'heures écoulées depuis pour vérifier qu'elle en avait bien pris deux par jour. Ensuite, j'aurais envoyé l'information à Darren, et tout aurait été pour le mieux dans le meilleur des mondes.

Mais je savais que je ne compterais pas toutes ces pilules. Le dernier recensement de Darren datait de presque deux jours. J'étais fatiguée, sexuellement excitée – et mon téléphone bipait encore.

Je refermai le couvercle du flacon et le rangeai, puis me brossai les dents avant d'aller me coucher, mon portable à la main.

Laisse-moi t'expliquer, stp. J'avais besoin de faire cette installation. Je n'essaie pas de te récupérer, je sais que tu es heureuse avec quelqu'un d'autre

Heureuse. Tu parles. Kevin ne connaissait pas la Monica qui aimait le sexe pour le sexe. Il ne connaissait que celle qui s'engageait corps et âme. Soudain, ma relation avec Jonathan me parut misérable. Deux séances de baise et quelques doigtés à la sauvette, voilà à quoi elle se résumait. Et ensuite ? Quelques baises de plus, et un paquet d'orgasmes qu'il me refuserait? Nous finirions par nous lasser de ça. Il n'avait pas de place pour moi dans son cœur, il me l'avait clairement dit. Jamais je ne m'étais sentie aussi vide.

Bonne nuit Kevin

Un autre texto arriva. Cette fois il n'était pas de Kevin.

Merci pour ce soir. Je t'appellerai ce week-end pour prendre des nouvelles de cette balle de baseball

Avec plaisir

À propos… Ils jouent contre les Mets le lendemain de mon retour

J'avais pas mal de réparties cinglantes dans la manche, mais je ne les sortis pas. Chaque petite attention qu'il m'octroyait m'attristait, parce qu'elle était superficielle et passagère. Je n'avais ni la volonté ni l'énergie de jouer son jeu.

OK bonne nuit

Bip.

Il faut qu'on se voie

J'éteignis mon portable et fermai les yeux. La balle de baseball entre mes jambes se dégonflait lentement. Quand elle eut atteint la taille d'une olive, je m'endormis.

17

Je n'aurais pas cru cela possible, mais le lendemain matin, j'avais encore plus mal. Gabby était déjà debout quand j'entrai dans la cuisine. Elle fixait un coin de la pièce, une tasse de café à la main. J'aurais mis la mienne à couper que son café était froid.

— Gabby?

— On ne devrait pas répéter de nouveaux morceaux pour notre rendez-vous?

— Avec la WDE? C'est un rendez-vous, pas une audition. Ça va?

— Ouais, dit-elle en se tournant vers moi avec l'air de se réveiller de la sieste. On répète dans une heure. Je vais aller me doucher.

Nous avions décidé de ne plus répéter au studio – cher, mais nécessaire pour un groupe de quatre personnes –, mais dans mon salon, gratuit et assez grand pour toutes les deux. En revanche, nous restions aussi strictes sur les horaires que si nous l'avions loué.

Je fis bouillir de l'eau pour mon thé. J'entendais la douche couler dans la salle de bain, et je perçus à peine le claquement métallique du portail dehors. Il était beaucoup trop tôt pour le courrier. J'arrivai à la porte d'entrée juste à temps pour apercevoir une Jaguar verte descendre la colline, une silhouette massive au volant. Lil, sans aucun doute. J'avais aussi eu le temps de voir qu'il n'y avait personne à l'arrière. Quand je me retournai pour rentrer, je remarquai sur le perron une petite boîte bleu marine entourée d'un ruban argenté. Je le ramassai et courus dans ma chambre après avoir refermé la porte derrière moi.

Là, je m'assis sur le lit et dénouai le ruban. Le monogramme du grand bijoutier Harry Winston apparut. Dans le mouvement, une petite enveloppe posée sur la boîte tomba sur mes genoux. Je l'ouvris.

Chère Monica,
Accepte ceci en signe de ma reconnaissance.
Jonathan

J'ouvris la boîte, puis celle qu'elle contenait. Elle recelait une barre de deux centimètres de long, en argent ou platine, incrustée d'un gros diamant à la base.

Un piercing de nombril. Un vrai, pour remplacer l'anneau de pacotille que j'avais acheté chez le tatoueur de Melrose. Je le levai dans la lumière matinale et, de nouveau, je songeai combien ma chambre paraissait lugubre avec sa pile de linge sale dans un coin, ses vieux cadres de photos, son miroir taché.

Soulevant mon T-shirt, je remplaçai mon anneau pourri par ce bijou sublime. En contemplant mon reflet, émerveillée, je me demandai pourquoi il m'avait fait ce cadeau. Je relus son message. De quoi m'était-il reconnaissant? De moi, en général? ou d'autre chose? La carte était trop petite pour qu'il puisse en écrire davantage, mais j'avais du mal à interpréter ces sept mots.

J'entendis le jet s'arrêter dans la salle de bain et chassai ces préoccupations de ma tête. Il fallait que je me douche à mon tour, m'habille, boive mon thé et arrive dans le salon parée pour la répétition. Inutile de m'encombrer de questions sur la place que Jonathan prenait dans ma vie et celle que je prenais – ou ne prenais pas – dans la sienne.

18

Si mon malaise était perceptible durant la répétition, Gabby n'en dit rien. Quoi qu'il en soit, c'était une journée sans. J'avais envoyé à Jonathan un texto de remerciement pour son cadeau en espérant qu'il ne s'apercevrait pas de mon embarras. Il n'y avait pas répondu, mais j'étais sûre qu'il était dans l'avion. De toute façon, je n'avais pas envie d'avoir de ses nouvelles tout de suite. J'étais trop occupée à m'inquiéter. Rien n'avait changé. Il m'avait donné tout ce que j'attendais de lui.

— Comment s'est passée ta soirée d'hier? demanda Debbie. J'ai entendu dire que tu étais au Mod?

Debbie, Robert et moi étions au bar. C'était la fin de mon service et il n'y avait pas beaucoup de monde. J'avais allumé toutes les bougies sur les tables pour ma remplaçante, remis toutes les chaises en place, jeté les serviettes en papier et nettoyé les plateaux. Le soleil était très occupé à virer à l'orange au-dessus des gratte-ciel de L.A. – un spectacle auquel je m'étais habituée quand je travaillais l'après-midi.

— C'était bien. Mon ex a fait une installation sur moi. Il m'a littéralement traînée dans la boue devant tout le monde et fait passer pour une salope sans cœur. Je ne sais pas trop comment réagir.

— C'est légal? demanda Robert.

— Seulement si je suis effectivement une salope sans cœur. Mais j'imagine que si ça ne fout pas ma carrière en l'air, je vais fermer les yeux et faire comme si de rien n'était.

Robert s'éloigna pour remplir des verres.

— Et tu étais en bonne compagnie? demanda Debbie avec un petit sourire et un froncement de sourcils entendu.

— Très bonne.

— Il t'a sortie en public. C'est bon, ça. Pour tous les deux.

Je secouai la tête tout en rangeant les plateaux de citrons.

— Je ne sais pas.

Debbie n'avait pas écouté ma réponse. Elle s'était redressée d'un coup pour se diriger vers une femme qui venait d'entrer, seule. Elle était grande et blonde, et sa peau resplendissait de santé.

Jessica Carnes.

Debbie lui fit son numéro habituel, tout sourire, et l'embrassa sur les deux joues avant de parler de tout et de rien. Je n'aurais servi cette femme pour rien au monde… mais j'avais besoin de ce boulot.

Debbie indiqua à Jessica la direction du bar. Rien que pour cela, je la remerciai de tout mon cœur, parce que c'était Robert qui servait au comptoir. Pendant encore vingt minutes, j'étais la seule serveuse sur place, et si Jessica décidait de s'asseoir à une table, j'allais être obligée de m'occuper d'elle.

Une autre femme arriva derrière Jessica, et de nouveaux baisers furent échangés. Elle avait des cheveux bruns ondulés, et son visage paraissait entièrement refait. Faire-valoir ou relation de travail?

— Je crois que je vais être malade, dis-je à Robert.

— Tu sais où sont les toilettes, ironisa-t-il.

Debbie mena les deux femmes jusqu'à une table et leur présenta la carte des boissons. Quand elle revint au bar, son expression était indéchiffrable.

— J'ai essayé de les installer au bar, mais ça n'a pas marché, désolée, me dit-elle en arrivant près de moi. Tu vas devoir les servir.

— Je ne peux pas. Je l'ai vue, hier soir, Jonathan nous a présentées.

— C'est sans doute pour ça qu'elle est ici.

Debbie me prit la main et l'étreignit avec fermeté avant d'ajouter :

— Conduis-toi en femme du monde.

Je déglutis tout en jetant un coup d'œil à Jessica. Elle et sa copine refaite se parlaient à l'oreille. De là où j'étais, je voyais leurs bras, et je remarquai que Jessica portait une mince attelle de plastique autour du poignet droit.

— D'accord.

J'empochai mon carnet et me dirigeai vers elles d'un pas assuré.

Jessica et Frankenstein me regardèrent approcher – deux ovales blancs aux yeux synchronisés qui me détaillaient de la tête aux pieds, un peu comme Jonathan la première fois qu'il m'avait vue, en beaucoup moins agréable. Je leur adressai un large sourire, bouche fermée.

— Bonjour, dis-je. Je suis Monica. Que puis-je vous servir?

Elles me dévisagèrent sans rien dire pendant un instant. Enfin, Frankenstein mit fin au silence :

— Vous êtes jolie comme un cœur, non?

Je souris, cette fois en montrant mes dents – si seulement Debbie avait été là pour me tenir la main !

— Merci.

— Nous nous sommes vues, dit Jessica. Hier soir.

— Oui, dis-je, c'est vrai. Je n'en étais pas absolument sûre, c'est pour ça que je n'ai rien dit. Ravie de vous revoir.

— Bien sûr. Pareillement.

Un téléphone sonna, interrompant ce pur moment de malaise. Frankenstein attrapa son portable.

— Il faut que je réponde, dit-elle avant de me sourire. Apportez-moi un mojito, vous voulez bien, ma chérie? Et pas trop de sucre.

Le téléphone à l'oreille, elle se dirigea vers le couloir.

— Voulez-vous boire quelque chose? demandai-je à Jessica.

— Un mojito pour moi aussi.

Elle s'avança sur son siège. J'étais sur le point de m'échapper quand elle ajouta:

— Vous m'avez vraiment fait peur, hier soir.

— Comment cela?

— J'ai cru que vous étiez une huitième sœur.

Elle me fixait droit dans les yeux, et je songeai que partir maintenant serait malpoli. Debbie m'avait dit de me conduire en femme du monde, et la meilleure façon de l'être consistait à montrer que Jessica m'intéressait.

— Qu'est-il arrivé à votre bras? Vous n'aviez pas cette attelle, hier.

— Microfracture. J'ai passé la moitié de la nuit aux urgences, je suis lessivée.

— Dites donc! Comment est-ce arrivé?

Jessica pinça les lèvres, détourna un instant les yeux, puis les reposa sur moi – si rapidement que je m'en aperçus à peine.

— Vous savez ce que c'est, dit-elle. Jonathan peut être un peu brutal, parfois.

Ma bouche s'asséCha d'un coup. Je n'arrivais plus à déglutir. Je devais trembler un peu, parce que je sentis mes genoux s'entrechoquer. Il fallait que je m'en aille. Je ne pouvais pas rester ici.

— Oui, finis-je par articuler d'une voix étranglée. Bien sûr. Je vais aller vous chercher vos boissons.

Quand j'arrivai devant le bar, Debbie ouvrit de grands yeux.

— Qu'est-ce qui t'arrive? Tu es blanche comme un linge.

— Je finis dans quinze minutes, mais…

— Qu'est-ce qu'elle t'a dit?

— Je ne peux pas le répéter. Il faut que je rentre chez moi.

Debbie saisit mes mains tremblantes entre les siennes.

— Tu finis ton service. Et tu souris. Il y a de nouveaux clients, là-bas. Occupe-toi d'eux, mais ne traîne pas. Tu m'as comprise?

Il n'y avait pas à discuter. Je me forçai à hocher la tête.

— Robert, lança-t-elle, deux mojitos, sans sucre!

Elle se tourna vers moi et ajouta:

— Laisse-les réclamer le sucre. Fais-les attendre. Occupe-toi de tes autres tables. Souris. Maddy va arriver pour prendre la relève, mais tu dois finir ton service. Tu es une femme du monde, Monica.

Robert posa deux verres sur mon plateau.

— Oui, murmurai-je.

— Vas-y.

Quand j'arrivai à leur table pour poser les verres, Jessica et Frankenstein étaient en pleine conversation. Je leur offris mon plus beau sourire. Frankenstein ouvrit la bouche pour dire quelque chose, mais je tournai les talons avant qu'elle ait pu émettre un son et en profitai pour aller servir mon autre table.

Douze minutes et demie plus tard, je revins au bar avec une commande que je tendis à Robert. Maddy était là, maquillée, le regard pétillant, parée pour la relève. Je lui fis le topo des tables.

— Ça va? me demanda-t-elle.

— Super. Où est Debbie?

Elle haussa les épaules. Peu importe. Je sortis sans me retourner pour voir si Jessica me regardait partir.

Arrivée dans la salle de pause, j'allumai mon téléphone. Pendant mon service, il restait éteint, mais maintenant, j'allais dire le fond de ma pensée à cet immonde salaud. Il était incapable de se retenir, même pour moi? Même quelques heures? Ils avaient dû se retrouver quand je m'étais enfuie dans l'escalier du Mod. Il m'avait juré fidélité et m'avait jetée à la maison sous un prétexte pourri – il ne voulait pas me faire mal, tu parles! Il était surtout allé se faire baiser.

Par son ex-femme.

Qu'il aimait et aimerait toujours.

Parce qu'elle l'avait sorti de pas mal de mauvais pas.

« Jusqu'à ce que la mort nous sépare. »

Je n'avais aucune idée de ce que j'allais dire à Jonathan, mais je ne laisserais pas passer ça. S'il la voulait, très bien, mais pourquoi jouer avec mon clito tout en exigeant que je le supplie? Pourquoi m'avoir poussé à lui avouer que j'aurais aimé le garder pour moi seule même si ça ne durait pas – et, à peine reparti, il allait baiser sa femme assez fort pour lui fracturer le poignet?

Je consultai mon portable. Il m'avait envoyé deux messages quelques heures plus tôt.

Je suis content que ça te plaise

Je te dois toujours une fessée, pour Barney's

Et un autre, il y avait trois minutes:

Tu peux m'appeler?

J'en avais encore un de Darren:

Tu as vu Gabby?

Essaie Theo, répondis-je.

Il y avait deux autres messages envoyés coup sur coup une heure plus tôt. Ils provenaient d'un type perturbé, mais sincère, ouvert, et vulnérable. Quelqu'un qui, au cours de nos deux ans de relations, ne m'avait pas trompée une seule fois. Il n'avait même jamais levé les yeux sur une autre femme, pas plus qu'il ne m'avait donné la moindre raison de douter de son amour.

C'est la dernière fois que je demande

J'avais oublié quel boulet était Kevin. Je répondis, parce que quoi qu'il dise, ce serait son dernier texto. J'avais entrouvert la porte, et il essayait de l'enfoncer.

Quoi? demandai-je.

J'attendis sa réponse. Quand je pensais à lui, je ne sentais pas de brûlure entre mes jambes, et je ne souriais pas d'impatience. Je ne voulais pas de lui comme petit ami, amant occasionnel ou simple compagnon de baise – cela dit, il n'aurait jamais accepté ces deux dernières options. Je voulais juste lui parler, voir en lui l'amour et la fidélité que j'avais massacrés sans pitié. Je ne voulais pas reprendre une relation avec lui. Je voulais faire l'ablation de tous mes organes viables, les étiqueter et les ranger pour pouvoir les reconnaître si je retombais un jour dessus. Et mon cœur en premier.

Il faut qu'on se voie

D'accord. Où?

obéis

I

À genoux sur le seuil de la maison de Jonathan, enveloppée d'un parfum de sauge et de matin sec, j'avais les mains à l'intérieur et les jambes dehors. L'air était assez frais pour faire durcir mes tétons alors même que le soleil cuisait mes fesses nues. J'aurais voulu me toucher les seins, mais je n'en avais pas le droit – il m'avait ordonné de ne pas bouger les mains. J'obéissais sans vraiment savoir pourquoi. Ma chatte était humide, et je sentais une excitation lourde et vibrante entre mes jambes, comme un carillon prêt à sonner.

Je voulais Jonathan, mais il était parti et m'avait laissée dans cette posture ; je voulais serrer les cuisses pour soulager un peu mon clitoris en feu, mais ses ordres étaient clairs : je devais garder les jambes écartées.

Quelqu'un m'appela. Darren. Puis Gabby. Oh, non ! Il ne fallait pas qu'ils arrivent avant le retour de Jonathan.

Alors je sentis sa queue contre mes fesses et ses mains sur mes hanches. Je n'eus pas le temps de pousser un cri que, déjà, il s'enfonçait en moi et me pilonnait sans ménagement. Ses doigts serraient mes fesses si fort qu'ils laisseraient sans doute des marques, mais la douleur était un contrepoint au plaisir – elle le rendait plus doux, plus humide, plus brûlant. Je bougeais à son rythme pour m'empaler sur lui. Il releva mes hanches pour m'obliger à me cambrer, et sa bite vint caresser mon clito. J'étais à deux doigts d'exploser, de me mettre à gémir et à pleurer, lorsque j'aperçus à l'intérieur de la maison un miroir qui n'était pas là auparavant. Ce n'était pas Jonathan qui me baisait, mais Gabby. Elle gémissait, et les ressorts du lit grinçaient.

Je m'éveillai en sueur. Dans la chambre d'à côté, le lit couinait et Gabby mettait tout le voisinage au courant que Theo était en train de la baiser comme une reine. Tant mieux pour eux.

Mon état émotionnel était des plus troublés. Deux jours plus tôt, Jonathan m'avait abandonnée avec la promesse d'être fidèle et le sexe gonflé d'un désir que j'avais promis moi aussi de laisser intact. Le jour suivant, son ex-femme s'était pointée à mon travail, apparemment pour m'informer qu'il l'avait baisée tellement fort qu'il lui avait cassé le poignet.

C'était peut-être un sale menteur, mais j'avais tenu parole – je gardais mon prochain orgasme pour lui. Et je continuerais, au moins jusqu'à ce que je rompe avec lui. À ce moment-là, je n'aurais plus qu'à me ruer dans la salle de bain la plus proche pour me soulager seule.

Theo poussa un grognement de jouissance, avec une pointe d'accent écossais. Dieu merci. Je n'arrivais pas à savoir si le fait de les entendre me mettait mal à l'aise ou m'excitait. Ça n'allait pas être facile de les regarder en face au petit-déjeuner, ce matin.

Je fis ma toilette et m'habillai dans la salle de bain. Ensuite, je sortis par la porte de derrière – problème réglé, je n'eus à saluer personne.

J'avais constamment envie de me jeter sur quelqu'un ou quelque chose. Tout m'exaspérait – le coût de la vie à Los Angeles, le pied de chaise où je me cognai le pied, n'importe quoi –, comme si j'avais été la victime personnelle d'un dieu vengeur. Et surtout, j'étais furieuse contre moi-même. Je me savais incapable de vivre une relation sérieuse, parce que je m'impliquais trop et finissais par me perdre dans les besoins de l'autre. Mais je n'étais pas davantage capable de me contenter de rencontres sans lendemain, parce que je ne supportais pas l'idée de coucher avec quelqu'un qui voyait une autre femme dans le même temps. Ma seule solution était donc le célibat, une option tout à fait viable et acceptable – sauf que j'avais interrompu une période de parfaite abstinence pour m'envoyer en l'air avec Jonathan. Donc j'étais coincée. Notre relation était trop sérieuse pour que je l'oublie et passe à autre chose, et trop superficielle pour que je lui en veuille d'avoir baisé son ex. Quelle idiote je faisais !

En montant dans ma voiture, je m'aperçus que je ne m'étais pas maquillée. Je m'observai dans le rétroviseur. Du maquillage, en avais-je vraiment besoin ? J'allais seulement voir mon ex, Kevin. L'absence de fard signifierait clairement que je ne cherchais pas à l'impressionner, que je ne voulais pas renouer avec lui. Tout ce que je désirais, c'était parler – pas besoin de rouge à lèvres pour faire fonctionner ma bouche et mes oreilles. Et pas besoin de mascara pour décider que j'avais eu raison de le quitter.

Auparavant, Kevin habitait au centre-ville, mais son loyer avait triplé quand les demandes d'espaces industriels à louer avaient fait exploser le marché de l'immobilier. Il s'était donc réfugié dans un quartier connu sous le nom de Frogtown, une bande de terre entre le Dodger Stadium et le fleuve Los Angeles. Je l'avais aidé à déménager quatre mois avant de le quitter. Depuis, le bâtiment avait changé du tout au tout. La suie noire qui encrassait la façade de brique avait disparu au profit d'une fresque colorée qui la recouvrait entièrement, sur laquelle une gigantesque fillette se penchait sur la porte d'entrée comme s'il s'agissait de sa maison de poupées. Les façades latérales étaient décorées de paysages, avec des arbres et des bâtiments qui se fondaient au paysage réel des berges du fleuve – un peu comme dans les dessins animés de *Bip Bip et Coyote*, où l'oiseau peint une route en trompe l'œil sur un mur de brique.

Ce n'était pas l'œuvre de Kevin. La gamine qui regardait par la porte, c'était du Jack tout craché. Quant au trompe-l'œil sur les côtés, il évoquait Geraldine Stark, une artiste prolifique du même âge que lui, qui commençait à être réputée sur le marché de l'art. Kevin avait-il couché avec elle, à un moment ou un autre? Et pourquoi étais-je en train de me poser cette question?

J'appuyai sur la sonnette et attendis un moment. Je sonnai une deuxième fois… toujours rien. Du Kevin pur jus: c'était lui qui m'avait suppliée de venir, et voilà qu'il devait être plongé dans un truc qui l'accaparait trop pour venir ouvrir. Putain, les mecs sont vraiment tarés! Tous autant qu'ils sont.

La porte finit par s'ouvrir et je me redressai pour masquer mon agacement.

— Monica, fit-il. Tu es venue.

— Je te l'avais dit, non?

Il m'offrit son sourire le plus sexy – il mettait en valeur ses dents presque parfaites, posées sur l'écrin de lèvres corail que Dieu lui-même avait dû utiliser comme modèle de la perfection chez les hommes. Des lèvres que j'avais embrassées, je m'en souvenais. Comme je me les rappelais courant à l'intérieur de mes cuisses, glissant contre mon sexe, juste avant qu'il me fouette la chatte de sa langue.

— Viens, dit-il en s'effaçant pour me laisser entrer.

— Merci.

Au moment où je passai près de lui, une bouffée de son parfum de malt et de chocolat m'entoura, et je m'accrochai à la lanière de mon sac à main comme à une bouée de sauvetage. Jonathan m'avait laissée tremblante d'un désir inassouvi pour que je pense à lui. Mais il n'avait pas mesuré à quel point c'était dangereux. Une personne moins scrupuleuse que moi aurait sauté sur tout ce qui bougeait.

Le couloir était étroit et je dus frôler Kevin pour entrer. Derrière moi, la porte se referma avec un claquement métallique. J'avançai ; le couloir était bordé de plusieurs portes. Au bout, il donnait sur un genre d'entrepôt industriel avec un plafond de douze mètres de haut et un sol de ciment que Kevin avait coulé lui-même. Des tables à hauteur de hanches étaient disposées un peu partout dans la pièce, dans ce qui semblait un ordre aléatoire. Mais ce n'était pas le cas : elles marquaient les étapes du processus de création de Kevin. On ne pouvait accéder à chaque table que par un cheminement précis, de manière que la narration visuelle de son travail en cours, quel qu'il soit, soit reprise à chaque fois depuis le début. Pour un observateur extérieur, ça n'aurait pas eu de sens ; mais pour lui, c'était ce qui constituait l'essence de son installation.

— Je peux t'offrir quelque chose à boire ? Du thé ?

Dans ce vaste espace, il paraissait menu. Son T-shirt blanc, tout à fait ordinaire, ne ressemblait à rien.

— J'ai installé une cuisine, continua-t-il.

— Mazette ! fis-je. Je peux la voir ?

Il me guida vers l'extrémité de la grande pièce, slalomant entre les tables selon un parcours précis tracé à cet effet. La cuisine était pourvue d'ouvertures en briques de verre. Tout un mur était décoré de photos de plats tirés de magazines culinaires, épinglées les unes à côté des autres. Les placards étaient blancs, rehaussés ici et là d'un autocollant parfaitement placé ou d'un carreau de faïence de couleur incongrue – le genre de décoration que toute personne n'ayant pas un goût parfait aurait lamentablement ratée.

— Du thé vert, ça te va ? demanda-t-il en tendant le bras pour attraper un sachet sur une étagère en hauteur.

Son T-shirt se souleva, découvrant la mince ligne de poils sur ses abdominaux, et je frissonnai au souvenir de mes doigts parcourant ce chemin.

— Ça m'ira très bien.

Il fit basculer la boîte du bout des doigts et elle tomba vers lui. Il la rattrapa avec un sourire. Puis il remplit une petite théière au robinet. Au moment où il la posait sur le feu, je pris conscience que son regard n'avait pas croisé le mien depuis que nous étions entrés dans la cuisine.

— Alors, commençai-je en tirant vers moi une chaise rétro en Skaï et chrome, qu'est-ce qui t'a pris, bordel, avec cette histoire de mine de charbon?

Il me tournait le dos, et je perçus nettement la tension dans ses muscles quand ses épaules se crispèrent. Il leva la tête vers le plafond comme pour implorer le ciel de lui donner des forces. Il se tourna à peine pour me répondre.

— Pendant toute l'année où j'ai bossé sur ce satané truc, je n'ai pas arrêté de me demander ce que tu en penserais.

— Ça ne t'est jamais venu à l'esprit de m'envoyer un mot pour me demander mon avis?

Cette fois, il se retourna, croisant les bras. Ses biceps étaient ronds et durs à force de bricoler, de manier le marteau et de grimper. Dans les galeries, les œuvres de Kevin étaient immobiles, mais leur création demeurait très physique.

— Si, Monica. Mais honnêtement, une fois que j'ai eu décidé de le faire, ton avis n'avait plus d'importance. Il n'était pas question de toi.

Bien sûr que non. Mes affaires, mes paroles, notre intimité – tout ça, c'était à lui. Il pouvait les utiliser comme bon lui semblait. C'était comme si je ne l'avais jamais quitté. J'ignorais ce qui m'était passé par la tête en acceptant d'aller le voir, mais il n'avait pas changé d'un iota.

Comme s'il lisait dans mes pensées, ses épaules se détendirent et ses bras retombèrent le long de son corps.

— Ce n'est pas ce que je veux dire, fit-il.

— C'est ça, ouais.

— Qu'est-ce que tu en penses, alors?

— Je suis vraiment furax d'avoir laissé ce jean.

Il sourit à nouveau, et un rire presque imperceptible fusa entre ses lèvres parfaites. Il baissa les yeux et ses longs cils noirs se teintèrent d'un reflet bleuté sous les néons. Si seulement j'avais pu regarder ailleurs… il me mettait des pensées bizarres dans la tête.

— Il y avait d'autres objets, dit-il. Ça n'a vraiment pas été facile de décider quoi mettre.

— Tu n'as pas retrouvé mes serviettes hygiéniques?

— Ah, Monica… toujours prête à dégainer une vanne quand tu te sens mal à l'aise, hein?

— C'est mieux que de flirter.

Pour la première fois, il me fixa droit dans les yeux, assez longtemps pour m'embarrasser. C'est moi qui baissai le regard, cette fois.

— D'accord, tu as raison, dit-il. Je voulais te montrer quelque chose, tu veux voir?

Je me levai et éteignis le feu sous la théière.

— Oui.

De nouveau, nous effectuâmes le parcours du combattant entre les tables de la grande pièce. La plupart étaient vides, comme s'il venait de terminer une œuvre, mais en avançant, je découvris plusieurs nus tracés au fusain ou au stylo: des hommes et des femmes, parfois seuls et parfois enlacés dans des positions complexes. Des illustrations de ce qu'il avait en tête – et qui ressemblaient étrangement aux images dans la mienne.

Plusieurs portes s'ouvraient sur le mur face à l'entrée, et à moins que Kevin ait changé sa manière de travailler, ces pièces devaient abriter des essais d'installation. Il ouvrit l'une d'elles et alluma.

C'était un espace sans fenêtre, de la même taille que celle de l'exposition « Eclipse », et c'était un vrai capharnaüm. Un édredon accroché à un mur ; en face, une table couverte d'autres illustrations pornographiques. Des cartons jonchaient le sol.

— C'est quoi?

— Le premier jet. Mais il y a un objet qui m'a vraiment posé problème, parce que je me suis dit que je devais te le rendre, sauf que ça m'a remis en colère contre toi et j'ai failli le flanquer au feu. J'avais même allumé mon barbecue, mais finalement, je n'ai pas pu.

— C'est quoi?

Il se baissa pour ramasser entre deux cartons un étui de plastique pourvu d'une poignée. Sur la lanière, je reconnus un autocollant rose et rouge qui portait l'inscription *Dirty Girls*.

— Mon alto!

Je tendis les bras et il me donna l'étui avant d'écarter des dessins pour que je puisse le poser sur la table.

— Je croyais l'avoir laissé chez mes parents à Castaic la dernière fois que nous y sommes allés.

Il se passa la main dans les cheveux, visiblement embarrassé.

— C'est-à-dire que… oui, il était dans le coffre. Mais j'ai, euh… Je ne voulais pas que tu en joues pour moi. Ça m'embrouillait la tête, par rapport à toi.

Entre nous, les choses s'étaient gâtées bien avant que je parte – mais je ne savais pas qu'il s'en était rendu compte lui aussi. J'ouvris l'étui. Mon alto s'y trouvait, exactement comme je l'avais laissé, avec l'archet rangé dans le couvercle et une pochette qui contenait de la colophane, des cordes de rechange et un médiator qu'il m'arrivait d'utiliser quand j'étais prise d'une humeur expérimentale.

— Je me suis sentie très seule, ces derniers mois, dis-je. J'aurais bien aimé l'avoir sous la main.

Il s'assit sur un carton.

— J'ai eu tort de le cacher.

J'aurais dû me mettre en colère. Lui fracasser l'étui sur la tête et partir en courant avec mon instrument. Mais j'en étais incapable. Tout ça me paraissait tellement loin, désormais. Je touchai le bois, laissant courir mes doigts sur les formes arrondies. Les cordes en boyau de chat étaient desséchées – elles casseraient sans doute au premier morceau joué – et on distinguait encore quelques marques sombres sur le manche, résultat d'heures de travail.

— Tu t'es vraiment conduit comme une merde, Kevin, fis-je en sortant l'alto de son étui. Tu es un salopard sans scrupule.

— C'est pour ça que tu m'as quitté?

Je sentis un gouffre s'ouvrir dans ma poitrine. Je ne voulais pas parler de ça. J'avais décidé de rompre avec lui, et je l'avais fait. Comment avait-il réussi à me manipuler, à me pousser à lui rendre visite dans son atelier pour discuter d'une blessure vieille de dix-huit mois?

Simple: je ne m'y étais pas pris comme il fallait. Je m'étais dit que je me passerais des discussions, des larmes. Je voulais éviter les débordements. Sauf que nous étions deux – et Kevin n'avait pas participé à cette décision.

Je décrochai l'archet. L'étui était de piètre qualité, un modèle pour débutant. L'alto, en revanche, était un instrument professionnel que mon père, qui m'avait toujours soutenue, avait acheté chez un prêteur sur gages pour mon quinzième anniversaire.

Calant l'alto sous mon menton, je fis courir mon doigt sur les cordes. Elles étaient détendues. Je réglai les chevilles, rapidement, pour obtenir un son presque potable.

— Je t'ai quitté parce que j'avais besoin de toi, dis-je.

— Ça n'a pas de sens…

Je fis glisser l'archet sur les cordes avant d'accorder plus finement. À tout moment, je craignais que les cordes se rompent dans un claquement sonore, mais ce ne fut pas le cas. Parvenue à une tension satisfaisante, j'entamai un morceau qu'il connaissait – comme pour faire ressurgir notre passé commun sous mon archet.

— Tu ne pouvais pas supporter qu'on ait besoin de toi, expliquai-je.

Je jouai la note suivante.

— Ne fais pas ça…

Mais sa voix était rauque, comme si son ordre s'était étranglé dans sa gorge.

Je ne l'écoutai pas. Je jouai un morceau que mon esprit aurait voulu oublier, mais que mon corps connaissait par cœur.

Kevin avait le sommeil difficile. Pourtant, il n'était pas comme les accros au travail ou à la télé : il désirait vraiment dormir toute la nuit, et, contrairement à la plupart des insomniaques, il s'endormait tôt et relativement vite. Sauf que quatre ou cinq fois par semaine, il s'éveillait avant l'aube, le cœur battant la chamade, la poitrine lourde d'angoisse. En s'agitant, il me réveillait à mon tour. Alors je le prenais dans mes bras, caressais ses cheveux, lui chantonnais des berceuses – mais seul mon alto parvenait à le rendormir. Nous avions un air rien qu'à nous deux, une berceuse que j'avais écrite pour lui en improvisant nuit après nuit. Je ne l'avais jamais notée parce qu'elle était aussi réelle que le lien entre nous, et elle avait cessé d'exister quand nous avions rompu.

Et je la lui jouai au cœur du premier jet de son installation, qui ressemblait à un garde-meuble plus qu'au sanctuaire d'un couple disparu. Il me regarda, assis sur son carton, bras et jambes croisés. Je laissai mourir la dernière note. L'air n'avait pas de fin – je le jouais en boucle jusqu'à ce que sa respiration redevienne profonde et régulière.

— Son de merde, dis-je.

— Qu'est-ce qui t'a pris de jouer ça? me demanda-t-il.

— Et toi, qu'est-ce qui t'a pris de foutre mes affaires dans un musée sans m'en parler?

— J'ai eu peur.

Je reposai l'instrument dans son étui.

— De quoi?

— J'étais en train de créer cette œuvre, et je ne voulais pas me battre pour ça.

— Je veux récupérer mon jean.

C'était ridicule. En réalité, je m'en moquais éperdument.

— Tout est vendu. Même les livres et les catalogues sont épuisés. Il va falloir que tu me fasses un procès, à moi et à un collectionneur qui vit sur une île en Espagne. Et même nos avocats auront des avocats.

— Ce n'est pas juste, murmurai-je en caressant les cordes brillantes de mon alto.

— Je sais. Rien de tout ça ne l'est.

Je savais qu'il ne parlait pas seulement de son œuvre, mais aussi de notre histoire, depuis notre première rencontre jusqu'au moment où j'avais fini de jouer notre berceuse. Je me sentais émotionnellement épuisée, les nerfs à fleur de peau.

— Il vaudrait mieux que j'y aille, déclarai-je en refermant brusquement mon étui. Merci de ne pas l'avoir intégré à ton œuvre.

Je tournai les talons, mais, agile comme un chat, il bondit et me barra le chemin, prenant mon visage entre ses mains.

— Tu es heureuse avec ce mec?

— Jonathan. Tu connais son nom.

— Tu es heureuse?

— Ce n'est pas sérieux, entre nous.

— Pas sérieux? Avec toi, mon Titi-Canari? Je n'y crois pas.

J'avais oublié ça – Canari, c'était le surnom qu'il me donnait quand il était d'humeur chaleureuse et attentionnée. D'ailleurs, j'avais longtemps pris soin de ne pas remarquer que, chaque fois qu'il se sentait en difficulté, distant ou dépassé, il m'appelait son Titi, un surnom qui en disait beaucoup plus long sur lui que sur moi – mais s'en était-il jamais rendu compte?

— Enlève tes mains de là, ordonnai-je.

Il laissa glisser ses doigts, comme s'ils fondaient sur mon visage.

— Sans vouloir paraître insensible, Kevin, il n'est pas question que je continue à vivre au hasard. Jonathan, lui, a un but dans la vie.

Il leva un sourcil – expression à peine perceptible, mais que je ne pouvais pas laisser passer, car je savais ce qu'elle signifiait.

— Et non, je ne suis pas tombée dans le caniveau.

« Tomber dans le caniveau », c'était une expression qui avait pour nous deux un sens opposé à celui que tout le monde entendait. Ça signifiait: « courir après l'argent ».

— Tu sais, je ne t'ai pas demandé de venir pour parler de nous, dit-il. Si tu veux bien m'accorder encore dix minutes, on pourrait retourner dans la cuisine pour boire notre thé tranquillement. Je veux te proposer une idée.

Je consultai ma montre – je devais prendre le service du soir au bar.

— Tu as une demi-heure.

Il se pencha un peu pour fixer sur moi un regard aux nuances chocolat.

— Merci.

Là-dessus, il retourna à la cuisine d'un pas vif et se mit à préparer le thé avec grâce et efficacité, sans cesser de parler. Il y avait dans sa voix un accent d'excitation que je n'avais pas entendu depuis longtemps, et je n'aurais pas pu placer un mot même si je l'avais voulu.

— Tous autant qu'on est, on fait de l'art en pensant à de grands concepts. On a l'impression qu'on doit se cantonner dans un périmètre bien défini, à l'abri d'un parapluie culturel, pour devenir célèbres, mais je n'ai pas pleuré devant une œuvre d'art depuis la fac. Parce que toute la scène artistique reste coincée dans sa tête. Bansky s'enfonce dans la culture des graffitis, Barbara Kruger continue à parler de la société de consommation, John Currin de sexe et de culture, et Frank Hermaine… je ne sais même pas de quoi parle ce type. Personne ne fait plus rien sur ce qui compte vraiment, ce qui te pousse à te lever le matin et te berce le soir. En comprenant ça, j'ai commencé à me sentir reconnaissant envers toi de m'avoir quitté. Je veux dire… pas vraiment, mais ça m'a aidé à comprendre que rien de ce que je faisais ne pouvait changer quoi que ce soit ni toucher vraiment quelqu'un, et je me suis dit que je devais prendre la douleur que je ressentais et la mettre dans une pièce, pour que celui qui y entre et qui a connu la même chose la reconnaisse. Pour qu'il dise : « Je suis connecté à ça. Je le ressens. » Tu peux imaginer ça ? Ce lien ? sa puissance, son potentiel ?

Au milieu de sa tirade, il s'était assis sur le bord d'une chaise pour s'y balancer, en équilibre sur les talons, jambes écartées. Coudes posés sur la table, il parlait en agitant les mains.

J'avais été naïve de tomber amoureuse de son enthousiasme.

— C'est ce que tu as essayé de faire avec la pièce d'« Eclipse »?

— Avec celle-là, j'essayais de t'exorciser, de comprendre comment me débarrasser de toi. Mais ça m'a fait réfléchir à ce qu'un truc vraiment personnel pouvait signifier en tant que récit visuel. Puis je me suis dit, non, pas un récit visuel. Peut-être un récit multimédia, avec une partie qui s'adresse à la vue, une autre à l'ouïe.

Comme s'il réagissait à l'expression de mon visage, il se pencha encore plus en avant.

— Il faut que les deux récits s'opposent, se combattent, reprit-il. Il faut une tension esthétique jusqu'au noir et au silence final. C'est une expérience de la plénitude avant la mort. *Boum.*

Je sirotai mon thé sans répondre. À lui d'attendre que j'aie réfléchi. Je ne couchais plus avec lui, n'est-ce pas? Plus besoin de battre des mains comme une fan décérébrée à la moindre idée qu'il me soumettait. Sauf qu'en fait, c'était une bonne idée. Et ce serait sans doute très beau, une véritable expérience, émouvante, comme du cinéma en trois dimensions.

— Tu ne parles pas d'un récit linéaire, n'est-ce pas? demandai-je.

— Bien sûr que non.

— Ouais.

— Ouais, quoi?

— Tu devrais le faire. Mais sans mes affaires.

— Tes affaires, je m'en tape. C'est *toi* que je veux.

Je me forçai à inspirer longuement par le nez et fermai les yeux. Mieux valait ne pas répondre du tac au tac. Il ne voulait pas dire sexuellement, n'est-ce pas? Impossible.

— Attends, je vais reformuler ça, dit-il.

— S'il te plaît, oui.

— C'est une collaboration. Tu t'occupes de la partie auditive, bien entendu.

Je fis la moue et baissai les yeux sur mon thé.

— Kevin, je ne peux pas.

— Pourquoi?

— D'abord, ce serait gênant.

— Seulement si on le décide.

Il se laissa aller contre le mur, détendu à présent qu'il avait exposé son idée. Le processus de séduction artistique allait commencer.

— Et deuxièmement, poursuivis-je, je n'ai pas réussi à écrire un mot ni à faire tenir deux notes ensemble depuis un moment. Je suis coincée.

— Le blocage fait partie du processus.

— C'est non.

— Donc, tu vas y réfléchir?

— Tes trente minutes sont écoulées, Kevin, dis-je en me levant. Ça m'a fait plaisir de te voir.

— Je te raccompagne.

Il souriait comme si, au lieu d'essuyer un refus, il venait au contraire d'obtenir exactement ce qu'il voulait.

2

Un quart d'heure après que Jessica Carnes m'avait laissé entendre que Jonathan lui avait cassé le poignet en se montrant trop brutal, il m'avait envoyé un SMS.

Qu'est-ce qu'elle t'a dit?

Je n'avais pas répondu, et il n'avait pas essayé de me recontacter depuis. Debbie, qui était à la fois mon manager au bar et une amie de Jonathan, avait assisté de loin à mon échange avec Jessica, sans rien entendre, et elle avait prévenu Jonathan alors qu'il se trouvait à San Francisco. Elle me l'avoua sans complexe.

— Si tu avais vu la tête que tu faisais, dit-elle, tu aurais fait la même chose, à ma place.

— Parfois, j'ai l'impression que tu es plus impliquée dans cette relation que nous deux, rétorquai-je en arrangeant des verres sur mon plateau.

— Je vous aime bien tous les deux. Et j'apprécie moins Jessica. Maintenant, va servir ces boissons avant que les glaçons aient fondu.

Je n'avais pas eu de nouvelles de Jonathan depuis, et tant mieux. Je ne tenais pas à me lancer dans une discussion interminable au téléphone sur ce que Jessica m'avait dit et pourquoi ça me tourneboulait, qu'il l'ait baisée ou non. Je ne voulais pas entendre d'excuses ou d'histoires. Tout ce que je voulais, c'était vivre ma vie: jouer de la musique, me sentir bien, surveiller Gabby et venir au boulot tous les jours sans faire la gueule ni renverser les verres.

Du coup, lorsque je reçus un appel de Jonathan, je ne répondis pas. Il laisserait un message. De toute façon, je conduisais. Et je n'avais pas envie de lui parler. Je savais qu'il était rentré parce que, malgré tout, j'avais compté les jours depuis son départ. Il m'envoya un nouveau SMS – je l'ignorai d'abord. Mais quand même : au premier feu rouge, je le lus. Je suis humaine, après tout...

Si tu veux rompre, dis-le-moi simplement, d'accord?

Merde. Tout de suite les grands mots. Bien joué – d'un seul coup, il gâchait ma royale indifférence. Je me garai au bord du trottoir pour formuler et reformuler une réponse. Si je le voyais demain, avant notre rendez-vous au studio pour WDE, ça me permettrait de ne pas faire traîner. Pas de séance de baise de douze heures. Parfait. Il fallait que j'arrête de me blesser sur son corps.

On en discute demain après-midi?

Mon écran m'informa qu'il tapait une réponse, et j'imaginai son pouce parcourant l'écran tactile comme il glissait sur mon corps. Je frissonnai légèrement, seule dans ma voiture mal garée.

En public?

Je commençai à répondre, mais m'arrêtai. En public, je ne pourrais pas montrer que j'étais en colère – et histoire d'être honnête avec moi pour une fois, j'admets que je l'étais. Seulement, me retrouver en privé avec lui signifiait que la conversation ne pourrait avoir qu'une seule issue...

En privé.

Le Loft Club, ça t'irait? Pas exactement zone neutre, mais...

Ça me va. 13 heures Je file.

Je jetai le téléphone sur le siège passager et redémarrai. Je venais de fixer un rendez-vous à Jonathan trois heures avant une session d'enregistrement à Burbank – session organisée par Eugene Testarossa, de WDE, parce que Gabby et moi n'avions pas la moindre démo à lui faire écouter.

Le déjeuner avec Testarossa s'était déroulé à la perfection et avait duré exactement une heure. Il nous avait flattées, complimentées, proposé des dates et des contrats que, bien entendu, il n'honorerait jamais. À un moment donné, à l'époque de la fac, j'avais compris que le talent le plus utile pour survivre à L.A. était la capacité de distinguer la réalité de toutes les conneries ambiantes. Ce jour-là, il n'y avait eu qu'un élément tangible dans la conversation.

— Carnival vient de monter un nouveau label, avait annoncé Eugene en achevant sa salade.

Il nous avait invitées chez Mantini, et il avait passé tout le repas à regarder en direction de la porte.

— Des chanteurs et des compositeurs, avait-il expliqué. Pas tout à fait du folk, plutôt un genre de poésie trip-hop. Genre lyrisme *lounge* qui envoie, vous voyez?

— Je n'ai pas beaucoup de chansons prêtes, avais-je lancé, saisissant la balle au bond.

Pas question de lui avouer qu'en réalité je n'en avais aucune, mais je ne pouvais pas non plus inventer n'importe quoi – il m'aurait rapidement démasquée.

Mais Eugene avait agité la main :

— On a un compositeur. Ce qu'on veut, c'est ta voix.

Il s'était alors tourné vers Gabby, comme s'il l'avait oubliée dans la conversation :

— Et bien sûr, tes talents de pianiste.

Nous avions donc convenu d'enregistrer deux chansons écrites par le client de WDE au studio de DownDawg, à Burbank. Dans cette affaire, Gabby et moi étions des « prospects » pour l'agence, c'est-à-dire que celle-ci empochait une part de tout ce que nous étions susceptibles de gagner sans pour autant s'engager à nous représenter sur le long terme. Sur le chemin du retour, Gabby était aux anges ; pour ma part, j'avais l'impression de me faire entuber dans les grandes largeurs.

On nous avait envoyé les paroles et les partitions par mail le lendemain. Eugene avait beau parler de lyrisme et de poésie, c'était de la merde. J'allais devoir bosser comme un âne pour en faire quelque chose qui ressemble à une chanson. En toute logique, j'aurais donc dû éviter de donner rendez-vous à Jonathan juste avant la session d'enregistrement, mais comment faire autrement ? Et puis, le timing était bon : j'aurais une bonne excuse pour m'enfuir.

Quand mon téléphone m'annonça l'arrivée d'un SMS, je ne le regardai pas. Si c'était d'accord, parfait. Et s'il avait un empêchement, il n'aurait qu'à attendre que j'aie le temps de lui répondre. Je ne jouerais pas à ce genre de petit jeu avec lui. Il fallait vraiment que je file chez Darren si je voulais lui parler et arriver au Frontage à l'heure.

Je me garai devant ma maison avant de descendre la colline à pied et de prendre à droite sur Echo Park Avenue. Darren habitait dans un grand immeuble à deux étages en forme de U donnant sur une cour. Comme des milliers d'autres constructions de Los Angeles, il était mal conçu, réalisé à la hâte et d'une laideur épouvantable. Mais les hautes haies et les arbres à l'avant lui donnaient l'allure d'une retraite paisible, et la proximité de Darren avec sa sœur – il était assez proche pour pouvoir la surveiller, sans quoi il n'aurait jamais pu fermer l'œil – en faisait l'endroit idéal pour lui.

Comme toujours, la porte principale avait été laissée grande ouverte par les gamins qui entraient et sortaient en permanence. En grimpant les marches, je me demandai comment formuler la question que j'avais à lui poser et, surtout, comment obtenir la réponse que je voulais. Je passai devant sa fenêtre. La télé était allumée – bien, il était chez lui. La porte d'entrée était ouverte, mais la moustiquaire tirée. À l'intérieur, j'aperçus Darren appuyé contre le chambranle de la cuisine. Il riait d'un rire détendu, les bras croisés – en réponse à quelque chose ou à quelqu'un. J'eus l'impression de l'espionner. J'allais frapper quand soudain un homme aux cheveux blonds coupés court se leva du canapé, et Darren se mit à rire de nouveau tandis que l'autre s'approchait de lui et l'embrassait – un baiser profond et sauvage.

En contemplant les deux paires de bras qui s'enlaçaient, je ne pus retenir une exclamation de surprise. Ils s'écartèrent brusquement l'un de l'autre pour me regarder.

— Les comédies musicales ! m'exclamai-je. C'est toi, la femme mystérieuse qui le sort tous les soirs !

— C'est laquelle, celle-là ? demanda le blondinet.

Ils se regardèrent un instant avant que Darren me lance :

— Tu entres, ou quoi ?

Je franchis le seuil et tendis la main.

— Je suis Monica. Ravie de te rencontrer.

— Adam. Enchanté également.

Nous nous serrâmes la main – la sienne était ferme et chaude. Il était canon, avec sa petite barbe blonde de trois jours et ses yeux gris qui, j'en étais certaine, changeaient de couleur suivant les tenues qu'il portait. Je fis de mon mieux pour paraître calme, mais intérieurement j'étais folle de joie. Pas seulement parce que j'avais découvert le secret de Darren, mais parce que ce secret, c'est qu'il était heureux.

Adam attrapa sa veste.

— Il faut que je file.

Il s'approcha de Darren pour un nouveau baiser, mais Darren garda les bras croisés sur la poitrine et détourna la tête pour lui tendre la joue. Adam le saisit par le menton pour l'embrasser à pleine bouche, mais Darren resta de marbre.

— Allez, quoi, fit Adam. Regarde-la : elle sourit.

— Un bisou ! Un bisou ! m'écriai-je.

Darren se laissa enfin aller, et j'étais tellement ravie de voir mon ami heureux que je dus me retenir pour ne pas battre des mains.

Enfin, Adam s'écarta de lui, le repoussant gentiment.

— Tu vas me mettre en retard, espèce d'allumeuse, le taquina-t-il.

En sortant, il m'adressa un clin d'œil.

Je savais que je souriais – le genre de sourire incontrôlable qui fait mal aux lèvres.

— Tu as l'air d'une ravie de la crèche, me lança Darren.

— M'en fiche. Tu vas tout me raconter, n'est-ce pas ?

Il se jeta sur le canapé et éteignit la télé.

— On s'est rencontrés au Music House. Il vient tout le temps. Au début, j'ai cru que c'était pour mes compétences techniques.

— Mais c'était pour ton joli petit cul.

— C'est pas un peu fini, non ? fit-il en me lançant un coussin.

Je l'attrapai au vol et le serrai contre moi.

— Je suis tellement contente pour toi ! J'étais inquiète, tu sais. Tu ne sortais quasiment avec personne…

— J'étais troublé, comme on dit. Et Dieu sait que je n'avais pas envie d'inquiéter Gabby.

À mon tour de lui lancer le coussin.

— Et pourquoi tu ne m'as rien dit à *moi* ?

— On a un passif, tous les deux. Je ne voulais pas te donner l'impression que je t'avais… je ne sais pas, que je ne t'aimais pas comme il fallait.

— C'est le cas, crétin. Maintenant, tu m'aimes comme il faut, mais pas à l'époque. Pourquoi tu n'en parles pas à Gabby, maintenant ?

Il poussa un soupir.

— Le nom de famille d'Adam, c'est Marsillo. Ce qui ne te dit rien. Mais la P-DG de Foundation Records s'appelle pareil.

— C'est sa mère?

— Oui, et Gabby le saurait, dit-il. Elle se mettrait à faire des projets de mariage... Il est super, mais je n'ai pas envie qu'elle vienne fourrer son nez là-dedans pour l'instant.

Je détournai le regard, lissant le pli de mon jean. Gabby accepterait sans problème l'homosexualité de son frère, mais il n'avait pas tort: le moindre lien avec l'industrie du disque la rendait complètement dingue.

D'un bond, je me relevai et me jetai sur lui pour le serrer dans mes bras de toutes mes forces et l'embrasser sur les joues. Il me repoussa en riant:

— Désolé, ma biche, mais tu n'es pas mon genre.

— Tu me brises le cœur.

— Alors, tu étais juste venue pour te rincer l'œil, ou tu avais quelque chose à me dire?

— J'ai vu Kevin.

— Tiens donc... fit-il d'une voix pleine de sous-entendus.

— Rien à voir avec ça. Il veut que nous collaborions sur un projet. Sauf que je suis totalement bloquée. Alors je me suis dit que si nous nous y mettions tous les trois, ça me décoincerait. En plus, ça nous permettrait de jouer ensemble de nouveau.

Je consultai ma montre avant de bondir sur mes pieds.

— Sauf que je n'ai plus du tout le temps d'en parler, maintenant, repris-je. Tu viens, ce soir?

— Adam et moi, on sort, sourit-il. Voir une comédie musicale.

— Tu es vraiment cliché...

Il haussa les épaules.

— N'en parle pas encore à Gabby. Je n'aime pas trop son truc avec Theo.

— Pourquoi ?

Ça me gênait qu'il ne la laisse pas être heureuse à présent qu'il l'était, lui.

— Il trafique des ordonnances. C'est la dernière personne qu'elle devrait voir.

— Comment ça se fait que je ne sois pas au courant?

— Parce que tu n'es plus toi-même depuis cette nuit que tu as passée à Griffith Park. En parlant de ça, est-ce que tu as vu les photos de toi et monsieur Beau-Gosse à l'expo « Eclipse »? Elles étaient partout sur Internet.

— Merde, non !

— Tu veux que je te les montre ? Tu es à tomber.

— Certainement pas. Je ne veux pas savoir ce que les gens ont à dire sur ma vie. La vivre me suffit, c'est déjà assez dur.

Je me dirigeai vers la porte, mais juste avant de sortir, je pris à nouveau Darren dans mes bras et l'embrassai sur la joue.

— Je suis heureuse pour toi.

Je me sentais plus proche de lui que nous ne l'avions jamais été depuis le lycée. Il me poussa doucement vers la porte.

— Allez, fonce, dit-il. Tue-les tous, ou quelque chose comme ça.

3

Au début, j'optai pour la tenue avec laquelle je risquais le moins de finir avec la queue de Jonathan en moi: un jean si serré qu'il m'écrasait le cul et accentuait l'espace entre mes cuisses minces, et si difficile à enlever qu'en cas de pulsion bestiale, j'aurais largement le temps de réfléchir et de changer d'avis. Je portais un soutien-gorge avec trois agrafes dans le dos et un polo moulant qu'on ne pouvait enlever que par en haut, en déboutonnant le col. J'étais à la fois sexy et inaccessible.

Ce qui, réalisai-je, risquait de pousser Jonathan à me mentir. Parce que, dès que je débarquerais dans la pièce, il commencerait à se demander comment me retirer ces fringues et, vu la difficulté, il inventerait n'importe quoi pour m'amadouer. Ce n'est pas ce que je souhaitais. Non, je voulais juste la vérité sur ce qui s'était passé entre lui et Jessica la nuit où il m'avait déposée chez moi. La vérité nue et laide, avec tous les détails scabreux. Je voulais la douleur, la blessure. J'y avais droit, parce que je lui avais fait confiance et lui avais demandé plus qu'il ne pouvait me donner – mais il m'avait prévenue. Peut-être m'infligerait-il une blessure assez profonde pour m'éviter de commettre la même erreur une prochaine fois.

Malgré les bleus qui ornaient encore l'arrière de mes cuisses, Jonathan n'était pas du genre à jouir de ma souffrance – en tout cas, pas émotionnellement. J'allais devoir le pousser à le faire, et endosser une armure étincelante n'y suffirait pas. Il fallait que je l'affaiblisse, que je l'oblige à tout me dire, même s'il s'y refusait. Je devais le forcer à me supplier.

Résultat : porte-jarretelles et robe évasée. Le simple fait d'enfiler cette tenue m'excita. Comme je devais me rendre au studio de Burbank juste après, je fourrai une culotte dans mon sac et me déclarai fin prête.

4

En sortant de l'ascenseur pour pénétrer dans la réception du club, une pulsation douloureuse se mit à cogner entre mes cuisses, et chaque pas dans le couloir faisait naître un fourmillement délicieux dans ma chatte, comme si elle était consciente du porte-jarretelles sous ma robe. Si je ne parvenais pas à maîtriser mes pulsions sexuelles, la conversation s'annonçait compliquée.

Avec mes talons de dix centimètres, je dépassais largement l'hôtesse d'accueil. Juchée là-dessus, je mesurais presque un mètre quatre-vingts ; je voulais pouvoir regarder Jonathan droit dans les yeux, pour y épier les mensonges et les demi-vérités.

La pièce où elle me fit entrer était différente de celle où j'avais retrouvé Jonathan la première fois – plus petite, avec deux tables à cocktail, un canapé en cuir et une table basse au milieu. Il se tenait contre la fenêtre, et quand ses yeux se posèrent sur moi, mon cœur s'arrêta de battre pendant une seconde. Il était en tenue professionnelle : complet anthracite, cravate marron, boutons de manchette. Un verre de Perrier à la main.

Je m'approchai. Quelque chose avait changé – son parfum. Ce n'était plus l'odeur sèche dont je me souvenais, mais une senteur de sciure, de cuir et de terre mouillée – moins entêtante, mais plus sexy, et j'en sentis l'effet sur la brûlure humide de ma chatte, sur le fourmillement dans mon cul.

— Salut, dit-il.

— Bonjour.

La porte se referma sur nous. J'aurais voulu le prendre dans mes bras, pour tout oublier. Si seulement j'avais pu me convaincre que Jessica n'avait pas mis les pieds au Stock, je me serais collée à lui. Je me rapprochai d'un pas et le fixai sans ciller.

— Je peux t'offrir un verre d'eau? demanda-t-il.

— Non merci.

— Même plate? Il y en a.

— Non merci.

— Tu veux que je fasse monter des biscuits?

— Je ne veux rien.

— Peux-tu me répéter exactement ce qu'elle t'a dit?

— Tu sembles inquiet, Jonathan. Elle m'a dit quoi, à ton avis?

Ma voix était plus froide que je ne l'aurais voulu.

Il fit tourner les glaçons de son verre.

— Quelque chose qui t'a mise en colère.

Comptait-il tourner longtemps autour du pot? Je voyais bien qu'il était sur ses gardes, et prêt à mentir, sans le moindre doute. Sauf que je m'étais préparée. Je n'allais pas le laisser faire.

— Oui, elle a dit quelque chose qui m'a mise en colère. Très en colère.

Je glissai un doigt sous la ceinture de son pantalon.

— Quoi? Que tu étais grosse? Elle peut être vraiment garce.

— Petit rigolo, dis-je en saisissant la boucle métallique de sa ceinture pour la dégrafer. Je vais te poser une question, et je veux que tu y répondes en détail.

Avec un tintement, sa ceinture s'ouvrit. Je lui pris le verre des mains pour le mettre sur la table. Ses doigts se posèrent sur mon visage, mais je les écartai.

— Les bras le long du corps.

— Tu plaisantes?

— J'ai l'air de plaisanter? murmurai-je en descendant sa braguette. Je vais être à genoux. Pas touche.

— Et la question? Tu as dit que tu voulais m'en poser une.

Je tombai à genoux et caressai son sexe à travers le tissu de son caleçon. Je le sentis durcir. Alors, j'y posai mes lèvres et exhalai un souffle chaud avant d'y passer mes dents. La bosse grossit, de plus en plus dure. Il poussa un grognement.

Je libérai sa queue magnifique et en léchai l'extrémité.

— Tu es prêt pour la question?

— Non.

Je glissai le gland dans ma bouche pour l'humecter, pompant avant de le laisser sortir.

— Si tu arrêtes de parler, j'arrête de sucer, d'accord? demandai-je en levant les yeux vers lui.

Il voulut poser la main dans mes cheveux, mais je l'écartai à nouveau.

— D'accord, fit-il, un sourire aux lèvres.

Je repris son gland dans ma bouche avant de commencer:

— Dis-moi où tu es allé après m'avoir déposée chez moi, et ce qui s'est passé.

— Je n'ai pas besoin d'une pipe à ce point, Monica.

— Je veux que tu baisses ta garde, et je veux ta queue.

Je l'avalai tout entier, les lèvres glissant le long de sa bite jusqu'au bout, la langue habile, la gorge ouverte. Pendant une seconde, je le laissai me sentir tout autour de lui avant de me retirer lentement.

— Putain…

Comme il voulait de nouveau m'attraper par le cou, j'écartai sa main pour la troisième fois.

— La prochaine fois, je te ligote les poignets, dit-il.

— Tu as pris Vestal Street. Dans quel sens?

— Je vais aller droit au but, Monica. Chez Jessica. Je suis allé chez Jessica.

— Une heure après la discussion où nous nous étions promis d'être fidèles?

Comme je ne voulais pas le regarder pendant qu'il me répondait, je repris sa queue dans ma bouche.

— Elle m'a envoyé un texto. Elle voulait parler. Je ne pouvais pas la laisser tomber – elle a toujours été là pour moi. Je n'y ai vu aucun mal. Je ne croyais pas qu'il allait se passer quelque chose.

Il dut sentir que ma gorge se contractait, car il se reprit.

— Attends. Je ne voulais pas le dire comme ça.

— Dis-le comme tu veux, répondis-je en le caressant avec ma main.

Ma salive rendait sa queue glissante, facile à branler, et à sa façon d'aspirer soudain de l'air, je compris qu'il risquait de partir d'une seconde à l'autre. Une goutte surgit sur son gland rosé, et je la cueillis du bout de la langue. Puis je léchai la base de sa bite, sa peau si fine contre ma langue – et ce que j'y cherchais, l'odeur d'une autre femme, ne s'y trouvait pas.

— Monica, je t'aime bien. Je ne veux pas…

Il étouffa un cri quand mes dents effleurèrent son gland.

— Parle. Je peux tout entendre.

— Je ne l'ai pas baisée. Je ne sais pas ce qu'elle t'a dit, mais je ne t'avouerai rien de plus pendant que tu me suces.

Là-dessus, il saisit mes poignets et les posa sur ma tête, comme s'il me mettait en état d'arrestation.

— Et maintenant, finis le boulot, ordonna-t-il.

Je levai les yeux – il souriait. Qu'avait-il fait? De toute évidence, l'histoire n'était pas terminée, mais devais-je le laisser décharger dans ma gorge pour l'entendre?

J'ouvris la bouche. D'une poigne ferme, il tenait mes poignets dans sa main droite. De la gauche, il guida sa queue entre mes lèvres, et contrairement à quelques instants plus tôt, quand je contrôlais la situation, le goût et la tension de sa peau firent jaillir en moi un éclair de plaisir. Je ne pouvais pas résister. Ma chatte se contracta quand il serra mes poignets plus fort encore. Le salaud – il savait faire fondre toutes mes résolutions pour les transformer en orgasmes.

Il posa la main gauche sur ma nuque et, tout en douceur, se mit à aller et venir dans ma bouche. Il poussa un grognement dès le troisième mouvement.

— Ça va, en bas? demanda-t-il.

J'émis un bruit qui signifiait oui.

— Prends-la. Tout entière.

Le simple fait d'obéir à ses ordres faisait gonfler mon clito d'excitation – il pulsait littéralement au rythme de sa voix, engorgé par son nouveau parfum, par ses mains qui caressaient mes cheveux sur ma nuque.

— Caresse-la avec ta langue, par-dessous. Comme ça, oui…

Il s'enfonça dans ma gorge et ma langue lécha la veine gonflée et palpitante de sa queue. Serrant mes poignets, il se mit à pilonner ma bouche, fort et vite, retenant ma tête. J'écartai les lèvres pour ne pas le mordre tandis qu'il s'enfonçait jusqu'à la garde. Mon nez s'écrasait presque contre les fins poils de son ventre. Toute la concentration dont j'avais besoin pour garder la bouche ouverte et avaler son énorme queue ne faisait que me rapprocher de l'orgasme.

— Je vais jouir, souffla-t-il.

C'était un constat, pas une question. Je devais me préparer à avaler.

Il explosa et le liquide chaud et épais s'écoula à longs jets dans ma gorge. Je respirai par le nez et avalai sans m'étouffer, laissant s'écouler les dernières gouttes le long de mes lèvres. Quand il eut terminé, je déposai un baiser sur son gland. Il lâcha mes mains.

Quand je les laissai retomber, une douleur vive me traversa le biceps.

— J'espère que tu ne m'as pas menti, dis-je. Parce que c'est la meilleure pipe que j'aie jamais taillée.

Il se rajusta et referma sa braguette.

— Tu as une façon particulière de montrer à un homme que tu es en colère contre lui.

Il me tendit la main pour m'aider à me relever, et je l'acceptai. Il me maintint tandis que j'oscillais un peu sur mes hauts talons.

— Bienvenue à la maison, fis-je. Et maintenant, revenons-en aux faits : je t'en veux depuis plusieurs jours.

— J'en suis désolé. Si tu m'avais appelé, je t'aurais parlé plus tôt de ce qui s'est passé avec Jessica.

— Mais tu as fait *quelque chose* avec elle.

Il posa deux doigts sur mon menton, puis les fit glisser le long de ma joue, de mon cou, vers ma poitrine, pour s'arrêter sur la pointe de mon sein, dure comme la pierre sous le tissu de la robe. Il la frotta du pouce et se pencha vers moi pour m'embrasser doucement, sans cesser de caresser mon sein.

— Pourquoi veux-tu le savoir? demanda-t-il.

— Je déteste les secrets.

— J'ai des secrets que je ne te dirai jamais.

— Je veux simplement entendre celui-ci aujourd'hui. Je sais qu'elle est à toi. Je sais qu'elle a ton cœur, mais tu m'avais promis ton corps, alors j'ai le droit de savoir.

Il m'embrassa dans le cou, juste sur les endroits sensibles.

— Elle n'a rien du tout qui m'appartienne.

Mes mains se glissèrent sous sa veste pour trouver sa taille. Je caressai son dos tandis que ses doigts quittaient mes seins pour glisser vers mon cul.

Quand il se rendit compte de ce que je portais sous ma robe, il poussa une exclamation étouffée contre mon cou.

— Monica…

— J'étais prête à faire ce qu'il fallait pour que tu me dises tout.

Il recula d'un pas.

— Relève ta robe.

— C'est vrai qu'on n'a pas eu le temps de jouer à ça l'autre soir, dis-je en retroussant ma jupe pour qu'il puisse admirer le porte-jarretelles… sans culotte. Donc, tu vas tout me dire, n'est-ce pas?

— Non.

Je laissai retomber la robe.

Il s'avança d'un pas pour caresser la ligne de mes épaules.

— Je ne veux pas jouer. Je préfère ne rien te dire parce que c'est mieux comme ça. Mais je vais t'avouer quelque chose: j'ai passé ces trois derniers jours à penser à toi, à quel point je te désire, et j'ai fini par comprendre que j'étais libre pour toi.

Il m'embrassa, un baiser langoureux et chaud, lèvres et langue, et je me laissai aller contre lui.

— Dis-moi que tu m'appartiens, murmura-t-il. Dis-le.

Je le voulais. Je faillis même le faire. Je faillis lui promettre tout ce qu'il me demandait… mais l'angoisse de ces derniers jours me pesait encore sur la poitrine.

— Dis-moi ce qui s'est passé avec Jessica.

— J'ai peur que ça te fasse fuir. Je n'ai pas envie de ça.

— Je peux tout entendre.

— D'accord. Tourne-toi.

Je lâchai ma robe et lui tournai le dos. Il empoigna mon cul et se rapprocha de moi pour y frotter son pénis, qui se dressa instantanément. Il défit la fermeture éclair de ma petite robe noire et posa les mains sur mes épaules pour me contraindre à lui faire face de nouveau.

— Enlève-la, ordonna-t-il.

Je laissai la robe glisser sur le sol. Je me tenais devant lui en porte-jarretelles noir et soutien-gorge assorti, juchée sur mes hauts talons, la chatte trempée. J'avançai d'un pas pour sortir de la robe. Il me regarda et j'eus l'impression de voir son cerveau se mettre en branle. Puis il avança et, du bout du pied, m'obligea à écarter les jambes avant de caresser mes bras, descendant jusqu'à mes mains. Il prit mes doigts entre les siens. Son regard, sans être dur, était tendu et concentré.

— Je te baiserais bien à mort, dit-il, mais je n'ai pas trouvé le temps d'acheter des capotes.

— Tu te rattraperas une autre fois.

— Qu'est-ce qu'elle t'a dit? reprit-il.

— Je lui ai demandé comment elle s'était cassé le poignet, et elle m'a répondu : « Jonathan peut se montrer un peu brutal, parfois. »

Il émit un bruit étrange, que j'aurais pu prendre pour un rire si son visage n'avait pas été aussi tendu.

— Pour commencer, c'est typique de Jessica, de sa façon de mentir sans y toucher, dit-il en faisant passer mes mains derrière mon dos. Penche-toi.

Tout en me retenant par les bras pour que je ne tombe pas, il m'aida à me courber en arrière jusqu'à ce que mon dos touche le dossier du canapé. Son corps accompagna le mien, son souffle dans mon cou tandis que ses doigts remontaient le long de mes bras.

— D'abord tout est question de contexte. Ensuite, elle ne m'a jamais vu brutal. Toi, ma chérie, tu m'as rendu plus brutal qu'elle ne le saura jamais.

Il recula d'un pas, comme un artiste jaugeant une de ses œuvres. J'étais face à lui, jambes écartées, offerte, appuyée au dossier du canapé. Je me sentais exposée, vulnérable… et terriblement excitée. Il avait traité Jessica de menteuse, en précisant qu'elle avait une façon bien à elle d'arranger la vérité. Je notai son changement d'attitude. Posant la main sous mes reins, il me souleva doucement, me forçant à m'arquer plus encore, jusqu'à contempler le plafond.

— Elle vit à Venice, sur le front de mer, commença-t-il en écartant les bonnets de mon soutien-gorge pour caresser mes tétons dressés. Elle m'attendait. Elle était dans l'entrée dès mon arrivée. Ça faisait deux ans qu'elle n'avait pas paru contente de me voir. Et oui, j'ai pensé à toi, mais je me suis dit qu'il ne s'était écoulé que quelques heures. Si je devais tout arrêter avec toi, tu comprendrais. Ou pas. Moralement, j'étais en terrain glissant.

Je sentis une goutte d'excitation couler doucement le long de ma cuisse.

— Elle m'a pris dans ses bras et m'a fait entrer chez elle. Je n'arrêtais pas de lui demander ce qui n'allait pas, et j'aurais dû comprendre avant, parce qu'il manquait plein de trucs dans la maison.

— Son petit ami avait fait ses valises, devinai-je.

— J'étais heureux. Excité. J'avais l'impression que je venais de remporter une guerre.

Il se pencha à nouveau pour écarter mes cuisses plus que je ne l'aurais cru physiquement possible. Du doigt, il cueillit la coulure de sève.

— Une guerre de patience. Elle nous a servi à boire, du vin. Quand elle a commencé à me raconter à quel point elle était heureuse qu'il soit parti, j'ai compris que c'était louche.

Il posa son doigt sur ma bouche et je léchai mon propre goût.

— Ça t'excite…

— Ce que tu fais, oui. Pas ce que tu dis.

— Elle m'a touché. Tu ne peux pas savoir à quel point j'avais attendu ça, qu'elle pose les mains sur moi.

Une des siennes vint frôler mes seins avant de glisser le long de mon ventre, touchant au passage le diamant de mon nombril, traçant un petit cercle autour avant de fondre sur ma chatte. Il ne la caressa que le temps de sentir à quel point j'étais mouillée, puis recommença à me caresser les cuisses.

Avec un gémissement, je me pressai contre lui.

Sa main s'aplatit sur ma chatte – il me laissait le soin de me frotter à lui.

— Et je l'ai embrassée. Je l'avoue. Je n'ai pas pu m'en empêcher. Elle m'a dit : « Fais-moi l'amour, Jonathan, comme avant. » Je l'ai jetée sur le canapé.

Je me retins de faire la grimace – je ne voulais pas lui laisser voir à quel point ça m'irritait. Tout ce que je voulais, c'était profiter de sa présence, de ses mains, et ne plus rien entendre. Ce qui l'avait empêché de faire l'amour à son ex-femme, je m'en fichais. L'avait-elle repoussé au dernier moment ?

— Je ne veux pas savoir, dis-je, les yeux toujours fixés sur les poutres du plafond.

— Trop tard.

Il ramassa son verre de Perrier sur la table et le posa sur ma poitrine.

— Ne laisse pas tomber ça, dit-il.

Je ne pouvais pas relever la tête, le regarder, sans faire basculer le verre. Une flaque glacée se forma au milieu de mon sternum.

Il s'agenouilla entre mes jambes.

— Elle avait l'odeur que je n'ai jamais oubliée. Comme de l'herbe coupée.

Il embrassa l'intérieur de ma cuisse, léchant ma sève à mesure qu'il remontait.

— Et je me suis dit, « oh oui, je me souviens de cette odeur ». J'étais en train de l'embrasser, mais…

Il s'interrompit pour déposer un simple baiser sur mon clito.

— Mais j'ai compris que je n'avais pas envie d'elle. Et cette odeur d'herbe coupée?

Sa langue se glissa dans ma fente, revint sur mon clitoris, repartit.

Je gémis – plus fort, cette fois. Il écarta encore mes jambes pour plonger sa langue en moi. J'étais en feu, les nerfs à fleur de peau. Je le voulais tout entier, maintenant, même si c'était pour la dernière fois.

— Cette odeur, ce n'était pas de l'amour. C'était de la gratitude. J'avais l'impression d'embrasser une de mes sœurs.

Il suça mon clito, une seule fois, fort et vite, m'arrachant un cri.

— Et puis j'ai pensé à toi et j'ai compris que je devais m'en aller. Que c'était fini.

Là-dessus, sa bouche se posa sur mon clitoris. Il se mit à jouer avec sa langue et son souffle chaud jusqu'à ce que je me rende compte que, oui, j'allais renverser ce foutu verre. Moi aussi, je ressentais de la gratitude – mais aucun parfum d'herbe coupée.

— Embrasser, c'est tromper, dis-je. Même si tu en avais besoin pour te rendre compte que c'était fini.

— Oui. Mais je me suis dit que si je posais mes lèvres sur ta chatte avant de te le dire, tu me pardonnerais. À mon avis, on est tous les deux arrivés ici avec la même stratégie. Si le verre tombe, j'arrête tout, et tu rentres chez toi avec une balle de base-ball entre les jambes.

— Je ne te pardonne rien.

Les gouttes de condensation froides glissaient le long de mon torse et de mes côtes. Il glissa deux doigts en moi.

— Je sais.

Il enfonça les doigts jusqu'à la garde, tandis que son autre main écartait mes lèvres pour exposer mon clitoris durci tout en haut de ma fente.

— Ton con est magnifique, Monica.

Je n'eus même pas le temps de songer que c'était un mot grossier et gênant dans toute autre bouche que la sienne – déjà, sa langue caressait mon clito, et toutes mes pensées s'évanouirent. Trois coups de langue, il me suce ; quatre coups de langue, il me suce plus fort. Ses doigts qui entrent et ressortent, qui m'écartèlent pendant qu'il me lèche et me lèche encore – puis ses doigts, tout entiers, et un coup de dent délicat sur mon clito.

Je hurlai.

La douleur était vive, mais aussitôt suivie d'un plaisir inconnu jusqu'alors, comme si les nerfs mis à vif par sa morsure réagissaient avec encore plus de virulence à la douceur qui suivait.

— Mon Dieu…

— C'était un « Mon Dieu, j'aime » ou un « Mon Dieu, ça fait mal » ?

— Mon Dieu, putain, oh mon Dieu !

Il recommença, accentuant la morsure et l'accompagnant d'un long coup de langue – cette fois, la douleur et le plaisir coexistaient, comme deux axes opposés qui se rencontraient au beau milieu de mon corps. Je me débattis, suffisamment pour qu'un peu d'eau se répande sur ma poitrine, mais pas assez pour renverser le verre.

Il suça mon clitoris entre ses dents et j'eus l'impression que sa bouche allait se remplir d'étoiles.

— Je vais jouir. Putain, Jonathan…

Il grogna, la bouche contre mon sexe, et je sus qu'il m'autorisait à jouir. Et il ne s'interrompit pas une seconde – mais qu'est-ce qui aurait pu arrêter mon orgasme, lancé comme un train à pleine vitesse ? Je fis de mon mieux pour contrôler mes mouvements, mais, vers la fin, au moment où chaque succion me donnait l'impression que sa bouche cueillait les dernières gorgées de plaisir en moi, mon corps se tendit d'un seul coup et le verre roula sur le sol. Mon dos se cambra plus encore, et ma tête vint s'affaisser sur les coussins du canapé – Jonathan se leva pour garder la tête entre mes jambes, tenant mes cuisses de ses doigts trempés de ma sève, pour continuer à me sucer alors même que je tentais de le repousser.

Quand il retira sa bouche, je n'étais plus qu'une loque frissonnante. Lentement, je repris mon souffle. Il me prit par la taille pour m'aider à me redresser. Je restais incapable de parler. En douceur, il rajusta mon soutien-gorge avant de ramasser ma robe par terre. Je manquai lui tomber dessus et il se mit à rire tout en me soutenant.

— Tu vas bien?

— Je crois que j'ai perdu quelques membres dans la bataille.

— Tu as l'air aussi parfaite qu'il y a cinq minutes.

Je restai blottie contre sa poitrine, humant son nouveau parfum musqué.

— Je crois que je ne pourrai pas me rhabiller sans tomber.

Je demeurai un instant immobile, avec dans le ventre un sentiment de plénitude sexuelle. Mais je savais qu'il ne durerait pas – je serais prête à remettre le couvert dans quelques minutes.

Jonathan saisit ma robe et la fit passer par-dessus ma tête. Je glissai mes bras dans les manches.

— Alors, qu'est-ce qu'elle a fait pour que tu sois aussi reconnaissant envers elle? demandai-je.

— Je crois que je vais te donner une réponse un peu énigmatique.

— Super.

— Il m'est arrivé un truc difficile quand j'étais jeune, et on m'a toujours traité comme si j'étais fragile, une victime. Elle m'a montré que j'étais responsable de moi-même. Elle m'a rendu ma virilité. Tu ne trouves pas ça touchant?

Il avait parlé d'un ton sarcastique, mais je perçus qu'il était aussi sur la défensive. Je lui tournai le dos et écartai mes cheveux de ma nuque pour qu'il puisse remonter la fermeture éclair.

— Comment s'est-elle cassé le poignet?

Sa main remonta lentement dans mon dos.

— Je lui ai dit que j'étais désolé, que je ne pouvais plus jouer ce petit jeu avec elle. Quand je suis parti, elle m'a couru après et a trébuché dans l'allée. Elle est tombée sur le poignet. Je n'ai pas réussi à joindre mon médecin, alors je l'ai accompagnée aux urgences et j'ai attendu avec elle. Elle ne m'a dit qu'une seule chose: « C'est cette fille? »

— Elle parlait de moi.

— C'est ce que j'ai compris.

— Qu'est-ce que tu as répondu?

— J'ai menti.

Je me retournai vers lui.

— Tu lui as dit que je n'étais pas une fille?

Il sourit.

— Je lui ai dit que tu n'étais rien pour moi. Je crois que j'ai utilisé le mot « passade ».

— Je suis une passade, pour toi?

— Non. Plus maintenant, dit-il d'un air pensif en défroissant ma robe du plat de la main. Mais tu as vu de quoi elle est capable: elle est venue exprès au Stock pour te parler et te blesser. Imagine, si elle savait que je pense à toi tout le temps… Écoute, elle est très possessive. Même après m'avoir quitté, elle s'est toujours débrouillée pour savoir avec qui je sortais et pourquoi. Au début, j'ai cru que ça signifiait qu'elle m'aimait encore. En fait, c'est juste qu'elle est folle. Tu as encore un peu de temps devant toi?

Il embrassa mes mains, puis mes joues. Sa bouche avait l'odeur de ma chatte.

— Pas beaucoup. Je dois aller enregistrer dans quelques heures. J'ai organisé notre rencontre pour m'assurer que nous ne resterions pas ensemble trop longtemps.

— Petite maligne…

— Sauf que maintenant, j'ai envie de te dévorer tout cru.

Il m'embrassa sur la bouche – nos langues avaient un goût de sexe et de sueur. Avec un gémissement, je l'étreignis plus fort. J'avais à nouveau envie de lui. Encore et encore.

Puis il posa ses lèvres sur mon nez, mon menton, et me glissa à l'oreille :

— Il faut que je me lave. Tu peux me retrouver en bas, au bar ?

5

J'avais moi-même emporté dans mon sac à main une brosse à dents – je m'étais doutée qu'à un moment ou un autre, je finirais avec sa queue dans ma bouche, et je me voyais mal balancer des aigus au studio DownDawg avec une haleine parfumée au sperme. Je me lavai le visage, rajustai ma robe et enfilai ma culotte. J'eus l'impression qu'elle m'étranglait la chatte, mais s'il y avait une partie de mon corps qui aurait mieux fait de la mettre en veilleuse, c'était bien la pile électrique trempée entre mes jambes.

Il m'attendait assis à une table près de la fenêtre, une bouteille de Perrier et deux verres devant lui. Il me regarda arriver avec une étincelle d'admiration dans les yeux.

— J'ai combien de temps? demanda-t-il en prenant deux pistaches dans un bol en porcelaine posé sur la table.

À côté se trouvait un autre bol, en métal celui-ci, où reposaient déjà deux coques vides.

— Environ quatre-vingt-dix minutes. Pas assez pour un deuxième round.

Je m'assis. Nos chaises faisaient face à la fenêtre, et nous étions si proches que nos genoux se touchaient.

— Ça m'ira. Je veux juste te parler.

— Ton parfum a changé, dis-je.

Il sourit.

— L'eau de toilette d'avant… C'est Jessica qui me l'avait offerte pour Noël, il y a sept ans. Quand j'étais dans le Nord, je m'en suis fait créer une nouvelle. Tu aimes?

— C'est ton autre versant.

Il éplucha une pistache et la plaça entre mes lèvres. Je jetai un coup d'œil alentour. Le bar était vide à l'exception de Kenny, le barman hors d'âge, qui essuyait des verres avec une rigueur presque scientifique. J'acceptai la pistache comme une offrande.

— De quel versant parles-tu ?

Ses yeux de tourmaline me scrutaient tandis que le soleil de l'après-midi lançait des reflets sur ses cheveux cuivrés.

Avais-je le droit de tomber amoureuse de lui ? Il venait de se débarrasser de Jessica comme d'une vieille peau. Cela signifiait-il vraiment qu'elle était définitivement sortie de sa vie ? Et qu'est-ce que ça changeait entre nous ?

— Le versant qui me fait supplier.

— Tu aimes ce côté-là ?

Il ouvrit une autre pistache et jeta la coque dans le bol de métal. *Plic.*

— Tu ne le sais pas ?

— Je veux être certain que tu ne l'acceptes pas pour d'autres raisons.

Il déposa de nouveau la pistache dans ma bouche. Je la pris, laissant mes lèvres effleurer son pouce.

— Si c'était le cas, je te mentirais sans doute.

— C'est vrai.

— Et ton instinct, qu'est-ce qu'il te dit ? Je suis une menteuse, d'après toi ?

— Je crois que tu es la personne la plus sincère que j'aie jamais rencontrée.

Il reporta son attention sur les pistaches pour en ouvrir une nouvelle, laissant tomber la coque avec un nouveau petit bruit. Il mangea celle-ci, puis une autre. *Plic, plic.*

— J'avais des affaires à régler à San Francisco. Mais il y a aussi une autre femme, là-haut.

Une sensation métallique et glaciale me remonta le long de l'échine. Il leva les yeux sur moi et parla avec cette voix qu'il utilisait pour m'ordonner de mettre les mains dans mon dos :

— Attends. Laisse-moi finir.

Ça me calma assez pour dissiper la glace dans mes veines.

— Continue, dis-je.

Il me donna une autre pistache. *Plic*, fit la coque dans le bol.

— Elle s'appelle Sharon. On baise ensemble depuis quelques années, rien de sérieux. On est très honnêtes l'un envers l'autre et au lit elle aime certaines des choses que nous pratiquons toi et moi, sauf qu'elle a un peu plus d'expérience. Quand j'y suis allé, je suis passé la voir, et je lui ai parlé de Jessica et de toi. Pour rompre avec elle, bien sûr. À en juger par ton expression, tu tenais à entendre ça, non ?

— Désolée. Je ne veux pas me montrer possessive.

Il sourit.

— Ne t'excuse pas.

Plic. Il pencha la tête et prit mon visage dans sa main, un pouce sur ma joue, appuyant doucement pour me contraindre à ouvrir la bouche.

Je fermai à moitié les yeux tandis qu'un aiguillon de plaisir naissait entre mes jambes.

De sa main libre, il déposa la pistache sur ma langue.

— J'ai envie de toi, Monica. J'ai envie de toi souvent. Constamment, en fait. J'y pense tout le temps.

Il lâcha ma joue et passa son pouce sur ma lèvre inférieure avant d'éloigner sa main pour me laisser mâcher.

— Je suis à la limite de tomber raide dingue de toi. J'ai besoin de savoir si tu ressens la même chose.

Je déglutis. Envie de lui ? Jamais je n'avais eu autant envie de quelque chose ni de quelqu'un. J'avalai une gorgée d'eau.

— Pendant que tu étais parti, juste après que Jessica est venue me parler, j'avais les nerfs à fleur de peau. À en trembler de rage, parfois. Peu importe que tu n'aies rien fait, ou pas grand-chose, que tu aies eu besoin de l'embrasser pour comprendre que c'était fini entre vous. Ce qui compte, c'est que je n'étais pratiquement bonne à rien. C'est pour ça que je ne veux pas m'impliquer dans une relation sérieuse. Et le problème, c'est que tu ne peux pas me promettre que ce genre de choses n'arrivera plus.

— Non, effectivement.

Plic, plic.

— Mais comment pourrais-je te laisser tomber? demandai-je.

— Tu ne peux pas. Tu es à moi. À la minute où je t'ai dit d'écarter les jambes et que tu l'as fait, tu m'as appartenu. Quand je t'ai dit de supplier et que tu as obéi, tu es devenue mienne. Quand tu as mis les mains dans ton dos sans que je te le dise, je t'ai possédée. Tu n'as même pas eu besoin de parler. Tu es naturellement soumise.

Plic. Quand ses yeux quittèrent le bol pour revenir sur mon visage, il tenait une pistache au bout des doigts, prêt à me l'offrir. Mais il recula légèrement la tête.

— Pourquoi ce regard? demanda-t-il.

— Qu'est-ce que tu viens de dire?

Il sourit et se pencha de nouveau, tout près.

— Tu es une soumise-née, Monica. Tu adores obéir. Tu cèdes le contrôle sans hésiter. C'est parfait.

Je tremblais. J'avais envie de lui, et cinq minutes plus tôt, il était à moi. Il avait tiré un trait sur sa femme, il me voulait, et je n'avais plus à réprimer mes sentiments pour lui, au moins pour l'instant. Jusqu'à ce qu'il me traite de soumise.

Je pris une pistache moi-même et l'ouvris. Merde, après tout.

— Tu penses à quoi, exactement? demandai-je. Tu vas me mettre une laisse?

— On dirait que tu viens d'être changée en pierre.

Je mâchai en silence. Je voulais une réponse. Il gagna du temps en se servant un demi-verre de Perrier – ce qui me fit penser à celui que j'avais renversé quelques minutes plus tôt.

— Les femmes avec qui je couche… la plupart du temps, elles me défient. Ou alors, elles essaient d'être mignonnes, quand elles ne feignent pas l'obéissance sans aimer réellement ça. Beaucoup prétendent adorer que je les attache au lit. J'en ai connu de tellement dociles que c'en était déconcertant.

— Et cette Sharon?

— C'est une soumise. C'est son truc. Donc, elle faisait tout ce qu'il fallait, mais notre relation n'allait pas plus loin. Évidemment, je pouvais lui expliquer ce que j'aimais, et on essayait des trucs ensemble, mais ça n'a rien à voir avec toi. Toi, je te veux. Je ne peux pas me passer de toi. Tu es forte. Je veux te voir avec les poignets attachés aux genoux. Je veux te fesser jusqu'à te mettre le cul en feu. Parce que tu peux l'encaisser. Mais je crois que je viens de te faire peur. Ce n'est pas ce que tu crois. Je ne te demande rien d'autre que ce que tu m'as déjà offert.

— Offert sans hésiter, apparemment.

— C'est une belle chose, Monica. Ne l'enlaidis pas.

Il inclina la tête, comme s'il tentait de lire dans mes pensées. Je jetai la coque de ma pistache dans le bol de métal. *Plic* – je me sentais amère et confuse.

— Et Jessica, c'était une soumise?

— Non. Je pense que c'est ce qui l'a fait fuir.

Je ne pus m'empêcher de penser que ce refus d'être dominée lui avait valu un respect que je n'obtiendrais jamais. Je serais toujours la gamine, celle qu'on peut diriger, congédier, rabaisser, maltraiter.

— Monica, à quoi tu penses?

— Non, dis-je.

— Non quoi?

— Non. Juste non, dis-je en ramassant mon sac. Mais merci d'avoir posé la question.

Je m'éloignai juchée sur mes hauts talons, saluant au passage Kenny d'un signe de la tête – c'était sans doute la dernière fois que je le voyais – et me retrouverai dans le hall où m'attendait l'ascenseur. J'avais en tête une image, une pensée, que je m'efforçais d'ignorer. Quelque chose à propos des bols de pistache, certains mots qu'il venait de prononcer faisaient renaître un souvenir en moi.

Il me retint par le coude au moment où j'appuyai sur le bouton de l'ascenseur.

— Monica…

— Ne me touche pas.

— Qu'y a-t-il?

Les portes s'ouvrirent. Je pensais qu'il n'oserait pas me suivre à l'intérieur, mais je me trompais.

— Fiche-moi la paix.

— Non. Oh que non, merde!

Les portes se refermèrent sur nous et la cabine se mit en branle. Sa main se referma autour de mon bras.

— Qu'est-ce qu'il y a? C'est le mot « soumise » qui te gêne? On en trouvera un autre.

— Ce n'est pas ce que je veux. S'il te plaît. Oublie tout ça. Désolée. Je ne peux pas.

— Pourquoi?

Je ne voulais pas réfléchir à cette question. Ne pas chercher de réponse. Je soutins son regard dans l'espoir de trouver une phrase, quelques mots qui paraîtraient raisonnables ou acceptables sans pour autant libérer l'image contre laquelle j'essayais de me défendre. Son visage et son attitude générale montraient à quel point je l'avais blessé.

— Je suis désolée, lançai-je au moment où l'ascenseur s'arrêtait.

Je sortis de la cabine à la hâte, courant dans le couloir vers le hall et le parking. Lil était assise avec les autres chauffeurs ; quand elle me vit, elle se leva, mais je la dépassai sans rien dire. Je bondis dans ma voiture et démarrai sur les chapeaux de roue.

Les ruelles du centre-ville faisaient souffrir les suspensions de ma Honda, et je n'arrivais pas à conduire correctement. Une bouillie d'images mêlées flottait dans ma tête, et je ne voulais surtout pas les voir. Je m'arrêtai dans une impasse déserte, devant des portails de garage, et coupai le moteur.

Mes mains tremblaient. Il fallait que je me calme. Dans une heure, je devais enregistrer. À Burbank. Et il risquait d'y avoir des bouchons sur la route.

Respire. Respire.

À mesure que je me détendais, je sentis renaître la brûlure d'excitation sous ma jupe. Je fermai les yeux en m'obligeant à penser aux conneries que j'allais devoir chanter – paroles indigentes, accords simplets. Il me faudrait y insuffler de la vie. Donner vraiment de moi-même. Et je ne devais penser à rien d'autre.

Un *plic* résonna sur le toit de la voiture, suivi d'un autre. Il commençait à pleuvoir. *Plic, plic.* Et mon relâchement ouvrit la porte au souvenir – celui que j'avais essayé de bloquer.

Un club. La nuit, Kevin et moi faisions de drôles de trucs, traînant dans des endroits bizarres à des heures impossibles, explorant les recoins de la ville à la recherche des cultures *underground* et des chemins de traverse. Parce que nous étions des artistes, rien ne devait nous rester étranger. Nous devions tout expérimenter.

Le club était sombre. J'étais déjà venue – il n'avait rien de spécial. Nous étions assis au bout du comptoir, près du mur. J'avais bu, Kevin me tenait la main. Ses doigts étaient froids à cause des glaçons dans son verre, et j'adorais sa façon de me caresser l'intérieur du poignet, en petits cercles. Un moment délicieux où je me sentais aimée.

Juste au-dessus de moi, j'entendis un grincement de vieilles charnières. Je levai la tête. La cloison au-dessus de nos têtes cachait apparemment un panneau secret qui était en train de pivoter. Là où quelques instants plus tôt ne se trouvait qu'un mur, je découvris un podium où une femme de mon âge, à quatre pattes face à la salle, était ligotée, par des liens de cuir. Un anneau argenté de la circonférence d'une castagnette lui maintenait la bouche ouverte et la tête relevée, car le harnais de cuir qui l'entravait et lui entourait le crâne était relié à un crochet dans le mur.

Le barman poussa un bol métallique sous le podium où était exposée la fille avant de se remettre à l'ouvrage comme si de rien n'était – comme s'il était normal de voir une fille attachée au mur. Kevin leva à peine les yeux, mais bien que je fasse de mon mieux pour rester concentrée sur notre conversation avec Jack et sa copine, mon regard remontait sans cesse vers la fille. Elle portait une culotte en coton rose qui jurait avec le corset de cuir noir qui lui écrasait les seins – mais je compris pourquoi, grâce à un miroir judicieusement placé : à l'entrejambe, la culotte en question était trempée. Le tissu rose révélait son excitation là où du cuir l'aurait masquée. Je m'efforçai de revenir à la conversation, qui tournait autour de l'art processuel dans les années 1980.

J'entendis quelque chose couler – *plic*, *plic* – dans le bol de métal. Je me tordis le cou pour regarder à l'intérieur - il contenait quelques gouttes d'un liquide blanchâtre. Je relevai la tête.

L'anneau argenté forçait la fille à garder la bouche ouverte, et un mélange de sperme et de salive coulait le long de son menton pour tomber dans le bol. *Plic, plic.*

Sous le foulard qui dissimulait son visage, j'aperçus ses yeux. Elle détourna le regard – et je compris à cet instant qu'elle pouvait nous voir. Le bandeau n'était pas là pour protéger son identité, ni pour empêcher qu'elle nous voie la mater, mais pour que nous ne voyions pas à quel point tout ça l'excitait.

Je n'étais pas cette femme.

Une soumise, c'était ça. Ça ne me ressemblait pas. Absolument pas.

Nous étions rentrés chez nous, et Kevin et moi n'avions jamais reparlé de la fille qui bavait. Nous ne jugions pas – nous étions bien trop sophistiqués et ouverts pour ça. Merde, nous étions même trop cool pour montrer que nous l'avions remarquée. Je nous détestais pour ça. Voilà qui nous étions, de sales snobs qui ne posaient aucune question sur certaines réalités – par exemple, pourquoi une femme accepterait de baver le foutre de son maître dans un bol de métal et de montrer sa chatte trempée à tout le monde.

Et j'étais là, tremblante dans ma Honda, parce que Jonathan me voyait comme cette fille. Il lui suffisait de me donner un ordre pour que j'ouvre la bouche assez grande et qu'il me baise jusqu'au fond de la gorge.

Arrête ça.

Oui, il fallait que j'arrête. Que je chante. Mais chaque goutte de pluie sur le toit de la voiture, chaque *plic*, m'évoquait une coque de pistache, et je me retrouvais à baver le sperme de Jonathan dans un bol de métal.

6

En chemin vers la 101, je me rendis compte que j'avais toujours ce putain de diamant dans le nombril. Il me faisait penser à un harnais. Je le laisserais à l'Hôtel K après ma séance. Mon téléphone se mit à vibrer sur le siège passager. Ça pouvait être Jonathan… sauf qu'il n'y avait pas que lui dans ma vie. Je jetai donc un coup d'œil à l'écran, et bien m'en prit : c'était WDE.

— Salut, Monica, fit Trudie.

— Salut. Je suis en route.

— On a eu un petit changement. L'enregistrement aura lieu au DownDawg de Culver City, pas à celui de Burbank.

— Ah. Tu as appelé Gabby ?

— Oui, je lui ai parlé. Attends, je te donne l'adresse.

Je m'arrêtai pour la noter. Heureusement que je n'avais pas besoin d'appeler Gabby moi-même : il allait me falloir une heure pour y arriver, et je n'avais pas le temps de discutailler pendant vingt minutes avec ma pianiste pour essayer de déterminer les raisons de ce changement de dernière minute.

J'en profitai pour jeter un œil aux derniers messages reçus. Rien de Jonathan. Mon soulagement était palpable, tout comme ma déception. Soudain, le téléphone bipa et vibra dans ma main.

Je t'appelle tout de suite. Décroche.

Sympa, cet ordre. Décroche ton téléphone. Écarte les jambes. Où était la différence ?

Quand mon portable sonna, je rejetai l'appel pour envoyer un SMS.

Je dois aller à Culver City. Je ne peux pas parler.

Il faut qu'on en rediscute. J'utiliserai d'autres mots.

Au fond, Jonathan n'était rien pour moi. Si je ne devais plus jamais le revoir, ma vie reprendrait son cours normal, n'est-ce pas?

Faux. Elle reprendrait son cours normal *en apparence* seulement. J'habiterais dans la même maison, je verrais les mêmes amis. Mais quelque chose avait changé pour moi. Il m'avait tirée d'un sommeil sans rêves, et je ne pouvais pas simplement oublier et me rendormir.

À cause des rêves qui viendraient.

Je relus son texto. Je me sentais capable de réfléchir à ce qu'il disait, mais pas d'y répondre. Je ne pouvais pas être celle qu'il croyait – mais alors, qui étais-je? Impossible de revenir en arrière. D'une façon ou d'une autre, en quelques jours seulement, il était devenu le maître de tous mes mouvements.

Je ne suis pas soumise.

Je ne suis pas soumise.

Je ne suis pas soumise.

Je me chantonnai ce mantra tout au long du trajet jusqu'à Culver City, ignorant les sonneries de mon téléphone et évitant de penser à ma destination et à ce que j'allais y faire.

En arrivant devant le studio, j'avais de nouveau les idées claires.

Je m'appelle Monica et je ne suis pas soumise. Sur mes talons hauts, je domine le monde. Je descends d'un des plus grands écrivains du XXe siècle. Je peux chanter comme un ange et rugir comme un lion. Personne ne me possède. Je suis la musique.

7

Les studios DownDawg n'avaient rien à voir avec une bicoque façon *grunge*, bricolée avec des emballages d'œufs sur les murs. Ça ne sentait ni le tabac ni le fast-food, et de toute évidence ce n'était pas le genre de studio que nous aurions pu nous payer seules, Gabby et moi. Il y avait en fait trois antennes différentes à Los Angeles : celle de Burbank, qui travaillait essentiellement avec Disney, celle de Santa Monica – qu'affectionnaient les gosses de riches et les rappeurs de classe moyenne des quartiers ouest – et Culver City, où Sony effectuait le doublage de ses films et où, apparemment, WDE faisait enregistrer des maquettes.

Les bâtiments se trouvaient sur Washington, au centre de Culver City. C'étaient d'anciens entrepôts industriels rénovés dont les portes vitrées d'origine étaient désormais encadrées d'un imposant châssis de métal. L'arrière était constitué de murs de briques, un cube vert sans fenêtre aux moulures orange – mélange moderniste parfaitement inepte.

Un voiturier vint garer mon véhicule. Une réceptionniste qui portait plus de boucles d'oreilles qu'un présentoir de chez Tiffany m'escorta vers l'arrière du bâtiment. J'avais sept minutes de retard, avec pour excuse le changement de studio. Parfait.

J'entrai dans la cabine de l'ingénieur du son, avec ses manettes et ses boutons dans tous les sens et la vitre qui donnait sur la cabine d'enregistrement. Un type d'à peu près mon âge, blond, les pans d'une chemise en lin dépassant de son sweat, parlait avec un autre homme à la peau sombre et affublé d'une casquette des Lakers.

Chemise en lin me salua d'un geste.

— Je suis Holden, ton producteur. Je te présente Deshaun.

Deshaun me tendit la main.

— Je suis l'ingé son. Ma copine t'a entendue jouer au Thelonius il n'y a pas longtemps. Elle en a dit du bien.

— Merci, fis-je en rougissant un peu. J'ai l'impression que c'était il y a des années.

— Tu as eu la chanson? demanda Holden. T'en penses quoi?

Que c'est de la merde. Sauf que la franchise ne m'amènerait nulle part.

— On a deux-trois idées dessus. Gabby ne va pas tarder.

Holden descendit de son tabouret pour s'installer dans le canapé.

— Dis-moi comment tu vas la faire.

Je serrai la partition dans ma main. Je pouvais y arriver. Je pouvais parler de la musique. Je connaissais mon métier, et j'étais douée. Sauf que la conversation avec Jonathan m'empoisonnait encore l'esprit, et tandis que je parlais de dynamique et d'harmonies à Holden et Deshaun, je n'arrêtais pas de me dire que, quelque part, ils savaient que j'étais une soumise. Ils allaient piétiner ma fierté, me dire comment chanter, comment respirer, comment ouvrir la bouche assez grande pour prendre une queue. D'accord, une partie de moi savait que non, ils ne se moquaient pas de moi et de mes prétentions en matière de voix. N'empêche, une petite voix continuait à me répéter que si.

Holden finit par regarder sa montre.

— Il se fait tard…

— Je vais envoyer un SMS à Gabby, répondis-je en sortant mon portable. À tous les coups, elle attend dans le parking.

Où tu es, putain?

Avec Jerry, on t'attend

Un mauvais pressentiment me prit aux tripes. Je me tournai vers Holden.

— Jerry, ça vous dit quelque chose?

— C'est un des producteurs au studio de Burbank.

— Il connaît Eugene Testarossa?

— Ben ouais. Il bosse pour lui très souvent.

À toute vitesse, je tapai:

Y a eu un malentendu, je suis à Culver City

Sauf que je n'avais pas le temps d'expliquer davantage.

— Elle est à Burbank. Elle n'arrivera jamais à temps.

Je me tournai vers la cabine d'enregistrement. Un clavier y était déjà installé.

Comme s'il lisait dans mes pensées, Holden proposa:

— Si tu sais jouer, on commence.

Je sais jouer, oui. En général je n'en ai pas besoin parce que Gabby s'en charge, mais je me débrouille très bien au piano.

Mon téléphone bipa.

C'est pas un malentendu, c'est un traquenard. Jerry n'a pas d'ingé son et il ne me parle que de la pluie et du beau temps, t'as un ingé, toi?

Je jetai un coup d'œil à Deshaun, en train de pianoter sur son téléphone. Que faire? Si je jouais, elle ne me le pardonnerait jamais. Et si je ne jouais pas, comme un petit mouton bien docile, je repartirais les mains vides. Comme si je n'étais personne. Une ratée.

— On a le temps de faire quelques prises, fis-je en éteignant mon téléphone avant d'entrer dans la cabine.

8

Le soleil plongeait derrière les gratte-ciel quand je remontai dans ma voiture et rallumai mon téléphone. Inutile de faire semblant de ne pas voir les messages de Gabby, et pas la peine de les écouter non plus. Je la rappelai directement.

— Mooooonïiiiicaaaaaaa…

Elle était bourrée. Dans le silence, j'entendis le bruit du vent, et aussi de la musique et des rires.

— Gabby, tu es où?

— Avec lord Theodore sur les quais de Santa Monica. Dans la grande roue, si tu veux savoir.

— Tu vas bien?

— Tu as fait la maquette?

Je frottai le volant du bout des doigts, les yeux rivés sur le studio comme s'il pouvait me fournir une excuse, mais le gros cube vert ne faisait rien d'autre que d'être carré et moche.

— Ouais…

— C'était un piège, tu sais. J'en suis sûre. Il ne veut pas de moi, alors ils se sont débrouillés pour que tu fasses la maquette toute seule. T'es au courant, quand même?

Elle ne semblait pas m'en vouloir particulièrement, mais elle était ivre et sur une grande roue. Pas sûr qu'elle me pardonne vraiment.

— On n'est pas certaines que c'était exprès, Gab…

— Mais putain, depuis quand tu es aussi… merde, comment on dit, quand on croit toujours que les gens sont gentils? On dirait pas que tu vis à L.A. depuis toujours.

— Est-ce que Theo est bourré, lui aussi?

Frottements sur le téléphone, puis Gabby qui disait:

— Hé, bébé, t'es bourré?

Après un temps, j'entendis de nouveau sa voix dans le portable:

— Il dit qu'il est comme ci, comme ça.

— Super. Tu veux que je vienne vous chercher?

— Va te faire mettre, Monica.

Et elle me raccrocha au nez.

9

L'allée de la maison était déserte, mais les lumières étaient allumées à l'intérieur. Je descendis de voiture et entrai.

— Comment ça s'est passé?

Darren était dans la cuisine, en train d'éponger le comptoir. Il avait une clé. Il aurait aussi bien pu emménager avec moi. L'enfoiré. Je le détestais, lui et tout le reste. Comme je ne répondais pas, il releva la tête.

— Il s'est passé un truc?

Incapable de parler, je passai les bras autour de sa taille pour le serrer contre moi. Il sentait bon.

Il posa la joue sur ma tête et me caressa le dos.

— C'est monsieur Beau-Gosse?

— Oui et non.

— Où est Gabby?

Je laissai retomber mes mains et appuyai le front sur son torse.

— WDE nous a roulées. Ça aurait pu être une erreur, sauf que non, je le sens. On s'est retrouvées dans deux studios différents. En ce moment, elle est en train de se soigner avec Theo, si tu vois ce que je veux dire…

— Au moins, elle n'est pas seule. Theo est une merde, mais il ne la laissera pas se foutre en l'air.

Il me prit par les épaules et m'écarta légèrement de lui pour me regarder dans les yeux.

— Tu as fait la maquette? demanda-t-il.

— Oui.

— Merci, mon Dieu ! Et bravo, Monica !

— J'ai eu l'impression de la trahir.

Il secoua la tête.

— Ils n'auraient jamais accepté de reprogrammer un rendez-vous. En revanche, si la maquette est bonne, ils la feront tourner. À ce moment-là, tu seras en position de négocier.

Je laissai tomber mon sac par terre et m'affalai sur une chaise de la cuisine.

— Aucune chance que ça arrive. C'était la pire performance de ma carrière, et de loin.

— N'importe quoi…

— Si, vraiment.

— À cause de ma sœur ?

Je m'accoudai à la table, jouant nerveusement avec mes cheveux.

— Non.

— Tu veux du thé ?

— Oui, s'il te plaît, répondis-je en me levant. Mais je vais le faire. Tu n'habites même pas ici.

Il me fit rasseoir, attrapa des sachets de thé.

— Peut-être, mais je sais faire bouillir de l'eau. Je suis sûr que ce n'était pas si mauvais que ça, Monica. C'est peut-être juste la Brigade des nuls qui te harcèle ?

C'était ainsi que nous désignions les créatures qui vivent dans la tête de chaque artiste, pointant leur sale museau chaque fois qu'il arrivait quelque chose de positif pour lui répéter qu'il était un lamentable imposteur dénué de talent, et qu'il avait juste eu un coup de chance.

— Non, j'ai vraiment foiré mon coup. Pas foutue de tenir une note. J'étais… distraite.

Pouvais-je tout lui dire ? Je n'avais personne d'autre à qui me confier. J'inspirai profondément, prête à piquer un fard.

— Jonathan est un peu… spécial, sexuellement parlant.

Darren leva un sourcil intéressé.

— Tiens donc…

— Arrête de me regarder comme ça, ça me met mal à l'aise.

Il tira une chaise pour s'installer en face de moi, accoudé à la table de la cuisine.

— Le milliardaire pervers et la mignonne serveuse. Comme cliché, on ne fait pas mieux. J'adore. Alors quoi, il te demande de lui donner la fessée?

Je virai à l'écarlate.

— C'est… le contraire.

— Pas possible?

Je hochai la tête en faisant mine de m'intéresser à une miette invisible sur la table.

— Je veux dire, on n'est pas allés jusque-là, mais au fond, c'est le principe au lit, entre nous. Il me dit de faire des trucs et j'obéis. Et il est brutal. Vraiment. Je crois qu'il veut une version plus *intense* de ce qu'on a déjà fait, et ça me fait flipper.

— Il a son propre donjon?

J'enfouis mon visage dans mes mains avant de lancer un « non » étouffé. Puis je relevai la tête.

— En tout cas, je ne crois pas.

Il se frotta un instant le menton, pensif, avant de se pencher sur la table :

— Et donc, il veut que tu deviennes son objet sexuel officiel?

— Mon Dieu, Darren!

— Oui, c'est comme ça que tu m'appelais, avant.

Je me levai si vite que ma chaise se renversa.

— Darren, je suis vraiment en vrac, et toi tu n'arrêtes pas de faire tes blagues. Il pense que je suis « naturellement soumise », ce qui est sans doute une façon de dire que je suis sa serpillière, et aussi son petit objet sexuel, je suppose. Je sais ce que tu vas dire : je ne suis la pute de personne. Et tu as raison, de personne. Je ne suis pas un pauvre petit chaton soumis, je ne suis pas son punching-ball. Il croit quoi, putain? Et tu sais très bien ce que je pense.

— En fait, je n'en ai pas la moindre idée.

— Tu veux du thé? demandai-je

— Volontiers.

— Du sucre?

— Monica?

— Quoi?

— Tu étais en train de m'expliquer ce que tu penses, non?

Je disposai les sachets de thé dans les tasses. Darren ne prenait jamais de sucre, tout comme moi, mais j'avais besoin d'un break pour éviter de sortir une ânerie.

— Je n'arrive pas à le dire.

— Tu n'es la pute de personne.

Je regardai les deux tasses vides.

— Je sais.

— N'empêche que tu es en train de tomber amoureuse de lui.

Mes forces m'abandonnèrent. Salaud de Darren – il avait vu clair en moi, et il n'hésitait pas à mettre des mots sur ce qui me troublait. Pourtant, je lui étais presque reconnaissante – parce que de mon côté, je n'y arrivais pas.

— Il est drôle, dis-je. Et affectueux, confiant. Il me regarde comme si j'étais la seule femme au monde. Et tu peux te moquer, mais au lit, c'est…

Comment qualifier ça? Incapable de trouver les termes adéquats, je renonçai.

— Je suis un pauvre jouet sexuel, c'est ça?

Darren se leva pour s'occuper du thé lui-même.

— Tu veux la vérité, Monica? Je n'aime pas l'idée que quelqu'un te traite comme ça. Ça m'inquiète. En fait, j'aimerais bien lui casser la figure, juste un peu. Ça fait trop longtemps que tu es seule. Ça te rend vulnérable. Tu fais des choses que tu ne ferais pas normalement.

— Oui…

— Si tu voulais trouver quelqu'un, tu aurais pu commencer plus *soft*, non? demanda-t-il en versant le thé dans les deux tasses.

— Tu veux que je te parle d'un type qui n'est sorti avec personne pendant des mois avant de se rendre compte qu'il était gay? Mais je te charrie. Ce qui m'arrive… je crois que ce n'est pas bon pour moi. C'est con, hein?

Je retirai le sachet de thé de ma tasse et entrepris de le presser, inutilement fort.

— Gabby a rassemblé tout ce qu'elle trouvait sur lui, et elle m'a dit qu'elle avait trouvé quelque chose qu'elle voulait te montrer. Ça paraissait un peu inquiétant.

— Super. Des secrets. J'adore.

— Allez, quoi, fit Darren en me massant les épaules. On va se taper un film débile et discuter du truc de Kevin. Je m'ennuie, et j'ai décidé de faire enrager ce type.

Sauf que nous n'en parlâmes pas, et que nous ne regardâmes aucun film. Avachis sur le canapé, nous enchaînâmes une suite d'émissions avec des rock stars qui souffraient d'addiction et trouvaient la rédemption à l'approche de la cinquantaine. Je m'endormis sur la poitrine de Darren, où je me sentais aussi à l'aise et en sécurité qu'avec Jonathan.

Je rêvai d'un désert ténébreux où le ciel parlait avec une voix de présentateur télé, entrecoupée de rires en boîte et de pubs. Accroupie dans le sable, je glissais la main dans ma culotte pour soulager la douleur liquide qui m'avait envahie.

Ce fut la voix de Darren au téléphone qui me réveilla. Il avait coupé le son de la télé, qui diffusait une émission de gym matinale. Il parlait de façon étrange, mais sur le moment je n'y prêtai pas attention. J'avais la vessie pleine, et elle devait appuyer sur un organe sexuel quelconque, parce que je me sentais excitée. J'avais envie de baiser. J'allai dans ma chambre, me glissai dans mon lit et saisis le bloc que je garde toujours dans le tiroir de ma table de chevet au cas où une idée me réveillerait au milieu de la nuit. J'écrivis :

Et s'il m'étrangle ? me gifle ? me fesse ? me mord ? me sodomise ? me fouette ? me blesse ? m'exhibe ? me bâillonne ? me bande les yeux ? me partage ? m'humilie ? m'attache ? me fait saigner ? me rend folle ?

J'arrêtai d'écrire, mais mon imagination ne cessait de me proposer de nouvelles idées, toutes plus horribles les unes que les autres. J'entrai dans la salle de bain et m'assis sur les toilettes, dans le noir, en essayant de rester dans cet état de demi-sommeil. Grâce à ma conversation avec Darren, j'avais défini quelque chose d'important dans ma relation avec Jonathan, et même si j'étais soulagée d'être parvenue à une conclusion, la décision que je venais de prendre m'attristait.

On frappa à la porte.

— Monica ? murmura Darren.

— C'est occupé.

— Ils ont retrouvé Gabrielle.

Sa voix était calme. Rien de grave, sans doute.

— Je dois aller identifier le corps.

Je me levai d'un bond, la culotte sur les genoux.

— Quoi ?

D'une voix douce, il demanda :

— Tu peux venir avec moi ?

10

Dans ma vie, j'ai connu le chagrin comme j'ai connu l'amour : intensément, et rarement.

Mon père m'a été enlevé quand j'avais dix-neuf ans. Je ne le voyais pas souvent, même quand il n'était pas en service. Ma mère le gardait pour elle, dans son putain de bled de Castaic, à deux heures de route au nord de ce nid de péchés et de tentations que j'appelle ma ville. C'est elle qui m'avait appris la nouvelle, en m'expliquant que désormais, il était plus heureux auprès d'un Dieu bienveillant. Je n'avais pas eu le cœur de lui demander ce qui s'était passé, et je finis par téléphoner à son supérieur chez Tomrock. Il m'expliqua que mon père avait été tué par un tir de mortier pendant qu'il escortait un prince saoudien vers la mosquée centrale de Kaboul. J'avais pourtant supplié mon père de rester dans l'armée, parce que travailler dans le privé le priverait de protection, mais il en avait marre de recevoir des ordres dont les visées politiques se dissimulaient sous le vernis du patriotisme. Tant qu'à risquer sa vie pour du fric, autant le dire clairement, et être bien payé. Pas de flonflons ni de drapeaux. Papa était honnête – il voulait vivre vraiment, quitte à souffrir. Blessé deux fois par balles, et une fois au couteau, il s'était aussi fait amocher dans des bagarres près de chez lui. Il tenait toujours la porte à ma mère après vingt ans de mariage et la traitait comme une reine, même si elle ne le méritait pas.

À l'annonce de sa mort, j'avais cru devenir folle. Je me sentais à la dérive, vulnérable, orpheline. Plus d'une fois, je me retrouvai perdue en voiture dans des endroits où je m'étais rendue des centaines de fois. J'appelais Darren toutes les deux minutes, juste pour entendre la voix de quelqu'un qui m'aimait. Je ne sortais plus que quand j'y étais obligée. La seule chose qui m'avait sauvée – en dehors de la présence de Darren et Gabby –, c'était la musique. Quand je jouais, en particulier en public, je me sentais de nouveau en sécurité. Avec les années, j'avais trouvé d'autres façons de me sentir rassurée et aimée, et le chagrin s'était estompé peu à peu, au point qu'il n'était plus qu'une douleur sourde, parfois ravivée par un recoin de la maison ou par la vue du mandarinier qu'il avait planté dans le jardin.

Mais ce chagrin ne s'était caché que pour ressurgir plus tard. Aussi, tandis que la policière en face de nous expliquait que Gabby avait été retrouvée noyée à trois kilomètres des quais de Santa Monica, je ne l'écoutai pas vraiment – j'étais trop occupée à empêcher mon chagrin de se déverser sur moi d'un coup, comme un seau d'eau glacée. Darren avait besoin de moi, et si je me laissais aller aux émotions qui me torturaient, je ne serais pas capable de prendre soin de lui.

Côte à côte derrière une vitre de Plexiglas, nous regardâmes une civière recouverte d'un drap entrer dans une pièce hermétique. Je sentis le seau de chagrin basculer, son contenu descendre de ma gorge vers mon cœur, menaçant de m'étouffer à chaque seconde. Mais je devais me retenir, contenir les grandes eaux, écoper à la petite cuillère.

Au début, j'ignorais ce que Darren ressentait. Sans broncher, il identifia sa sœur, gonflée et bleue, et tourna les talons. Alors seulement il s'effondra dans mes bras en sanglotant. Je fis de mon mieux pour le soutenir, mais la policière aux cheveux frisés et sombres dut m'aider à l'accompagner jusqu'à une chaise.

Elle nous apporta de l'eau et des mouchoirs en papier.

— Elle prenait des médicaments? demanda-t-elle.

— Du Marplan, murmura Darren.

— Parfois avec de l'alcool?

Il me prit la main.

— On aurait dû aller la chercher. Ne pas faire confiance à Theo. Putain. Surtout pas à lui…

Je n'étais pas d'accord.

— Elle buvait, je veux bien, mais elle s'est noyée, non? demandai-je à madame Flic.

— Techniquement oui. Mais souvent, quand ils ont bu, les gens perdent toute notion du danger. Ils décident d'aller nager alors qu'ils ne sont pas dans leur état normal. Le souffle est court, leurs mouvements sont mal coordonnés. Ils y restent.

Elle marqua une pause, offrit un sourire blasé, professionnel.

— Je suis désolée, conclut-elle.

Nous signâmes des papiers. On nous demanda où envoyer le corps. Je donnai le nom des pompes funèbres qui s'étaient occupées de mon père parce que je n'avais rien d'autre en tête et que Darren était trop bouleversé pour prendre la moindre décision. J'ignorais comment nous allions avoir la force de partir, et pourtant nous y parvînmes. Plus nous nous éloignions du commissariat, plus j'avais l'impression d'accroître la distance entre nous et Gabby. Nous nous retrouvâmes dans le parking, main dans la main, immobiles.

— Je crois que je ne veux pas rentrer chez moi, dit-il.

— Tu peux venir à la maison.

— Non.

— Chez Adam, alors?

Darren ne répondit rien, le visage inexpressif. Que faire, maintenant? Il n'avait personne d'autre que Gabby. Sa seule famille, c'était moi, et j'ignorais totalement comment l'aider. Son regard se fixa enfin sur quelque chose, et je le suivis. Theo était là. Il verrouilla la portière de son Impala avant de se diriger vers nous, le pas un peu hésitant. Je resserrai mon étreinte sur la main de Darren.

— Allons-y, d'accord? dis-je en l'entraînant vers ma Honda. N'essaie pas de gérer ça aujourd'hui. Je t'en prie.

Ses grands yeux bleus rougis de larmes se posèrent sur moi.

— On a beaucoup à faire, insistai-je. J'ai besoin de toi. S'il te plaît.

Il battit des paupières, comme s'il avait fini par m'entendre.

Theo était tout proche. Il hâta le pas et nous fit signe pour attirer notre attention. J'entraînai Darren et tentai d'adresser à Theo un regard d'avertissement. Je n'étais pas du genre à prier, mais cette fois-là, j'implorai Dieu pour qu'il n'y ait pas de bagarres, pas d'accusations, pas de plaidoyers ni d'excuses. Je poussai Darren dans la voiture au moment où Theo nous rejoignait.

— Jeune fille… dit-il.

— Laisse tomber, Theo.

Je fis le tour de ma voiture pour m'installer au volant.

— Moi aussi, ça me bouleverse. Je l'ai empêchée de sauter de la grande roue.

— Je te dirai quand auront lieu les obsèques. Si tu as les couilles de venir, lançai-je en ouvrant ma portière.

— C'est toi qui l'as trahie. Tu as fait cette maquette sans elle.

Je claquai la portière avant que Darren puisse entendre un autre mot.

— Je vais le tuer, annonça celui-ci.

— Pas aujourd'hui.

Il fallait que je garde le contrôle de la situation. Ce serait difficile – des pensées que je refusais d'entendre cognaient sans cesse contre le mur de défense qui me permettait de tenir le coup. J'avais besoin de ce mur. C'était lui qui maintenait en place la symphonie de réactions et de décisions nécessaires à la gestion de ce drame. Sans ça, tout allait se casser la gueule.

Je démarrai et quittai le parking. Theo disparut dans le rétroviseur.

— On doit s'occuper des obsèques, dis-je. Est-ce que tu tiendras le coup, ou est-ce que je te ramène à la maison?

— Je ne sais pas ce qu'il faut faire.

— Tu as de l'argent?

Il hocha la tête.

— On a une assurance décès. À nos deux noms. Au cas où. J'avais vérifié ça à sa dernière tentative.

— D'accord. On va s'en occuper, dis-je en lui prenant la main au feu rouge. Ensuite, on verra bien. Il faut juste qu'on tienne le coup jusqu'à ce soir.

— Et ensuite?

— Ensuite, on craquera.

Les pompes funèbres avaient l'habitude, et nous fîmes ce que font souvent les familles en deuil: nous les laissâmes s'occuper de tout et nous expliquer la marche à suivre. Darren signa les formulaires qui les autorisaient à récupérer le corps. Ils organisèrent une crémation. Ce ne serait pas un grand enterrement avec un cercueil ouvert, il y aurait juste un petit truc chez moi. Je ne savais même pas comment appeler ce « truc », mais le directeur des pompes funèbres avait l'air de comprendre de quoi je parlais, parce qu'il hocha simplement la tête et poursuivit ses explications.

Nous regagnâmes ma maison au crépuscule. Là, effondrés sur le canapé, nous nous occupâmes des coups de téléphone. J'appelai trois personnes qui, je le savais, n'étaient pas là, pour leur laisser des messages. Je m'apprêtais à continuer quand j'entendis Darren prononcer le nom d'Adam dans un sanglot. Je jugeai bon de le laisser seul. Il avait besoin de quelqu'un d'autre, en plus de moi. Il venait de perdre sa sœur, sa seule famille. Il méritait d'être entouré par tous ceux qui l'aimaient vraiment.

Mais très vite je regrettai ma décision. Un sentiment sombre et insidieux s'empara de moi – une impression de solitude amère et violente que j'aurais aimé pouvoir ignorer. J'aurais mieux fait de rester au côté de Darren, pour sentir la chaleur de son corps à côté du mien. Mais je ne pouvais pas lui proposer la chambre de Gabby, pas plus que le mettre à la porte. Aussi, je battis en retraite dans ma chambre, me glissai sous mes couvertures et enfouis la tête dans mon oreiller.

Qui me ferait mes tresses, désormais?

II

Par texto, je demandai à Debbie de m'accorder quelques jours de repos, expliquant que ma meilleure amie venait de mourir. Elle me rappela immédiatement, mais je ne répondis pas. Mon téléphone sonna, bipa, siffla et vibra une bonne centaine de fois – tous les gens qui nous connaissaient. Je répondis à quelques-uns, les remerciant pour leurs condoléances, mais tout ce que je voulais, c'était qu'on me fiche la paix. Pour finir, je coupai le téléphone et me blottis sous mes couvertures.

Quand je sortis de mon lit, c'était déjà la nuit. La maison était vide. Je me douchai, avalai quelques crackers, puis retournai au lit.

Je rallumai mon téléphone et, enfouie au fond de mon lit, passai en revue les mots gentils et les longs messages. Ils m'agaçaient. Ils me soulageaient. Je voulais être avec les autres, faire taire l'abîme de solitude qui hurlait dans mon corps. J'avais le droit d'être seule, je ne voulais plus parler à personne. Qu'ils aillent tous se faire foutre. J'avais besoin d'eux. Je les détestais.

J'essayai de retrouver mes meilleurs souvenirs avec mon amie, de beaux moments pour me consoler dans les ténèbres des couvertures moites, mais mon cerveau ne lâchait rien. Je ne retrouvais que des scènes éculées – le jour de notre remise de diplôme, la dernière fois où je l'avais vue, la dernière fois où je lui avais parlé. Tout le reste semblait s'être évaporé, comme si rien n'avait existé ou qu'une partie de moi, plus mûre, toute-puissante, protégeait la partie la plus faible, répugnante, en refusant de retrouver des souvenirs plus douloureux.

À un moment donné, quelqu'un frappa à la porte. C'était peut-être seulement un livreur, mais ça me réveilla. Je repris le fil de mes messages. « Je suis désolé/C'est terrible/Est-ce que je peux t'apporter quelque chose à manger? » Etc., etc. Tout le monde se montrait prévenant, mais je ne parvenais pas à accepter cette gentillesse. Le téléphone se mit à vibrer dans ma main. Pour la première fois depuis des heures, je regardai directement le message.

Debbie m'a raconté

Que répondre à Jonathan? Vu l'état de notre relation, je ne pouvais rien lui demander, ni m'attendre à ce qu'il devine ce dont j'avais besoin. Pourtant, plus qu'aucun autre, son SMS me fit sentir toute l'étendue de ma solitude. Je répondis avec l'impression de hurler dans le vide.

Dis-lui que je serai de retour au travail après-demain

Qu'est-ce que tu fais maintenant?

Je suis dans mon lit

Seule?

Oui

C'est un crime

Je souris – et cette légèreté, l'espace d'une seconde, fit craquer la carapace de chagrin qui m'entourait. Une larme coula sur ma joue.

Ne me fais pas rire, crétin

Je peux te rejoindre dans ton lit joli?

Au lieu de recevoir ce message dans mon ventre, je le sentis sur ma peau. Je voulais que Jonathan me touche. Qu'il m'embrasse. Je voulais son souffle sur moi, qu'il me parle, me tienne dans ses bras pendant des heures. Le désir n'était pas seulement entre mes jambes, mais dans ma poitrine, dans la moelle de mes os, au bout de mes doigts. Avais-je le droit, pendant quelques heures, d'abandonner mon épuisante carapace de solitude pour m'accorder quelques heures avec Jonathan? Avais-je mérité ce réconfort? Sans doute pas. Et je n'avais pas oublié la question de la soumission. Certainement pas. Il voulait m'entraîner dans un abîme d'avilissement et d'humiliation. Je ne devais pas le voir – je devais le tenir à distance pour toujours.

Et je tapai:

Besoin de toi

J'appuyai sur « envoi ». Je n'aurais pas dû. J'aurais mieux fait de balancer une phrase cool, distante. Faire au moins preuve d'un peu d'esprit pour admettre que je n'étais qu'une loque. Sauf que non. En trois mots, je m'étais complètement humiliée.

Mais pour la première fois depuis des heures, je me sentis pleine d'espoir. Je quittai mon lit pour une nouvelle douche, brûlante. Combien de temps avais-je passé dans mon lit? Je l'ignorais, mais mon réveil indiquait sept heures du matin. N'ayant pas eu de nouvelles de Darren, j'en déduisis qu'il était chez Adam. J'aurais dû lui téléphoner, mais l'idée d'appeler quelqu'un, même si c'était la seule personne qui pouvait comprendre toute l'étendue de mon sentiment d'échec, me fit l'effet d'une gifle en plein visage.

Entre la température de l'eau et la friction de la serviette, j'avais la peau rose vif en sortant de la douche. Je me séchai les cheveux et pris ma brosse. Un élastique était encore enroulé sur le manche, depuis le soir où Gabby m'avait coiffée, juste avant l'exposition « Eclipse ». J'empoignai ma chevelure mouillée et commençai à brosser, mèche par mèche, avec l'impression de tendre un arc. Cette sensation n'avait rien à voir avec le contact de Gabby, attentionné et plein d'art. Un contact désormais disparu à jamais. Tout ce talent qui avait sombré dans le néant. Toute la musique qui ne naîtrait jamais de ses mains.

Nue et encore humide, je retournai me blottir sous mes couvertures, reprenant au passage mon téléphone.

Pas la peine de venir, en fait

J'entendis un téléphone biper dans le salon et, juste après, une voix si proche que je tressaillis.

— Trop tard, dit Jonathan. Ta porte était ouverte.

Va-t'en

Un courant d'air froid entra dans la chambre, accompagné d'une bouffée de son nouveau parfum. Il s'allongea près de moi, son front contre mon dos, ses vêtements absorbant l'humidité de ma peau. Son téléphone bipa à nouveau au moment où il tirait les draps sur nous.

— Je suis désolé, Monica, dit-il en me prenant dans ses bras, le visage dans mes cheveux mouillés. Tiens, j'ai un nouveau texto. Qu'est-ce qu'il dit? « Va-t'en ».

Je reniflai.

Il glissa le bras sous ma nuque pour tenir le téléphone devant nous. Son souffle me chatouillait l'oreille.

— Attends, laisse-moi répondre.

Je veux être là pour toi

J'attendis que le message apparaisse sur mon téléphone. Il enfouit son visage dans ma nuque tandis que je tapais la réponse.

Et après?

Ses doigts parcoururent l'écran.

Le reste, on en parlera plus tard. Aujourd'hui, tu es ma déesse, le centre de mon univers

Pendant les quelques secondes qui s'écoulèrent avant que mon téléphone bipe à nouveau, un million de pensées me traversèrent – en particulier celle qu'il était fou. Complètement à l'ouest. Il ne voyait donc pas qui était cette personne dans le même lit que lui? Bordel, j'avais tué ma meilleure amie, d'abord par mon inattention, ensuite par mon ambition.

Je commençai à taper une réponse:

Tu te trompes de

Mais je sentis soudain ses lèvres sur mon épaule et son souffle sur ma peau, et mon chagrin éclata d'un seul coup. Je fus incapable de terminer mon SMS – les sanglots secouaient ma poitrine et les larmes coulaient si fort que je suffoquais. Serré contre moi, il me tint dans ses bras, murmurant à mon oreille des mots sans suite, des paroles de réconfort. Je me laissai sombrer enfin dans mon abîme intérieur, certaine qu'il saurait me retenir. Car à chaque sanglot, à chaque larme, à chaque spasme, je savais qu'il était là. Si je tombais en morceaux, il saurait me reconstruire. Je ne pouvais pas le maudire de n'être pas tout ce dont j'avais besoin, ni de ne pas se donner tout entier à moi. Je n'avais plus les moyens de rejeter son idée que j'étais une soumise, ni la volonté de lutter contre l'emprise qu'il avait sur moi. Il était là, et il faisait exactement ce dont j'avais besoin.

Quand mes larmes se tarirent, je me tournai pour lui faire face. Dans l'obscurité, je me guidai à son souffle pour trouver ses lèvres et l'embrasser. Il ouvrit la bouche, caressant ma langue dans une danse lente et douce. Je glissai mes jambes autour des siennes.

— Merci, murmurai-je en un souffle.

Il voulut répondre, mais je le fis taire d'un baiser et collai mon ventre contre le sien. Il était déjà dur et j'étais prête. À nouveau, je l'embrassai, ignorant ses objections quand je tirai sa chemise hors de son pantalon. Je le voulais nu contre moi. Je voulais me sentir bien, même pour un instant, et tout oublier le temps d'une étreinte. Je ne le méritais pas, mais j'en crevais d'envie.

Une petite lumière s'alluma sous les couvertures, suivie de deux bips différents, mais nous les ignorâmes. Nos bouches toujours réunies, il roula sur moi pour parcourir mon corps de caresses. Je gémis. Ses mains étaient si chaudes, si réconfortantes, comme un archet effleurant des cordes restées trop longtemps muettes.

— Allô? Monica?

La voix était lointaine. Nos corps s'écartèrent instantanément.

— C'était quoi? demanda Jonathan.

Je me tortillai pour découvrir mon téléphone allumé sous moi. J'avais dû rouler dessus et répondre à un appel par mégarde. Trop tard pour raccrocher, maintenant.

— Allô, Darren?

Ma voix était à peine audible. Pour une raison ou une autre, je n'arrivais pas à faire fonctionner mes cordes vocales.

— Je suis en ville.

Jonathan repoussa les couvertures. La lumière et l'air froid m'agressèrent. La chaleur de son corps me manquait déjà.

— J'ai besoin que tu paies ma caution ou je vais rater les obsèques, dit-il d'une voix morne, dénuée d'émotion. J'ai trouvé Theo. Je l'ai agressé. Il y a des garants de caution judiciaire, dans le coin. Tu peux venir?

— Oui, j'arrive, chuchotai-je.

— Merci.

Tandis qu'il me donnait quelques détails, j'observai Jonathan, encore vêtu de son polo bleu et d'un jean, le dos appuyé contre le mur. J'étais nue et blottie contre lui. Il caressa mon épaule.

— Qu'est-ce qui s'est passé? me demanda-t-il quand je raccrochai.

— Darren a cassé la gueule au petit copain de Gabby. Il faut que j'aille payer sa caution.

— Pourquoi tu parles si bas?

Je haussai les épaules. Je n'en avais pas la moindre idée. Tout ce que je savais, c'était que je pouvais chuchoter, mais pas parler à voix haute.

— Tu n'es pas censée faire un discours pour les obsèques, si?

Je secouai la tête.

— Ça se passera où ?

— Ici.

Il regarda sa montre.

— Dans sept heures, donc ? Tu es prête ? Vous serez combien ?

— C'est demain.

— Debbie m'a dit que c'était samedi. Aujourd'hui.

Merde. Quand Darren avait dit qu'il risquait de rater les obsèques, j'avais cru qu'il parlait de demain. Combien de temps étais-je restée au lit ? Avais-je dormi plus longtemps que je ne l'avais cru ?

Je vérifiai la date sur mon téléphone, et une vague de panique s'empara de moi. Jonathan avait raison. Nous étions samedi. Je devais préparer à manger. Nettoyer la maison. Me ressaisir. Et en plus de tout ça, faire sortir Darren de prison. Avec quel argent ? En avais-je seulement le temps ?

Je devais être belle à voir, nue au milieu de la chambre, me tordant les mains en me demandant par quoi commencer. Jonathan se leva et me prit les poignets. Je n'arrivais pas à parler.

— Calme-toi.

Je hochai la tête.

— Je vais m'en occuper.

— Non, soufflai-je. C'est mon travail.

Il me tint les mains entre les siennes et me parla de sa voix la plus autoritaire – mais cette fois, pas pour me dire d'écarter les jambes ou de jouir.

— Je dois aller travailler pendant quelques heures. Mais je vais envoyer une équipe de nettoyage ici, et je rapporterai de quoi manger. Combien serons-nous ?

— Jonathan, s'il te plaît. Je ne veux pas que ça se passe comme ça. Je ne veux pas profiter de toi.

— Tu ne profites pas de moi. Tu es à moi. Tu es ma déesse personnelle. Mon boulot, c'est de te rendre heureuse. Et si tu n'es pas heureuse, je serai malheureux de ne pas avoir réussi. Alors, je t'en prie, dis-moi combien nous serons. Pour me rendre heureux.

— Une centaine? chuchotai-je.

Et comment allais-je faire tenir cent personnes dans quatre-vingt-dix mètres carrés à peine? Bordel, qu'est-ce qui nous avait pris, Darren et moi, d'organiser cette veillée? Mais Jonathan serra mes mains plus fort pour se rappeler à mon attention. Le nombre d'invités ne semblait pas le gêner.

— Je m'en occupe, dit-il. Je peux facilement intercaler ça dans mes autres activités. Lil va t'emmener en ville. Je ne veux pas que tu prennes le volant. Est-ce que tu as assez d'argent pour le faire sortir?

J'ouvris la bouche, mais rien n'en sortit. Assez d'argent pour payer la caution de Darren? Pas la moindre idée. Ça coûtait combien, un truc comme ça? De toute façon, je ne pouvais pas accepter d'argent de la part de Jonathan. Si nécessaire, je demanderais à ma mère d'hypothéquer la maison. Je la supplierais, lui promettrais de faire ce qu'elle voudrait, y compris écouter ses sermons, n'importe quoi pour tirer Darren de prison à temps pour les obsèques de sa sœur – mais pas question d'accepter le moindre sou de Jonathan.

Je hochai la tête.

— Pas de problème.

Il m'embrassa tendrement et me caressa la joue du bout du pouce.

— Je t'appelle bientôt. Réponds au téléphone, d'accord?

Je me contentai de hocher la tête – j'en avais marre de chuchoter.

12

Jonathan partit à contrecœur, comme s'il craignait que je craque de nouveau pendant qu'il s'occupait d'organiser la veillée. Il se dirigea vers la Jaguar presque à reculons, se retournant sans cesse pour me regarder, tandis que le soleil lançait des reflets dans ses cheveux roux. Je parvins à lui adresser un signe de la main, et même un petit sourire. J'étais bien décidée à m'en tirer comme une grande, même si ça voulait dire que je devais feindre d'être forte assez longtemps pour qu'il retrouve foi en moi. Quand il s'éloigna en voiture, j'eus l'impression qu'il emportait un peu de mon cœur avec lui.

Lil arriva une demi-heure plus tard au volant de la navette spatiale de Jonathan – la Bentley, autrement dit.

— Mademoiselle Faulkner, dit-elle. Vous tenez le coup?

— Plus ou moins.

— Qu'est-ce qui est arrivé à votre voix?

Je haussai les épaules. Je ne savais pas si c'était un problème avec ma voix, avec ma tête ou un mauvais tour que me jouait l'univers, mais ça commençait à m'inquiéter. Cette extinction de voix que j'avais d'abord attribuée à l'excès de chagrin et de sanglots me semblait à présent plus grave.

— Je voulais vous dire…, commença Lil. J'espère que ce n'est pas déplacé, mais la femme de mon frère s'est suicidée elle aussi. Alors toutes mes condoléances. Le plus dur, c'est pour la famille.

Je grimaçai pour ne pas fondre à nouveau en larmes – elle assimilait Gabby à ma famille. Et c'était exactement ce qu'elle avait été : une sœur pour moi. M'en rendre compte me glaça, comme si j'avais reçu un seau d'eau en plein visage.

— Merci, Lil, chuchotai-je.

— Où allons-nous aujourd'hui ?

— Payer la caution de mon frère pour le sortir de prison.

13

Cinq mille dollars.

Parce que, apparemment, Darren s'en était pris à Theo avec une bouteille cassée, ce qui, selon les lois de l'État de Californie, constituait une arme mortelle.

Et donc, cinq plaques. Cash.

Ma gorge se serra.

La grosse femme avec ses lunettes fines derrière la vitre blindée avait l'air de compatir. Elle n'avait pas rechigné à m'écouter malgré ma voix éteinte, et quand elle avait compris que je pouvais entendre, mais pas parler, elle m'avait fait passer un petit carnet par le guichet.

— Il y a trois officines de garants de caution judiciaire dans cette rue. Vous leur payez cinq cents dollars, ils avancent le reste. Sauf que vous ne revoyez pas votre argent. Allez voir Kaylee. C'est la plus sympa. Elle sait s'y prendre avec les débutants, et comme elle ne travaille pas derrière une vitre, elle entendra votre toute petite voix. Compris mademoiselle ?

Je hochai la tête et notai le nom sur le carnet avant d'arracher la page et de la mettre dans ma poche. Je pris également les formulaires et le compte rendu des infractions de Darren, puis je sortis.

Lil était à côté de la voiture, garée sur une zone de livraison sans que ça ait l'air de la gêner. Elle me tendit un gobelet de thé. Comment savait-elle que j'aimais le thé ? Jonathan lui avait-il fait la liste de tous mes goûts et préférences, ou bien prêtait-elle simplement attention aux moindres détails ? Quoi qu'il en soit, je pris la boisson et la remerciai.

— Je dois aller chez un garant, murmurai-je en désignant, sur le trottoir d'en face, une pancarte jaune et noire qui affichait « Cautions Kaylee ».

Lil m'ouvrit la portière.

— C'est juste de l'autre côté de la rue, lui dis-je à l'oreille pour que le bruit de la circulation ne couvre pas ma pauvre voix.

— J'ai dit à monsieur Drazen que je m'occupais de vous. Grimpez. De toute façon, je ne peux pas rester là.

Je montai dans la voiture avec l'impression d'être une gamine pas très futée. Il m'aurait fallu deux fois moins de temps pour y aller à pied, quatre fois moins en traversant hors des clous. Mais Lil faisait son boulot avec sincérité et dévouement et je n'avais pas le cœur de la rembarrer. Aussi, je sirotai mon thé, installée à l'arrière, en espérant que le liquide chaud rouvrirait enfin l'espace entre ma voix et mes poumons. Sauf que quand j'essayai de produire un son, il ne sortit qu'un souffle de ma gorge.

J'avais l'impression qu'au plus profond de moi, ne pas parler était une sorte de choix, comme si ma voix risquait de détruire le monde ou d'invoquer des monstres capables de réduire en miettes tout ce que j'aimais. Mais je n'arrivais pas à trouver la source de cette démarche inconsciente, à lui expliquer qu'elle faisait plus de mal que de bien, que c'était ma vie entière qui allait voler en éclats si je ne parvenais pas à vivre en tant qu'artiste et partie prenante de la société.

J'inspirai profondément. Paniquer ne servait à rien. Mon objectif, c'était de tenir jusqu'au soir et de payer la caution de Darren à temps pour qu'il assiste à la veillée. Dormir. Manger. Retourner au travail demain. Respirer. À condition de faire taire mon anxiété, je m'en sortirais.

Lil se gara devant l'officine de la garante et vint m'ouvrir la porte comme si j'étais une célébrité débarquant dans un gala.

— Monsieur Drazen m'a demandé de vous informer que si vous avez besoin de quoi que ce soit, il sera heureux de s'en occuper.

— Merci.

— Vous devriez le laisser vous aider, vous savez, ajouta-t-elle avec un regard qui semblait signifier qu'elle était au courant de mes hésitations à ce sujet.

Avec un hochement de tête, je pénétrai dans la boutique par la porte de derrière.

Les locaux n'avaient pas la moindre prétention esthétique. La moquette grise industrielle était élimée aux endroits de grand passage, les néons bruyants accrochés à un faux plafond jetaient une lumière jaune sur les piles de papiers qui emplissaient toutes les étagères et la moindre surface disponible. Les bureaux étaient en contreplaqué, les fauteuils noirs semblaient tous fatigués. Seulement trois d'entre eux étaient occupés, par des personnes d'âge et d'origine ethnique différents, toutes affairées à parler au téléphone ou à taper sur le clavier d'ordinateurs beiges obsolètes. Dehors, derrière la vitrine, le trafic habituel du centre de Los Angeles.

Une femme d'âge moyen, portant de grosses lunettes à verres fumés, passa près de moi, portant une robe multicolore et des chaussons au pied. Sa tasse de café était à moitié remplie d'une mixture brunâtre.

— Bonjour, chuchotai-je. Je cherche Kaylee.

— Le chat vous a volé votre langue?

— Laryngite.

C'était la seule réponse que j'avais trouvée pour me justifier, la seule qui eût du sens. Si je tentais de lui expliquer qu'une partie de moi pensait qu'utiliser ma voix risquait de détruire le monde, elle me prendrait sans doute pour une tarée.

— Vous voulez souscrire à une caution?

— Oui. Je ne sais pas comment on fait.

— Vous avez du liquide?

— Un peu.

— Allez vous asseoir là-bas, dit-elle en me désignant une table près de l'entrée.

J'obtempérai et m'installai sur une chaise rembourrée. Sur le bureau, une plaque en bronze – du plastique, en fait – portait le nom « KAYLEE RECONAIRE ». J'avais environ deux cents dollars sur moi; c'était plus que d'habitude parce que je n'avais pas eu le temps de vider mon sac depuis mon dernier service au Stock.

Avec un soupir, la femme au café épais s'installa sur le fauteuil en face de moi.

— Vous avez les papiers? demanda-t-elle en tendant la main.

Je lui tendis les formulaires. Elle avait juste assez d'espace libre sur son bureau pour les étaler soigneusement devant elle avant de les observer tour à tour. Le reçu rose, la liasse agrafée, tout avait exactement sa place.

— C'est un de vos parents? demanda-t-elle.

— Non.

— Votre petit ami?

— Non.

— Alors quoi? demanda-t-elle en plantant ses coudes sur son bureau. Je dois évaluer les risques de fuite. Et comme on parle de notre argent, je vais vous poser des questions personnelles. Par exemple, ce bon monsieur se soucie-t-il que vous vous portiez garante de sa caution? Parce qu'il ne s'agit pas juste de coups et blessures. C'est une tentative d'homicide.

Elle me scruta d'un œil inquisiteur, comme si j'étais une petite amie qu'un salopard avait convaincue de payer sa caution à coups de beignes.

Je dus me pencher pour qu'elle m'entende.

— On a rompu il y a des siècles. C'est comme un frère pour moi. Pas un ex avec qui je continuerais de baiser parce que je suis mal dans ma peau.

Kaylee me dévisagea une seconde avant d'éclater de rire.

— Vous êtes folle, ma fille. Bon, vous avez un boulot?

— Je suis serveuse au Stock, pas loin d'ici.

Du pouce, je désignai la direction du club, à cinq ou six rues de distance.

— Vous avez combien de liquide?

— Environ deux cents sur moi.

— Il vous en manque trois cents.

— Je peux aller au distributeur, dis-je.

— Sauf qu'il ne vous en donnera pas plus de deux cents.

Je soutins son regard quelques secondes sans rien dire. Elle reprit:

— Pas question que je vous fasse cadeau des cent qui manquent. Je tiens une entreprise, vous savez?

— Vous accepteriez que je vous laisse quelque chose en gage?

Elle eut un rire dédaigneux.

— Je ne sais pas à quoi vous pensez, mais il faut que ça tienne dans ma main et que ça vaille dix fois plus que ce que ça garantit. Et aucun de vos bijoux ne me paraît correspondre à ça.

Je me levai et relevai mon T-shirt pour exhiber mon piercing en diamant de chez Harry Winston. D'accord, je courais au-devant des ennuis: payer la caution de son ex avec un cadeau de son mec actuel, c'est le genre de trucs qu'on ne voit que dans les émissions de Jerry Springer.

Kaylee se pencha en avant et fit glisser ses lunettes sur son nez.

— C'est du vrai?

— Oui.

L'air dubitatif, elle tendit la main. Je décrochai le piercing et le lui tendis. Elle ouvrit le tiroir du haut de son bureau pour en tirer une petite loupe d'horloger avec laquelle elle inspecta le diamant – ce truc qui, pour moi, était le truc le plus énorme et le plus brillant jamais extirpé des entrailles de la Terre. Je me rassis tandis qu'elle émettait une série de petits bruits de bouche, examinant le caillou sous toutes ses coutures.

Enfin, elle me le rendit.

— Ça pourrait me valoir de gros ennuis, jeune fille. Je crois que vous ne comprenez pas. J'ai pignon sur rue. Je n'accepte pas les marchandises volées.

J'en restai bouche bée. Comment osait-elle? Elle était folle, ou quoi? Je n'en revenais pas.

Une voix d'homme vint couper court à mon indignation.

— C'est à qui, la Bentley sur mon emplacement?

Un type avec des béquilles et une jambe amputée entra en boitillant.

Je levai la main, et murmurai:

— Désolée.

Il s'assit derrière un bureau.

— Alors demandez à votre chauffeur de la virer de là.

Je me tournai à nouveau vers Kaylee. Elle avait déjà glissé mon piercing en diamant dans un petit sac en plastique.

— Vous avez intérêt à revenir très vite avec le reste, compris? Sinon, pour une histoire de trois cents dollars, votre nouveau mec va être furax.

14

Je ne m'étais pas rendu compte de l'immensité de la Bentley jusqu'à ce que Darren s'assoie à l'autre bout de la banquette arrière sans me regarder, comme si je n'existais pas. Sa libération avait pris des heures : il avait fallu transférer l'argent par virement, envoyer des formulaires par Internet, passer des coups de fil, attendre des signatures, et enfin qu'une voiture le transporte jusqu'ici depuis l'endroit où il était retenu, à deux rues de là.

Quand il arriva enfin, il avait l'air épuisé, mais se força à sourire, sans doute pour me montrer qu'il tenait le coup. Après qu'on lui eut enlevé ses menottes pour me le confier, il me serra si fort dans ses bras que je crus qu'il allait me briser les côtes.

— Merci, merci ! murmura-t-il, la tête enfouie dans mon cou.

— De rien. Maintenant, il faut qu'on y aille, ou on va nous attendre.

Il hocha la tête. S'était-il délibérément mis dans le pétrin pour éviter les obsèques ?

— Pourquoi tu chuchotes ?

— Laryngite.

— Quoi ? Mais tu n'étais pas malade quand…

Je le tirai dans le hall. Je n'avais qu'une envie, fuir cette atmosphère de vitres blindées et de linoléum. Puis je m'arrêtai et, avec un moulinet de la main semblable à celui de Debbie quand elle voulait qu'on se presse, je lui intimai de me raconter son histoire.

— Je suis allé chez Adam, dit-il. Il est resté avec moi toute la nuit, mais après, il a dû partir au travail. Moi, je me suis juste promené à pied dans Silver Lake. Je suis resté assis au café Bourgeois toute la matinée. Fabio était au courant de ce qui s'est passé, et il m'a offert café sur café.

Les portes de l'ascenseur s'ouvrirent, et la cabine déversa son chargement en rangs serrés. Je tirai Darren à l'écart.

— Il aurait dû m'appeler, dis-je.

— C'est ce qu'il a fait.

Évidemment. Enterrée dans ma grotte sous les couvertures, j'avais rejeté les appels et ignoré les SMS.

Nous entrâmes dans l'ascenseur avec une bonne vingtaine d'autres personnes.

À l'oreille, Darren me glissa :

— J'ai eu le temps de réfléchir, aujourd'hui. Je me suis rendu compte que je t'ai laissée tomber. Je suis désolé.

Je haussai les épaules et lui fis signe de ne pas s'en faire. Je n'en étais pas ravie, bien sûr, mais je ne lui en voulais pas. En plus, c'était ce qui avait poussé Jonathan à venir me voir.

Darren continua :

— Theo est venu prendre un café, comme tous les jours. Je savais qu'il y a ses habitudes, mais je ne m'étais pas rendu compte que, inconsciemment, je l'attendais. Bon, voilà, la fille à la table d'à côté buvait un soda au pamplemousse. J'ai pris la bouteille, je l'ai cassée par terre et j'ai visé la gorge.

— Bordel, Darren !

Mon murmure s'éleva dans la cabine d'ascenseur, aussi sonore qu'emporté. Les gens ne nous regardaient pas, mais ils devaient nous entendre.

— Il s'en est tiré. Je l'ai touché à la joue. Je vise comme le pédé que je suis.

Je lui pinçai la hanche et il poussa un petit cri de douleur. Nous nous mîmes à rire. Les autres passagers de l'ascenseur parurent soulagés quand les portes s'ouvrirent à l'étage du parking. Garée sur un emplacement réservé aux véhicules de service, Lil lisait le *L.A. Times*.

Quand Darren vit la Bentley, il s'arrêta net.

— Où est-ce que tu as trouvé l'argent de ma caution? Cinq mille, ça fait un bon paquet.

— Je suis passée par un agent de caution.

— Et *lui*, combien t'a-t-il donné?

— Arrête.

— Je refuse que tu fasses la pute pour moi.

Je ne sais pas ce qui me prit – peut-être le stress de ces derniers jours, peut-être la gravité de l'insulte, peut-être le fait que je ne pouvais pas élever la voix pour me défendre –, mais une boule d'énergie m'envahit, si puissante que pour la relâcher, je ne trouvai qu'une solution: gifler Darren en pleine figure.

Le bruit de la claque résonna dans le parking. Lil leva la tête de son journal. Sous l'impact, Darren vacilla légèrement. Je fus partagée entre un regret immédiat et l'envie de continuer à le frapper. Je me contraignis à fermer la main pour pointer sur lui un index autoritaire.

— Monte dans cette voiture, chuchotai-je avec force. Si tu as ne serait-ce qu'une minute de retard à la veillée de ta sœur, la tête de Theo sera moins moche à voir que la tienne.

Je commençais à avoir mal à la gorge à force d'essayer de parler fort, mais il n'était pas question que je me taise.

Il me lança un regard furieux, la joue striée de marques rouges, les dents serrées. Un instant, j'eus peur – mais juste un peu, parce que je pouvais me battre et je ne craignais pas de prendre des coups.

— La voiture vous attend, fit Lil, apparaissant près de moi avec son calme et son professionnalisme habituels et tendant la main vers la portière arrière de la Bentley, déjà ouverte. Je vous en prie.

Un instant, je crus qu'il allait opter pour le bus, mais je savais qu'il n'avait pas un sou sur lui puisque tous ses effets personnels m'avaient été confiés, y compris son portefeuille, un petit couteau qu'il n'avait pas le droit de porter en public, et quelques cartes de crédit. Il savait aussi qu'il lui faudrait des heures pour rentrer en transports en commun un samedi. En dépit de ce qu'il venait de faire, peut-être pour se punir inconsciemment, il ne voudrait pas rater la veillée de Gabby.

Je remerciai Lil d'un signe de tête avant de me diriger vers la voiture sans regarder s'il me suivait. L'écho de mes pas s'éleva, métallique et précis, dans l'espace confiné. Je grimpai à l'intérieur et me glissai au bout de la banquette, la tête tournée vers la fenêtre pour ne pas voir s'il me rejoignait ou non. S'il se rendait compte que je l'observais, il risquait de tourner les talons et d'aller prendre le bus, par pure fierté.

Je l'entendis monter à son tour et claquer la portière avant de se réfugier à l'autre bout de l'immense banquette.

Lil le déposa devant chez lui. Il ouvrit lui-même la portière avant qu'elle ait eu le temps de s'extraire de son siège. Il y eut un silence. Sans le regarder, je lui tendis le reçu jaune que m'avait donné Kaylee en murmurant :

— Trois cents dollars. En liquide.

Il me l'arracha des doigts et j'entendis la portière se refermer avec le bruit étouffé caractéristique des voitures de luxe. Je ne me tournai vers lui que quand il grimpa les marches de son immeuble, tête basse, le reçu froissé à la main. J'aurais voulu courir le prendre dans mes bras. Ce n'était pas sa faute s'il avait agi comme un con après ce qui était arrivé à Gabby. Pourtant, je ne m'excuserais pas. Parce que oui, il m'avait insultée, mais il avait aussi insulté Jonathan, et d'une certaine façon, c'était ce qui me mettait le plus en colère.

15

La maison était transfigurée. Devant, l'herbe du jardin était tondue à ras, les haies étaient taillées, les oranges ramassées et disposées dans de grands bols sur la rambarde du porche. Les mauvaises herbes et tout le reste avaient disparu.

— Je vous dirai si j'ai besoin d'aller quelque part pour monsieur Drazen, m'informa Lil après s'être garée en plein milieu de l'allée, derrière un camion réfrigéré dont les roues étaient bloquées par des cales.

Je me contentai de hocher la tête, la gorge trop douloureuse pour me risquer à prononcer le moindre mot.

— Monica !

Carlos, un de nos voisins, sortit de chez lui pour se diriger vers moi, une enveloppe marron à la main. Policier de son état, il vivait à deux maisons de la nôtre et se montrait très protecteur envers le voisinage.

— J'ai appris ce qui est arrivé. Je suis vraiment désolé.

— Merci.

— Elle me demandait d'enquêter sur des trucs pour elle, parfois. Sur des gens. Des stars ou des agents.

— Vraiment ?

— Oui, dit-il avec un beau sourire. En échange, elle m'offrait à dîner, des trucs comme ça.

Un instant, je me demandai ce qu'étaient les « trucs comme ça », puis je décidai que je préférais ne pas le savoir.

Il me tendit l'enveloppe.

— C'est la dernière recherche que j'ai faite pour elle.

Je la pris et le remerciai en lui tapotant le bras.

— On vous verra, tout à l'heure?

— Bien sûr. Je passerai.

Il s'éloigna et je me dirigeai vers la maison. En montant les marches de la terrasse, je me rendis compte qu'elles avaient été balayées. Des plantes en pot y avaient fait leur apparition, si bien que le porche donnait l'impression d'être soigné et entretenu. Yvonne, que je n'avais pas vue depuis la nuit où j'avais démissionné de l'Hôtel K, faillit me renverser en sortant pour se diriger vers le camion réfrigéré.

— Ça alors! Monica! s'exclama-t-elle avec un sourire avant de m'embrasser sur la joue. Toi aussi, tu bosses ici? C'est payé double tarif, la classe!

Merde. Il allait falloir que je m'explique, et je n'en avais ni le temps, ni l'envie, ni les capacités vocales.

— J'habite ici, murmurai-je en un souffle.

Yvonne ouvrit la bouche avant de la refermer pour me considérer d'un œil curieux.

— Tu parles. On m'a dit que c'était chez la petite amie de Drazen…

Comme si elle venait de comprendre, ses yeux s'écarquillèrent, et elle sourit.

— D'accord, j'y suis. J'ai vu une photo de cette expo sur TMZ. Il m'avait bien semblé que c'était toi, mais je n'arrivais pas à y croire…

— Allez! lança Debbie depuis l'intérieur de la maison. On se dépêche!

— Je veux des *détails*! s'exclama Yvonne avant de s'élancer vers le camion.

— Je t'explique après, soufflai-je.

Le salon lui aussi était transformé, avec des chauffe-plats sur de longues tables, de nouvelles lampes et une propreté que je n'avais jamais réussi à obtenir même dans mes grands jours.

Debbie me prit par la main.

— Tu tiens le coup?

— Qu'est-ce que tu fais là? Tu travailles au Stock. Jonathan est propriétaire du K, je pensais que ce serait des gens de là-bas qui s'en occuperaient…

— Ta voix est affreuse, arrête de parler. Quand j'ai entendu ce qui s'était passé, je me suis proposée. Au K, personne n'était libre pour venir à part Freddie, et il est en période probatoire. On m'a dit qu'il ne devait pas s'approcher à moins de trois pas d'une serveuse, ou bien il finira sa carrière à récurer des chiottes. Enfin, tu sais comment circulent les rumeurs. Bref, maintenant, au boulot. On a nettoyé la salle de bain, alors ne la salis pas.

Elle me poussa à travers mon propre salon. Je connaissais trois des serveurs embauchés pour la veillée. Ils me jetèrent un coup d'œil curieux avant de se remettre à la tâche. Je me sentais mortifiée. Ils se disaient tous qu'ils étaient là pour une soirée organisée en urgence pour la fiancée du proprio de l'hôtel… et cette fiancée, c'était *moi*.

Je me dirigeai vers ma chambre et fermai à clé derrière moi. Mon armoire était remplie de vêtements noirs. Je sélectionnai un pantalon et un pull. Je ne voulais pas d'une tenue habillée ou originale – pas de petit nœud, de boutons fantaisie ni de jupe courte. Je sais, Gabby aimait quand je m'habillais un peu classe, mais je n'étais pas d'humeur à ça. Je me sentais comme une merde, et j'allais lui rendre hommage en portant une tenue si banale que j'en deviendrais invisible.

Je me déshabillai pour entrer dans la douche. Au passage, je m'aperçus dans la glace. J'étais nue – et encore plus sans ce diamant dans mon nombril. Un pincement d'angoisse me prit à l'estomac. Jonathan ne devait pas me voir sans ce bijou, sinon il faudrait que je m'explique ou que je mente, et aucune de ces deux options ne me convenait.

Il me fallut vingt-quatre minutes montre en main pour prendre ma douche, m'habiller et me maquiller – des tons neutres, à peine visibles. Puis je passai un texto à Jonathan.

Merci pour tout

La réponse fusa.

De rien. En réunion. J'arrive après

Comment ça, « J'arrive »? Il venait?

Bien sûr, j'aurais dû m'y attendre. Quand j'avais eu besoin de lui, il avait rappliqué aussi sec – il n'allait pas me laisser tomber pour la veillée funèbre de ma meilleure amie. Je me débarrassai des chaussures plates que j'avais choisies pour enfiler les talons à semelle rouge de l'exposition « Eclipse ».

L'enveloppe de Carlos était encore sur mon lit. Machinalement, je l'ouvris et en tirai une simple feuille à l'en-tête de Westonwood Acres, un « havre de retraite » luxueux – en réalité, un asile psychiatrique. Le document était un formulaire d'admission. Quand je lus le nom qui y figurait, je me figeai.

« Jonathan S Drazen III »

Son âge figurait juste à côté de la date. Seize ans. Tout le reste était barré à gros traits noirs.

Voilà ce que Gaby avait voulu me dire. Je rangeai le papier dans son enveloppe et dissimulai celle-ci dans ma table de chevet. Mes mains tremblaient.

16

À l'heure dite, Darren gravit à pied la côte qui menait chez moi. Il entra dans la maison et me jeta un coup d'œil. Que pensait-il des transformations du lieu? Je l'ignorais, et je m'en moquais. J'étais prête à défendre à nouveau Jonathan.

Les gens arrivèrent – des hipsters de l'Eastside, des musiciens du Westside, et quelques enseignants de Colburn qui avaient souhaité exprimer leurs regrets devant ce talent trop tôt disparu. Bien sûr, tous voulaient me parler. J'en connaissais près des trois quarts, au moins par leur nom, mais l'idée de devoir discuter avec chacun d'eux et expliquer ma « laryngite » allait me rendre les choses dix fois plus pénibles.

J'affichai donc ma plus belle expression de serveuse dévouée. Je me raclai la gorge – ça faisait mal – et souris à la première personne qui passa la porte. Avec un bref hochement de tête, je prononçai « laryngite » en agitant mes doigts devant ma gorge et passai au suivant. Au bout de quelques personnes, ça devint plus facile. Je ne pensais plus qu'à accueillir le mieux possible ceux qui arrivaient. Au fond, me concentrer sur autre chose me faisait le plus grand bien.

Comme la veille devant le flot d'appels et de textos, je fus surprise par la gentillesse des gens. Ils voulaient surtout m'aider. Je laissai Darren à l'intérieur et m'installai sur le porche pour les accueillir d'un baiser sur la joue ou d'une poignée de main, avec toujours mon sourire de serveuse. Au bout d'un moment, tous les visages se mélangèrent. Je les aimais *en masse*, sans discernement. À ma grande surprise, je ressentis une impression de bien-être. Au moment où Kevin arriva et posa sa main sur mon épaule, mon niveau d'endorphines était à son maximum.

Je le pris dans mes bras et murmurai :

— Merci d'être venu.

— Je suis désolé, Monica. Je sais tout ce qu'elle représentait pour toi.

Ses mains caressèrent mon dos, mais je n'y prêtai pas spécialement attention. À l'oreille, je lui glissai :

— Le truc… Ton installation. Je suis partante.

Il me serra plus fort. Il aimait faire ça, avant, en gonflant les biceps jusqu'à ce que j'aie l'impression qu'il allait m'écraser les côtes.

Puis il me lâcha, mais nous restâmes tout proches l'un de l'autre. Il me parlait tout bas, pour que personne ne nous entende.

— Je l'ai proposée au musée d'Art moderne de Colombie-Britannique, à Vancouver. Ils ont un créneau qui vient de se libérer pour Noël. Tu crois qu'on peut être prêts à temps ?

Il recula d'un pas pour me regarder dans les yeux. Sa main était encore sur mon cou, un contact trop familier, trop intime, mais je ne reculai pas.

— On en parlera, murmurai-je.

— Dès que tu pourras parler, oui, répondit-il en souriant.

Ce fut son parfum qui m'avertit de sa présence. Le nouveau. Sciure et cuir, avec des notes de sexe. Je me tournai pour découvrir Jonathan juste derrière moi dans un complet noir taillé sur mesure et une cravate assortie qui mettaient en valeur ses cheveux roux et son regard de jade.

Il tendit la main à Kevin.

— Ravi de vous revoir, dit-il d'une voix tendue, trop polie.

Ses yeux étaient deux pierres étincelantes, et son sourire dévoilait ses dents, presque menaçant. Je n'avais jamais vu cette expression sur son visage, et je ne l'aimais pas. Pas du tout.

Je repensai au formulaire dans l'enveloppe marron. Ce que je voyais, était-ce un symptôme de ce qui l'avait envoyé dans un hôpital psy? Merde. Je ne pourrais jamais lui poser la question, et elle allait me hanter.

— Moi aussi, répondit Kevin.

Puis il me regarda et, dans un geste que je jugeai totalement déplacé, il me toucha le bras et murmura :

— Je t'appelle au sujet de l'installation.

Là-dessus, il entra dans la maison.

Bordel de merde ! Je devais vraiment me taper le concours de celui qui pisse le plus loin pendant la veillée funèbre de Gabby? Sérieux? Un instant, je me pris à regretter les charmes du célibat. Mais quand je relevai les yeux vers Jonathan, son visage s'était radouci.

— C'était quoi, ce petit combat de coqs? demandai-je.

— Laisse tomber. Ça se passe comment, jusqu'à présent?

— Je fais bonne figure.

Je reculai pour lui montrer mon sourire tout professionnel.

— Parfait. Debbie m'a dit qu'il n'y avait pas de cercueil?

Je secouai la tête et tentai d'arborer une grimace pour montrer à quel point je trouvais l'idée absurde.

— En tant que bon catholique repenti, dit-il, j'ai toujours l'impression qu'il faut qu'il y ait un cercueil ouvert.

— Pas moi, et je ne suis pas pratiquante non plus.

Il passa un bras sur mon épaule.

— Ma mère va t'adorer, tu sais?

Je déglutis en dépit de ma gorge douloureuse. Je ne voyais pas bien ce que venaient faire ses parents dans ses plans pour faire de moi son objet sexuel – si ce n'est qu'il devait sans doute préférer me tenir le plus à l'écart possible de sa famille. Quoi qu'il en soit, dans les circonstances présentes, je n'avais pas la tête à m'appesantir sur le sujet.

Je détournai le regard. Dans un coin, j'aperçus Darren et Adam qui discutaient. Darren se tourna vers moi et nos yeux se croisèrent. Il s'approcha de nous. Pourvu que Jonathan ne se remette pas à jouer au mâle dominant…

Sans doute ne considérait-il pas Darren comme une menace, contrairement à Kevin, car Jonathan s'excusa pour entrer dans la maison.

— Je ne vais pas m'excuser, dit Darren.

Je haussai les épaules. Moi non plus.

— Adam va aller chercher le truc que tu as laissé en gage. Quoi que ce soit.

— D'accord.

J'aurais voulu lui demander combien de temps ça prendrait, parce que je ne voulais pas que Jonathan me voie sans le diamant, sans quoi il risquait de considérer Darren avec le même regard de dédain qu'il avait jeté à Kevin.

Je dévisageai Darren. On ne voyait plus trace de la gifle que je lui avais administrée deux heures plus tôt. Le soir où je l'avais emmenée à l'hôpital après sa tentative de suicide, Gabby avait gardé des bleus sur la joue gauche pendant près de trois jours, et ma main ne valait pas mieux après les neuf minutes et demie que j'avais passées à la gifler pour tenter de la garder en vie. Peut-être l'avais-je réellement sauvée, qui sait? Quand j'étais allée la voir à l'hôpital, elle m'avait accueillie avec des excuses, et j'avais tout fait pour la distraire. Tout. Je n'aurais rien pu inventer de plus.

Je demandai:

— Est-ce que Gabby t'a dit ce qu'elle avait appris sur Jonathan ?

— Non, mais ça avait l'air de mauvaises nouvelles. Pourquoi ?

Soudain, je me sentis épuisée. Les yeux me piquaient, j'avais l'impression de porter un fardeau énorme sur les épaules, et mes chaussures me faisaient mal aux pieds.

— Monica ? fit Darren en posant la main sur mon épaule.

Je sentis la présence de Jonathan et me redressai, tentant d'oublier ce moment de faiblesse et de retrouver mon sourire d'hôtesse. Il me prit par la main pour m'entraîner vers le jardin à l'arrière. Je le suivis sans un regard pour Darren. Tant pis.

À l'arrière de la maison, Papa avait planté des arbres fruitiers et aménagé de petits espaces clos, plaçant des pierres dans le sol pour délimiter des chemins et laissant pousser la végétation librement. Des rocailles et des plantes grasses adoucissaient l'ensemble. Je menai Jonathan vers le fond, en direction du banc près du mur de parpaing qui retenait le talus. Je n'y avais pas prêté attention depuis des mois ; l'assise était couverte de poussière et de feuilles mortes. Jonathan l'épousseta et nous nous assîmes.

— Tu tiens le coup ? demanda-t-il en me caressant les cheveux.

Je passai un bras sur ses épaules et l'embrassai en haut du cou.

— C'était quoi, ce truc avec Kevin ?

J'avais besoin de savoir à qui j'avais affaire, et plus ça allait, moins j'avais l'impression de connaître Jonathan.

— Quand je suis en colère, je ne sais pas le cacher, dit-il. Je n'ai pas aimé ce qu'il t'a fait.

Ses lèvres effleurèrent mon cou et il me prit par le menton pour m'embrasser.

— Les possessifs et les jaloux, c'est pas du tout mon truc, Jonathan. Si tu ne me fais pas confiance…

— Je ne suis pas possessif. Je suis protecteur.

Je poussai un soupir quand sa langue se mit à parcourir mon cou, jouant avec les endroits les plus sensibles.

— Jonathan…

— Ne dis rien, d'accord?

Il me prit dans ses bras et m'attira contre lui. Sa main libre glissa vers ma poitrine pour se poser sur mon sein – qui réagit en se tendant instantanément, la pointe durcie sous le pull. De l'ongle du pouce, il caressa l'excroissance, d'abord en douceur, puis plus fort. Il se pencha jusqu'à ce que nos nez se touchent, et je distinguai des étincelles bleues dans ses yeux verts.

À travers le pull et le soutien-gorge, il pinça mon téton. Fort. Ma bouche s'ouvrit, mais aucun son n'en sortit. Ma main glissa vers l'entrejambe de son pantalon, où je sentis son érection.

— Non, Monica. Je m'occupe de toi. Garde les mains le long du corps.

Je secouai la tête.

— C'est ce qui m'excite, dit-il. Quand tu m'obéis. Accorde-moi ça.

Je fis ce qu'il me demandait, comme toujours: la petite pute soumise de quelqu'un qui n'avait pas jugé bon de me dire qu'il avait passé son seizième anniversaire dans un endroit très particulier.

Il posa son pouce sur mes lèvres.

— Mouille ça.

Je pris le doigt dans ma bouche et le suçai tandis qu'il jouait avec ma langue, le recouvrant de salive comme il me l'avait demandé. Tout ce qu'il me demandait, oui. La brûlure entre mes jambes en avait autant envie que lui.

Nos visages toujours en contact, il glissa sa main sous mon pull, repoussant le soutien-gorge pour empoigner mon sein. Je paniquai un instant quand ses doigts glissèrent près de mon nombril, où le diamant ne se trouvait plus, mais il l'ignora pour saisir mon téton entre son index et son pouce mouillé. Je poussai un gémissement quand il pinça et tourna.

— Garde les yeux ouverts, dit-il. Regarde-moi.

Je fis ce qu'il me demandait.

Il passa le pouce sur le téton dressé, et à nouveau j'ouvris la bouche sans qu'aucun son ne sorte.

— Tu as les jambes croisées. Écarte-les.

J'obéis en maudissant mon pantalon. Je voulais qu'il me touche. Je voulais qu'il sente comment je mouillais pour lui. Avec un pincement de culpabilité, je me rappelai que nous étions à la veillée de Gabby ; mais quand il tordit de nouveau la pointe de mon sein, le brasier entre mes cuisses me fit tout oublier.

— Défais ton pantalon.

J'ôtai le bouton et baissai la braguette, tout en gardant le pull tiré sur mon ventre.

— Mets ta main entre tes cuisses, murmura-t-il.

— Je ne peux pas.

C'était ses mains que je voulais – pas les miennes.

— Bien sûr que si. Et tu vas le faire. Pour moi.

Je glissai ma main dans ma culotte, puis m'arrêtai.

— S'il te plaît, dit-il.

Mais ce n'était pas une demande – juste un ordre poli.

Mon majeur trouva d'abord ma moiteur, comme une rosée autour de mon clitoris gonflé. Jonathan poussa un soupir en voyant changer mon expression. Je glissai le doigt vers mon orifice, entraînant la chaleur et l'excitation avec lui, et me mis à tourner, recueillant ma sève entre mes deux doigts, comme une bille de métal autour d'une roulette.

Jonathan embrassa ma joue et continua à caresser mon sein et mon téton dressé tandis que mon doigt remontait vers mon clitoris, dur comme du marbre et trempé. J'étais déjà au bord du gouffre. Même si mon esprit avait eu fort à faire depuis, mon corps n'avait pas oublié les instants passés sous les couvertures avec Jonathan.

— Est-ce que je peux jouir? chuchotai-je.

Les choses avaient changé entre nous, mais une chose au moins était claire: mes orgasmes lui appartenaient. Et c'était ce que je voulais.

— Tu es vraiment une brave petite.

— Je peux?

Sa réponse ne vint pas tout de suite. Il embrassa mon nez, ma joue, caressa mon autre sein. Je continuai à agiter mes doigts tandis qu'il me couvrait de baisers. L'orgasme cognait en moi, une pression de plus en plus forte qui suppliait que je la libère. Et je lui répétais « pas encore », pas encore jusqu'à ce que, soudain, il pince mon téton au point de me faire mal et lâche:

— Jouis.

Comme contenue par un barrage trop frêle, la vague se libéra, déferla en moi. Tout mon corps se raidit sous mes propres doigts; de mon cul à ma chatte, tout se mit à palpiter et à se contracter. J'ouvris la bouche et poussai un hurlement – intérieur, car seul de l'air sortit de ma bouche.

— Ne t'arrête pas, dit-il.

Mes doigts continuèrent leur mouvement, et mon orgasme se prolongea. Mes jambes s'écartèrent, mon dos s'appuya contre le dossier, et je me raidis soudain, d'un seul coup, en haletant. C'était presque douloureux. Juste au moment où je me disais que je n'en pouvais plus, il lâcha:

— Arrête.

Je me laissai tomber entre ses bras, réduite à l'état de gelée tremblotante. Il se mit à rire.

— Je pense que tu en avais bien besoin.

Je ne répondis rien, posant la tête sur son torse pour tenter de retrouver ma respiration.

— Tu n'as pas utilisé ta voix, dit-il en me caressant les cheveux. Pourtant, j'étais sûr que ça marcherait.

Je haussai les épaules.

— Rentrons avant que tous tes ex viennent nous chercher, dit-il. Ça m'ennuierait de devoir les tuer.

Sa main glissa sur mon ventre et s'arrêta soudain. Il releva mon pull pour regarder mon nombril nu.

— Tu l'as perdu?

J'adoptai mon expression la plus innocente, avec un zeste de surprise.

— À l'intérieur.

J'indiquai la direction de la maison qui était aussi celle du centre-ville; tout risque de vol mis à part, il y avait de fortes chances que le diamant soit effectivement « à l'intérieur ».

Avec un hochement de tête, il rabaissa mon pull et me regarda me rajuster. Il paraissait pensif. Mon mensonge presque innocent l'avait-il convaincu?

17

Quand nous retournâmes à l'intérieur de la maison, la veillée se terminait déjà. La plupart des invités étaient partis et les serveurs commençaient à ranger et nettoyer, effectuant de nombreux allers-retours vers le camion réfrigéré. Il ne restait que quelques personnes. Darren, en particulier, l'air un peu perdu, tournait en rond parmi les restes de nourriture. Je ne vis Adam nulle part. Jonathan rejoignit Debbie et ils se mirent à discuter à voix basse devant la porte.

Un homme d'une cinquantaine d'années, avec des lunettes rondes à monture de plastique et de longs cheveux raides, s'approcha de moi :

— Vous êtes Monica Faulkner?

Comme je hochai la tête, il me tendit la main.

— Jerry Evanston. J'ai vu Gabby cet après-midi-là.

Ça ne me rappelait rien.

— Eugene, de WDE, m'a demandé d'aller au studio de Burbank pour tenir compagnie à une artiste. C'était idiot, mais c'est lui qui m'a donné mon dernier contrat, et je lui devais un service, alors je n'ai pas posé de question. Je voulais vous dire que je suis désolé. Je ne savais pas ce qui allait arriver. Eugene est un connard, mais je le connais depuis le lycée et il a toujours été là quand j'avais besoin de lui.

Je hochai la tête pour lui montrer que j'avais compris : c'était lui qui était resté au côté de Gabby pendant que je merdais complètement ma maquette. C'était donc bien une embrouille.

— Je comprendrais que vous m'en vouliez…

— Pas de problème, chuchotai-je. Vous ne pouviez pas savoir.

— Votre amie a joué pour moi. Elle était brillante ; Eugene dit que vous êtes très douée aussi.

Je haussai les épaules – le moyen le plus simple pour communiquer tous les sentiments que faisaient naître ses mots. J'étais douée. J'étais nulle. J'étais muette. J'étais la musique.

— Votre voix, ça va ?

— Laryngite.

— J'ai un truc à vous proposer. Parce que je me sens coupable pour ce qui est arrivé.

Je hochai la tête. Soudain, j'eus l'impression qu'il y avait trop de monde dans la pièce – Yvonne, en particulier, me surveillait d'un œil moqueur, comme à l'affût d'informations croustillantes.

— Dites-moi, soufflai-je.

— J'ai un contrat. Par Eugene, mais ça ne change rien. Pour Carnival Records. Je travaille avec EVP à la recherche de nouveaux talents.

— EVP ? Le label de Herman Neville ? demandai-je – j'avais l'impression d'être Gabby avec son encyclopédique Bottin du show-biz.

Jonathan s'approcha de moi et je lui pris la main. Je rêvais de me laisser aller dans ses bras. Lui et Jerry se saluèrent de la tête.

Jerry continua :

— Oui. Et j'ai réservé un studio à Burbank, pour jeudi. Sauf que la chanteuse a annulé ce matin, et je me suis dit que si vous vouliez en profiter pour enregistrer un truc toute seule, on pourrait faire quelque chose de bien, et je le lui montrerai ensuite. Je ne vous promets rien, hein. Mais je me sentirais mieux.

— Je peux enregistrer une chanson à moi ?

— C'est l'idée, oui. Si vous avez retrouvé votre voix, évidemment.

— Oui.

J'avais répondu dans un souffle. Bordel, mais qu'est-ce qui me prenait? Je n'avais pas la moindre chanson – putain, je n'avais même plus de *voix*. Quelle idée…

— Super. Voici ma carte.

— Merci.

Je la regardai – juste un nom et un numéro. Parfaitement banale. La carte de n'importe qui… et pourtant, songeai-je tandis qu'il s'éloignait, il était la dernière personne au monde à avoir entendu jouer Gabby.

Jonathan se posta derrière moi et me caressa le dos, sa main électrique à travers le pull. Je lançai un coup d'œil à Yvonne, qui observait cette marque d'intimité d'un air encourageant.

— Ça va aller, toi? demanda-t-il doucement.

— Fatiguée…

— Tu veux venir chez moi pour quelques jours?

Mes jambes ne me portaient presque plus. Je ne désirais rien de plus que de me jeter sur le lit de sa chambre d'ami, où nous avions baisé si fort, et le laisser me caresser et me câliner pendant des jours. Entendre sa voix en m'endormant, sentir ses lèvres sur ma peau – et ce sentiment que quelqu'un prenait soin de moi, me protégeait, était là pour moi… J'en rêvais de tout mon cœur. Je regardai ces yeux de jade où toute trace de domination avait disparu. À cet instant, ils ne reflétaient qu'une sollicitude sincère. Et je répondis:

— Je ne peux pas.

— Pourquoi?

— Tu n'es pas un prince, Jonathan. Tu es un roi. Mais je ne suis pas prête.

Je posai la main sur son visage et le regardai droit dans les yeux, comme pour lui transmettre la profondeur des sentiments que j'éprouvais pour lui, ou mon inquiétude au sujet de ceux-ci.

— Je fais de mon mieux pour ne pas être un connard autoritaire.

— Tu y arrives très bien.

Il me quitta avec un baiser tendre – Yvonne le vit. Puis Darren partit à son tour. Les employés et tout leur matériel disparurent peu après, non sans que Debbie m'ait assuré que je n'avais pas besoin de venir travailler le lendemain si je ne me sentais pas d'attaque. Puis je me retrouvai seule dans ma maison toute propre. La porte de la chambre de Gabby était fermée. Je l'ouvris.

Ma meilleure amie n'avait réussi à comprendre les réseaux relationnels hollywoodiens qu'au prix d'un travail acharné. Sa commode croulait sous des piles d'enveloppes marron, portant chacune un nom. Des traits au feutre de couleur ornaient leur rabat inférieur, indiquant un classement qui tenait compte du nom, mais aussi du parcours scolaire, du travail, des relations personnelles et familiales. Des exemplaires empilés du *Variety* et des pages people du *L.A. Times*, du *New York Times* et de *Hollywood Reporters* se dressaient comme autant de tours aux quatre coins de la chambre. Je lui avais répété maintes fois de les mettre à la poubelle, mais elle se disait toujours qu'elle avait peut-être manqué un lien ou une connexion, et ne parvenait pas à jeter le moindre article. Au final, elle s'était contentée de tout reléguer dans sa chambre et de fermer la porte.

Tu vas bien?

Le texto de Jonathan arriva au moment où je me demandais si je ne ferais pas mieux de condamner cette porte pour toujours.

Je suis triste. Sinon, oui. Vais au lit

Bonne nuit, déesse

On doit toujours parler

Quand tu pourras, c'est d'accord. Maintenant, au lit. Ne te touche pas, sinon je le saurai…

Je le crus. Comme il savait, j'en étais certaine, que le diamant se trouvait quelque part en ville, dans un sachet plastique.

18

Après les funérailles de Gabby, j'aurais voulu rester au lit pendant des jours. Pourtant, il fallait que je travaille. Je réussis à débarquer pour le service de midi avec les yeux secs et un maquillage à peu près convenable. Devant Debbie, j'affichai mon sourire professionnel, mais il parut ne pas la convaincre des masses.

— Tu peux parler? me demanda-t-elle avec une moue de ses lèvres parfaites.

Je secouai la tête.

— Et du coup, tu vas servir à quoi?

J'en restai coite – elle avait raison. Avec un soupir, elle appela Robert qui, à l'autre bout du comptoir, faisait du gringue à deux femmes aux allures de top model. Elle me prit mon carnet des mains et lui lança.

— Aujourd'hui, Monica est de service au bar.

— Pourquoi? C'est juste le déjeuner…

— Vas-y, commence à discuter ce que je dis.

Robert s'empourpra et n'osa rien répondre. Le ton de voix de Debbie déclencha quelque chose de similaire en moi – ou en tout cas, je reconnus cette sensation électrique. Quand elle se tourna vers moi et me fit signe d'aller prendre place au bar, je compris pourquoi : cette autorité-là, je l'avais entendue dans la bouche de Jonathan. Debbie était une dominante.

Le fait que je m'en rendis compte en disait plus sur moi que je ne l'aurais voulu. J'avais passé la matinée à tourner dans ma maison, occupée à une fouille en règle pour ramasser les affaires de

Gabby et les enfermer dans des cartons : les numéros de Variety posés sur le piano, les chaussures près de la porte, le métronome qu'elle laissait toujours à côté de la télé, des partitions. J'avais classé les affaires en deux catégories, à garder et à jeter... puis j'avais fini par tout conserver pour Darren. Et tout ce temps, dans ma tête, j'entendais non pas sa voix, mais sa musique. Je m'étais assise au piano pour jouer une de ses compositions, celle qu'elle répétait quand elle se sentait faible et menacée, un morceau aux accents épiques sur lequel elle avait travaillé quelques jours plus tôt. Je m'arrêtai au milieu d'une phrase ; je ne le jouais pas aussi bien qu'elle. Certaines notes étaient fausses – il faut dire qu'elle ne couchait jamais ses compositions par écrit, elle n'utilisait des partitions que pour noter des morceaux qu'elle entendait et qu'elle voulait se mettre dans les doigts. Alors j'étais allée chercher quelques feuilles de musique dans le carton à jeter et j'avais rejoué le morceau en transcrivant la mélodie au fur et à mesure. Soudain, comme si les notes ne se suffisaient pas à elles-mêmes, les mots se mirent à couler. En hâte, j'allai chercher le bloc dans ma table de chevet.

Et s'il m'étrangle ? me gifle ? me fesse ? me mord ? me sodomise ? me fouette ? me blesse ? m'exhibe ? me bâillonne ? me bande les yeux ? me partage ? m'humilie ? m'attache ? me fait saigner ? me rend folle ?

Cette foutue liste. J'aurais pu y ajouter des centaines de questions.

S'il m'étouffe ? Me tire les cheveux ? Jouit sur mon visage ? Me traite de pute ? Me demande de lécher le sol ? Me détruit ? Me pousse à me détester moi-même ? Fait de moi un animal ?

Parce que c'était ça, le problème. J'avais peur de me transformer en une créature abjecte, non seulement à ses yeux et à ceux des autres, mais aussi aux miens.

Je me souvins du ton de Jonathan quand il exigeait quelque chose de moi. Le calme, la sûreté – une note en elle-même. Un accord. Je le plaquai sur le piano, jouant avec les harmoniques, jusqu'à trouver une suite en *ré* majeur. Alors je repris la transcription du morceau de Gabby. Oui, c'était possible. Je pouvais le faire. La garder en vie. Et décider comment continuer mon histoire avec lui, si ça en valait la peine.

Entendre cette même note autoritaire dans la voix de Debbie me déstabilisa un instant; je me figeai. Levant un sourcil, elle me fit signe de passer derrière le comptoir pour commencer ma nouvelle tâche. Quand je passai près d'elle, elle me lança:

— Il faut que tu ailles voir un médecin.

Je lui souris, non pas parce que j'étais d'accord, mais parce que je savais qu'aucun spécialiste ne pourrait me guérir. J'ignorais si je serais capable de chanter pour enregistrer avec Jerry le jeudi suivant, mais, au moins, j'avais le début d'une chanson.

J'entrepris donc de remplir les verres pour les serveuses, virevoltant autour de Robert pour aller chercher les bouteilles, remplissant les bacs de glace et renouvelant les bières quand c'était nécessaire. Évidemment, j'empiétais sur son territoire – et sur son pourboire de la journée –, et je fis de mon mieux pour me montrer agréable avec lui.

Au fond, c'était assez drôle de ne communiquer que par sourires et signes de tête… jusqu'à ce que j'aperçoive Darren installé au bar, l'air maussade.

— Tiens, fit-il, te revoilà?

Je lui fis signe de se rendre à l'autre bout du comptoir. Au même moment, Tanya arriva avec une commande. Je remplis quelques verres de glaçons puis d'alcool, avant de reposer le ticket sur son plateau garni. Ce n'était pas encore le coup de feu; rejoignant Darren, j'essuyai le comptoir devant lui et me penchai.

— Je peux avoir une bière? demanda-t-il.

Je hochai la tête. Déjà, Robert me fusillait du regard. Du doigt, je montrai les bières. Robert tira une bouteille du réfrigérateur, la versa dans un verre et entreprit de taper la note sur la caisse enregistreuse.

— J'ai ton truc, fit Darren. Un sacré gros caillou, quand même.

Je tendis la main.

— Je l'ai laissé sur le piano.

Je hochai la tête en jetant un coup d'œil vers Debbie qui, bien qu'elle soit au téléphone, me surveillait.

— Je ne vais pas m'excuser, dit-il. J'ai eu tort de te traiter de pute, mais ça ne change rien.

J'aurais eu beaucoup à lui répondre, à commencer par le fait que je me foutais de ses fausses excuses et qu'au final je n'avais pas besoin de son jugement. Mais j'avais déjà remis les pendules à l'heure avec une bonne grosse gifle, et j'étais moins en colère qu'impatiente. Il me tardait qu'il passe à autre chose, pour qu'on puisse commencer à travailler sur l'œuvre pour Vancouver, quelle que soit la forme qu'elle prenne.

Angie, une autre serveuse, revint avec une commande, et je la servis. Puis ce fut Tanya, suivie par une nouvelle fille dont j'avais oublié le nom. Comme je n'étais pas en salle, elles devaient toutes travailler un peu plus et Robert gagnerait un peu moins en pourboires, donc j'avais intérêt à m'y mettre sérieusement pour ne pas jouer les boulets. Le temps que je me retourne, Darren était parti, laissant deux billets de cent dollars sous sa bouteille. Robert s'avança pour les récolter, mais je le pris de vitesse.

— Bordel, Monica, c'est quoi, ça?

Je commençais à en avoir marre de ne pas pouvoir parler. Exhibant les billets, je le saisis par le col et l'attirai vers moi, chuchotant le plus clairement possible:

— C'est un prêt qu'il me rembourse.

Puis je soutins son regard avec toute l'intensité dont j'étais capable. Pas question que je le laisse m'entraîner dans une dispute. Je le repoussai.

C'est alors que je vis Jonathan à l'autre bout du comptoir, installé sur le même tabouret que la nuit où je l'avais embrassé sur Mulholland en contemplant la vallée – puis de nouveau, plus tard, près du camion-restaurant. Accoudé sur le zinc, il parlait au téléphone sans me quitter des yeux. Je ne l'avais pas vu au Stock depuis le soir où il m'avait laissée sur ma faim, le suppliant de me prendre sur le bureau de Sam. J'en avais déduit qu'il évitait de venir pendant mes heures de service pour ne pas me déranger. Je m'approchai de lui. Il me tendit la main et je la pris tandis qu'il refermait son téléphone.

— Bonjour, ma déesse.

— Bonjour, mon roi, soufflai-je.

— Tu ne parles toujours pas?

Je secouai la tête sans le quitter des yeux. Je commençais à m'habituer à la ligne de sa mâchoire, à la couleur de ses cheveux. Oui, je commençais à connaître par cœur chacun de ses traits splendides. Je n'avais qu'une envie – passer par-dessus le bar et me jeter dans ses bras.

— Tu enregistres quand, avec ce type?

— Jeudi, articulai-je.

Il fixait mes lèvres avec une intensité très excitante.

— Et par rapport à ton problème, tu comptes faire quoi?

Je haussai les épaules. Moi aussi, cette extinction de voix m'inquiétait. Je ne pensais presque qu'à ça – sauf que je n'avais aucun remède. Je savais qu'elle n'avait rien de physique: c'était la peur qui paralysait mes cordes vocales.

— Tu as des projets pour plus tard?

À nouveau, je secouai la tête. La veille, j'aurais été capable de lui répondre, au moins en chuchotant, mais mon état avait empiré – et à en juger par son expression préoccupée, il s'en rendit compte. Voyant que Sam approchait, je retirai ma main de celle de Jonathan et retournai au service derrière le comptoir.

Jonathan disparut peu après et ne revint pas ce soir-là. Tant mieux. Dans la soirée, il y eut foule, encore plus que d'habitude, et nous nous retrouvâmes presque débordés, au point qu'à plusieurs reprises Robert me lança un coup d'œil reconnaissant. Le temps parut filer à toute vitesse ; je me rendis compte que mon service était terminé en voyant les lumières et les chauffeuses s'allumer.

Je quittai le bar accompagnée de Robert. Debbie nous remit nos enveloppes pour la soirée.

— Beau travail ce soir, dit-elle. Merci d'avoir fait équipe, tous les deux.

Puis, pointant un doigt accusateur sur moi :

— Et toi, va faire examiner cette gorge. Tu t'en es bien tirée, mais je n'ai pas besoin de toi au bar. Tu es plus efficace en salle, avec ton charme et ton sourire.

J'acquiesçai et articulai « d'accord », les yeux baissés. C'était très chic de sa part de ne pas m'avoir renvoyée chez moi quand elle s'était rendu compte que je ne pouvais pas parler. Je lui en étais reconnaissante.

Je pris mes affaires dans mon casier et fourrai l'enveloppe dans ma poche. C'est alors que je sentis à l'intérieur une forme trop rigide pour être un billet. J'ouvris l'enveloppe. J'y trouvai du liquide – moins que d'habitude, vu les circonstances – ainsi qu'une carte-clé pour une chambre de l'hôtel Stock.

Mon téléphone bipa à ce moment précis.

Chambre 522. Nue

Une décharge électrique me parcourut le ventre. Nous avions encore beaucoup à discuter, j'étais incapable de parler et je devais aller voir un docteur d'urgence… N'empêche que j'avais envie de lui tout de suite. J'empoignai mon sac et me précipitai vers l'ascenseur tout en tapant ma réponse.

Franchement, ça ne vaut pas la peine, si je ne peux pas hurler ton nom…

Tu vas hurler, oui

Je crois que je vais plutôt rentrer chez moi faire une lessive…

J'étais déjà au cinquième étage quand je me rendis compte qu'effectivement, j'avais une bonne raison de rentrer chez moi. Quelle idiote ! J'aurais dû lui dire de retarder le rendez-vous, même d'une heure. Sauf que vu ma réponse sarcastique, il savait que j'étais déjà en route pour la chambre… et mon piercing en diamant se trouvait chez moi, sur le piano. Merde.

Je restai dans le couloir, fixant l'écran de mon téléphone. Il fallait que je fasse quelque chose.

En fait, est-ce que je pourrais…

Je n'achevais pas ce SMS. Tout ce qui me venait à l'esprit sonnait complètement faux. Je lui avais déjà dit que je n'avais rien prévu pour la soirée, et il savait que je n'étais ni malade ni de mauvaise humeur. Donc, pas d'échappatoire : c'était le moment de montrer ce que j'avais dans la culotte.

19

Je ne savais pas quoi faire de mes dix doigts. J'étais censée me déshabiller et l'attendre nue, mais impossible de me présenter à lui en tenue d'Ève sans diamant au nombril. Il finirait par s'en apercevoir à un moment ou un autre, bien sûr, mais je préférais que ce ne soit pas d'emblée, lui tout habillé et moi littéralement à poil.

Je faisais donc les cent pas dans la chambre, regardant par la fenêtre le spectacle plus ou moins ragoûtant du centre-ville, avec un sentiment d'anticipation malheureusement dénué de tension sexuelle. En entendant la serrure jouer, j'aurais voulu m'enfuir – sauf que Jonathan barrait l'entrée.

Il me détailla des pieds à la tête, avec mon jean et mon T-shirt noir, et pencha la tête comme s'il ne comprenait pas.

— Y a quelque chose qui cloche, dit-il en posant sa carte-clé sur la commode.

Il ne semblait pas en colère, juste sévère. Il ne craqua pas même quand je souris et posai un index sur ma joue dans la pose classique de l'ingénue. Il s'approcha de moi, si près que je sentais son souffle sur mon visage.

— Nue, Monica.

Je frissonnai. J'aurais voulu obéir. Mes mains faillirent dégrafer mes boutons d'elles-mêmes, mais je les retins pour soutenir son regard. Tout au fond de celui-ci, sous la dureté, je lus un sourire – moquerie ou amusement, je ne sais pas, mais c'était du plaisir.

Si je parvenais à le pousser à me déshabiller si rapidement qu'il ne se rendrait compte de rien, j'aurais réussi mon coup.

— C'est rapport à la soumission, c'est ça? demanda-t-il. Tu montres que tu n'es pas soumise?

Je gardai la bouche close. Mon extinction de voix constituait la meilleure excuse pour ne pas répondre. Je me contentai de soutenir son regard, si près de lui que je sentais la chaleur qui émanait de lui comme une vague.

Sa main frôla la lisière de mon jean.

— Cette ceinture, c'est toi qui l'enlèves, ou c'est moi?

Comme pour m'occuper les mains, je défis la boucle et retirai la ceinture. J'allais la laisser tomber par terre, mais il la retint.

— Merci, dit-il.

Il glissa les doigts dans mon jean pour le déboutonner et défaire ma braguette, écartant les pans de mon pantalon. Ses mains m'arrachèrent un gémissement silencieux.

— J'avais l'intention de te pousser à utiliser ta voix d'une manière ou d'une autre. Tu as choisi de faire ça à la dure…

Me saisissant par la nuque, il me jeta sur le lit, tête la première.

Je rebondis sur le matelas. L'instant d'après, sans me laisser le temps de respirer, il se jeta sur moi pour me chevaucher, ses genoux enserrant mes cuisses tandis qu'il me saisissait par les coudes.

— Il suffit que tu dises n'importe quoi qui ressemble à « non » ou « arrête ». Mais je veux l'entendre.

Il tira mes bras derrière moi.

À me sentir ainsi retenue, j'éprouvai une sensation brûlante depuis le fond de mon ventre jusqu'à la lisière de mon sexe. Quand il passa la ceinture autour de mes bras, juste au-dessus des coudes, ce fut comme une décharge d'excitation, si puissante qu'elle m'aveugla. Il serra la ceinture. Je ne pouvais plus bouger.

— Je veux entendre ta voix. Compris?

J'acquiesçai, le visage à moitié enfoui dans la couette, l'autre moitié recouverte de cheveux défaits. Il saisit la ceinture de mon jean et le baissa sur mes fesses en même temps que ma petite culotte. Je crus qu'il allait continuer à me débarrasser du pantalon, mais il s'arrêta là. Il me saisit par les hanches et les releva jusqu'à ce que mes genoux se retrouvent sous mon ventre.

D'une main, il écarta ensuite les cheveux de mon visage pour me regarder dans les yeux tandis que les doigts de son autre main jouaient à l'entrée de mon vagin, tournant autour de l'orifice, écartant les lèvres.

— Tu es toute mouillée, Monica.

Je m'en rendis compte quand ses doigts s'insinuèrent en moi, tout en douceur. Puis il retira sa main. Immédiatement, elle me manqua, mais je pensai qu'il allait enlever son pantalon ou remplacer ses doigts par sa bouche. À la place, sa main s'abattit sur mon cul avec un claquement retentissant, qui m'arracha un « Aah » de surprise et de douleur. Et il recommença, un peu plus haut. Plus fort, aussi.

La brûlure était intense, tout autant que l'excitation, comme une marée montante. Mes bras se tendirent dans leurs liens, mais impossible de bouger. J'étais sous son emprise, ligotée, excitée, contrôlée. Plus la moindre parcelle de volonté : j'étais l'esclave de sa main qui fouettait mon cul, encore et encore, puis ma chatte, puis mon cul à nouveau.

— Ça va, ma belle? demanda-t-il.

J'acquiesçai. Parce que pour être honnête, j'adorais ça. Je me sentais en sécurité. Il continua. Caresse, fessée, caresse, fessée. Je me perdis tout entière dans la sensation cuisante, complètement soumise à ce qu'il m'infligeait – à ce que je le laissais m'infliger. Les secondes qui s'écoulaient entre les moments où sa paume s'abattait sur mes fesses étaient elles-mêmes chargées d'anticipation ; il maîtrisait parfaitement son rythme, pour que les coups n'arrivent jamais tout à fait au moment où je les attendais. Je tendais la croupe vers lui, la respiration haletante et gutturale tandis que les coups pleuvaient le long d'une cuisse, puis d'une autre. Je le savais, il allait gifler mon sexe – oui, le prochain coup serait pour ma petite chatte ; et comme il savait que je le savais, il le retint une seconde de plus avant d'abattre la main sur ma fente et mon clitoris trempés d'excitation.

Je poussai un grognement.

— Tu as dit quelque chose, Monica ?

Il était lui aussi hors d'haleine. Je me crus incapable de répéter ce son… jusqu'à ce que sa paume fouette à nouveau ma chatte, deux fois de suite, fort et vite. La vague de plaisir m'arracha une longue voyelle modulée.

— Voilà. Quelle belle voix…

Je sentis le matelas bouger tandis qu'il ôtait son pantalon. Je ne pouvais voir ce qu'il faisait, mais ces secondes d'attente furent récompensées par la sensation de sa queue contre la peau à vif de mon cul. Il l'introduisit en douceur dans ma fente trempée – elle n'attendait que ça.

— Jonathan…

Son nom sortit de ma bouche tandis qu'il bougeait lentement en moi. C'était meilleur que jamais, encore plus doux, presque soyeux, et je poussai un grognement, utilisant enfin les cordes vocales que j'avais crues paralysées, peut-être pour toujours.

Il agrippa mes hanches et s'enfonça d'un seul coup, brutalement, en poussant à son tour un grondement animal. Il me prenait, me possédait, m'utilisait, et j'allais jouir comme ça, mon cul tendu vers lui.

— Non, dis-je. Pas comme ça.

Il s'immobilisa et se laissa aller sur mon dos.

— Comment, alors ?

— Sois doux, murmurai-je.

— Je veux entendre ta voix.

— Fais-moi l'amour, demandai-je, plus gênée de lui demander ça que de le supplier de me baiser comme une chienne.

Mais après la fessée, j'avais besoin de ses bras autour de moi, de son visage dans mon cou, de son souffle dans mon oreille.

Il défit la ceinture qui retenait mes bras et me retourna vers lui d'un seul mouvement. Je me retrouvai sur le dos, les jambes levées, et il en profita pour faire glisser mon jean. En découvrant son visage, je compris qu'il s'était passé quelque chose entre nous. La dureté avait disparu de son regard, remplacée par une expression d'attente intense, d'ouverture et de sincérité. Il m'embrassa tandis que je l'enserrais de mes jambes. Nous nous mîmes à bouger ensemble, et le sentiment d'urgence dans mon ventre se mua en brasier. Il prit mon visage à deux mains.

— Regarde-moi.

Il s'enfonça jusqu'à la garde et je l'accueillis, avide, nos corps glissant l'un contre l'autre, sa queue entre mes lèvres sensibles et gonflées, son ventre contre mon clitoris.

— Oh…

C'était tout ce que j'étais capable de dire.

— Regarde-moi quand tu jouis, souffla-t-il sans cesser d'onduler des hanches, laissant sortir sa queue juste assez loin pour faire renaître la délicieuse douleur sur mes lèvres enflées, avant de s'enfoncer à nouveau en moi.

J'empoignai ses cheveux et tins son visage contre le mien, les jambes écartées au maximum. Le plaisir jaillit comme une vague électrique, se répercutant dans les plus lointaines extrémités de mon corps, à la fois glaciale et brûlante ; mes orteils se tendirent, mes yeux se révulsèrent, je me pressai contre son corps et hurlai tandis que la vague me soulevait et explosait partout où sa queue me touchait. Cette sensation devint le centre du monde – je ne voyais, ne sentais, n'entendais plus rien d'autre, même mes propres cris, tandis que je jouissais et que ma chatte se contractait autour de sa queue comme un fourreau, encore et encore.

J'avais fermé les yeux, incapable de voir autre chose que mon propre plaisir. Quand je les rouvris, je vis son visage grimacer. Tout son corps s'arqua et, lorsque mes cris retombèrent enfin, je l'entendis murmurer :

— Oh non…

Je me sentais si proche de lui, en harmonie. Nos deux souffles ne faisaient qu'un. Je savais qu'il allait me dire ce qui s'était passé quand il avait seize ans. Il me parlerait de Westonwood Acres, et je me promis que ça n'aurait pas d'importance. Nous étions liés.

— Je suis désolé, Monica.

Il se retira et la sensation humide et visqueuse entre mes cuisses m'indiqua que nous avions un problème.

— Tu ne portais pas de capote ?

— J'allais en mettre une quand tu m'as demandé de te faire l'amour. J'ai cru que j'avais un peu de temps. Mais tu as joui et…

— Oh, bordel !

— On va gérer ça, quoi qu'il arrive.

— Le problème, ce n'est pas d'avoir un bébé à élever dans le luxe, Jonathan ! m'écriai-je, limite hystérique.

Il y avait eu cet instant entre nous, qui avait disparu si vite… déjà, je me sentais en manque de lui.

— Tu as couché avec combien de femmes ?

Il se raidit et s'écarta, bras tendus au-dessus de moi.

— Je fais toujours attention.

— Et tu crois qu'avec ça, je vais dormir sur mes deux oreilles ?

— Monica…

Je le repoussai brutalement pour me précipiter dans la salle de bain. Je fermai le verrou derrière moi. Seule. Enfin. Il était temps de réfléchir à la galère dans laquelle je m'embarquais. Dingue. J'étais dingue, tout était dingue. Je laissai couler le jet brûlant, et me laissai glisser contre la porte jusqu'au sol.

Je m'étais entichée d'un coureur de jupons qui s'était rendu compte du jour au lendemain qu'il n'était plus amoureux de son ex, qui venait de m'administrer une fessée parce qu'il était persuadé que j'étais une soumise adepte du SM, et qui avait effectué au moins un séjour en institution psychiatrique. J'étais vraiment tarée – même Kevin était plus stable.

Me levant, je me débarrassai des vêtements qui me restaient, T-shirt et soutien-gorge. Dire que je m'étais inquiétée pour ce diamant ! À présent, je m'en foutais complètement. Ce truc-là, j'allais le remettre dans son écrin et le renvoyer à l'expéditeur. J'irais le déposer devant sa porte – hors de question que je m'approche davantage. Plus question de céder à nouveau à cet enfoiré autoritaire, irresponsable et manipulateur.

Je le revis au club, le soir où je m'étais tant inquiétée au sujet de Jessica – grand et élancé dans son complet sur mesure, ses cheveux roux coiffés négligemment, et cette ombre de sourire quand il m'avait repérée, parce que le sourire dans mon cœur était dix fois plus grand que celui sur mon visage.

Je montai le thermostat de l'eau, m'efforçant de nettoyer l'intérieur de mes cuisses – comme si ça allait changer quelque chose ! Mais je devais le faire sortir de moi. Son odeur, son goût, la moindre de ses cellules devait me quitter. Parce que bien entendu, le problème c'est que nous n'avions pas de lien. Que je ne sortais pas avec lui, pas vraiment. Le problème, c'est qu'on baisait ensemble comme ça, sans rime ni raison.

Et que j'étais en train de tomber amoureuse de lui.

En comprenant cela, une sensation de paix et de chaleur s'empara de moi, parce que je savais à quoi m'en tenir et que désormais l'alternative était claire : rester avec lui, l'aimer et en supporter les conséquences, ou en finir une bonne fois pour toutes, sans retour possible.

Je sortis de la douche sans avoir pris ma décision.

Mais Jonathan était parti.

20

Assise dans la salle d'attente de la clinique d'Echo Park, je jouais avec mon téléphone. Devais-je lui envoyer un message? Je n'avais pas la moindre idée de ce que je voulais lui dire. Et vu qu'il n'avait pas donné de nouvelles, il était peut-être en train de prendre la décision pour moi.

Un SMS de Darren arriva:

On nettoie la chambre de Gabby?

Nous n'échangions plus que sur des sujets purement pratiques. Pour le moment, je m'en contenterais. N'empêche, il allait falloir qu'on discute à un moment ou un autre.

Un peu plus tard dans la semaine, c'est possible?

OK

Au fait, j'ai retrouvé ma voix

Tant mieux

Je veux me servir d'une compo de G. Je la citerai comme auteur et reverserai les droits sur votre assurance vie

Il y eut une longue pause, puis il répondit:

Tu es une bonne personne, honnête, avec une droite de boxeur

— Monica Faulkner, lança la dame de type hispanique qui se trouvait à l'accueil, vêtue d'une blouse rose et de sandales.

Je me levai et elle me tendit un papier en triple exemplaire.

— Voilà une ordonnance pour une pilule du lendemain, et une autre pour une contraception plus régulière. Le docteur vous a-t-il donné un rendez-vous pour un nouvel examen dans quelques semaines?

— Oui.

— Rien d'autre?

— Je ne sais pas si ce mec en vaut la peine.

— Ils n'en valent jamais la peine, *mi hija.* Aucun d'entre eux.

21

Nos mots tressés sous les arbres menthe à l'eau
Plafond ouvert sur le ciel
Tu me veux toute à toi
Charme fatal et mots qui brillent
Moi je n'ai qu'une poignée d'étoiles
Accrochées à une vague qui m'emporte

Dis, me traiteras-tu de pute?
Me détruiras-tu?
Me demanderas-tu de lécher le sol?
Me ligoteras-tu?
Me transformeras-tu en bête?
Serai-je ton objet?

Allez, ouvre ta boîte à mensonges,
Tunnel obscur pour nos
« Je dois », « il faut ».
Choisis ce que je ne veux pas,
Mais pas d'instant, pas de mystère.
Toi tu n'as besoin de rien.
J'aurai beau me tordre pour toi
Ça ne servira à rien.

Et moi, te posséderai-je?
Te ligoterai-je?

Un jour, t'étranglerai-je?
Te blesserai-je, te tiendrai-je,
Seras-tu à moi enfin?
Seras-tu mon objet?

— Voilà! s'écria Jerry derrière la vitre. Ça, c'est ce que j'appelle une chanson.

— Merci, répondis-je dans le micro.

J'ôtai le casque de mes oreilles. J'avais commencé par enregistrer la piste de piano pour avoir le bon tempo, puis la voix par-dessus.

— J'aimerais refaire le deuxième couplet.

— Il faut choisir. C'est ça ou ajouter le thérémine. On n'a plus trop de temps.

Ma petite boîte électromagnétique était posée dans un coin. D'accord, le couplet resterait comme ça pour le moment. J'avais besoin d'ajouter une piste avec cet instrument dont on joue sans le toucher – c'est ce qui ferait fonctionner la chanson. J'avais réussi à exprimer toutes mes craintes à travers les paroles, mais une partie de la musique au moins devait être douce et réconfortante, sans quoi l'ensemble n'aurait pas été juste.

Jerry l'ignorait: je n'avais pas réellement composé la partie du thérémine. Je n'en avais pas trouvé le temps – ou, pour être honnête, je ne savais pas encore ce que j'attendais de cet instrument. Les sons qu'il produisait constituaient le contrepoint exact de la composition dynamique de Gabby, et leur harmonie était improbable.

Néanmoins, je me postai devant l'instrument, écoutant ma voix et le piano mêlés dans le casque. Alors je levai la main; traversant le champ électromagnétique, elle produisit une note. Je déplaçai mon autre main entre les antennes métalliques, comme pour caresser la musique, sans rien toucher – les vibrations de l'instrument venaient justement de l'absence de tout contact. Les mouvements de ma main se transformèrent en une danse sensuelle, comme si je caressais un homme imaginaire, un homme qui s'était approché trop près lorsque j'étais vulnérable, qui m'avait touchée quand je souffrais, et qui avait eu le tort de prendre soin de moi quand je le lui avais demandé. Pour ces péchés, pour avoir laissé sa peau toucher la mienne dans des circonstances dangereuses, je le repoussais.

— Je peux recommencer? demandai-je à Jerry qui, dans la cabine, réglait ses potentiomètres.

— Oui.

Alors je jouai la musique avec tout mon chagrin et ma colère, et mes doigts qui s'agitaient dans l'air créaient des notes qui traduisaient mes regrets et mon désespoir.

22

Je quittai le studio avec la sensation d'avoir chanté devant un stade comble. Jerry allait mixer le morceau et nous écouterions ensemble le résultat dans quelques jours. Jusque-là, je planais. Je devais maintenant me doucher et me changer avant mon rendez-vous avec Kevin et Darren au sujet de l'œuvre pour Vancouver.

Une Fiat était garée devant chez moi. Je la reconnus – c'était celle qui se trouvait dans l'allée de chez Jonathan le deuxième soir où je m'y étais rendue. Effectivement, son assistante se tenait sur le perron, blonde et l'air boudeur.

— Bonjour, lançai-je. On n'a pas été présentées, si?

— Kristin.

Elle ne fit pas mine de me serrer la main ni de me sourire; à la place, elle me tendit une enveloppe.

— Je suis censée attendre que vous ayez lu.

J'ouvris la lettre. À l'intérieur, je trouvai une feuille à l'en-tête d'un certain laboratoire Trend. En haut à droite, Jonathan avait griffonné « Dors bien ».

Sous l'en-tête, les mots « RÉSULTATS DES TESTS », suivis de petites lignes de texte inintelligible et deux cases – positif et négatif. Seules les cases « négatif » étaient cochées. Je vérifiai en particulier la ligne « VIH », et je poussai un soupir en découvrant qu'elle ne faisait pas exception.

— Vous voulez entrer? demandai-je.

— Je n'ai pas le temps.

— Je peux vous confier quelque chose pour lui en retour?

— Bien sûr.

Si ces mots et son ton professionnel semblaient signifier qu'elle serait heureuse de me rendre service, sa posture et son visage de marbre clamaient le contraire. Sans doute une diplômée de Harvard qui se retrouvait à faire passer des petits mots entre son patron et sa maîtresse.

Je déverrouillai la porte d'entrée.

— Ça ne prendra qu'un instant.

J'avais une boîte spéciale pour mes factures, et j'y farfouillai pour retrouver celle de l'hôpital public d'Echo Park. Au crayon, j'entourai la mention de pilule du lendemain qui m'avait été prescrite, et j'inscrivis: « Toi aussi, dors bien » en haut de la feuille avant de la fourrer dans l'enveloppe, puis de ressortir pour la donner à l'assistante. Cette fois, je m'étais décidée.

Ni appel ni SMS depuis la fessée à l'hôtel – mais je savais qu'il me laissait simplement du temps, pour faire retomber la pression. Il avait enfreint une règle capitale en me pénétrant sans préservatif, mais j'étais assez grande pour savoir qu'il n'était pas le seul responsable. J'aurais pu vérifier, faire plus attention. La sensation de sa queue en moi avait été si douce que j'aurais dû comprendre – ce n'était quand même pas la première fois que je sentais un pénis nu…

Pensive, je soupesai un instant mon téléphone. Je pouvais l'appeler, prendre l'initiative. Nous discuterions librement de ce qu'il pouvait me faire, m'attacher, me fouetter avec une cravache. Ou m'obliger à garder la bouche ouverte pour la baiser à mort. Ou m'offrir à ses copains. Jusqu'où irait-il? Était-ce un pervers? Je n'en avais pas la moindre idée, je m'étais éloignée de lui bien trop tôt pour le découvrir.

Je reposai mon téléphone. Ça attendrait au moins une heure. Avant de l'appeler, je voulais qu'il ait lu cette ordonnance.

23

— Pourquoi me demander de limiter l'espace? demanda Darren. L'espace, c'est visuel, c'est ton problème. Le temps, c'est acoustique et ça, ça nous regarde, Monica et moi.

— C'est une représentation des limites humaines, répondit Kevin, tendu comme un ressort, penché en avant et très concentré, comme toujours. Dans la réalité, nous ne contrôlons ni le temps ni l'espace, et le peu de contrôle que nous croyons arracher par la lutte n'est qu'une illusion.

— Donc, si j'ai bien compris, Monica et moi délimiterons l'espace, et tu dicteras le tempo. D'accord, on n'a qu'à partir de ça.

Moi, j'étais enfoncée dans la banquette, bras croisés, jambes allongées. Je n'avais rien à ajouter. C'était un magnifique concours de celui qui pisse intellectuellement le plus loin. Rien de ce qu'ils racontaient n'avait la moindre importance, et leurs propos allaient à l'encontre du principe de départ – débarrasser l'émotionnel de l'intellectuel. Mais ils s'étaient lancés là-dedans à la minute même où nous étions entrés au Hoi Poloi Hog – mieux connu sous le nom HPH.

L'endroit était décoré de meubles récupérés dans la rue ou dans des dépôts-ventes, y compris en ce qui concernait l'éclairage: les ampoules des lampes de bric et de broc semblaient conçues tout spécialement pour diffuser le moins de lumière possible. Le ciel d'octobre, sombre et sans soleil, n'arrangeait pas la situation, jetant sur le visage de mes deux compagnons des ombres ternes.

Si nous étions tous les trois parfaitement conscients que j'étais en compagnie de deux des trois hommes à qui j'avais offert mon corps, nous n'en parlâmes pas. Nous ne parlions que d'art.

— Un autre café, les garçons? demandai-je.

Ils en étaient à leur deuxième expresso.

— Je m'en occupe, fit Darren. C'est vous qui avez payé les précédents.

Il se leva pour se diriger vers le comptoir.

Pendant une seconde, Kevin resta muet, et moi aussi. Pas la peine d'essayer de combler le silence – il allait s'en charger tout seul.

— Tu as vraiment besoin de bosser avec lui? demanda-t-il. Parce que je n'avais pas demandé de travailler avec toute une équipe.

— On aurait été trois si Gabby n'avait pas décidé d'aller nager alors qu'elle était sous médocs.

— C'est un coup bas, ça…

À mon tour de me pencher vers lui.

— Seule, je bosse moins bien. Tu le sais. Je donne le meilleur de moi-même quand je travaille avec d'autres.

— Tu peux changer ça.

— Tu ne te sens pas menacé, quand même?

Il se laissa aller contre le dossier de sa chaise, mordillant sa rondelle de citron.

— Tu n'aimes vraiment pas qu'on te bouscule, Titi-Canari.

Mon téléphone bipa. Jonathan.

Le centre médical d'Echo Park? Sérieusement?

Un problème?

Pas qu'un peu…

Je cherchai quoi répondre quand le SMS suivant me parvint.

Est-ce qu'on peut arrêter ça et discuter avant que j'aie un accident?

Une vanne me vint immédiatement au sujet de cet « accident » – j'aurais pu lui conseiller, s'il souffrait d'incontinence, d'aller consulter au centre médical d'Echo Park, beaucoup moins cher que les cliniques privées. Mais je me retins.

— Je reviens tout de suite, lançai-je à Kevin.

Je sortis du bar, ignorant son regard interrogateur.

Dans la rue, des gens promenaient leur chien, parlaient au téléphone, se roulaient des pelles, riaient à gorge déployée. Le bruit des voitures était assourdissant, et quand Jonathan décrocha, je dus me boucher une oreille pour pouvoir l'entendre.

— Coucou, dis-je.

— Tu as dû sortir de cet endroit avec plus de maladies que tu n'avais en y entrant, commença-t-il de but en blanc.

— Espèce de sale snob…

— Un snob, c'est quelqu'un qui se défend contre une position sociale trop basse. *Ego sum forsit.*

— Je n'arrive pas à croire que tu oses dire ça. Même sans la citation latine.

— Qui ne veut rien dire, en fait. Je l'ai ratée. Comme j'ai tout raté avec toi.

Je laissai le silence s'installer, en repensant à lui – sa façon de bouger, de parler, son odeur, son souffle. Et tout de suite après, je me remémorai le formulaire d'admission à l'institution que m'avait remise Carlos, son ex-femme dont il était peut-être encore amoureux, cette maîtresse à San Francisco. Et, bien sûr, toute cette histoire de soumission.

J'inspirai profondément avant de reprendre :

— Je crois qu'on a tous les deux envie de la même chose et qu'on ne le dit pas.

Si un sourire pouvait s'entendre au téléphone, le sien m'aurait rendue sourde.

— Je serai chez moi vers dix heures, dit-il. Sauf si tu veux que je vienne chez toi.

Je n'avais jamais pensé à le retrouver à la maison. L'idée m'aurait plu… s'il n'y avait pas eu la chambre vide de Gabby et l'enveloppe de Carlos, un objet inanimé qui pourtant faisait beaucoup de bruit dans ma tête.

— Dix heures, ça me va.

J'entendis sa respiration – un soupir, peut-être?

— Il me tarde.

Je rentrai dans le bar pour écouter les deux grands coups de ma vie débattre de la dialectique des émotions.

24

Je sortis du bar à vingt et une heures quarante-cinq, la tête farcie de mots compliqués et sans la moindre solution en vue. Les mecs étaient toujours en train de discuter sur le sens de l'art et de la vie en général. Apparemment, ils s'appréciaient de plus en plus à mesure qu'ils engloutissaient les expressos. En montant dans ma Honda, je décidai que s'ils finissaient par coucher ensemble, je me ferais lesbienne… pensée que je chassai rapidement.

Le portail de la maison de Jonathan était grand ouvert, comme une bouche prête à m'avaler. Je me garai dans l'allée et coupai le moteur. Pendant quelques secondes, je restai là, savourant le parfum des bougainvillées dans le vent d'automne. Mon bloc-notes jaune dépassait de mon sac à main. J'y avais inscrit quelques idées en vrac en discutant avec Kevin et Darren, mais il contenait encore la page où j'avais noté mes peurs concernant Jonathan.

Et s'il m'étrangle? me gifle? me fesse? me mord? me sodomise? me fouette? me blesse? m'exhibe? me bâillonne? me bande les yeux? me partage? m'humilie? m'attache? me fait saigner? me rend folle? S'il m'étouffe? me tire les cheveux? jouit sur mon visage? me traite de pute? me demande de lécher le sol? me détruit? me pousse à me détester moi-même? fait de moi un animal?

Je dénichai un stylo au fond de mon sac et, le bloc appuyé sur le volant, biffai certaines questions. C'était sans doute très incomplet, mais ça constituait au moins un point de départ.

Et s'il ~~m'étrangle~~? ~~me gifle~~? me fesse? me mord? me sodomise? ~~me fouette~~? me blesse? ~~m'exhibe~~? ~~me bâillonne~~? me bande les yeux? ~~me partage~~? ~~m'humilie~~? m'attache? ~~me fait saigner~~? ~~me rend folle~~? ~~S'il m'étouffe~~? me tire les cheveux? jouit sur mon visage? ~~me traite de pute~~? ~~me demande de lécher le sol~~? ~~me détruit~~? ~~me pousse à me détester moi-même~~? ~~fait de moi un animal~~?

Il ne restait pas grand-chose sur ma liste, mais tout ce que j'avais barré, je le considérais comme non négociable. La porte d'entrée s'ouvrit, et un rayon de lumière vint frapper la feuille où j'écrivais. Jonathan s'avança sous le porche. Je sortis de ma petite voiture, mon bloc-notes serré contre moi.

Il s'accouda à la rambarde.

— J'ai cru que tu t'étais évanouie, là-dedans.

Je regardais ses bras posés sur la rampe de bois – le détail des veines, des muscles, des poils dans la lumière tandis que j'imaginais ses mains sur mon corps.

— Tout va bien, merci.

Pour la troisième fois, je gravis les marches de la terrasse – moins inquiète que la première, plus excitée que la deuxième. Il se tint près de la porte pour me laisser passer, mais je m'arrêtai.

— Tu n'entres pas? demanda-t-il.

— D'abord, il y a quelque chose que je veux te dire.

Il s'appuya au chambranle.

— D'accord.

J'avais bien des choses à lui confier – des mots plein la tête, sauf qu'ils débordaient et n'avaient aucun sens. Alors, je lui tendis le bloc. Il me regarda avant de baisser les yeux sur la feuille. Jamais je ne m'étais sentie aussi nue sous son regard, malgré mon pantalon et mon T-shirt à manches longues. Ça me semblait la chose la plus intime au monde. Une bouffée de chaleur me parcourut la poitrine et les joues quand il releva la tête.

— Tu as oublié de rayer le sexe anal.

— J'ai essayé une fois, je n'ai pas aimé. Mais si tu es plus doué, je veux bien tenter le coup, au fond.

Une pause.

— Sans jeu de mots.

Il se mordit la lèvre. Je battis des paupières à plusieurs reprises, mais nous ne parvînmes pas plus l'un que l'autre à garder notre sérieux. D'accord, c'était une blague pourrie, mais la tension entre nous était telle que ce qui aurait dû être un sourire amusé se transforma en fou rire incontrôlable. Il eut beau tenter de relire la liste, il éclata de rire et je me joignis à lui, à en pleurer. Enfin, il s'approcha de moi. Je pris sa main.

— Ta liste est très bien, dit-il.

— Vraiment? J'ai eu l'impression que je ne laissais pas grand-chose.

— Monica, le but du jeu est qu'on s'amuse. Dans le cas contraire, c'est qu'on s'y prend mal. L'autre jour, je me suis expliqué de la pire façon possible. J'aime jouer, et je sais le faire de façon sûre, mais ce n'est pas pour autant un mode de vie pour moi. Je n'étais pas obstinément à la recherche d'une soumise, il n'y a pas de crochets installés dans mon salon.

— Pas de donjon privé, alors?

— L'association des amis du Moyen Âge l'interdit sûrement, de toute façon.

— Tu plaisantes? Je suis sûr que tu aurais de quoi acheter l'association tout entière…

Je rejetai la tête en arrière, et il comprit le signal – il m'embrassa, passant les bras autour de moi pour m'attirer tout contre lui.

— Jessica était la dernière femme que j'ai aimée à qui j'ai parlé de ça. Et ça ne s'est pas bien passé. Pas bien du tout. J'avais peur de te faire fuir.

— Ce que j'ai fait.

— C'est vrai. J'étais très mal.

— Tu n'en avais pas l'air.

— J'ai une vie intérieure très riche, mais elle reste cachée.

— Vraiment ? Personne ne peut entrer ?

Je passai les bras autour de sa taille.

— Tu peux vivre avec ça ?

Il m'embrassa à nouveau, avec intensité, son corps pressé contre le mien. C'était si bon, chaud, souple – ses mains sur mon corps et sa bouche contre la mienne.

J'aurais aimé prolonger ce baiser pendant des heures, mais c'était un luxe que je ne pouvais pas m'offrir. J'écartai mon visage, sans rompre le contact de nos corps.

— J'ai besoin d'un test d'une nuit. Comme un essai. Pour voir si j'ai peur.

— Bouh !

Sa bouche descendit le long de mon cou et ses mains s'insinuèrent sous mon chemisier.

— Je suis sérieuse.

— D'accord. J'aime ton odeur. Et puis…

Il recula à son tour pour me dévisager.

— Et puis je suis bloqué. Tout ce que je veux de toi, tu me l'as donné, et je n'arrive pas à trouver quelque chose de nouveau. Trop d'options…

Je le repoussai en souriant.

— Tu es censé m'attendre sur le seuil et me dire de me déshabiller.

Il se mit à rire, à contre-jour dans l'encadrement de la porte. Il me détailla des pieds à la tête. Pour ma séance de travail avec les garçons, j'avais revêtu un jean serré, des bottes, et un chemisier en coton à manches longues doté d'un nombre intimidant de boutons.

— Tu portes une tenue à l'épreuve des balles, dit-il.

— Désolée.

J'entrepris de dégrafer la boutonnière.

— Non, dit-il avec un sourire qui lui éclaira le visage. Arrête. On recommence depuis le début. Monte les marches.

Il se glissa à l'intérieur et referma la porte derrière lui. D'accord. Il voulait reprendre depuis le commencement, cette fois dans le bon état d'esprit. Je redescendis les marches avant de rebrousser chemin lentement. Puis je frappai à la porte et attendis, un peu intimidée. Il me sembla que deux bonnes minutes s'écoulaient avant que la porte s'ouvre, puis il apparut devant moi, vêtu de la même chemise et du même pantalon de coton, en chaussettes. Son sourire avait disparu, mais semblait encore flotter aux coins de sa bouche.

— Monica.

— Jonathan.

— Je suis content de te voir.

— Moi aussi.

— Tourne-toi.

Immédiatement, ma respiration s'accéléra et une douce brûlure s'empara de mon sexe. Je lui tournai le dos.

— Déboutonne ton pantalon.

Sa voix était plus basse d'une demi-octave, ses consonnes plus appuyées, dans un rythme *staccato*. Ce changement fit taire en moi toute envie de rire.

Je dégrafai ma chemise, défis le bouton de mon jean et baissai la braguette avant de laisser mes mains pendre le long de mon corps.

— Brave fille.

Je le sentis se rapprocher de moi. Glissant les pouces dans la ceinture de mon jean, il le fit descendre en quelques secousses, jusqu'à mi-cuisse, sans toucher à ma culotte.

— Maintenant, dit-il en tirant mes bras vers l'arrière, je veux que tu te penches en avant. Compris?

— Oui.

— Vas-y.

Je me penchai jusqu'à ce que mon nez ne soit qu'à quelques centimètres de mes jambes. Il posa la main sur mon cul et un de ses doigts s'insinua dans ma culotte pour chercher mon sexe. Je gémis.

— Tu es mouillée.

— Oui.

— En m'attendant devant la porte, tu pensais à quoi?

— À rien.

— Sois honnête, sinon ce n'est pas drôle.

Il baissa ma culotte et, du doigt, se mit à tracer des cercles autour de mon orifice.

— Allez, dis-le.

Derrière mes genoux, au-dessus de mon jean baissé, je voyais ses jambes et la porte d'entrée de la maison. Je fermai les yeux.

— J'imaginais que tu sortais de la maison. Tu m'as pris par la nuque, par les cheveux, et tu m'as embrassée. Et puis tu m'as forcée à m'agenouiller. Ta queue était déjà sortie. Je ne sais pas comment c'est possible, mais c'est un fantasme, d'accord? En tout cas, tu as réussi à le faire très vite. Et tu as mis ta bite sur mes lèvres, et je t'ai pris dans ma bouche. Tu as soupiré très fort.

— Et ensuite?

— Ça a recommencé depuis le début. Différemment. On s'est embrassés un peu plus longtemps. Ou bien j'étais sur un genou au lieu de deux.

— Donc, c'était ce moment-là qui t'excitait?

— Oui.

Deux doigts s'insinuèrent dans ma chatte. Je poussai un grognement de plaisir.

— Une autre fois. Peut-être. Quand tu me feras complètement confiance.

Il se pencha pour caresser de sa main libre ma nuque et mes épaules avant de m'indiquer, d'une simple pression de la main, que je devais me relever. Il me prit le menton et m'obligea à tourner la tête vers lui. Ses doigts ressortirent de moi.

— Ouvre la bouche.

J'obtempérai. Il y glissa les deux doigts qu'il venait d'ôter de mon sexe trempé.

— Voilà le goût que tu as quand je te bouffe la chatte.

Je léchai ses phalanges, les explorai de la langue pour savourer le goût du sexe, de ma propre excitation dans ma bouche. Sa main libre se posa sur mon ventre pour me tirer vers lui et frotter son érection sur mon cul. Ses doigts humides quittèrent ma bouche pour caresser ma joue.

— Tu es excitée? demanda-t-il.

— Oui.

— Si je fais quoi que ce soit qui change ça, dis-le-moi.

Je hochai la tête.

— Je n'ai pas entendu.

— Oui.

— Oui qui?

Je faillis d'abord me rebeller contre cette suggestion d'ajouter quelque chose; mais au fond de moi, je ne voulais rien d'autre que me rendre entièrement à lui.

— Oui, monsieur.

— Tu sais que tu m'excites?

— À votre service, monsieur.

Écartant une mèche de cheveux de mon oreille, il me glissa:

— À genoux, chérie. Tourne-toi et mets-toi au travail.

Je manquai trébucher en me retournant avec mon jean à mi-cuisse. Il me prit par le bras pour me soutenir. Je m'agenouillai pour me retrouver face à sa braguette et le regarder la défaire pour sortir sa queue. Je la voulais – je voulais la sucer à fond. Sa main se posa sur ma nuque et il posa son gland contre mes lèvres. J'attendis une seconde avant d'ouvrir la bouche et lui laisser tout le contrôle.

— Comme l'autre fois, au club, murmura-t-il. Avale-moi en entier.

Il avança le bassin et je le pris jusqu'au bout, au fond de ma gorge. Un grognement vibrant s'échappa de ma poitrine, pour lui, et je me concentrai pour rester ouverte, pour l'accepter ; je me concentrai sur son plaisir, en harmonie avec le mien. Très vite, ses coups de reins se firent moins doux, plus irréguliers.

— Attention, Monica, je vais jouir…

Il poussa un grognement animal et son sperme gicla dans ma bouche et ma gorge. Il ralentit sans cesser de jouir.

Incapable de refermer la bouche, je laissai le liquide couler lentement au coin de mes lèvres et sur mon menton. Encore deux coups de reins et il se retira, caressant mes cheveux. Je levai les yeux vers lui.

— Merci.

— À votre service, monsieur.

Il tira de sa poche un de ses luxueux mouchoirs pour essuyer ma bouche. Le contact était doux et chaud.

— Ton visage change quand tu m'appelles monsieur, fit-il remarquer en m'aidant à me relever.

— C'est que ça m'excite.

— On gardera ça pour des moments comme celui-ci.

Je hochai la tête. M'attirant contre lui, il m'embrassa, un baiser long et profond. Devais-je le prendre dans mes bras comme j'en avais envie? J'hésitai jusqu'à ce qu'il les soulève de lui-même pour les passer sur ses épaules – alors, je le serrai de toutes mes forces.

— Tu es la meilleure et la pire soumise que je connaisse.

— Et toi, tu es le seul dominant que je connaisse.

— Je compte bien le rester. Je veux te gâcher pour tous les autres hommes.

— Va falloir se mettre au boulot, Drazen.

— Monsieur.

— Monsieur Drazen.

Il eut un sourire malicieux.

— Laisse tous tes vêtements dehors, puis monte à l'étage. Il y a une porte ouverte.

Il me regarda retirer mes bottes, finir d'enlever mon jean et déboutonner mon chemisier avec des mouvements purement fonctionnels, sans la moindre lascivité. Quand je fus nue de la tête aux pieds, il s'écarta de la porte pour me laisser entrer. Il me prit la main et je passai devant lui dans l'escalier.

Mon cœur battait si fort que j'avais du mal à respirer. Voilà, j'y étais. Le truc sur la terrasse n'était qu'une mise en bouche, si je puis dire. En haut des escaliers, je deviendrais sa chose. J'en étais capable. Je le devais. Mon sexe trempé et palpitant l'exigeait. Mes seins durcis le réclamaient. Ma bouche encore gorgée de foutre le voulait.

En montant, je sentais ses yeux sur mon cul. En haut, toutes les portes du couloir étaient fermées, sauf une – et ce n'était pas celle de la chambre où j'étais entrée par deux fois.

— Continue, fit-il.

J'entrai dans la chambre ouverte. La différence avec celle que je connaissais déjà ne tenait pas seulement à la taille, même si celle-ci était plus vaste de moitié ; non, cette chambre-ci était réellement décorée, pleine d'objets personnels et de photographies.

Une pièce habitée. Sur la table de chevet, j'aperçus des livres, un verre d'eau à moitié vide et un paquet de mouchoirs en papier.

— C'est ta chambre…

Ses doigts caressèrent doucement mon bras.

— Oui, ma chérie. Et maintenant, allonge-toi sur le lit. Sur le dos.

Le lit était plus haut que dans l'autre chambre. J'y grimpai avant de m'y étaler. La couette était soyeuse contre la peau de mon dos, le matelas ferme et doux à la fois.

Jonathan prit mes genoux pour les écarter puis les soulever jusqu'à ce que mes talons touchent mon cul. Le simple contact de ses mains et le fait de lui obéir m'arrachèrent un nouveau gémissement.

— Ne bouge pas, dit-il.

Il se déshabilla, jetant ses vêtements sur un fauteuil en cuir tandis que je restai là, chatte et cul exposés. Je regardai ses biceps rouler sous sa peau tandis qu'il défaisait sa chemise. À nouveau, sa queue jaillit de son pantalon. Nu, il se glissa sur moi pour embrasser mes seins et le diamant dans mon nombril. Je posai les mains sur sa tête pour le forcer à aller plus bas, mais il ne bougea pas.

— Au fait, le papier de l'hôpital? commença-t-il.

— Oui?

— Cette nouvelle contraception, elle est efficace à partir de quand? demanda-t-il, relevant la tête pour me faire face.

— Alors attends, ça dépend de la date de mes dernières règles. Il faut que je réfléchisse, parce que le docteur a dit que c'était très important.

Et je fis mine de compter sur mes doigts, tapotant ma joue et levant les yeux au ciel, comme plongée dans une profonde réflexion.

— Monica, s'il te plaît…

Il feignait l'agacement, mais il s'amusait autant que moi.

— Ah, ça y est, j'ai trouvé. Elle est efficace à partir de… tout de suite.

Il enfouit son visage dans mon cou.

— Et mes tests sont impeccables, dit-il. Qu'est-ce que tu en penses?

— C'est toi le chef.

— Pour ça, je préfère qu'on soit d'accord.

Je caressai son visage. Sans le savoir, il m'avait déjà gâchée pour tous les autres hommes.

— Oui, dis-je. Je veux te sentir vraiment.

— Tu m'as déjà fait perdre le contrôle deux fois en une soirée.

— Tu ne vas pas me laisser tomber pour ma première nuit de soumise, quand même?

Il se redressa sur le bras pour me dévisager.

— Où est passée la Monica effrayée?

— Elle a été remplacée par la Monica excitée.

Il roula sur le côté et s'agenouilla près de moi.

— Alors, sur le ventre, petite excitée.

J'obéis et m'allongeai, coudes sur la couette. Sa main se posa entre mes épaules et glissa le long de mon dos jusqu'à empoigner mon cul fermement. Puis il descendit du lit pour se mettre debout derrière moi.

— Bon, je vais te montrer quelque chose.

Il saisit mes hanches et les releva.

— Replie les genoux sous ton ventre.

Je fis ce qu'il me demandait, les yeux tournés vers lui, la moitié du visage enfoui dans la couette. Je le regardai me toucher et arranger ma position comme il le voulait.

— Et maintenant, lève le cul. Aussi haut que possible.

Là encore, j'obéis, jusqu'à ce que mes genoux forment un angle droit.

— Plus haut.

Il m'administra une claque sur le cul et je gémis ; puis sa main revint sur mon dos, comme pour chercher la cambrure idéale.

— Mets tes mains entre tes genoux.

Je me tortillai pour faire ce qu'il me demandait.

— Attrape tes chevilles.

— Comme ça ?

— Exactement.

Il se mit à me caresser sous tous les angles. J'avais l'impression d'être devenue une œuvre d'art, une sculpture vivante, le cul tendu, si relevé que ma chatte devait être entièrement offerte aux regards.

— Physiquement, demanda-t-il, tu es à l'aise ?

— Pas vraiment.

— Et émotionnellement ?

— Je n'ai pas peur, mais je me sens exposée.

Sa bouche se posa sur mon cul et sa langue parcourut mes fesses. Un frémissement d'anticipation traversa mon sexe. Derrière moi, je perçus un mouvement et un bruit de tissu, mais je ne regardai pas. Quand il réapparut dans mon champ de vision, il portait un bas de survêtement.

— Reste là, dit-il. Ne bouge pas.

— Où vas-tu ?

— Tu n'as pas à poser de question. Tu attends, c'est tout.

Et il m'abandonna ainsi, le cul offert, la porte de la chambre ouverte derrière moi. Je n'avais pas peur… et pourtant j'aurais dû. J'en avais des fourmillements dans la chatte. Était-il allé chercher un accessoire pour me donner une nouvelle fessée ? Des liens de corde ? des menottes ? des crochets ? Oui, j'aurais dû être terrifiée, mais tout ce qui me préoccupait, c'était qu'il revienne et me baise à m'en faire exploser la tête.

J'entendis des pas et un cliquètement au rez-de-chaussée, puis plus rien.

Tu offres ton cul à un psychopathe.

Pas sûr. Il peut avoir été interné pour des tas de raisons.

À seize ans? Drogue. Tentative de suicide. Dépression. Violence?

Le parquet craqua, puis j'entendis ses pas dans le couloir, suivis de son parfum de sciure.

— Très bien.

Sa voix était toute proche.

— Dorénavant, quand je te dis de monter et de te tenir prête, voilà ce que ça veut dire. Compris? On appellera ça notre position de départ.

— Oui, monsieur.

— Ça t'a fait quoi, d'attendre?

— Ce n'est pas ce que je préfère. Mais c'est bien, aussi, parce que j'ai mijoté là à me demander ce que tu allais me faire.

Il me caressa les fesses et le bout de ses doigts vint effleurer ma fente avant de s'y immiscer, là où j'étais le plus humide.

— Ça m'excite de savoir que tu es en haut à m'attendre, comme je te l'ai ordonné, souffla-t-il avant d'empoigner mes fesses.

Je sentis un objet dans sa main droite.

Sa bouche se posa sur moi et je gémis quand ses lèvres trouvèrent mon sexe. De la pointe de la langue, il se mit à jouer avec mon clitoris. Je me cambrai, avec l'impression qu'un simple souffle aurait suffi à me faire jouir, même si je savais que ce n'était pas encore le moment.

Il me fit rouler sur le dos. Dans sa main, il tenait un lien de cuir souple, une sorte de lanière ou de lacet, mais plus long. À nouveau, il me détailla d'un œil clinique, comme si j'étais un problème à résoudre, avant de me regarder à nouveau dans les yeux.

— Tu es prête?

— Je n'en peux plus d'attendre.

— Moi non plus.

Il prit mon poignet gauche et le plaça contre mon genou avant de les entourer ensemble avec le lien.

— C'est trop serré?

— Non.

Il fit un nœud, puis me souleva le dos pour glisser la lanière en dessous et tirer, écartant mes membres ligotés.

— Il faut que tu saches, fit-il tandis qu'il effectuait un nœud identique avec mon poignet et mon genou droits, que ça m'ira très bien si tu me dis « arrête », mais on peut aussi se donner un *safeword*, un mot de code pour signaler quand ça va trop loin.

Il tira à nouveau sur la lanière pour écarter mes jambes complètement, laissant le reste de la lanière pendre hors du lit.

— Mandarine, dis-je.

— Mandarine?

— À mon avis, si je dis « mandarine », tu ne pourras pas continuer ce que tu fais.

— D'accord, petite maligne.

Il se pencha sur moi et m'embrassa sur la bouche avec tant de douceur que j'aurais voulu le serrer contre moi, mais c'était impossible.

Il quitta le lit pour me regarder. Je ne pouvais ni serrer les jambes, ni les baisser, pas plus que bouger les mains. Une goutte de sève s'écoula de ma fente, délicieusement embarrassante. Il se pencha à nouveau pour déposer un baiser entre mes seins. Sa langue glissa jusqu'à mon téton qu'il suça délicatement.

— Je t'écoute, murmura-t-il. J'écoute ta respiration, les battements de ton cœur. J'écoute ta peau sur les draps. Si tu as besoin de quelque chose, dis-le. Je suis tout ouïe.

— Je te le dirai.

— Avec des mots.

Il passa à l'autre téton, tout aussi dur et dressé, le faisant rouler entre ses lèvres avant de le pincer doucement.

— Je te dirais bien « arrête ça et détache-moi, espèce d'animal »… Mais pas maintenant. C'est trop bon.

— Et ça ?

Sa bouche descendit le long de mon ventre, jouant au passage avec mon piercing en diamant avant de courir sur ma cuisse gauche, puis sur la droite, effleurant ma fente au passage.

— Ça, ça exige un *safeword*.

Il inséra sa queue en moi, si lentement qu'elle me parut mesurer un mètre. Centimètre par centimètre, sa peau contre ma peau, le soyeux contre l'humide, jusqu'à ce qu'il touche le fond et se presse contre moi. Mon clito explosa de plaisir. Alors, il se retira, tout aussi lentement, laissant un sentiment de manque tout aussi délicieux et intense. Et il continua en avançant de nouveau, sans que je puisse le toucher ni bouger. Tout ce que nous avions vécu jusque-là n'était qu'une répétition de ce moment, du contrôle qu'il exerçait sur moi, de cette somptueuse torture qui consistait à s'enfoncer et repartir sans hâte, dans le mouvement parfaitement contrôlé qui culminait avec son ventre contre mon clitoris.

— Jonathan, Jonathan, Jonathan…

Oubliés les « monsieur » et autres appellations – je n'avais plus que son prénom à la bouche.

Il accéléra et se laissa tomber sur moi, écartelée, offerte, ligotée, servile, le corps réduit à une infinité de terminaisons nerveuses palpitantes et humides, entièrement soumise à lui. Bientôt, il me pilonna, si fort que je faillis hurler.

Mais il ralentit et se redressa sur les avant-bras, opérant des mouvements de rotation afin de me faire sentir sa queue sous tous les angles – pas assez pour me pousser jusqu'à l'orgasme.

— Non, soufflai-je avec un désespoir qui me surprit moi-même.

— Doucement, Monica.

— Putain…

— Tu es à moi. Tes orgasmes sont à moi. C'est moi qui décide quand tu jouis.

J'aurais voulu lui sortir une réplique bien sentie, ou exiger qu'il me fasse jouir. Sauf que ça n'y changerait rien et que, surtout, je ne voulais pas que ça se passe comme ça. Je voulais lui obéir complètement.

— Oui, monsieur.

Ce fut comme si ces mots m'apaisaient un peu.

— Respire lentement.

Je fis ce qu'il me demandait.

Il recommença ses lents va-et-vient.

— Regarde-moi.

J'obéis. Une goutte de sueur perlait à son front et son visage irradiait le plaisir, un plaisir qui me transportait. C'était moi qui avais fait ça, moi qui lui en donnais autant que ce qu'il me donnait.

Comme s'il lisait dans mes pensées, il se pencha pour m'embrasser.

— Veux-tu jouir pour moi? demanda-t-il d'une voix basse et grondante.

— Oui. Mes orgasmes sont à toi.

— À moi, murmura-t-il.

Et il me baisa. Il me baisa à fond, comme il en avait envie, avec brutalité, cognant contre les endroits les plus sensibles comme si c'était ce qui lui donnait le plus de plaisir. Mes seins ballottaient au rythme de ses mouvements. Autour de sa queue, ma chatte était un fourreau de chair palpitante, avide de ses coups. Puis, pareil à une lance d'incendie, l'orgasme vint. Des spasmes longs secouèrent les muscles de mon cul et de ma chatte tandis que je hurlais, lâchant prise. Mais il n'arrêta pas de bouger, allant et venant en moi à grands coups de reins, et la vague de plaisir alla flirter avec les limites de la douleur – puis je jouis à nouveau, arquée pour l'accueillir tout entier au moment où, bouche ouverte, il grogna et gémit tout à la fois. C'est seulement alors qu'il ralentit, recommençant à onduler du bassin avant de se laisser tomber sur moi, le souffle court, son front brûlant contre mon cou.

Sa main gauche se glissa sous mon dos pour saisir la lanière et défaire les nœuds autour de mes mains et de mes genoux. J'avais une crampe. Il se rassit pour achever de me détacher. Je me frottais les poignets.

— Alors? demanda-t-il.

— Alors, je n'en peux plus. Tu m'as démontée.

Il écarta les cheveux de mon visage, et je fis ce dont je rêvais – je le pris dans mes bras et l'enlaçai.

25

Je me réveillai lentement dans une symphonie de sensations : la lumière du soleil sur mes paupières closes, ma chatte encore endolorie, et les doigts de Jonathan caressant ma main posée sur sa poitrine. Quand j'ouvris les yeux, il me regardait.

— Bonjour.

Je poussai un grognement et me blottis contre lui.

— Tu travailles, aujourd'hui? demanda-t-il.

— Au déjeuner, répondis-je en caressant son torse et en jouant avec ses poils. Ensuite, je dois passer au Frontage pour voir si on peut arranger quelque chose. Sans Gabby, je n'ai plus très envie d'y jouer, mais je ne veux pas faire l'idiote.

Il roula pour se retrouver sur moi.

— Tu n'as rien d'une idiote.

Je l'embrassai – un baiser paresseux qui, très vite, se fit plus intense, plus urgent. Tout endolorie qu'elle était, ma chatte se contracta en sentant sa queue durcir. Ses mains se mirent à courir sur mon corps, remontant vers mes bras, qu'il me fit lever vers la tête du lit jusqu'à ce que je me retrouve à nouveau étendue sous lui.

— Oh, Jonathan, j'ai encore mal…

— C'est non?

— Vas-y doucement, d'accord?

Il guida sa queue en moi. Ça faisait mal, mais c'était une douleur exquise. Je me servis de la tête de lit pour me retenir et venir à sa rencontre tandis qu'il guidait mes hanches et dessinait des cercles du doigt autour de mon clito. Alors, je lui offris un autre orgasme – plutôt une brise douce qu'un ouragan.

Je regardai son visage, sa grimace de plaisir, et je compris quelque chose. Tandis qu'il jouissait, je me répétai :

Je t'aime, je t'aime, je t'aime.

26

Quand je sortis de la douche, je trouvai mes fringues lavées et repassées, qui m'attendaient. Moi qui vivais dans un quartier pourri, je n'avais jamais connu le luxe d'une véritable pression d'eau chaude ; apparemment, avec un bon chauffe-eau, le plaisir d'une douche brûlante était décuplé. Je m'habillai et, rafraîchie, descendis l'escalier d'un pas léger. En bas, je découvris Ally Mira en train de faire le ménage.

— Bonjour, lançai-je.

— Bonjour.

Elle parlait avec un accent, mais apparemment de façon courante.

— C'est vous qui avez nettoyé mes vêtements ?

— Monsieur Drazen me les avait laissés. Je me suis levée tôt et je m'en suis occupé.

— Merci. C'est très gentil à vous.

— Je vous en prie. Je vous ai servi du thé dans le petit salon.

— Dans le quoi ?

Laissant son balai appuyé au mur, elle me fit signe de la suivre. Nous traversâmes le salon que je connaissais pour passer sous une arche à laquelle je n'avais pas prêté attention jusque-là, qui donnait sur une petite pièce puis sur une véranda fermée surplombant un parterre de fleurs. Un plateau en argent avec une théière était posé sur une table basse. Dans une pièce toute proche, j'entendis Jonathan qui parlait au téléphone. Ally Mira m'indiqua le canapé.

Je m'y installai en la remerciant et entrepris de me verser une tasse de thé.

Elle me laissa sur un petit signe de tête et un sourire. C'est alors que je me rendis compte que la voix de Jonathan me parvenait à travers les portes coulissantes qui se trouvaient à l'extrémité de la pièce. Dehors, le pépiement des oiseaux était presque assourdissant, et ce bruit tombait à pic pour me distraire de ce qui se disait à quelques pas de moi… mais la voix de Jonathan prenait des inflexions de plus en plus mécontentes. D'abord, je voulus faire celle qui n'entendait pas, mais quand *son* nom me parvint, je tendis l'oreille. Au diable les oiseaux !

— Jess, disait-il, c'est simplement parce que tu as peur d'être seule.

Silence.

— Non, ce n'est pas vrai. Et, oui, je te dis ce que tu ressens.

Un silence plus long. Je sirotai mon thé en priant pour que la conversation se termine rapidement, mais la voix de Jonathan se fit plus forte.

— Tu n'as pas intérêt.

Silence.

— Jessica, je vais être clair. Si tu fais quoi que ce soit de ce genre, je te détruis. Je. Te. Détruis.

Cette voix, c'était la voix de sciure et de cuir, la voix qui me poussait à écarter les jambes ou à me pencher, à lui obéir aveuglément. Il murmura d'autres mots, pas assez fort pour que j'entende, puis les portes coulissèrent et il apparut dans le petit salon. On aurait dit qu'il venait de voir un fantôme.

— Tu es debout, constata-t-il.

— Il reste du thé, si tu en veux.

Il s'avança vers moi jusqu'à me dominer.

— Qu'as-tu entendu ?

— Je sais qui c'était, mais pas à quel sujet.

Il s'arrêta, puis s'agenouilla devant moi, entre la table et le canapé. Une main sur sa joue, je me penchai vers lui. Une lueur troublée brillait dans ses yeux émeraude, sa bouche avait pris un pli dur.

— Jonathan, qu'est-ce qui se passe?

— Je ne laisserai personne s'interposer entre nous. Je veux que tu le saches.

— On ne la laissera pas faire.

— Si elle te dit quoi que ce soit, il faudra que tu viennes m'en parler. Tu comprends?

— Que s'est-il passé, Jonathan?

— Dis seulement que tu m'appelleras.

— Je ne comprends pas.

Je gardai la main sur sa joue, la caressant du pouce.

— Où que je sois, quoi que tu penses avoir appris, je veux que tu m'appelles. Promets-le-moi.

Ce n'était pas sa voix de dominateur, mais celle d'un homme qui, plus que tout au monde, avait besoin d'être rassuré.

— C'est promis.

Ses mains caressèrent mes cuisses, remontèrent vers ma taille. Il posa la tête sur mes genoux et resta là, silencieux, tandis que je lui caressais les cheveux en chantonnant une mélodie qui me rappelait les cadences de sa voix.

Nous restâmes ainsi, moi sur le canapé, fredonnant, et lui agenouillé devant moi, bien longtemps après que mon thé eut refroidi et que le chant matinal des oiseaux se fut tu.

À suivre.

Imprimé en Allemagne par GGP Media GmbH, Poessneck,
pour le compte des éditions
Hachette Livre (Marabout)
58, rue Jean-Bleuzen,
92178, Vanves Cedex

Achevé d'imprimé en avril 2016
ISBN : 978-2-501-10402-9
6963035
dépôt légal : mai 2016